Kugane Maruyama | illustration by so-bin

마루야마 쿠가네 지음 김완 옮김

OVERLORD [12] The paladin of the Holy kingdom

성왕국의 성기사 | 上

12

# 오버로드

Contents **목차**

# 1장 마황 얄다바오트

# Chapter 1 | Jaldabaoth the Evil Emperor

# 1

로블 성왕국은 리 에스티제 왕국의 남서쪽에 있는 반도를 영토로 삼고 있다.

신앙계 마법을 구사하는 성왕(聖王)을 정점으로 삼아, 신전 세력과 융화된 통치체제를 갖춘, 종교색이 짙은 나라다. 그렇다고는 해도 슬레인 법국만큼은 아니지만.

이러한 특색을 가진 로블 성왕국의 국토에는 크게 두 가지, 진기한 점이 있다.

하나는 국토가 바다에 의해 남북으로 갈린다는 점이다. 물론 국토가 완전히 분할된 것은 아니고, 거대한 만(灣)——가로 약 200킬로미터, 세로 약 40킬로미터에 이르는——에 의해 옆으로 누운 말굽 형태의 국토를 가졌다.

이 때문에 북부 성왕국과 남부 성왕국이라 부르기도 할 정도다.

그리고 또 한 가지.

반도 입구에, 북쪽에서 남쪽까지 전장 100킬로미터가 넘는 성벽을 세웠다는 점이다.

이것은 성왕국의 동쪽, 슬레인 법국과의 사이에 있는 구릉지대에 서식하는 다양한 아인 부족이 침략하지 못하도록 막기 위한 구조물이다.

엄청난 시간과 국력을 들여 건설된 두껍고 훌륭한 성벽은, 성왕국이 아인들의 존재에 얼마나 고통을 받고 눈물을 흘려야만 했는지를 잘 말해 주었다.

아인과 인간은 능력에 큰 차이가 있다.

물론 고블린처럼 인간보다 약한 아인이 일부 존재하는 것도 사실이다.

그들은 인간보다도 키가 작으며, 신체능력, 지성, 그리고 매직 캐스터가 태어날 확률 등에서 인간보다 뒤떨어지는 종족이다.

그러나 그런 고블린조차 어둠 속을 내다보는 눈, 그림자 속에 숨기 쉬운 조그만 체구를 이용하면——이를테면 야간 삼림전투에서 기습을 하는 등——인간에게는 틀림없이 성가신 적이 된다.

하물며 대부분의 아인은 인간보다도 강인한 육체를 가졌으며, 또한 선천적으로 마력에 관한 능력을 갖춘 종족도 적지 않다. 아인의 침공을 허용하면 이를 막기 위해 치러야 할 피는 어마어마한 양이 될 것이다.

그렇기에 성왕국은 방비를 단단히 했던 것이다.

아인을 이 국토에 한 걸음도 들이지 않기 위해.

이 땅이 아인의 것이 아님을 널리 알리기 위해.

한 걸음이라도 침략당할 것 같다면 죽을 각오로 응전하리라는 자세를 가르쳐 주기 위해.

이리하여 만들어진 성벽에도 문제는 존재했다.

이를 완벽히 유지하려면 막대한 병력을 항상 주둔시켜야만 한다. 과거 성왕국 수뇌부는 아인 1개 부족이 침공했을 경우 어느 정도 병력을 운용해야 타도가 가능한지를 예측, 계산해 본 적이 있다.

결과는 아인들이 쳐들어오기 전에 국가재정이 파탄에 빠진다는 것이었다.

노는 병사를 놔둘 여유는 없지만, 유사시에 대비한 병력을 배치해 둘 필요는 있다.

성왕국의 역사――성벽이 만들어진 후의――속에서, 가장 많은 영토를 유린당한 때는 오랜 비가 내리는 가운데 벌어졌던 침공이었다.

흡반이 달린 손과 마비독을 내고 멀리까지 늘어나는 혀. 그리고 상위종은 〈녹아들기Camouflage〉 마법처럼 피부색까지 바꿀 수 있는, 슬러시라는 종족이 야습을 감행했던 것이다.

성벽을 넘어온 슬러시 무리는 그대로 서쪽을 향해 진군했다. 수많은 마을이 희생됐으며, 지금까지도 슬러시가 성왕국 내에 도사리고 있는 것은 아니냐는 소문이 사라지지 않을 정도로 큰 비극을 낳았다.

이러한 비극을 돌이켜보면 충분한 병력이 필요하겠지만, 그렇다고 모든 성벽에 주둔시킨다면 국가가 피폐해지고 만다. 그래서 양립할 수 없는 두 조건을 공존시키기 위해 국가가 택한 방법은 긴 성벽에 일정한 간격으로 소(小)요새를 짓고, 나아가서는 몇몇 소요새를 총괄하는 거대 요새를 짓는다는 것이었다.

소요새에는 지구전에 특화해 훈련한 소수 병력을 배치하고, 습격이 발생하면 즉시 봉화를 올려 요새에 원군을 요청하도록 되어 있다. 또한 각 요새를 돌며 요새 사이의 벽을 경비하고, 유사시에는 예비전력이 될 중대를 조직해 유연하게 대처할 수 있도록 했다.

이리하여 그 후로는 성벽 안쪽으로 아인이 발을 들이는 일이 사라졌다.

다만 당시 성왕국 수뇌부는 신경질적일 정도로 신중했다. 이만한 대책을 강구하고도 요새 라인에 마음을 놓을 수가 없었던 것이다.

인간이라면 압도될 만큼 거대한 성벽도 인간의 몇 배나 되는 키를 가진 종족이나 비행능력을 가진 자들에게는 별 위협이 되지 않는다. 아무리 견고한 요새라 하여도 아인들의 특수한 능력 앞에는 절대적인 안심을 줄 만한 근거가 되지 못하는 셈이다.

당시의 성왕은 과감한 사람이어서, 적이 성벽을 넘어왔을 때의 대책에도 착수했다. 그것이 국가 총동원령이었다.

이로써 성왕국 주민에게는 징병령이 시행됐다. 성인이 되면 성별에 상관없이 일정 기간 병사로서 훈련을 받고, 실제로 성벽에 배속됐다. 이렇게 해서 아인들이 성벽을 넘어왔을 때 병력으로 삼아 국토를 방어하고자 생각했던 것이다.

일정 이상 규모를 가진 주거지의 방어력 강화도 시행됐다. 국군이 올 때까지 마을 주민들이 버틸 수 있도록 한 것이며, 병참의 거점으로 이용할 목적도 있었다. 결과적으로 성왕국의 마을과 도시는 유례를 찾아보기 힘들 정도로 견고한, 군사거점의 기능을 갖추게 됐다.

*

성왕국의 요새 라인에는 세 개의 커다란 요새가 존재한다. 이는 100킬로미터에 이르는 장대한 벽에 셋밖에 없는 문을 지키기 위한 방어시설이며, 주위의 소요새에 보낼 원군을 대기시켜 두는 주둔기지이기도 했다. 만에 하나 아인들의 침입을 허락해 국가 총동원령이 발동됐을 때는 규합한 대규모 병단과 협공해 싸우기 위한 거점도 된다.

그중 하나인 중앙부 거점.

저녁 해가 지평선 너머로 저물고 붉게 물들었던 대지가 서서히 어둠의 색에 지배당하고 있었다.

흉벽에 발을 얹고 붉게 물든 대지——동쪽 구릉지대——를 노려보던 사내가 다리를 내렸다.

근골이 두드러진 사내였다.

굵은 목, 갑옷을 입었어도 알 수 있는 두터운 가슴팍, 걷어붙인 소매에서 튀어나온 다부진 팔. 어디를 보아도 두껍다, 굵다는 말밖에 나오지 않는 사내였다.

오랜 세월 비바람에 시달린 바위 같은 얼굴은 굵은 눈썹과 덥수룩한 수염 탓에 야성미가 넘쳐났다. 우락부락한 몸에 투박한 풍모가 얹히니 오히려 조화가 잘 잡혔다고도 할 수 있지만, 눈만이 그 균형을 내팽개치고 있었다.

작고 동그란 눈은 소동물 같았으며, 그것이 풍기는 위화감은 우스꽝스러움까지 연출했다.

그런 사내가 허공을 올려다보았다.

희미한 구름이 놀라울 만큼 빠른 속도로 움직였다. 엷은 베일 너머에 별이 반짝이는 것이 보였으나, 지면을 비출 정도는 되지 못했다.

사내가 콧구멍을 벌름거리자 초가을의—— 겨울의 향기

가 미미하게 섞인 싸늘한 공기에 밤의 기운이 느껴졌다. 저녁놀이 지평선을 물들이고 제비꽃색 하늘이 금세 세력권을 확대해 나갔다.

구릉지대에서 등을 돌린 사내는 자신의 주위에 있던 병사들의 얼굴을 보았다.

그를 신봉해 모여든 병사들은 역전의 용사들이다. 그런 전사들이라도 표정에는 느슨함이 엿보였다.

어쩔 수 없다. 일과를 마치면 그렇게 되는 법이다.

"——이봐. 누가 일기관측사에게 오늘 밤 예보를 들은 사람 있나?"

몸과 마찬가지로 사내에게 어울리는, 굵직한 목소리로 질문했다. 병사들은 서로 얼굴을 마주 보다가, 그중 한 사람이 대표로 입을 열었다.

"죄송합니다. 아무래도 이 중에는 들은 사람이 없는 듯합니다, 캄파노 분대장 각하."

사내—— 올란도 캄파노는 성왕국의 병사계급 중에서는 상당히 아래쪽에 속했다.

성왕국의 병사계급은 아래부터 헤아려 훈련병, 병사, 상급병사, 분대장, 대장, 병사장……으로 이어진다. 물론 소속 부대에 따라 다른 계급도 존재하지만 일반적인 병사들은 이렇다. 분대장이란 결코 '각하' 소리를 들을 만한 지위는 아니다.

그러나 각하라 부른 병사가 올란도를 놀린 것은 아니었다. 병사의 태도나 어조에서는 존경심이 묻어났다. 그리고 그것은 그만이 아니라 주위에 모인 역전의 용사 같은 분위기를 풍기는 병사들 모두가 올란도에게 품은 감정이기도 했다.

"그래, 그렇군."

올란도가 천천히 자신의 수염을 문질렀다.

"각하, 시간을 주신다면 제가 즉시 물어보고 오겠습니다."

"응? 아니, 그럴 필요는 없어. 우리 일은 여기까지고, 나머지는 저 사람들 일이니까."

올란도 캄파노.

강함만으로도 명성이 자자한 성왕국 '구색(九色)' 중 일색을 선대 성왕에게 받았다는 실적을 가진 사내다.

그런 사내가 분대장이라는 낮은 지위에 머무는 이유는, 올란도에게 두 가지 문제가 있기 때문이다.

하나는 오로지 자신의 길만을 나아가고자 하는 성격——타인의 명령을 듣는 것을 매우 싫어한다는 점.

그리고 또 하나는 강함을 중시한다는 점.

이 두 가지가 융합하면, "내게 명령하려면 우선 싸워서 내 등을 땅에 대게 한 다음 말하시지."로 이어진다. 또한 강자를 보면 "너 강할 것 같은데. 나하고 실력 한번 겨뤄 보자."라고 하면서 누구 하나가 정신을 잃을 때까지 싸우고자 한다.

이에 따라 귀족이나 상관을 상대로 폭력사건을 빈번히 일으켜 강등당한 횟수는 무려 10회에 이른다.

군대 내에서는 명령을 따르지 않는 사람 따위 필요가 없으며, 기피되게 마련이다. 보통 같으면 교정을 당하거나 추방됐어도 이상하지 않다. 하지만 그러지 않았던 이유는 단순히 그가 그만큼 강하기 때문이다. 그리고 그런 사내이기에 끌리는 자들 또한 존재하기 때문이다.

빈약한 귀족에게 턱짓으로 명령을 받는 데 불만을 품은 거친 자들에게는, 완력을 내세워 자신의 길을 나아가는 올란도의 모습은 통쾌함 그 자체였던 모양이었다.

그의 팀은 그런 난폭한 자에게 끌린 자들이 모인 불량아 무리—— 아니, 불량배 분대였다.

소속된 인원도 많아 부대라 해도 과언이 아닐 정도의 인원이 있었으며, 나아가서는 올란도만큼은 아니라 해도 분대원들은 나름대로 실력이 있었다. 그렇다 보니 상관들도 씁쓸하게는 여기지만 건드릴 수는 없는, 치외법권 같은 지위를 만들기에 이르렀다.

올란도의 시선이 이쪽으로 다가오는 사내를 인식한 순간, 그의 입가에는 사냥감에 달려들려 하는 육식짐승과도 같은 웃음이 천천히 떠올랐다.

올란도가 두껍고 굵은 사내인 반면, 그 사내는 가늘었다.

하지만 나뭇가지처럼 가느다란 것은 아니었다. 철사라고 해야 할까. 단련에 단련을 거듭해 군더더기를 완전히 배제하고 용도에 맞춘 사람을 만들어내면 이렇게 된다는 견본과도 같았다.

그리고 가느다란 눈은 지금이라도 달려들 것처럼 예리하다. 검은자위가 작은 것과도 맞물려, 제대로 된 직업을 가진 사람으로는 보이지 않았다. 잘 봐줘야 암살자. 나쁘게 보면 살인귀다.

"호랑이도 제 말 하면 온다더니. 납셨수, '밤파' 나리? 반갑수다."

소리 하나 내지 않는 조용한 걸음으로 모습을 나타낸 사내의 차림은 올란도와는 크게 달랐다.

올란도나 주위에 있는 부하들의 무장은 랑커 소라는 마수의 가죽을 몇 겹씩 겹쳐 만든 중장 가죽갑옷에 소형 버클러, 그리고 외날검. 성왕국 정예병의 장비였다. 덧붙이자면 올란도만은 같은 검을 허리에 여덟 자루나 차고 있었다.

반면 사내는 마법이 담긴 경장 가죽갑옷. 오른쪽 가슴에는 올빼미, 왼쪽 가슴에는 성왕국의 문장이 새겨져 있었다.

"……올란도. 자네 분대에서 보고를 받지 못했는데. 게다가 상관에 대한 태도가 그게 뭔가. 불경하기 그지없군. 몇 번이나 주의를 주어야 하나."

"이거 실례했수다, 병사장님."

올란도가 까불거리며 경례를 하자 그의 분대원들도 일제히 경례했다. 부하들의 태도는 귀족이나 다른 상관들에게는 결코 보이지 않는 진지한 모습이었다. 여기에는 또렷한 경의가 존재했다.

"하아……."

사내는 여봐란듯이 한숨을 쉬었다. 수긍한 것은 아니지만, 더 말해도 의미가 없다는 사실을 이해하기 때문이다.

'미안하우, 나리. 하지만 타고난 성격이란 건 고쳐지지 않는 법이라 말입죠.'

올란도가 이 사내에게 나름대로 경의를 표하는 이유는 그가 올란도에게 이겼기 때문이다.

'여길 그만두기 전에 한 번쯤은 이겨 보고 싶구만요. 댁의 방식으로 싸워서. 안 그렇수, 파벨 바라하 병사장님?'

그 사내── 파벨 바라하의 별명은 '밤의 파수꾼'. 올란도와 같은 '구색' 중 일색을 맡은 자다. 그가 등에 진 크고도 멋들어진 활에는 마법의 미미한 빛이 깃들어 있었으며, 허리에 찬 화살통에도 같은 빛이 있다. 그런 장비가 나타내듯 그는 궁병이다. 그것도 백발백중이라 일컬어지는 초 명사수다.

"매번 생각하는 거지만 야간조는 참 힘들겠수. 아인 놈들은 대개 밤눈이 밝아서, 싸우는 건 고사하고 찾아내는 것만도 쉬운 일이 아니라."

"그렇기에 우리가 나서야 하지. 아인과 같은 눈을 가지려면, 탤런트나 마법을 빼고는 훈련밖에 방법이 없으니까. 우리는 그 훈련을 받았거든."

"네, 네. 자랑하시는 따님도 그렇죠?"

파벨의 뺨이 실룩거리는 것을 보고 올란도는 자신의 실언을 후회했다. 술자리에서조차 표정을 무너뜨리는 적이 없는 이 사내가 얼굴을 움직이는 것은 대개 딸과 아내가 화제에 올랐을 때다. 그리고 여기에는 치명적인 문제가 있다.

"그래. 아주 우수한 딸이지."

——시작됐다. 시작되고 말았다.

올란도가 후회하거나 말거나 파벨의 말은 이어졌다.

"그렇다고는 하지만 왜 성기사 따위가 되려는지 나는 도저히 모르겠네. 그 아이는 약한 아일세. 결코 완력이 전부라고는——그 아이는 애벌레가 무섭다고 울 만한——아까는 완력이 전부라고 했네만, 그건 어디까지나 우리 아내를 제외하면 그렇다는 것이고, 아내도 그런 면은 있으나——나를 닮아 정말로 귀엽고, 아니, 나를 닮았다고 하면 불쌍하겠지만——다만 그 아이에게는 검의 재능이 없는 것이 유감일세. 하지만 활의 재능은 있다네. 그쪽을 훈련하면 되겠지만 성기사는——."

긴 이야기를 흘려들으며 군데군데 적당히 맞장구를 쳐 주었지만, 상대도 눈치를 챈 모양이었다.

“자네 듣고 있나?”

당연한 질문을 던진다.

‘……아뇨, 안 들었는뎁쇼. 아마 세 번째로 들었을 때쯤부터는.’

대여섯 번이나 같은 이야기를 듣는다면, 평소의 올란도라면 틀림없이 언짢아하며 “안 들었는데, 왜요.”라고 대꾸했을 것이다. 하지만 이 상태의 파벨에게는 그 대답이 큰 잘못이 된다. “그럼 다시 들려주지.”를 겪은 경험이 있기에 잘 안다.

정답은 이거다.

“잘 듣고 있었습죠. 정말 귀여운 따님이시네요.”

파벨의 표정이 급변했다. 올란도조차 긴장할 만큼 악귀 나찰 같은 표정이었으나, 사실은 멋쩍어하는 것일 뿐이다.

파벨의 뇌가 딸의 칭찬을 받았다는 기쁨을 곱씹고, 다시 딸의 자랑담을 늘어놓고 싶다는 욕구에 승리한 찰나를 잘 이용하지 않는다면 또 한 번 지옥에 빠져들게 된다.

“그런데——.” 딸 이야기를 이길 수단은 단 하나. 일 이야기뿐이다. “——야간조를 하면 체내시계 같은 거 막 꼬이고 그러지 않수? 몸에 이상은 없습니까요?”

대살육자 같던 파벨의 표정이 평소의 살육자 같은 표정으로 돌아왔다.

“……그 질문이 몇 번째인가? 대답은 늘 다를 바 없네. 딱히 신경 쓰지 않네. 헌데 왜 그렇게 똑같은 질문을 반복하나? 본심은 뭔가?"

알고는 있지만 이 급격한 변화에는 눈을 크게 뜨고 말았다. 아까의 댁은 대체 어디로 갔느냐고 딴죽을 걸고 싶었으나 지옥이 또 시작되는 것은 올란도도 바라지 않았다.

"……하아. 본심 말입니까요. 거 신기한 질문이네요. ……단순히 나한테 이긴 사람이 시시한 일로 몸이 망가져 은퇴하지 말았으면 싶기 때문입죠. 내가 이겼다면야 별로 대수로울 것도 없는 이야기지만요."

옛날에 이 요새에 막 배속됐을 무렵의 올란도는 스스로 떠올리는 것도 부끄러울 정도로 기고만장했다. 실력 있는 병사들이 자신을 흠모하며 모여들어 한층 콧대가 높아졌던 때, 어떻게 된 노릇인지 파벨과 대련을 벌이게 됐던 것이다.

올란도의 주특기는 검—— 근거리 전투. 반면 파벨의 주특기는 활—— 원거리 전투.

두 사람이 맞붙을 경우 어느 정도의 거리에서 싸워야 할지가 중요해진다. 하지만 파벨이 스스로 근거리에서 싸워도 좋다고 선언했다.

그리고 올란도는 패배했다.

그렇기에 올란도는 파벨을 존경한다. 그와 동시에 다시 싸워서 꺾고 싶다는 바람도 존재했다. 이번에는 파벨의 주특기, 원거리 전투에 상응하는 거리를 두고, 이를 넘어서서 이기고 싶다는 바람이.

"그렇군. 나와 싸우고 싶단 말이지. 그것도 전성기의, 몸이 전혀 상하지 않은 나와."

날카로운 짐승의 웃음을 머금은 파벨을 보며 올란도는 가슴이 뜨거워졌다.

'그래, 그거지. 잘 알면서. 댁하고 싸우고 싶다고. 사실은 목숨이 오가는 싸움을 하고 싶다고. 하지만 그건 용납되지 않겠지. 그래도 어쩌면 누군가가 목숨을 잃을지도 모르는 그런 아슬아슬한 싸움을 하고 싶다고. 댁하고, 그런 싸움을.'

하지만 올란도는 아무 말도 할 수 없다. 눈앞에 있던 야수가 어디론가 떠나버린 것을 직감했기 때문이다. 실제로 파벨이 이어서 꺼낸 말은 그 직감을 긍정해 주는 것이었다.

"하지만 미안하네. 자네도 알 테지. 지금 자네에게 백병전에서 이길 사람은 극소수이며, 그중에 나는 포함되지 않아."

그렇다면 원거리전으로 승부하죠, 라는 말은 올란도의 입밖으로 나오지 않았다. 그것은 존경하는 상대를 모욕하는 일이란 사실을 알고 있기 때문이었다.

파벨의 활 실력을 떠올려 보면, 공격을 회피하며 거리를 좁힐 자신은 아직 없었다.

——아직은.

"자, 이야기가 다 끝났다면 보고를 해 주게."

"뭐 그렇게 서두르실 것 있수, 나리? 아직 교대 시간도 아닌데. 보십쇼, 종도 아직 안 쳤잖수."

교대 시각을 알리는 종소리는 아직 듣지 못했다.

"인수인계 준비도 있지 않나. 종이 치기 전에 마쳐야 할 일도 있네. 종이 쳤을 때 즉시 임무에 착수할 수 있도록 준비해 두어야지."

"그래도 아직 멀었잖수. 말 상대라도 좀 해 주쇼, 나리."

"그렇다면 병사장님의 부관님께 제가 가서 보고를 드리고 와도 되겠습니까?"

그렇게 말을 꺼낸 것은 올란도의 부하 중 한 사람이었다.

"그거 좋네. 너 진짜 끝내준다. 그럼 어떻겠수, 나리?"

"……하아. 오늘은 유달리 집요하군. 뭔가 하고 싶은 말이라도 있나 보지? 나 원. 그냥 들어달라고 하면 될 것을."

그런 말을 어떻게 하겠나.

의논 상대로 존경하는 이를 고르는 사람도 있겠지만, 올란도는 존경하는 상대일수록 의논을 하지 못하는 타입이었다. 어엿한 전사로서 봐 주었으면 하기 때문이다.

"역시 나리. 말귀를 잘 알아들으신다니깐."

"……하아. 그래서 대체 무슨 일인가. 시시한 이야기라면 용서하지 않겠네."

"에이 참."

올란도는 투구를 벗고 머리를 긁었다. 차가운 공기가 달아오른 머리를 시원하게 식혀주었다.

“사실은 수행을 떠나 볼까 생각했습죠. 그래서 여길 뜨고 싶은데, 괜찮을깝쇼?”

주위에서 흠칫 숨을 멈추는 소리가 들렸다. 다만 눈앞의 가느다란 사내는 표정을 전혀 바꾸지 않았다.

“왜 나에게 그런 말을 하나?”

“그야 내가 이 나라에서 제일 인정하는 사람이 나리니까 그렇잖겠수. 그런 나리가 말리지 않는다면 망설일 것 없죠.”

“……자네는 군사(軍士)가 아니잖나? 징병기간도 지났으면 자네를 말릴 수는 없지.”

성왕국은 징병제 국가다. 그렇기 때문에 징병된 병사와 구별하기 위해 직업군인을 군사라 부를 때도 있다. 파벨과 그의 부하들은 모두 군사였으며, 올란도의 부하 중에는 군사도 있고 징병된 자도 있다.

“그럼 그만둬도 되겠수?”

그렇게 묻자 파벨의 표정이 변했다. 딸과 아내 화제 이외의 이야기에서는 처음이었다. 올란도가 전사로서 함양한 탁월한 통찰력이 간신히 포착했을 정도의 미미한 변화였으며, 주위 사람들은 아무도 알아차리지 못했으리라.

올란도가 인정한 강철 같은 사내가 자신의 퇴진에 감정이 흔들렸다. 가슴속에 희열인지 애절함인지 모를 감상이 소용돌이쳤다.

"……법률로, 그럴 권리가 인정되네. 말릴 수는 없지. ……그렇다고는 하나 자네만한 강자가 사라지면…… 큰 구멍이 뚫리겠군. 수행이라면 더 일찍 갈 수도 있었잖나. 왜 하필 지금인가? 역시 아인의 습격이 사라졌기 때문인가?"

분명 지난 반년 정도는 아인들이 이 성새로 쳐들어오는 일이 사라졌다. 이제까지는 한 달에 한두 번쯤 수십 명 규모의 아인이 공격을 가하는 경우가 있었다.

수십 명이라 해도, 아인은 인간보다 뛰어난 육체를 가졌으며 특수한 능력을 보유한 자도 많다. 소요새라면 병사가 학살당해도 이상하지 않을 만한 인원이다.

그때마다 올란도나 파벨의 부대처럼 정강한 자들이 지원군으로 파견되는 일이 많았다.

"딱히 난 아인을 죽이는 걸 좋아하는 건 아닌뎁쇼? 난 강한 놈하고 싸워서 내가 강해지는 걸 좋아하는 것뿐이지."

"그럼 호왕(豪王)은 괜찮나?"

"아, 그놈 말입니까요……."

"그뿐만이 아닐세. 마조(魔爪), 수제(獸帝), 회왕(灰王), 빙염뢰(氷炎雷). 그리고 나선창(螺旋槍)."

유명한 아인의 별명이 열거됐으나, 역시 그중에서도 처음에 나온 이름만큼 올란도의 마음을 움직이지는 못했다.

호왕 버저.

한 아인종족의 왕이며, 파괴왕이라고도 불리는 존재다.

그 별명은 상대의 무기를 파괴하는 무투기에 탁월하며, 이를 주축으로 삼은 전법을 확립한 데서 비롯됐다. 수많은 이름난 전사들을 꺾었던 이 성왕국의 숙적과는 올란도도 한 번 싸운 적이 있으며, 들고 있던 장검, 예비무기인 단검에 손도끼, 나아가서는 나무를 자르기 위해 들고 다니던 낫까지 파괴되고 말았다.

호왕은 올란도가 가진 모든 무기를 파괴했으면서도, 요새에서 온 원군을 보고 퇴각했다. 그 전투는 그렇게 끝났다. 원군이 올 때까지 버텼다는 의미에서는 올란도의 승리였으며, 그의 무용을 칭송하는 목소리도 많았다. 그러나 올란도 자신은, 호왕에게 자신이 리스크를 무릅쓰면서까지 물리쳐야만 할 적이 될 수 없었다는 패배감만을 마음에 새겼다.

"그놈하곤 다시 한번 붙고 싶지만…… 아마 아직은 못 이길 거요. 그놈을 이기려면 영웅이라 불릴 정도가 되기 전까진 어렵겠지. 그러니까—— 어~ 나리도 알잖수? 그 위대한 전사 가제프 스트로노프가 전사했다는 얘기."

"그래, 잘 알지. 상부에서는 그 일로 주변 국가가 받을 영향에 대해 의논하고 있으니."

리 에스티제 왕국 최강을 자랑하던 전사의 죽음은 이 성왕국의 군사——그것도 실력에 자신이 있는 자들——사이에서 상당히 큰 화제가 됐다.

"자세한 내막은 알고 있수?"

"대체적인 이야기는. 듣자 하니 마도왕이라는 매직 캐스터가 일대일 대결에서 꺾었다더군. 솔직히 말해 매직 캐스터가 일대일 대결이라니, 좀 이해하기 힘든 이야기네만."

올란도도 그 말에는 동의했다.

다만 매직 캐스터라 해도 다양한 자들이 있다. 신앙계 매직 캐스터라면 자신을 강화하는 마법을 써서 어지간한 전사보다도 강해질 수 있다. 그 외에 이 나라가 자랑하는 성기사도 마법을 쓸 수 있으므로, 넓은 의미에서는 매직 캐스터라 하지 못할 것도 없다. 그렇다면야 일대일 대결을 할 수도 있으리라.

"……그 밖에도, 마도왕 하면 일개 군단을 궤멸시켰다느니, 거대한 산양인지 양인지를 불러냈다느니 하는 이야기도 있다고 하네."

"그건 금시초문인데, 거대한 산양이라? ……좀 희한한 매직 캐스터네요."

산양이란 말에 올란도는 어쩔 수 없이 패배의 기억이 떠오르고 말았다. 산양을 소환했다고 해도 물론 보통 산양은 아니겠지만.

"뭐 그 희한한 매직 캐스터도 그렇지만, 아무튼 그래서 그렇단 거요."

"……그래서 그렇다니? 무슨 말인지 모르겠군."

"나리한테 깨졌을 때도 그랬지만, 나란 놈은 원거리 무기나 마법은 안중에도 없었수. 그딴 건 검으로 꺾어버리면 그만이라고 생각했으니까. 그치만 나보다도 확실하게 강한 왕국 전사장님이 졌다고 한다면, 그런 걸 너무 우습게 본 게 아닌가 싶어서 말요."

"다시 말해?"

"수행을 처음부터 다시 해 볼까 하고 말입죠."

"……우리 나라에서 자네가 이기지 못할 상대에게 도전하겠다는 소리는 아니겠지."

"아닙죠."

올란도가 이기지 못할 상대는 다른 '구색' 중 몇 명.

'청색' 해병대 부대장 엔리케 베르스에.

'백색' 성기사단 단장 레메디오스 커스토디오.

'흑색' 파벨 바라하.

바다에서는 머맨들. 그중에서도 '녹색' 쿠란 투 안 린.

그 외에는 '구색'에는 들어가지 않지만 최고위 신관 케랄트 커스토디오.

다시 말해 이 나라에서도 톱클래스의 지위에 있는 자가 많으며, 그러한 사람에게 도전하려 들면 큰 소동 정도로는 넘어갈 수 없다. 모의전 정도는 같은 '구색'임을 전면에 내세워 밀어붙여 어떻게든 가능할지도 모르지만, 진짜 무기를 들고 싸우는 행위는 절대 용납되지 않을 것이다.

그러나 그래서는 안 된다.

진검으로 싸우는 전투와 모의전은 완전히 다른 것으로, 때로는 승자와 패자가 뒤집힐 때도 있다. 연습과 실전에서 실력이 달라지는 자는 많다. 그리고 강자란, 실전에서 강한 자들을 말한다. 그렇기에 진검을 쓰지 않는다면 수행은 되지 않는다.

"그렇다면 다행이지만…… 어디서 수행할 생각인가?"

"아까 얘기 나온 마도국이란 데에 가 볼까 합죠. 엄청 강한 언데드도 있다지 않수."

아인즈 울 고운 마도국.

자신의 풀네임을 붙이다니 얼마나 자기과시욕에 사로잡힌 거냐는 생각이 들지 않는 것도 아니지만, 그러지 말라는 법도 없다. 게다가 이를 밀어붙여 수긍시킬 만한 힘을 가진 것 또한 사실이다.

"왕국과 성왕국을 오가는 상인에게 들은 적이 있지."

성왕국에는 신전의 가르침이 깊이 뿌리를 내려 언데드를 증오하고 혐오하는 국민성이 있다. 그것은 파벨도 예외가 아닐 것이다. 아니…… 올란도는 자신의 생각을 부정했다. 파벨이 혐오하는 것은 성왕국의 적이어서가 아니라, 아내의 원수여서일 것이다.

하지만 그런 이야기는 꺼내지 않았다. 딸 이야기를 할 때처럼 이성을 잃을 정도는 아니라 해도, 역시 이야기가 길어질 테니까.

"성왕국의 태세는, 마도국에 대해 묵인한다는 거잖수? 딱히 성왕국 사람이 간다고 해도 문제는 없는…… 거 아뇨?"

언데드 병단이란 것이 있다는 마도국은 아무리 좋게 봐도 성왕국과는 같은 하늘을 지고 살아갈 수 없는 적이다. 마도왕의 근거지가 된 에 란텔 사람들이 핍박받고 있을 것을 생각하면 즉시 파병해야 한다는 여론도 크다. 그러나 성왕국은 현재 아인들의 위협에 노출되어 있으며, 이 구릉지대를 평정하기 전까지는 타국에 군사행동을 일으키기란 불가능하다.

국민감정은 둘째 치더라도, 수뇌부는 마도국을 두고 소극적 비난 정도의 대응으로 넘어가는 상태였다.

"……마도국이라. 신청하면 군에 소속한 상태로도 갈 수는 있을 걸세. 상부는 아인 다음은 마도국이 될 거라고 생각하니. 법국과의 공동전선도 생각하는 눈치고."

"호오~ 종교의 차이에서 오는 갈등이 번잡할 것 같구만요."

"그래, 누가 아니라나. 그건 그렇다 쳐도, 소속을 버리지 않는다면 국가에서 지원도 받을 수 있고 귀찮은 입국심사도 없을 걸세…… 아마. 자네가 간다고 하면 마도국의 내정을 알고 싶어 하는 높으신 양반들은 바라 마지않을 텐데."

"그것도 나쁘지 않겠지만요. 그렇게 되면 내 마음대로 쳐들어가고 할 수도 없잖수."

"자네는 말이야…… 그게 농담이 아니니 곤란한 걸세."

"국제문제가 돼버리면 나리에게 미안하지 않겠수."

밤바람이 싸늘하게 불었다. 파벨은 표정 하나 바꾸지 않고 잠시 침묵했으나, 언짢은 투로——늘 그렇기는 하지만——중얼거렸다.

"자네의 그 우락부락한 얼굴도 못 보게 된다고 생각하니 섭섭하군."

올란도는 씨익 웃었다. 짐승처럼 흉흉한 미소이기는 했으나, 사실은 어울리지도 않게 멋쩍어하는 것이었다. 파벨은 가지 말라고는 하지 않았지만 가라고도 말하지 않았다. 돌아올 곳을 마련해 주려고도 했다.

"거참 미안하우. ……뭐, 강해져서 돌아올 겁니다요. 그때는 대련 한판 해 주실라우?"

"자신만만한걸."

올란도의 가벼운 웃음을 받아 파벨도 마찬가지로 웃었다. 그것은 마치 두 마리의 짐승이 마주 보며 으르렁거리는 소리를 내는 것처럼 흉흉하기 그지없었다.

그 타이밍에, 종이 울렸다.

야간조와의 교대시간이 됐구나. 이야기를 너무 오래 끌었다고 나중에 한 소리 듣겠는걸.

올란도의 그런 생각은, 언제까지고 멈추지 않고 울리는 종소리에 무산됐다.

파벨에 이어 올란도도 구릉지대 쪽을 홱 돌아보았다.

이 종소리가 뜻하는 바는 '아인 출몰' 이다.

400미터 이상에 걸쳐 시선을 돌려보았지만 전혀 보이지 않았다. 이 일대는 과거에는 언덕이나 숲 등이 있었지만, 성벽을 세울 때 국가사업의 일환으로 대규모 토목공사를 행해 평지가 됐다.

그런 초원 저편, 서서히 언덕 같은 엄폐물이 늘어나는 곳, 이제는 별빛밖에 존재하지 않는 어두운 지면에 움직이는 그림자 같은 것이 있었다.

"나리."

이 어두운 곳에서 저렇게 멀리 떨어진 곳에 있는 아인의 정체를 파악하기란 올란도에게는 불가능했다. 그렇기에 가장 눈이 좋은 사내를 불렀다.

"틀림없이 아인일세. 스네이크맨이로군."

대답은 즉시 돌아왔다.

스네이크맨은 코브라 같은 뱀의 머리와 비늘이 달린 인간의 몸, 그리고 꼬리를 가진 종족이며 리저드맨의 근친종족으로 여겨지는 아인이다. 뱀 머리에는 강력한 독이 있고, 손에 든 야만스러운 장창에도 그 독을 묻혀놓아, 근접전은 될 수 있는 대로 피하는 것이 좋은 상대였다.

그렇다고는 하나 올란도나 그의 부하들처럼 단련된 육체를 가진 자라면 독의 효과에 저항할 확률은 매우 높다. 비늘은 다소의 방어력을 가졌으되 금속 무기를 튕겨낼 만큼 단단하지는 않다. 꼬리를 능숙하게 쓰지만 무기 중 하나라 생각하면 그만이다. 그 밖에는 뱀 같은 감각기관이 있어서 밤에는 상대가 유리하지만, 그 정도는 어떻게든 대처할 수 있다.

'선봉은 우리가 맡아야 하나? 아니지, 여기 도착하기도 전에 나리네 부대가 전부 쏴 죽여버릴걸.'

스네이크맨은 차가운 것을 싫어하는 성질이 있으므로 금속 갑옷 같은 것은 입지 않는다. 그렇기에 파벨의 부하들 같은 일류 궁병이라면 쏘아 맞히기란 어렵지 않다.

"그래서 나리, 몇 명 정도요?"

여느 때 같으면 스물도 되지 않을 것이다.

"……나리?"

대답이 없어 당황했다. 파벨을 보니, 평소에는 무표정하던 얼굴에 곤혹의 빛이 뚜렷이 어려 있었다.

"왜 그러슈, 나리?"

"……수가 늘어나고 있다니, 이건 어쩌면── 큰일났군! 다른 종족의 모습도 보이고 있네. 아마트, 오우거, 저건 케이븐인가?"

"뭐라굽쇼?!"

구릉지대에는 수많은 아인이 존재하지만 서로 사이가 좋지는 않다. 오히려 영토를 둘러싸고 다투었으며, 고블린과

오우거처럼 공존하는 경우나, 한쪽이 노예로 혹사당하는 경우를 제외하면 다른 종족과 보조를 맞춰나가지는 못한다. 다른 종족에게 영토를 빼앗겨 밀려나는 형태로 성왕국에 쳐들어오는 경우까지 있을 정도다.

그러면 이번에도 그런 경우일까? 만약 그렇지 않다면――.

"대침공?"

누군가의 목소리. 본인은 혼잣말을 중얼거렸을 뿐이었는지도 모르지만 공연히 크게 들렸다.

"올란도. 묻고 싶은 게 있네."

파벨의 목소리에는 무어라 말해야 좋을지 모를 긴장감이 있었다. 아니, 당연한 노릇이다. 인종, 문화, 종교. 같은 종족이라 해도 서로 다른 나라가 여럿 존재하듯, 통일국가를 만들기란 매우 어려운 일이다. 종족이 다르면 더더욱 그렇다. 그렇기에 구릉지대에 존재하는 아인들이 하나로 통합되는 일은 거의 불가능에 가까울 터.

하지만 그런 일이 일어났다면, 그것은 국가의 존망을 건 싸움의 시작이 될 것이다.

그리고―― 올란도는 부르르 몸을 떨었다.

다양한 종족을 한데 통합하려면 알아보기 쉬운 힘이 필요하다. 인간이라면 재력이나 지력 같은 것도 힘에 속하겠지만, 아인들의 경우 가장 중시되는 것은 완력. 다시 말해――.

'――무시무시한 강적이 있을지도 모른다는 소리구만.'

"자네가 이제까지 기른 전사의 감으로 대답해 주게. 놈들이 이 대요새—— 가장 방비가 단단한 이 장소에 모습을 나타낸 이유는 다음 중 어떤 것이라 생각하나? 하나, 방비가 얇은 곳을 돌파하고자 미끼로 별동대가 된 것이다. 둘——."

"——정면으로 돌파할 자신이 있다. 여기서 성왕국 전력의 5분의 1을 철저하게 두들겨 부숴버리자."

올란도는 파벨의 날카로운 시선을 옆얼굴에 느끼면서도 이야기를 멈추지 않았다.

"그리고 동시에 이 요새를 교두보로 삼자. 아울러 성왕국의 사기를 떨어뜨리면서 우리의 사기를 올리자. 뭐 그런 거 아니겠수?"

"……국가 총동원령이 발동될지도 모르겠군."

"하하! 성왕국 역사상 한 번밖에 일어나지 않았던 대전쟁을 우리 시대에 다시 겪게 되다니, 참 뭐라고 말을 못하겠수."

"……나는 상부에 보고하고 오겠네. 자네도 따라오게."

"알겠수, 나리! 애들아! 이제부터 즐거운 잔치가 시작될 거다! 예비무기 몽땅 쓸어와!"

적이 대군일수록 진형을 갖추는 데에 시간이 걸릴 것이다. 그것도 다채로운 종족이라면 더더욱. 하지만 그것은 이쪽도 마찬가지다. 군세인 이상 준비에는 시간이 걸리는 법이다. 설령 최전선이라 해도 그렇다.

해야 할 일은 놀랄 정도로 많이 있다. 이제는 느긋하게 굴 시간 따위 없다.

올란도는 파벨의 뒤를 따라 달려갔다.

## 2

적의 대군세가 천천히 진형을 갖춰나갈 동안 파벨은 자신의 목이 시큰거리는 것을 느꼈다.

적의 침공이 늦어질수록 이쪽도 병력을 이 대요새에 많이 집결할 수 있으며, 나아가서는 총동원령을 내리는 데 시간을 확보할 수 있으므로 상관들은 이를 환영하는 듯했으나, 파벨의 생각은 달랐다.

아인 중에는 인간과 같거나 그 이상의 지성을 가진 자도 있다. 이만한 군세를 통솔하는 자가 어리석고 멍청할 리가 없다. 그렇다면 이쪽에 시간을 주었을 때의 불이익도 모를 리가 없다. 그리고 지금은 완전한 밤. 앞으로의 전투는 아인 측에게 유리하게 작용할 것이다. 화톳불을 밝힌다 해도.

파벨은 400미터 전방에 전개 중인 적 진지를 노려보았다.

종족 단위로 통솔되고 있을 뿐, 소유한 무기 혹은 전법이나 종족 특성 등을 고려하지는 않은 듯했다.

아마 아인들은 하나의 깃발 아래 통합된 군대는 아닐 것이다. 그렇지 않다면 좀 더 합리적인 대열을 짰을 테니까. 어쩌면 다두정치처럼 몇몇 종족이 수평 권력을 가진, 이를테면 '아인연합' 같은 것일까.

"잘 안 보이는데, 적의 대장은 찾았수, 나리?"

"……아니. 아직까지 적의 수괴로 보이는 자의 모습은 찾지 못했네."

부하들에게서도 그런 모습을 보았다는 보고는 올라오지 않았다.

그러나 분명 지휘관에 해당하는 자가 있을 것이다. 그렇지 않다면 대오를 짜기도 어렵다.

"언제까지고 숨어 있지는 않을 걸세. 틀림없이 전선에 나타나겠지."

아인들의 성질상 통솔자는 높은 전투력을 지녔으며, 자신의 무위를 과시하기 위해 직접 모습을 드러낸다.

그리고 그때야말로 파벨이 일을 할 최적의 타이밍이다.

파벨은 자신이 든 활을 힘껏 쥐었다.

아인을 상대하는 데 특화된 마법이 담긴 콤포지트 롱보우였다. 그게 다가 아니라 그림자 속에 숨어들어 잠복을 유리하게 해 주는 〈그림자 망토Manteau of Shadow〉, 발소리를 없애 주는 〈무음신발Boots of Silence〉, 저항력을 높여 주는 〈저항의 겉옷Vest of Resistance〉, 사격무기에 대한 수비력을 주는 〈빗나감의 반지Deflection Ring〉 같은 것까지 지급된 것은 그만큼 파벨이 국가에서 중요시되기 때문이다.

"너희도 언제든 쏠 수 있도록 준비해 두어라."

어둠에 녹아든 것처럼 주위에 몸을 숨긴 부하들에게 지시를 내렸다.

인간이라면 사절을 교환하고 선언문을 낭독하는 등 귀족스러운 전쟁을 할 수도 있겠지만, 이 요새에 주둔한 장교를 포함해 성왕국 백성 중 구릉지대에서 온 아인과 협상할 마음이 있는 사람은 없다. 기껏해야 기만술이나 책략으로 시간을 끌기 위해 협상하는 척하는 정도일 것이다. 상대의 지휘관은 발견 즉시 사살할 생각이었다.

"……슬슬 자네도 자기 부대로 돌아가는 게 어떻겠나."

"그렇게 하겠수, 나리. 조심하쇼."

"그래. 자네도."

떠나가는 올란도의 등을 바라보며 파벨은 다소 불안을 품었다.

아인이 가진 특수능력 중에는 몇몇 치명적인 것도 있다.

이를테면 거쌍안족(巨雙眼族)의 마안(魔眼).

이들은 얼굴의 균형이 이상하게 느껴질 정도로 거대한 두 눈을 가진 아인인데, 그들이 가진 두 종류의 마안 중 하나가 〈매료Charm〉다. 이를 받으면 무의식중에 상대에게 다가가고 만다. 성벽 위에 있음에도 눈 아래의 아인에게 최단거리로 접근하려 드는 것이다.

이처럼 특이한 능력에 대한 저항력을 강화하기 위해 보통은 매직 아이템을 장비하지만, 올란도는 그러한 것들을 지급받지 않았으며, 운이 나쁘면 한 방에 당할 가능성이 있다.

불안을 달래기 위해 눈을 감자, 문득 파벨의 뇌리에 한 여성의 모습이 떠올랐다.

'구색' 중의 일색. '백색'의 칭호를 가진 사람이다.

'그 녀석과는 다른 의미에서 불안한 여자지. 지식이 부족한 탓에 주위에 민폐를 끼치기 쉬워. 도색(桃色)이 고생하는 것도 이해가 가. ……우리 딸은 왜 그런 데를 들어가려 하는지. 그냥 좋은 남자와 만나서 연애도 하고 맺어지기도 하면 좋았으련만—— 아차차!'

딸에 대한 걱정이 하염없이 부풀어, 머리를 흔들어 이를 털어냈다.

마음을 바꿔먹자는 의미에서도 다시 아인들의 진지를 보았다.

언덕 너머에 얼마나 많은 아인이 있는지는 모르지만, 펄럭이는 깃발의 수는 많다. 저 깃발의 수가 위장이 아님은 이 요새의 유일한 제3위계 마력계 매직 캐스터가 하늘을 날아서 확인하고 왔다.

그렇다면 실제로 저만한 군세를 모은 것이다. 결코 탐색전으로 끝나지는 않을 것이다.

파벨은 늘 하던 의식을 시작했다.

품에서 나무로 깎아 만든 인형을 꺼내, 입을 맞추었다.

딸이 여섯 살 때 만들어 준 인형이다. 동그란 덩어리에 막대가 네 개 튀어나온 이 괴상한 인형을 아빠라고 만들었다고 한다. 멋있는 몬스터구나 하고 칭찬해 주었다가 울려버렸던 것을 파벨은 똑똑히 기억한다. 아내의 발차기와 함께.

몇 번이고 문지른 탓에 다 닳아버려서, 눈이며 입을 새겨놓은 자리는 매우 희미해지고 말았다. 그 무렵보다도 성장했으니 좀 더 자신을 닮은 인형을 만들어 주었으면 싶었지만, 부모 마음 헤아리는 자식은 없는 법이라고 그럴 기미는 조금도 보이지 않았다.

이곳에서의 근무가 길어지면서 딸과 아내를 만날 기회가 줄어들었기 때문이리라. 나날이 딸과의 거리가 벌어지는 듯했다. 옛날 같으면 금방 달려와 안겼을 텐데, 언제부터인가 돌아와도 안기지 않게 됐다.

아내는 웃으며 아버지 품을 떠날 때가 되지 않았느냐고 했지만, 파벨에게는 큰 사건이었다.

'휴가를 두 달쯤 얻을 수 있으면 옛날처럼 다 같이 캠핑이라도 갈 텐데.'

레인저의 지식을 가르쳐 주자 딸이 감탄과 존경의 눈빛을 보낸 적이 있다. 여기에 기대해 보는 작전이었다. 그렇게 잘 되지 않으리라는 것도 잘 알지만.

인형을 다시 품에 넣었다.

딸도 지금은 성기사를 지망해, 집에 붙어 있지 않는다. 파벨이 오랜만에 집에 돌아가도 딸이 없는 경우가 많았다.

'역시 근처에 사는 남자와 결혼하는 편이 그나마── 아니 조금, 아니 미미하게나마 낫지.'

성기사라는 삶은 딸에게 가장 어울리지 않는 길이다. 계속 지켜봐 왔으니 틀림없다.

딸은 성기사인 어머니의 모습을 동경해 그 길을 선택하고 말았다. 하지만 그래서는 성기사 실격이다.

자신이 믿는 정의를 실천하는 기사가 바로 성기사인 것이다.

그렇기에──아내가 무서워서──입 밖으로 꺼낸 적은 없지만, 성기사란 광신자라는 생각도 있었다.

'우리 아이는 그걸 알고 있을까……. 몰랐으면 좋겠지만…….'

"──엄청난 숫자로군요."

곁에서 숨을 죽인 채 적의 진지를 바라보던 부관의 혼잣말에 제정신을 차린 파벨이 대답했다.

"음, 그렇군. 그러나 두려워할 필요는 없네. 나를 보필해 주기만 하면 돼."

부관만이 아니라 주위의 부하들이 내뿜는 공기가 살짝 누그러졌다.

'그래, 그러면 된다. 긴장은 저격의 천적이니.'

파벨이 무표정——자신은 그렇게 생각하지 않지만——을 지우고 슬쩍 웃었을 때, 적 진지에서 움직임이 있었다.

한 아인이 천천히 앞으로 나온 것이다.

저렇게나 많은 아인이 있음에도, 호위 한 명 거느리지 않았다. 그것은 필요가 없어서일까, 아니면 자아도취일까. 그것도 아니면 죽어봤자 아깝지 않은 단순한 메신저이기 때문일까.

"쏠까요?"

"관두게. 하지만 사선은 확보할 수 있도록 이동해. 그리고 내 명령을 기다리고."

부하에게 작은 목소리로 명령하자 그림자가 달려나가듯 부하들이 주위로 크게 흩어졌다.

적의 대장인지, 단순한 메신저인지 판별하고자 파벨은 상대를 노려보았다.

'저 아인……은 대체 무슨 종족이지? 이제까지 본 적이 없는 것 같은데……. 저 옷은 대체 뭐란 말인가? 민족의상인가? 가면도 그런 건가?'

인간이 아님은 분명하다. 허리 뒤에서 꼬리 같은 것을 드러내고 있다.

문제는 그 아인의 복장이었다. 민족의상이라 생각하고 보면 그런 느낌이 들지 않는 것도 아니었다. 하지만 멀리서도 알 수 있을 정도로 만듦새가 좋고, 인간과 비교해도 매우 고도한 기술을 가진 것처럼 여겨졌다.

'문화 수준이 높은 아인은 성가신데…….'

파벨만이 아니라 성벽에서 대기 중이던 모든 병사들이 마른침을 삼키며 그 아인의 일거수일투족을 감시했다. 그런 긴박한 공기 속에서, 아인은 성벽 앞 50미터 정도까지 다가왔다.

"거기서 멈추어라! 그 너머는 성왕국의 영토! 네놈들 아인이 와도 될 곳이 아니다! 속히 물러나라!"

멀리 떨어진 파벨에게까지 들리는 고함을 터뜨린 것은 대요새의 최고책임자, 성왕국에 다섯밖에 없는 '장군' 의 자리에 있는 사내였다. 윤기가 없는, 흠집투성이 풀 플레이트 아머를 착용한 사내의 목소리는 아랫배까지 울렸다.

그의 주위에 있는 참모가 한 사람뿐인 것은 적이 공격을 시도했을 때 말려들어서는 안 되기 때문이리라. 그 대신 타워 실드를 든 병사 몇 명이, 무슨 일이 있으면 즉각 튀어나갈 수 있도록 뒤에 숨어 대기 중이었다.

반면 아인의 목소리는 부드러워 귀에 착착 감겼다. 사람의 마음에 슬며시 파고드는 듯한 깊이가 있었으며, 또한 이만한 거리가 있음에도 파벨에게까지 똑똑히 들렸다.

"그것은 당연히 알고 있습니다. 헌데── 당신은 어떤 분이신지요?"

"나는── 이 성벽을 지키는 책임자다! 너야말로 누구냐!"

굳이 상대에게 정보를 줄 필요가 어디 있다고. 파벨은 얼굴을 찡그렸다. 하지만 저 장군이 그런 물밑계략을 구사하지 못하는 사람임은 잘 안다. 그러므로 이것은 일어날 수밖에 없었던 일이라 생각해야 한다.

"그렇군요, 그렇군요. 이름을 물으셨으니 대답하지 않는 것도 실례겠지요. 처음 뵙겠습니다, 성왕국 여러분. 저의 이름은 얄다바오트라고 합니다."

"설마!"

고함을 지른 것은 장군 근처에 있던 참모였다.

"대악마 얄다바오트! 왕국의 왕도에서 악마들을 이끌고 날뛰었다는 그 악마!"

"오오! 저를 아시는 분이 계시다니 영광입니다. 바로 그렇습니다. 리 에스티제 왕국에서 박수갈채를 받은 연회를 개최한 것이 바로 저였지요. 그러나── 대악마라니, 그건 슬픈 호칭이로군요. ……어디 보자, 저를 부르실 때는 마황(魔皇) 얄다바오트라고, 그렇게 불러 주십시오."

파벨은 마황 얄다바오트라는 말을 입속에서 굴려보았다.

너무나도 오만한 자기소개였지만, 그의 뒤를 따르는 온갖 아인들의 존재와 풍문으로 들은 왕도의 소동을 떠올려 보면 그 이름은 잘 어울린다고 할 수 있었다.

"네 이놈! 왕국에 이어 우리 나라에서도 행패를 부릴 생각이냐!"

"아니오, 그건 조금 다릅니다. 왕국에서는 매우 무시무시한 전사와 만났던지라——."

얄다바오트가 따분하다는 듯 어깨를 으쓱했다. 그 움직임은 참으로 기품이 있어, 파벨은 인간 귀족을 상대하는 듯한 착각을 느꼈다.

"——뭐, 그런 이야기는 생략하기로 하지요."

"그러면 무슨 볼일이 있단 말이냐! 왜 아인들을 이끌고 여기까지 왔나!"

"저는 이 나라를 지옥으로 바꾸고 싶어서 온 것입니다. 비명이, 저주가, 절규가 하염없이 울려 퍼지는 그런 즐거운 나라로 만들고 싶습니다. 하지만 아무리 그래도 수백만이나 되는 인간 한 사람 한 사람을 상대로 놀아 줄 수도 없는 노릇. 그러기 위해 이들을 데리고 왔지요. 이들이 저를 대신하여, 인간이라는 나약한 생물을 절망의 늪에 어깨까지 빠뜨린 채 비탄과 애원의 고함을 지르도록 해 줄 것입니다."

얄다바오트는 매우 즐겁게 말했다.

그 순간 파벨은 '사악(邪惡)'이라는 말의 의미를 깨달았다. 성직자들이 소리 높여 외치는 '사악한 아인들' 따위는 어차피 전의를 고양시키기 위한 프로파간다에 지나지 않았다. 잠꼬대나 다름없다. 한 발 물러나서 바라보면 아인의 침공 따위 먹이터를 찾아다니는 자연의 섭리일 뿐이니.

파벨은 온몸에 소름이 돋는 공포에 사로잡혔다. 그와 동시에 강한 결의를 품었다.

아내와 딸이 있는 성왕국의 땅에 저 악마를 결단코 들여놓지 않겠다.

활을 쥔 손에 힘이 들어갔다.

얄다바오트라는 자가 이것으로 위협할 생각이었다면 큰 실수다. 인간은 그렇게까지 겁 많은 생물이 아니다. 인간을 우습게 본 자신의 어리석음을 뼈아픈 반격으로 맛보도록 해라.

이 땅에 있는 것은 성왕국을 지키겠다는 강철의 의지를 가진 자들. 최근에는 녹이 슨 것처럼 보인다 해도 아직까지 조국에 대한 뜨거운 마음이 있다.

"――그러한 짓을 여기 있는 우리가 용납할 것 같으냐! 들어라, 어리석은 얄다바오트!"

장군이 부르짖었다.

그렇다. 그야말로 짖었다.

"이곳은 성왕국의 첫 방벽이자 최후의 방벽! 우리의 등 뒤에 있는 성왕국 백성들의 안식! 너희에게 짓밟히도록 내버려 두지는 않을 것이다!"

장군의 목소리를 마중물 삼아 근처에 있던 병사들이 "와아아아!" 포효를 질렀다. 단숨에 전의가 타오른 순간이었다. 파벨도 은신 중이 아니었다면 마찬가지로 소리를 지르고 싶었다. 슬쩍 몸을 떤 자신의 부하들도 마찬가지였으리라.

그러나 맥 빠지는 박수 소리가 여기에 찬물을 끼얹었다. 악마는 한동안 그렇게 손뼉을 친 후, 입을 열었다.

"요람을 지키는 파수견이라 이거군요. 싫지는 않답니다. 무언가를 지킨다는 것은 매우 중요한 일이지요. ——마음에 들었습니다. 여기서 포로로 삼은 자들에게는 제가 할 수 있는 최고의 환영을 해드리지요."

웃음소리가 섞인, 정말로 즐거워하는 듯한 목소리.

얄다바오트는 딱히 고함을 질러 대화하는 것도 아니었다. 그렇기에 파벨의 위치에서는 듣지 못하더라도 이상할 것이 없다. 그럼에도 어째서인지 목소리는 뚜렷하게 들렸다. 마치 자신들의 바로 등 뒤에서 말을 거는 듯 이상한 기분이었다.

'——마음에 두지 마라. 그런 마법도 있으니.'

확성 효과를 가진 마법이나 마법의 도구가 존재한다. 얄다바오트가 그런 것을 썼을 가능성은 충분히 있다. 다만 등에 달라붙은 듯 언짢은 감각이 떨어질 줄 몰랐다.

"투항 따위 인정하지 않겠습니다. 저를 최대한 즐겁게 해주십시오. 그러면—— 시작하지요."

파벨은 부하에게 사살 명령을 내렸다.

장군의 지시를 기다리거나 하지는 않았다. 그들은 독자적인 재량으로 행동해도 좋다는 허가를 받았다. 적 사령관을 노릴 타이밍이 그리 쉽게 찾아오는 것은 아니며, 일일이 윗선의 허가를 받았다간 그 기회를 잃어버리기 때문이다.

파벨은 일어났다. 주위의 부하들도 따라서 일어났다.

조준은 한순간. 50미터 정도 파벨에게는 지근거리나 마찬가지다. 여기서 확실하게 죽이겠다는 의지를 담아 시위를 당기고—— 파벨은 얄다바오트와 가면 너머로 시선이 교차했음을 직감했다.

'도망칠 시간도 방어할 시간도 주지 않겠다. 혼자 전선으로 기어 나온 그 오만함을 후회하거라!'

"——발사!"

파벨의 목소리에 맞춰, 총 51발의 화살이 솟았다.

마법의 활에서 튀어나간 마법의 화살이다.

불꽃의 화살은 붉은 궤적을 남기며, 얼음의 화살은 푸른 궤적을 남기며, 벼락의 화살은 노란 궤적을 남기며, 산(酸)의 화살은 녹색 궤적을 남기며, 파벨이 쏜 선(善)의 화살은 흰색 궤적을 남기며 허공을 달렸다.

한껏 당겼던 시위에서 튀어나간, 호를 그리지 않고 일직선으로 날아간 화살은 한 발도 빗나가지 않고 얄다바오트의 몸에 박혔다.

특히 파벨의 사격은 강렬했다. 무투기나 특수기술을 구사한 사격은 높은 상단에서 내려치는 중전사의 일격에도 필적하는 파괴력을 지녔다. 이 일격을 받으면 풀 플레이트를 입은 전사가 뒤로 날아가 땅바닥에 구를 정도다.

하지만—— 51발의 화살을 온몸에 받았으면서도 얄다바

오트는 미동조차 하지 않았다.

그리고 눈을 의심하는 일이 벌어졌다.

몸을 관통했을 화살이 후둑후둑 지면에 떨어진 것이다.

'아니?! ——날아드는 물체에 대한 방어능력인가?!'

최대한 빨리 두 번째 화살을 준비하면서 파벨은 얄다바오트가 어떻게 화살의 일격을 막아냈는지를 얼른 생각했다.

일부 몬스터는 능력으로 공격을 무효화할 수 있다. 이를테면 라이칸스로프는 은제 무기가 아니면 거의 대미지를 줄 수 없다.

이처럼 얄다바오트도 비슷한 능력을 가졌다고 생각할 수 있다. 그러면 얄다바오트의 방어를 어떤 공격이라면 뚫을 수 있을 것인가.

지금 쏜 화살은 강철제이며, 사악한 자에게 강한 효과를 발휘하는 선의 힘이 깃들었다. 악마가 이를 완전히 막아내다니 말도 안 되는 이야기지만, 어쨌든 무효화됐다는 사실에는 변함이 없다. 그렇다면 다른 종류의 화살을 사용해 상대의 정보를 모으고, 비밀의 베일을 벗겨내는 것이 승리로 이어질 것이다.

다음으로 파벨이 준비한 것은 은화살이었다. 여기에도 선의 힘이 깃들어 있다.

"——그러면 저도 첫수를 쓰도록 하겠습니다. 시시한 선물입니다만 받아주시면 고맙겠습니다. 제10위계 마법, 〈운

석낙하Meteor Fall〉."

파벨은 머리 위에서 피할 수 없는 속도로 접근하는 것을 감지했다. 고개를 들어보니 그곳에 있던 것은 빛의 덩어리.

뜨겁게 달아오른 거대한 바위── 아니, 그보다도 큰 무언가.

온 시야를 빛이 감싸는 가운데, 한순간 광채 속에 아내와 딸의 모습이 보였다.

환영이라는 것은 잘 안다. 지금 딸은 스스로 살아갈 길을 선택할 만큼 성장했다. 그럼에도 지금 보인 딸은 조그맣고, 그녀를 안고 있는 아내 또한 젊었다.

'아니, 당신은 지금도 젊다고 말하지 않으면 죽──.'

*

하늘을 찢으며 성벽에 도달한 운석이 대폭발을 일으켰다. 뱃속까지 울려 퍼지는 듯한 굉음. 그리고 발생한 거대한 폭발은 그곳에 있던 모든 것들을 휩쓸고 성벽을 파괴했다.

폭풍에 치솟았던 토사가 쏟아지고, 이내 흙먼지가 천천히 걷혔다.

그곳에는 성벽이 흔적도 없이 터져 나간 광경이 펼쳐졌다.

그곳에 있던 병사가 어떻게 됐는지는, 헤집힌 성벽을 보면 더 생각할 것도 없었다.

인간 따위가 저곳에 있고도 살아남을 리가 없다.

물론 데미우르고스는 안다. 이를 견디는 인간도 있음을. 과거 지고의 존재가 만들어냈던 성지 나자릭 지하대분묘에 발을 들였던 어리석은 것들을 말한다. 하지만 사전에 충분한 정보를 수집해서, 이곳에 그런 인간이 존재하지 않음은 이미 확인을 마쳤다.

"그러면 준비는 이 정도면 됐겠지요."

데미우르고스는 손으로 정장을 털었다. 흙먼지를 뒤집어썼던 것은 아니지만 충돌의 충격에 날아온 분진이 자신에게까지 미쳤는지 조금 흙냄새가 나는 기분이 들었던 것이다. 아니—— 그렇지 않았어도 같은 행동을 취했으리라. 이것은 자신을 창조해 주신 분께 하사받은 소중한 옷이므로.

물론 데미우르고스는 이것 말고도 옷이 많이 있지만, 그렇다고 해서 소홀히 다뤄도 되는 것은 아니다.

위대한 창조주를 떠올리며 가면 안에서 기쁘게 웃음을 짓고는, 꼴사나운 모습을 드러낸 인간들을 보았다.

추가타를 가한다면 적의 혼란은 더욱 커지고, 그때 아인들을 시켜 공세를 가하면 완전한 와해도 이끌어낼 수 있다. 하지만 그런 짓을 하려고 이런 마법을 쓴 것이 아니다.

데미우르고스가 쓸 수 있는 마법은 매우 적으며, 제10위계 마법은 이것 말고 딱 하나뿐이다. 그의 진가는 특수기술에 있다. 마법을 쓴 것은 힘을 아끼기 위함이었으나, 눈앞에 펼쳐진 광경은 충분히 가엾고 처참했다.

반격하려는 자는 없었으며, 정보를 수집하고 조직을 재편하느라 필사적인 듯했다.

'지휘관을 죽이지도 않았는데……. 그 점이 이상하다는 사실을 깨달았기에 보이는 혼란도 아닌 듯하군요…… 이거 정말 괜찮을지?'

데미우르고스는 인간들에게 등을 보이고 자신의 노예들이 구축한 진지로 걸어나갔다.

뒤에서 날아올지도 모를 공격을 경계하려는 기미조차 없다.

이미 충분한 정보 수집을 마쳤기에 보이는 여유였다.

데미우르고스는 강하다.

분명 계층수호자로서는 하위에 속할지도 모르지만, 싸울 때는 필승의 자신이 있었다. 왜냐하면 싸운다는 행위는 이기기에 비로소 하는 것임을 알기 때문이다. 바꾸어 말해 이기지 못한다면 명령을 받지 않는 한 싸움을 선택해서는 안 되기 때문이다.

데미우르고스가 이기지 못하는—— 다시 말해 필승이라는 토대를 마련할 수 없는 상대는 단 하나.

자신을 능가하는 지성을 가졌으며, 상상을 초월하는 책모를 펼치고, 영겁이라고 여겨질 정도의 먼 미래까지도 세계 정세를 내다보는, 자신의 손아귀에 모든 것을 장악해버린 궁극의 정점.

나자릭 지하대분묘 최고지배자, 아인즈 울 고운.

데미우르고스가 자신의 충성심을 바칠 지고의 존재뿐이다.

'언데드를 대량으로 만들고 계신 것도 책모의 일환. 그 책략이 맞아떨어지면 이제는 누구도 아인즈 님을 다치게 할 수 없게 되겠지요. 정말로 무시무시한 분. 그리고 그만한 분이 우리를 지배하신다는 것이 얼마나 행복한지를 다른 자들은 이해하고 있을까——.'

쿠웅 하는 소리가 나, 처음으로 생각지 못한 일이 일어났음을 안 데미우르고스는 어깨 너머로 소리가 들린 곳을 확인했다.

아마 성벽 위에서 뛰어내렸는지, 한 남자가 천천히 몸을 일으키는 중이었다.

"나, 나리가 죽어버렸어. 내, 내가 쓰러뜨리고 싶었던 사람이이이!"

사내가 말하며 두 손에 검을 뽑아 들었다.

데미우르고스는 그의 외견을 통해 모은 정보를 검색했다. 해답은 금세 나왔다.

위협도—— 버러지.

오산률—— 전무.

중요도—— 모르모트.

즉, 쓰레기였다. 다만 '구색' 이라는 힘 있는 자——모두가 강한 것은 아니지만——중의 일원이었으므로, 생포할 수 있다면 온갖 실험에 써도 되겠다는 생각은 들었다.

"으아아아아아!!"

고함을 지르며 사내가 달려온다.

'느리군. 너무나도 느리군요. 이 정도 속도라면 좀 더 머리를 써서 행동해야 하는 것 아닌지? 〈정적Silence〉을 걸어 조용히 내려와 조금이라도 거리를 좁힌다거나…….'

자신의 동료라면 눈 깜짝할 사이에 좁혔을 거리를, 사내는 느릿느릿 달려왔다.

이 저능한 자는, 데미우르고스가 모은 정보에 따르면 사용하는 무기를 파괴하는 대신 그 몇 배의 위력을 낳는 특수기술을 가졌다고 한다. 그렇기에 두 손에 검을 들고, 또한 허리에 같은 검을 몇 자루씩 찬 것이다.

'어떻게 죽일까요. 되도록 깔끔하게 해치우는 편이 가지고 돌아갈 때—— 아, 겨우 도착했군요.'

사내가 피를 뿜는다 해도 자신에게는 닿지 않을 만한 거리를 확보하면서 데미우르고스는 명령했다.

"——『그 검으로 자신의 목을 꿰뚫거라』."

푹, 하는 소리가 들렸다.

들고 있던 검으로 자신의 목을 꿰뚫은 사내의 눈에 이해할 수 없다는 감정의 빛이 떠올랐다. 안광이 희미하고 탁한 유리구슬처럼 되고, 거의 동시에 그자가 무릎을 꿇고 쓰러졌다.

비통한 외침이 성벽 위에서 들려왔다.

데미우르고스는 발을 돌려 사내의 곁으로 다가가더니, 목깃에 검지 하나를 걸어서 들고는 그대로 진지로 귀환했다.

돌아온 순간, 자신의 앞에 각 종족의 대표자——권력자가 아니다——가 모여들었다.

데미우르고스의 머릿속에서 아인들은 두 종류로 구분됐다.

하나는 피에 굶주려서, 인간을 식량으로 삼기에, 강자를 따르기에 등등 데미우르고스에게 플러스 감정으로 복종하는 종족. 또 하나는 데미우르고스에 대한 공포 같은 마이너스 감정으로 복종하는 종족이다.

데미우르고스는 후자의 그룹에서 하나를 고르기로 했다.

"집합에 왜 이리 시간이 걸립니까."

그 말만을 하고는 그룹 안에서 적당히 고른 아인의 어깨언저리를 쥐었다. 제룬이라 불리는 종족이다. 그리고 그대로 어깨의 피부를 뜯어냈다. 데미우르고스는 계층수호자 중에서는 완력이 약한 축에 속하지만, 그래도 이 정도는 할 수 있다.

언어를 이루지 못하는 절규와 함께, 어깨의 피부와 약간의 살점이 뜯겨나간 아인은 격통으로 땅바닥에 굴렀다.

"그러면 공격을 개시해 주십시오. 피해가 지나치게 많이 나오지 않도록. 이 성벽을 넘은 후부터가 진짜니까요."

데미우르고스는 갑자기 다정하게 말을 걸었다.

나자릭에 속한 자들에게 보이는 그의 다정함은 진짜다. 데미우르고스는 동료에게는 지극히 다정하다. 그러나 그 밖의 자들에게 보이는 다정함은 도구에게 보내는 격려 이상도 이하도 아니다.

명령을 받은 아인들이 동족에게 달려갔다. 땅바닥을 구르던 아인도 예외는 아니었다.

데미우르고스의 명령에 복종해, 뛰어난 결과를 낸 자들에게만이 행복한 결과가 기다리고 있다고 말해 두었기 때문이다. 물론 반대의 결과를 낸 자들에게는 그에 어울리는 미래가 기다리고 있다고도 말해 두었다.

데미우르고스는 다정한 미소를 지으며 달려가는 아인들의 뒷모습을 바라보았다.

"――그러면 다음 단계로 넘어갈까요. ――악마들이여."

데미우르고스는 자신의 특수기술을 발동해, 일회용 악마들을 대량으로 소환했다.

데미우르고스가 보기에는 매우 약한 부류에 속하는 악마지만, 더 강한 악마를 소환하려면 숫자를 줄여야 한다. 지금 중요한 것은 악마에게 습격당했다고 성왕국 병사들이 선전해 주는 것. 다시 말해 숫자가 필요했다.

"잘 들으십시오. 아인들을 지원하는 겁니다. 그리고 어느 정도로 인간들을 잘 몰아붙이십시오. 요새에서 누구 하나 본

국으로 돌아가지 못하는 어리석은 짓을 저지르지 않도록."

저급 악마들이 고개를 끄덕이고는 일제히 하늘로 날아올랐다.

소환된 몬스터는 소환자가 아는 정보를 어느 정도 공유하기는 하지만, 상당히 어중간하다. 적이 누구고 아군이 누구인지를 파악하는 정도라고 생각해 두는 편이 낫다. 그렇기에 소환했을 때는 구두로 명령을 내려야 한다.

'그건 그렇고…… 던져진 공이 노린 곳에 잘 떨어졌다면 좋으련만.'

데미우르고스의 명석한 두뇌는 온갖 상황을 고려해 수십 가지의 전개를 계산하고, 목적한 대로 가도록 수정안을 마련해 둔다. 다소 계획이 틀어지는 정도는 이미 상정해 두었다. 다만 이따금 극도로 어리석은 자는 정말로 상정하지 못한 짓을 저지르는 법이다.

'아인즈 님처럼 지혜로우신 분이라면 어리석은 자들의 행동마저 완벽하게 읽으시겠지만…… 저는 아직 멀었군요. 그래도 아인즈 님께서 즐겨 주시면 좋을 텐데…….'

그 생각을 하자 데미우르고스의 심장 고동이 빨라졌다. 준비하는 데 시간을 충분히 들인 무대를 지고의 주인이 즐기지 못한다면, 자신은 어찌해야 좋단 말인가.

'성왕국 여러분. 진심으로 바라옵건대 아인즈 님을 즐겁게 해 주십시오. 가엾은 여러분의 모습으로 말입니다…….

그건 그렇다 쳐도 이번에는 어떻게 내 계획을 수정하셔서 더 나은 결과를 보여주실지.'

존경하는 교사에게 수정 지시가 있기를 기다리는 학생처럼, 기대와 흥분으로 뜨거워지는 가슴을 안은 채 데미우르고스는 미소를 지었다.

'아인즈 님께서 이루신 것을 보고 배워 더 뛰어난 자신을 목표로 삼고, 한층 충성스럽게 일한다. 아아, 이 얼마나 아름다운 일인가!'

지고의 존재를 섬기기 위해 창조된 데미우르고스에게, 힘을 다해 주인을 섬기는 것 이상의 기쁨은 없다.

"아아, 정말로 기대되는군요……."

3

아인연합군――그것도 대군――이 가장 견고하며 많은 병사를 보유한 중앙대요새를 무너뜨리고 성벽을 넘었다는 정보는 즉시 성왕국 전체로 퍼져나갔다.

아인연합의 총대장은 마황 얄다바오트.

왕국에서 날뛰었던 악마이며, 압도적인 마법의 힘으로 성벽을 종잇장처럼 찢어발겼다고 한다.

아인연합은 모두 18개 종족으로 이루어졌으며, 추측할 수 있는 총 병력은 10만 이상. 그러한 아인의 군세는 성벽의 파괴, 그리고 요새의 파괴에 부심해 침공은 정체 중.

이 소식을 접한 성왕국의 정점, 성왕녀는 국가 총동원령을 발령.

성왕국은 만을 끼고 남북으로 펼쳐졌으므로 군대를 움직이면 필연적으로 2개 군단이 만들어진다. 북부 성왕국군과 남부 성왕국군이다.

각각 북부의 요소인 도시 칼린샤, 남부의 요소인 도시 데보네를 향해 군단을 이동시키고, 적의 움직임을 살피기를 며칠.

상황을 긴박하게 만드는 보고가 성벽을 감시하던 관측병에게서 들어왔다.

——아인연합군 총병력, 그대로 서쪽을 향해 침공——

——북부성새도시 칼린샤 도달까지 며칠로 추정——

"그렇구나. 그러면 역시 이곳이 전장이 되겠어."

입을 연 것은 성왕녀 칼카 베사레스.

계승 순위는 낮았던——성왕국은 지금껏 남자가 왕위를 계승했었다——탓에 원래 같으면 성왕의 지위에는 오르지 못했어야 하지만, 두 가지 자질로 왕관을 쓰게 됐다.

하나는 아름다운 외모. 로블의 보물이라 칭송받는 화사한 얼굴은 사랑스러움과 늠름함을 겸비했으며, 금실처럼 긴 머리카락은 윤기를 띠고 선명한 광택을 머금었다. 마치 천사의 고리처럼 보였으므로, 부드러운 미소를 짓는 모습을 보고 성녀라 표현하는 자도 적지 않았다.

그리고 또 한 가지는 뛰어난 신앙계 매직 캐스터의 자질이었다. 15세에 제4위계 마법을 구사하는 천재성을 발휘해, 선대 성왕과 신전의 후원을 받아 왕위에 올랐다.

그로부터 10년 가까이, 지나치게 온화하다는 불만은 있을지언정 아직까지는 이렇게 할 실책도 보이지 않고 나라를 통치해 왔다. 다만 지배가 반석 같았는가 하면 그렇지는 않아, 항상 불씨는 타고 있었다.

"——칼카 님의 슬픔도 이해합니다. 그러나 백성은 각오하고 칼린샤에서 살아가고 있습니다. 과거에도…… 어~음, 으흠! 어쩌고 전쟁에서, 이 도시가 주요 전장이 됐던 일이 있었지요. 그렇기에 어디보다도 높고 강건한 벽을 만든 것입니다."

위로하듯 말을 건 것은 갈색 머리 여성이었다.

성왕녀와 마찬가지로 얼굴이 곱기는 했지만, 날카로운 눈에 깃든 칼날 같은 광채가 싸늘한 분위기를 풍겼다. 그리고 몸을 감싼 것은 은색 풀 플레이트 아머에 백색 서코트. 양쪽 모두 역대 성기사단 단장이 착용하던 유서 깊은 마법 아이템이다. 그리고 무엇보다도 허리에 찬 검의 이름을 성왕국에서 모르는 이는 없다.

사대성검 중 하나로 유명한, 성검 사팔리시아.

십삼영웅 중 한 명, 암흑기사가 보유했다고 일컬어지는 네 자루의 검── 사검 휴미리스, 마검 킬리네이람, 부검 콜로크다바르, 사검 스피스에 대응하는 네 자루의 검 중 한 자루다. 덧붙이자면 나머지 사대성검은 정검(正劍), 청검(淸劍), 생검(生劍)이라 불린다.

강한 검을 가지면 거기에 기대 기초를 소홀히 하게 된다. 그렇기에 보통은 가지고 다니지 않기로 한 그 검을 찼다는 것은, 앞으로 일어날 전쟁에서 물러나지 않을 각오로 임해야 한다는, 그리고 반드시 승리해야 한다는 사실을 알기 때문이다.

그녀의 이름은 레메디오스 커스토디오.

칼카의 절친한 친구이자, 역대 최강이라 불리는 성기사단 단장으로서 성왕녀의 권력에 무력적인 배경을 더해 주고 있었다. '구색' 중 하나이며 '백색'에 속하는 인물이기도 했다.

"그럼요, 그럼요. 게다가 비전투원들은 피난시켰으니 피해는 나오지 않을 거예요. 전쟁이 끝나고 문제가 될 것은 전쟁비용이 아닐까요?"

우후후후 음흉하게 웃은 사람 또한 여성이었다.

눈꼬리의 방향이나 입매의 각도 등 약간의 차이는 있을지언정 그 얼굴은 레메디오스와 흡사했다. 하지만 그 미미한 차이가 인상을 완전히 바꿔놓았다. 그녀의 경우 무언가가 일그러진 듯한—— 나쁘게 말하자면 음험해 보이는 분위기였다.

그녀는 레메디오스보다 두 살 어린 여동생, 케랄트 커스토디오.

신전의 최고사제이자, 신관단 단장이라는 지위를 가졌다.

쓸 수 있는 마법은 신앙계 제4위계——라고만 알려져 있다. 실제로는 그 정보는 기만의 일환이며, 친한 이들은 그녀가 제5위계까지 쓸 수 있다는 사실을 안다.

덧붙여서 그녀는 '구색'의 일원이 아니다. 신전 세력도 성왕의 휘하에 속하기는 하지만, 권력의 균형에 대한 이런저런 요소 때문에 국가에서 일색을 하사하지 않는 정치적 배려가 이루어졌기 때문이다.

이 두 사람이 바로 커스토디오의 천재 자매라 불리는 자들이었으며, 성왕녀의 두 날개다.

여성인 칼카가 성왕으로 선택된 것은 이 자매가 뒤에서 손을 썼기 때문이 아니냐고 수많은 귀족들이 의심하고 있으므로, 악평이 돌 때는 세 사람이 나란히 입에 오르는 경우가 많다.

수많은 악평을 불식했으나, 아무리 해도 그중 하나——세 사람은 모두 미혼, 이라기보다는 남자와 교제한 경험조차 없었으므로 보통이 아닌 관계라는 소문——만은 아무리 부정해도 사라지질 않는 것이 칼카의 고민 중 하나였다.

"그 말을 들으니 머리가 아프네. 이겨도 얻는 것이 전혀 없다니, 정말로 성가신걸."

"하오나 이번 아인들은 좋은 무구를 가졌다는 정보가 있습니다. 그런 것들을 매각하거나 하면 좋지 않겠습니까?"

"맞아요~……라고 찬성은 못하겠네요, 언니. 무구를 매각한다고 해도, 어디에요? 좀 깊이 생각해 보시라고요. 다른 나라에 팔 수밖에 없는데, 아인들의 무구라면 분명 다들 값을 후려치려고 할걸요? 게다가 망가진 성벽을 다 복구할 때까지는 다른 나라의 무장을 강화하는 행위는 피해야 하고요. 특히 마도국 같은 데에 흘러가는 건 원하질 않아요."

"음? 넌 마도국을 싫어했어? 궁정에서는 그런 이야기를 전혀 들어본 적이 없었는데."

"마도국을 좋아하는 신관은 없어요. 칼카 님은 안 그러세요?"

칼카는 생각했다. 성직자로서, 성왕으로서 말한다면 혐오한다. 그러나 한 나라의 원수로서 의견을 덧붙인다면——

"——왕의 직무는 국가를, 백성을 보살피는 것. 그리고 평화를 가져오는 것. 그것이 갖추어졌다면 상관없지 않을까?"

칼카 앞에서 자매가 얼굴을 마주 보았다.

"보살핀다니, 말도 안 됩니다. 언데드에게 그런 마음이 있을 리가.”

“언니와 같은 생각이에요. 언데드가 그딴—— 칼카 님 같은 사랑을 가졌으리라고는 생각할 수 없는걸요.”

“두 사람 모두 냉정하네. 하지만 만나 보지도 않은 분의 험담을 하는 건 좋지 않아.”

두 사람의 난감한 표정은 똑 닮았다. 자매구나 하는 생각이 새삼스레 들어 웃음이 피어나려는 입가에 꾹 힘을 주고 진지한 목소리로 말했다.

“그러면 막료들은 어떤 이야기를 하고 있을까? 향후의 얄다바오트 대책을 말해 줘, 케랄트.”

성왕녀는 군사회의에 참가하지 않고 병사들의 사기를 드높이고자 진지를 시찰하며 다니고 있었다. 성왕국 병사는 타국에 비해 훈련도가 높은 편이지만 그래 봤자 어디까지나 민병이다. 사기를 고양시키는 진지 시찰은 자주 해야 한다.

“네~ 아인들이 이 도시를 포위할 경우와 지나칠 경우, 그리고 남쪽으로 진로를 바꾸었을 경우, 병력을 둘이나 셋으로 나눠 여러 목적을 동시에 달성하고자 할 경우 등등에 대해 검토했답니다.”

이 언니와 동생은 닮았어도 닮지 않았다는 사실을 확신하는 것은 이럴 때다. 만약 언니에게 물어보았다면 무슨 소리인지 알아먹을 수 없어 머리를 쥐어뜯고 싶어지는 보고밖에 못 들었을 것이다.

"그렇구나……. 그러면 어느 가능성이 가장 클까?"

"네~ 이제까지 있었던 아인들의 침공을 생각해 보면 도시를 포위할 가능성이 가장 크게 나왔어요. 하지만 이번에는 한 가지 문제가 있죠."

"응, 그러네."

"뭔데?"

레메디오스도 칼카를 호위했으므로 회의에는 참가하지 못했다. 하지만 성왕녀가 금세 정답을 알아차린 반면 그녀가 몰랐던 데에는 다른 문제가 있었다.

"……왕국에서 날뛰었다는 악마 얄다바오트 말이에요, 언니. 그게 얼마나 대단한 지성을 가졌는지는 모르지만, 악마 중에는 나쁜 쪽으로 머리가 잘 돌아가는 자들이 많죠. 어쩌면 생각지도 못한 전략을 구사할 수도 있어요."

"그렇구나……. 작전 짜는 막료들도 힘들겠구만."

성기사단의 단장에게 이것저것 하고 싶은 말은 있었지만, 칼카는 꾹 참았다.

"……난감한걸. 그래서 만일 아인들이 이 도시를 포위했을 경우, 다음에는 어떻게 하지? 식량은 충분하지만 방어전일 경우 사기가 떨어질까 걱정인데, 그 점도 검토했겠지?"

"네. 보통은 남부에서 원군이 올 때까지 기다리면 되지만, 얄다바오트는 알 수 없는 힘을 사용해 성벽을 단숨에 파괴할 수 있었다는 정보가 들어왔거든요. 그게 상당히 불안요소로 존재한다는 게…….”

세 사람은 나란히 눈살을 찡그렸다.

성벽에서 일어난 온갖 일들을 생각해 보면 누구나 표정이 흐려지겠지만, 칼카는 알고 있다. 레메디오스의 표정은 두 사람을 흉내 냈을 뿐이라는 것을.

레메디오스는 머리를 쓰지 않는다. 그리고 머리가 굳었다. 여기서 끝난다면 그저 단점밖에 되지 않겠지만, 그렇기에 절대적인 정의를 집행할 수 있다.

정의란 무엇인가를 생각하면, 그것은 매우 어렵다. 예를 들어 여기 두 어린이가 있다고 가정하자. 하나는 인간, 하나는 아인이다. 두 사람 모두 천진난만하기에 친구가 됐으나, 아인 어린이는 어른들에게 들켜 사로잡혔다. 인간 어린이는 그를 살려달라고 탄원한다. 그러나 여기서 아인 어린이를 놓아준다면 커서 인간의 적이 될지도 모른다. 이 아인 어린이를 죽이는 것이 선인가 아닌가. 쉽게 답할 수는 없는 문제다.

칼카라면 죽여야 할지 망설일 것이다.

그러나 레메디오스는 망설이지 않고 죽인다. 그리고 그것이 선이라 굳게 믿으며, 결코 잘못된 일이라고는 생각하지 않는다. 자국 백성들의 행복을 위해 행하는 모든 일이 그녀의 안에서는 긍정되는 것이다.

성왕 자리에 오를 때, 친한 친구인 두 사람을 앞에 두고 칼카는 말했다.

“약한 백성에게 행복을, 아무도 울지 않는 나라를.”

그 선언에 레메디오스는 이렇게 맹세했다.

“저는 협력자로서 그 정의를 뒷받침하겠습니다.”

그 맹세를 가슴에 새기고 누구보다도 매진해 준 그녀의 눈에 깃든 광채는, 광신에 가까운 것이었다.

그뿐이라면 그저 위험인물이겠지만, 칼카는 그렇다고 이 벗을 멀리할 생각은 없었다. 인간을 사랑하고, 평화를 사랑하고, 악을 혐오하고, 약자를 구하고자 행동하는 선성(善性)은 호의를 품을 만한 것이었기 때문이다.

그리고 그런 성격이기에 그녀는 겉과 속이 똑같다. 깊이 생각하지 않기에 그녀의 발언은 마음에서 우러나온 것임을 알 수 있다.

조직이란——특히 오랜 세월 존재한 조직이란——제약사항이니 뭐니 여러 가지에 얽매여 경직되기 마련이다. 그리고 마찬가지로 피 또한 탁해진다.

하나뿐인 권력 정점을 목표로 삼아 형제끼리 싸우는 것은 지극히 당연한 일. 그리고 승자가 정해져도 의심암귀 때문에, 질투 때문에, 공포 때문에 레이스는 이어진다. 목숨을 잃을 그 순간까지.

칼카는 그러한 주박으로부터 중간에 해방됐다. 역대 성왕 중에서도 상위에 속하는 마법의 힘을 얻을 수 있었기 때문이다. 사람은 자랑할 만한 것을 가지면 마음에 여유가 생기는 법이다. 칼카는 그렇게 하여 성왕의 자리를 포기해도 좋다는 마음이 생겨났다. 그러나 다른 형제는 달랐다.

칼카가 현재 혈족 내에서 신뢰할 수 있는 오빠는 한 사람, 카스폰도뿐이다.

그런 삶을 살아왔기에 칼카에게 레메디오스는 마음의 오아시스라 할 수 있었다.

"으음~ 말도 안 되는 힘이야. 이야기 속에 나오는 마신을 방불케 하는 힘인걸."

"언니, 마신도 그만한 힘은 없었어요. 잘못하면 얄다바오트는 마신보다도 상위의 존재일지 몰라요."

"……난감해. 어떻게 싸워 이겨야 할지."

"뭘 걱정하시나요, 칼카 님! 왕국에서는 아다만타이트 클래스 모험자가 격퇴했다고 하잖아요. 그러면 우리도 어떻게든 할 수 있다는 생각은 안 드세요?!"

"……그렇겠네. 우리 수준의 모험자가 해냈다고 한다면……. 문제는 얄다바오트가 성벽을 파괴한 그 힘을 연속으로 쓸 수 있는지 어떤지 하는 점이겠어."

"그 점에 관해서라면, 성벽에서 한 번밖에 쓰지 않은 점으로 미루어 보아 연발은 어렵지 않겠느냐는 것이 막료들의 의견이었어요."

"그거 그럴듯하군. 연발로 쓸 수 있었다면 그렇게 했을 거야. 안 했다면 한 번밖에 못 쓰는 거겠지.”

칼카도 레메디오스와 같은 의견이었다. 쓸 수 있었다면 연속으로 쓰지 않을 이유가 없다.

칼카도 그렇다. 자신이 쓴 왕관을 슬쩍 쓰다듬었다. 성왕국에 전해지는 대의식마법 〈최종성전Last Holy War〉의 집속 도구이기도 한 마법의 아이템을.

“……뭐, 몬스터 토벌에 능숙한 상위 모험자에게는 국가 총동원령에 따라 종군시켰습니다. 우리의 최대 전력으로 덤빈다면 얄다바오트도 결코 쓰러뜨리지 못할 상대는 아닐 거예요. 실제로 격퇴한 사례가 있고요.”

모험자를 병력으로 포함시킨 것에 대해 모험자 조합에서는 강한 항의가 들어왔으나, 칼카는 이를 번복하지 않았다. 당연하다. 이것은 국가의 중대사이며, 전력을 분산시키는 것은 어리석은 짓이다. 게다가 성왕국에서는 왕국만큼 모험자 조합의 힘이 강하지 않다. 억지로 명령에 따르게 하기는 쉬웠다.

“그래. 하지만 왕국에 나타났던 얄다바오트의 자세한 정보를 모으지 않았던 것은 실수였어.”

“죄송합니다.”

“아, 아니야, 케랄트. 네 잘못이 아닌걸. 타국의 정보를 좀 더 중시하려 들지 않았던 내 잘못이니까.”

“그렇지 않습니다, 칼카 님. 케랄트 녀석이 잘못했습니다.”

"언니……."

"아~! 난 잘못한 거 없다. 난 칼카 님의 경호나 몬스터 퇴치 같은 건 야무지게 잘했으니까! 내 일은 빈틈없이 했어. 말하자면 적재적소란 거지!"

흐흥! 가슴을 펴는 레메디오스.

그녀의 말이 옳다. 옳지만, 무언가 영 마음에 들지 않았다.

"……혹시, 몇몇 마을에서 갑자기 사람이 사라졌다는 사건의 이면에도 얄다바오트가 있었던 게 아닐까요?"

"그럴지도 모르겠네……."

얼마 전 일인데, 여러 마을에서 주민이 모두 사라져버리는 사건이 발생했다. 결국 범인을 밝혀낼 만한 정보를 얻지는 못했으나, 어쩌면 배후에 얄다바오트가 있었는지도 모른다.

"그렇다면 얄다바오트를 쓰러뜨리기 전에 그 이야기를 물어봐야 하겠습니다. 왕국이 없애 줬더라면 문제가 없었을 텐데……. 가제프 스트로노프는 그놈과 싸우지 않았습니까?"

케랄트가 의아하다는 표정을 지으며 칼카에게 시선을 보냈다. 언니에게 말하지 않았냐는 의미일 것이다. 그러므로 칼카는 완벽한 대답을 보여주었다. 피곤에 찌든 것 같은 미소로. 이를 말로 표현한다면,

"물론 말했어. 얄다바오트가 왕도를 습격한 것도, 모험자에게 격퇴당한 것도, 그 이외의 악마들이 출현했다는 것도, 전사장이 그 악마들을 격퇴했다는 것도. 분명 듣고 있었을

텐데…… 아마 한 귀로 듣고 한 귀로 흘렸거나, 다른 정보 때문에 밀려 나갔을걸."

……이라고나 할까.

"……언니네 부단장 두 사람이 불쌍하네요."

"응? 왜 여기서 그 녀석들 이야기가 나오지?"

그 질문에는 대답하지 않고 케랄트는 손가락으로 자신의 관자놀이를 꾹꾹 눌렀다.

레메디오스가 머리를 쓰지 않는 만큼, 그 뒤처리를 할 사람이 있다. 그것이 그들이다.

그들의 고생이 훤히 보인다. 하지만 레메디오스의 천진함——나쁘게 말하면 멍청함——은 지친 마음을 치유해 주기도 하므로 플러스 마이너스 제로가 아닐까.

"……하아. 저도 대충 아는 것뿐이지만요. 다른 악마……비늘이 돋아난 악마와 싸우고 계셨다고 해요."

"그래? 그놈이 해치워 줬더라면 이런 사태는 벌어지지 않았을 텐데. 설마 그 아다만타이트 클래스 모험자가 가제프보다 더 강한 건 아니겠지."

"그거야 모르지만, 그럴 가능성도 있지 않을까요?"

레메디오스가 언짢은 표정을 지었다. 자신이 인정한 강자가 뒤떨어질지도 모른다는 말을 듣고 울컥했으리라.

"뭐, 그자는 검밖에 쓰지 못하니까. 나처럼 악마에 대처할 만한 공격 수단을 가졌다면 이야기가 달랐겠지."

단순한 전투능력에서 보면 성기사는 전사보다 한 발 뒤처지나 악의 존재와 싸울 때는 그렇지만도 않다. 레메디오스의 말이 옳기는 하지만 케랄트는 살짝 한숨을 쉬었다.

그때 칼카는 희미한 종소리를 들은 것 같았다.

레메디오스가 즉시 움직였다. 이럴 때 솔선해 움직이는 것은 역시 그녀다.

창문을 활짝 열어젖힌다.

초가을 바깥공기가 흘러들어, 세 사람의 체온으로 미지근해진 공기가 바깥으로 밀려 나갔다.

눈이 번쩍 뜨일 만한 공기에 실려 들려온 것은 역시 종소리. 조금 전의 소리가 이명도 환청도 아니었음을 증명해 주었다. 아니, 기분 탓이었다면 얼마나 좋았을까.

동시에 복도를 뛰어다니는 여러 사람의 발소리가 들렸다.

"칼카 님, 저희 뒤로."

성검 사팔리시아를 뽑은 레메디오스가 불쑥 앞으로 나서며 칼카와 문을 잇는 일직선상에 섰다. 쾅! 문이 커다란 소리를 내며 열렸다.

"성왕녀님!"

고함을 치며 제일 먼저 뛰어든 사내는 낯익은 자였다——참모장이다.

"무슨 일이냐! 소란스럽다!"

레메디오스의 질타에 참모장은 살짝 거칠어진 호흡과 함

께 대답했다.

"느긋하게 걸어 다닐 여유는 없소! 성왕녀님, 얄다바오트입니다! 얄다바오트가 시내에 출현! 여러 마리의 악마와 동시에 시내에서 날뛰고 있습니다! 또한 아인들은 시기를 맞추어 행동을 개시하고, 아마 이쪽으로 진군하려는 듯합니다!"

"뭐라고!"

"아인의 군세가 목격된 장소는 이 도시의 근교! 척후가 어쩌다 속았는지 짐작도 가지 않사오나, 허위정보를 주었던 것입니다! 당장에라도 전투가 시작될 것입니다!"

너무나도 심각한 정보에 머리가 혼란에 빠졌으나 그것도 한순간. 즉시 여왕의 표정으로 돌아온 칼카는 명령을 내렸다.

"예상과는 크게 달라졌으나, 이제부터 얄다바오트와 교전에 들어가겠습니다! 우리가 얄다바오트를 붙들고 있는 동안 아인과 전투할 준비를 갖추고, 모험자들에게도 나의 명령을 하달하십시오!"

부하의 대답을 들으며 칼카의 마음에 망설임이 돌아왔다.

얄다바오트를 너무 과소평가했던 것은 아닐까.

물론 성벽을 쉽게 파괴한 악마를 우습게 볼 생각은 없었다. 하지만 이길 수 있다고 생각했던 것 자체가 잘못은 아니었을까. 정보를 다 모을 때까지 최대한 도망쳐다니는 편이 낫지 않았을까.

아니다. 칼카는 고개를 들려고 하는 약한 마음을 짓밟았다.

여기서 싸우지 않고 언제 싸운단 말인가. 정보가 중요한 것은 사실이지만 지금 이상으로 힘을 발휘할 기회는 없다. 앞으로 전쟁이 더 이어지면 자원은 줄어들고, 지금만큼 힘을 내기는 점점 어려워진다.

게다가 정보를 다 모을 때까지 도망쳐다닌다는 것은 적이 국토를 끊임없이 유린하도록 내버려 둔다는 뜻이 된다. 그렇게 되면 백성에게 얼마나 피해가 갈지 알 수 없다.

"……약한 백성에게 행복을. 아무도 울지 않는 나라를."

"바로 그겁니다, 칼카 님!"

자신의 혼잣말에 레메디오스가 만면의 미소와 함께 반응했다.

그러나 옛날의 자신은 얼마나 세상을 몰랐던가. 이렇게 어려운 목표도 없거늘.

"흥! 성벽을 넘어와 기고만장했구나! 아인 놈들의 병력을 데려오지 않다니!"

기염을 토하며 레메디오스가 외치고 있었다. 과연 그럴까. 아니, 그렇게 생각해야 한다. 다만 결정적인 무언가를 잘못 생각하는 것은 아닐까 하는 마음이 떠나질 않았다.

"……방심해선 안 돼. 그만한 힘을 가졌다고 생각하고 대처해야지."

“물론입니다, 칼카 님. 제게 방심이란 없다는 것을 알아주십시오! 이 성검으로 멋지게 악마의 목을 쳐 칼카님의 어전에!”

‘안 되겠어. 나로서는 애를 진정시킬 수가 없어.’

그렇게 생각하면서도 칼카는 걱정하진 않았다. 레메디오스는 전투에 들어가면 마치 다른 사람처럼 바뀌니까.

“아~ 수급은 기쁘지 않지만, 귀공의 충성심은 매우 기쁘게 생각해. 그런데 참모장, 얄다바오트를 쓰러뜨리기 위한 작전대로…… 시간을 끌어 주겠나?”

“물론입니다. 이미 그러기 위한 선발대를 파견했습니다.”

칼카는 마음에 둔중한 아픔을 느꼈다. 지금의 명령은 죽으라는 것. 승산이 없는 병사들을 얄다바오트에게 붙여 시간을 끌려는 것이다.

왕이란 소수를 버리고 다수를 살리는 것이 일.

우는 소리 따위 어떻게 입에 담겠는가. 병사들은 그녀의 명령으로 죽는 것이다. 그렇다면 그들이 영예롭게 여겨지도록 연기해야 한다.

모두가 숭배하는 성왕녀라는 지고의 왕을.

“자, 모두 출발한다!”

손을 짝 부딪치며 일제히 움직였다.

## 4

레메디오스는 손에 쥔 성검으로 악마——이름은 부단장에게 들었으나 기억하지 않는다——한 마리를 베어버렸다. 성스러운 힘이 깃들어 악의 존재에 더욱 강렬한 손상을 입히는 검은 이름에 부끄럽지 않은 효과를 발휘한다. 시내에서 날뛰던 악마는 마침내 땅바닥에 널브러져, 베인 곳에서 흰 연기 같은 것을 뿜으며 소멸해갔다.

겨우 몇 초 후에는 그곳에 악마가 있었다는 흔적은 아무것도 남지 않았다. 하지만 그곳에는 악마들의 폭거에 의한 피해자들이 있었다.

"이 무슨 짓을!"

지면에 쓰러진——선발대가 아닌, 도시를 경비하던——병사들을 보며 레메디오스는 분노에 으르렁거렸다.

가죽갑옷은 갈라지고, 배를 필사적으로 붙든 손은 시뻘겋게 물들었으며, 그 안에서는 핑크색 내장이 살짝 보였다. 낯빛은 이미 푸른색을 넘어 흰색에 가까웠다.

의료 지식은 전무했지만 경험을 통해 알 수 있었다. 위생병에게 데려갈 시간은 없다. 지금 당장 마법적인 수단으로 치료해야 한다.

병사가 죽지 않았던 것은 우연도 아니고, 그들이 뛰어나서도 아니었다. 이것이 악마의 노림수이기 때문이다. 그것이 무슨 노림수인지 레메디오스는 전혀 알 수 없었지만.

다만 그래도 병사들을 구하지 않을 수는── 죽게 내버려 둘 수는 없었다. 국가를 위해, 그리고 준비할 시간을 만들기 위해 방패가 된 용감한 병사를 죽게 내버려 두다니, 누가 그럴 수 있겠는가. 게다가 무엇보다 그녀는 정의의 성기사다.

"치료를 행하라!"

이번에 레메디오스는 정예 기사들을 후방에 대동하고 왔는데, 그 밖에도 신관 몇 명이 있었다. 그자들에게 내린 명령이었다. 그러자 바로 곁에 있던 부단장이 귓가에 속삭였다.

"후방으로 물러나 위생병에게 보이는 편이 좋을까 합니다. 여기서 신관의 마력을 쓰면 얄다바오트와 싸울 때 마력 부족에 빠질 수도 있습니다. 그것이 악마의 노림수──."

"──말이 많다! 내가 명령했으니 즉시 스스로 이동할 수 있을 정도로 회복시켜 놔! 그리고──."

부단장을 노려보았다.

"──투구 너머로 웅얼웅얼 말해 봤자 알아듣지도 못하겠다! 또박또박 말해!!"

"어, 아닙니다. 아무것도……."

"좋아!"

치유마법이 병사들의 부상을 순식간에 치유했다. 물론 완전히 나은 것은 아니다. 제1위계 마법이다. 죽어가는 병사를 완전히 치유할 수는 없다. 그래도 어떻게든 움직일 정도로는 회복했다. 즉사할 가능성이 사라진 이상 마법을 더 써 줄 여유는 없다. 자원은 아껴 쓰라고 여동생에게 시시콜콜 잔소리를 들었던 것을 레메디오스는 기억했다.

"용감한 제군, 그대로 들어라. 부상은 최소한으로 치유됐을 것이다. 후퇴하라. 그리고 위생병에게 부상한 곳을 고쳐 달라고 하도록."

걸으면 아픔에 눈물이 쏟아질 것이다. 하지만 그런 우는소리에 동참해 줄 시간은 없다. 예정했던 시간 내에 얄다바오트에게 도달해야만 하기 때문이다.

병사들도 그녀의 강한 시선에 어떤 의미가 담겼는지를 깨닫고, 이의도 반론도 제기하지 않은 채 동의했다.

"좋아! 그러면 이만 작별이다!"

레메디오스는 선두에 서서 달려나갔다. 이 금속갑옷은 보기보다 가볍고 움직이기 편하다. 그렇기 때문에 그녀의 근력과 맞물려 누구보다도 빠르게 달려나갈 수 있지만, 여동생과 칼카와 부단장에게 혼자 돌격하지 말라는 말을 몇 번이나 들었으므로 전력질주는 자제하고 보조를 맞추었다. 늦은 만큼 빨리 가야 한다고 속도를 올리고 싶어지는 마음을 꾹 참고.

이윽고 목적지, 도시 한곳에 도착했다.

지극히 당연한 시내의 풍경이 펼쳐져 있었으나, 피난은 이미 끝나 사람은 아무도 없었다.

“단장님! 이 대로를 오른쪽으로 돌아서 직진하십시오. 그 다음 다시 오른쪽으로 꺾으면 얄다바오트가 기다리는 광장이 나올 것입니다. 저희만이라도 먼저 가서 확인할까요?”

“아니다. 칼카 님이나 동생을 기다려야 한다. ——그리고 모험자들도. 그 후에 최종확인을 하겠다. 깃발을 올려라!”

명령에 따라 멀리 떨어진 곳의 건물에 부하가 깃발을 묶었다. 레메디오스가 이끄는 성기사 정예부대가 도착했음을 다른 부대에게 전하기 위해서다.

이번 작전에서는 칼카가 이끄는 근위대의 정예, 케랄트가 이끄는 신전의 정예, 고위 모험자들의 집단, 그리고 레메디오스가 이끄는 성기사단 최정예부대까지 4개 그룹으로 나뉘어 얄다바오트에게 접근하고 있다.

성기사단에 속한 성기사는 모두 500명 정도. 대부분이 난이도 20 정도의 몬스터와 호각으로 싸울 만한 실력의 소유자지만, 개중에는 난이도 60 정도의 몬스터와 일대일로 싸울 수 있는 강자도 존재한다. 이처럼 최정예라 할 수 있는 자들을 위에서 순서대로 25명 모은 것이 레메디오스 부대의 주축이었다.

여담이지만 이 도시에 데려온 나머지 약 300명 정도의 성기사는 이쪽으로 진군 중인 아인들에 대비해 성벽으로 보냈다.

원래 각개격파 당할 위험을 피하려면 모든 그룹을 통솔해 이동해야 할 수도 있다. 하지만 얄다바오트는 성벽을 파괴한 수수께끼의 범위공격 기술을 가졌다. 병력이 한데 모였을 때 당하는 것을 막고자 따로따로 이동한 것이다. 조금 전 부대에서 멀리 떨어진 곳에 깃발을 올린 것도 얄다바오트가 깃발을 표적 삼아 공격했을 때 피해를 보지 않기 위해서였다.

"……성벽을 부순 얄다바오트의 힘은 몇 번씩 쓸 수 있는 것이라고 생각하나, 이산도로?"

성기사단의 부단장은 두 사람이다.

하나는 검술 실력은 평범하지만 그 이외의 면에서 인정을 받는 구스타보 몽타녜스. 지금은 도시를 에워싼 방벽으로 간 성기사들을 지휘하기 때문에 이곳에는 없다.

그리고 또 한 사람이 지금, 레메디오스의 곁에서 질문을 받은 상대── '구색' 중의 일색, '도색' 이산도로 산체스였다.

"몇 번이나 쓸 수 있었다면 지금 쓰지 않을 이유가 없습니다. 무언가 조건이 있거나, 다시 쓸 수 있기까지 시간이 걸린다고 생각하는 편이 옳지 않겠습니까?"

"그렇겠지. 역시 분산해서 이동한 건 지나친 걱정이었어."

"아닙니다, 그렇지 않습니다. 어쩌면 방대한 힘을 사용하기 때문에 아껴 두고 있을지도 모르니까요. 방심은 금물입니다."

"그렇군. 알았다."

레메디오스는 이야기를 끊었다. 역시 머리로 생각하는 것은 영 질색이었다. 특히 정치 같은 이야기는 골치가 아팠다. 그중에서도 여자 성왕은 전례가 없다느니 하며 귀족들이 떨떠름한 표정을 지은 것은 도무지 이해할 수가 없었다.

칼카의 별명도 그렇다. 성왕녀는 '성왕' + '여자' 라는 의미다. '여' 자를 앞에 붙이는 것도, 새로운 별명을 만드는 것도 반대에 부딪쳤던 결과다.

반면 강하고 약하다는 것은 그런 점에서 심플하고 좋다.

"——커스토디오 단장님. 신관단, 모험자단의 깃발도 올라왔습니다."

"칼카 님은?"

"아직."

"그래……? 하지만 지속시간이 긴 방어마법은 미리 걸어라. 칼카 님이 도착하시는 대로 우리가 제일 먼저 얄다바오트에게 접근한다. 놈의 눈길을 끌고 미끼가 되는 것이다. 의지를 굳게 가지고, 상대의 특수한 공격에 대비해라."

부하들에게서 일제히 힘찬 대답이 돌아왔다.

"광장에서 움직인 기색은 없나?"

선발대의 전멸은 이미 확인됐다. 만일 목표가 움직였다면 선행정찰을 나간 모험자에게서 연락이 왔을 것이다. 그것이 없었으므로 얄다바오트는 출현한 장소에서 전혀 움직이지 않았다는 뜻이다.

"우리를 우습게 보나, 악마 따위가. 여기서 우리를 모두 죽이면 이 나라를 쉽게 정복할 수 있다는 생각이라도 하는 거냐."

"아, 아니오, 단장님. 어쩌면 시간을 끌려는 수작일 수도 있습니다. 여기서 우리가 얄다바오트와 싸우기 위해 붙들려 있는 동안에는 아인들의 군세가 유리하게 싸울 수 있으니까요."

"……그렇군. 그럴 가능성도 있겠어. ……이 얄다바오트란 놈, 제법 머리가 좋은걸."

"악마니까 악랄한 지혜가 많겠지요."

"……흥. 기고만장한 악마 따위. 두들겨 패서 무릎 꿇리고 질질 짜게 만들어 주마."

레메디오스가 신에 맹세하자, 이를 기다렸다는 듯 마지막 깃발이 올랐다.

"부단장!"

"예! 모두 준비됐습니다!"

"좋아! 나를 따르라!"

레메디오스는 달렸다. 이런 짓을 저지른 악마의 낯짝에 검을 꽂아주겠다는 결의를 다지며.

모퉁이를 돌아, 달려나가, 다시 모퉁이를 돌았다.

그러자 인간의 잔해가 널브러져, 넓은 범위에 걸쳐 진홍색으로 물든 광장 한복판에 서 있는 수상쩍은 자가 보였다. 가면을 쓰고, 허리에서는 꼬리가 늘어져 있었다.

도망쳐 왔던 병사들이 말했던 것과 완전히 똑같은 차림.

박쥐 날개도 뒤틀린 뿔도 없어, 이형이라고 할 만한 특징은 꼬리뿐이었다. 이렇게 보면 가면을 쓴 남자로밖에 보이지 않는다.

하지만——.

"네가 얄다바오트냐!!!"

"레드 카—— 어이쿠."

내장이며 피 냄새가 뒤섞여 코를 찌르는 악취가 감도는 광장에 발을 들이자 짓이겨진 살 조각이 질컥 소리를 냈다. 그러나 그런 데 신경을 쓸 의식은 이미 어디에도 없었다. 그저 온 힘을 다해 돌격해 검을 내리칠 뿐이다.

자신의 일격을 너무나도 간단히 피한 얄다바오트에게 불쾌함을 더욱 드높이며 올려 베었다. 이것도 빗나갔다.

레메디오스는 자신이 공부에 많은 시간을 들여도 좋은 결과를 내지 못한다는 사실을 잘 알았다. 그렇기에 그 시간을 모두 싸우는 힘을 드높이기 위해 소비했다. 그쪽에는 분명히 재능이 있음을 알았기 때문이다. 그리하여 이 나라에서는 최상위의 전사로 알려지기에 이르렀다.

그런 성기사 레메디오스 커스토디오의 감이 외쳤다.

얄다바오트의 회피는 결코 우연이 아니다. 방심하는 듯한 태도는 그에 합당한 실력을 가졌기 때문. 이제부터 시작될 전투를 따라올 인간은 극소수. 그리고 자신도 마법적으로 더 강화해야 한다고.

이럴 때 레메디오스의 감은 빗나간 적이 없다.

"후퇴! 너희는 후퇴해라! ――아니, 넓은 포위망을 만들어라! 이 악마는 강하다!"

그 말만을 하고 부하들과 마찬가지로 자신도 간격을 벌렸다. 부하들은 멀찍이 물러났지만 자신은 그렇게까지 거리를 두진 않았다. 기껏해야 4미터 정도. 한 발 내디디면 당장에라도 벨 수 있는 거리다.

얄다바오트가 어깨를 늘어뜨렸다.

"하아…… 황소 같은 여자로군요. 뭡니까? 누가 붉은 천이라도 흔들었던 겁니까?"

악마의 허튼소리를 무시한 레메디오스의 시야에 칼카와 케랄트가 이끄는 병사들의 모습이 보였다. 이미 얄다바오트와 조우해 검을 부딪치고 있는 레메디오스에게 놀란 듯 속도가 더욱 빨라졌다.

얄다바오트가 몸을 칼카 쪽으로 돌렸다. 무방비한 등이 레메디오스를 향했다. 하지만―― 놈은 등 뒤에서 검을 휘두르기를 기다리는 것 아닐까 하는 감이 레메디오스에게 스톱을 걸었다.

"이놈은 강합니다! 병사를 물리지 않으면 개죽음을 당할 겁니다!"

레메디오스의 외침에 두 사람은 즉시 행동해 주었다. 앞으로 걸어나온 것은 칼카와 케랄트뿐이었다.

레메디오스는 얄다바오트와의 거리를 비슷하게 유지하면서 두 사람 앞에 서고자 원을 그리며 이동했다.

"레메디오스, 무리는 하지 마세요."

"그래요, 언니. 다 같이 덤벼야 할 상대잖아요."

등 뒤로 감싼 두 사람의 잔소리를 들으면서도 얄다바오트에게서는 한순간도 시선을 떼지 않았다. 어쩌면 이 타이밍을 노리고 성벽을 파괴했던 힘을 사용할지도 모르는 것이다. 그런 동작을 보이면 즉시 베어버릴 생각이었다.

하지만 얄다바오트에게서는 그런 기색을 전혀 찾아볼 수 없었다.

그 여유가 레메디오스에게 불쾌감을 주었다.

'반드시, 반드시 땅바닥을 기게 만들어 주마!'

"귀하가 얄다바오트로군요."

칼카의 질문에 어깨를 으쓱한 악마에게 레메디오스는 한층 불쾌해졌다. 이 악마의 말과 행동 하나하나가 모두 마음에 들지 않았다.

"바로 그렇습니다. ……당신의 노예는 대답도 듣지 않고 덤벼들더군요. 만약 아니었다면 어떻게 하실 생각이었습니까? 뭐, 성왕국에는 언어를 사용하지 않는 야만족도 있구나 하고 감탄하던 참이었습니다만. 아차차, 혹시 모르니 여쭤

보겠습니다. 귀하가 당대의 성왕입니까?"

"그렇습니다."

"이런 놈에게 대답해 주실 필요 없습니다, 칼카 님."

레메디오스는 칼끝을 얄다바오트에게 들이댔다.

"이놈이 얄다바오트라는 걸 알았으니, 이제는 죽여버리고 마계로 돌려보낼 뿐. 대화를 나누면 혀만 더러워질——."

"저, 저기, 레메디오스. 이야기를 들어본다고 했잖아……."

칼카의 곤혹스러워하는 목소리에 레메디오스는 고개를 갸웃했다. 그런 말을 했던가.

뒤에서 케랄트가 마법을 사용했는지, 몸속에 열기가 피어나며 놀랄 정도로 힘이 솟았다. 조금 전의 공격은 빗나갔지만 이번에는 맞힐 수 있다는 자신이 들었다. 그제야 그렇구나, 하는 생각이 들었다. 이야기를 듣는다는 건 시간을 끌기 위해서였구나, 하고.

"——하, 하지만 나는 관대하니 잠깐이라면 들어주마. 뭔가 묻고 싶은 것이 있나!"

얄다바오트가 가면 위에서 눈언저리를 손으로 누르고 있었다. 이따금 칼카나 케랄트, 그리고 종종 부단장 같은 사람들도 보이는 그런 행동이었다.

"……뭐, 원하시는 만큼 시간을 들이십시오. 저에게 이길 수 있으리라고 필사적으로 준비한 여러분이 그것을 웃도는 힘에 유린당하고 목숨을 빼앗겨야 보고 있는 자들의 절망감도 강해질 테니까요. ——즐거운 광경이지요.”

“내가 그러도록 용납할 것 같은가!”

“미안해, 레메디오스. 잠깐 조용히 해 줄 수 있을까?”

약간 강한 어조로 칼카가 말하자 레메디오스는 입을 다물었다. 미미한 변화이기는 하지만, 이럴 때는 그녀가 화를 내고 있다는 것을 경험으로 알았기 때문이다.

“레메디오스. 잠깐 뒤로 물러나.”

“하, 하오나 이 이상 거리를 벌리면 놈이 무슨 짓을 저질렀을 때 공격할 수가…….”

“아, 상관없습니다. 여러분의 수다가 끝날 때까지, 혹은 여러분이 공격을 감행할 때까지는 저도 공격하지 않기로 하지요.”

“악마가 하는 말 따위——.”

“레메디오스!”

“——네.”

명령에 따라 뒤로 물러나자 여동생이 귓가에——투구 너머로이긴 하지만——작은 목소리로 속삭였다.

“칼카 님은 상대의 정보를 얻으려 하시는 거예요. 저 악마가 무슨 소릴 해도 참아요.”

으윽.

레메디오스는 불만스럽다는 태도를 보였다. 상대는 악마. 그렇다면 하는 말은 모두 거짓이라고 생각해야 한다. 냉큼 베어버리는 편이 머리를 쓰지 않아 편하다. 하지만 주군을 방해하는 것은 불충한 짓이다. 지금은 꾹 참아야 한다.

"그러면 마황 얄다바오트. 당신에게 묻고 싶은 것이 있습니다. 이곳에 온 목적은 무엇입니까? 이 나라를 유린하고 싶다면, 성벽 때 함께 있던 아인들을 함께 데려오지 않은 이유는 무엇입니까? 혹시——."

"——아, 그 이상은 말씀하시지 않아도 됩니다. 당신이 무슨 말을 하려는지 예측할 수 있으니. 보아하니 착각하신 듯하군요. 딱히 협상을 하고 싶어서 저 혼자 온 것은 아닙니다."

"그렇군요."

레메디오스의 뒤에 선 칼카에게서 유감스러워하는 목소리가 들렸다.

"제가 혼자 온 이유는 두 가지. 하나는 아인들의 군세가 가져온 혼란 속에서 죽는 것보다는 저 혼자에게 짓밟히는 편이 더욱 절망이 커지기 때문에. 그리고 또 하나는—— 왕국에서 저질렀던 실패를 반복하지 않기 위해서입니다. 설마 그런 곳에 저와 동등한 힘을 가진 전사가 있을 줄은 생각도 못했지요. 그러므로 이 나라에 저와 동등한 존재가 있는지 어떤지를 알아보기 위해 혼자 온 것입니다."

"있을지도, 모릅니다만?"

"단언하건대, 없습니다. 이만한 시간을 드렸으니, 만약 있었다면 이 도시—— 이 나라에서 가장 중요한 인물인 당신의 근처에 있을 터. 하지만 그런 자는 보이질 않는군요. 몰래 숨어 있는 쥐새끼들 중에도."

"너! 우, 우리가 그 전사보다도 약하다는 거냐!"

흘려넘길 수 없는 말에 인내심도 잊고 레메디오스가 고함을 질렀다. 칼카나 여동생에게 들은 말의 절반 정도는 머리에서 날아가버렸지만, 달려들어서는 안 된다고 필사적으로 참았다.

"그렇게 말씀드렸습니다만 전해지지 않은 겁니까? 알고 싶은 것은 그것이 다인지요, 성왕녀님?"

"한 가지 더 있습니다만—— 천사대, 앞으로!"

기백을 담은 칼카의 목소리가 광장에 가득 울려 퍼지고, 후방에서 포위망을 이루었던 근위대며 신관을 속에 숨어 있던 천사들이 일제히 날개를 퍼덕여 날아올랐다.

제3위계 마법으로 소환된, 불꽃의 검을 쥔 천사—— 불꽃의 상급천사가 다섯. 제2위계 마법으로 소환된 수호의 천사Angel Guardian가 스물. 그리고 이곳에 오면서 칼카가 제4위계 마법을 써서 소환한 안녕의 권품천사Principality Peace가 하나였다.

천사들이 어떤 능력을 가졌는지는 기억하지 못하지만, 칼카가 소환한 안녕의 권품천사가 지금 신앙계 마법을 사용하며, 〈악의에 대한 가호〉, 〈악을 치는 일격〉, 〈전체진정화〉

등의 특수기술을 가졌다는 것은 안다. 이것은 소환하는 모습을 빈번히 보았기 때문이다.

주위에 가득 충만한 사기를 들이마셔, 이제는 참을 필요가 없음을 깨달은 레메디오스는 돌격을 감행했다. 평소 같으면 신관들이 공격마법을 날려서 지원하겠지만, 천사를 소환하고자 힘을 아끼는지 그렇게 하지는 않았다.

레메디오스는 자신이 습득한 직업, 이블 슬레이어의 특수기술을 발동해 성검에 깃든 성스러운 힘에 더욱 힘을 담았다.

찰나—— 얄다바오트의 후방에 느닷없이 모험자가 다섯 명 나타났다. 투명해지는 마법을 써서 거리를 좁혔던 것이리라. 그런 그들이 왜 갑자기 모습을 나타냈는지 그녀는 알 수 없었다. 〈투명화Invisibility〉라는 마법이 있다는 것은 알지만 그것이 어떤 마법이며, 어떻게 하면 효과가 사라지는지는 알지 못하기 때문이다.

갑자기 모습을 드러낸 모험자에게 얄다바오트는 반격할 기색을 보이지 않았다. 아니—— 그뿐이랴, 알아차린 기미조차 없었다.

그때 얄다바오트에게 느꼈던 위협은 거짓이었을까. 아니면 사실 여기 있는 것은 환영이나 분신이고 실제로는 이 자리에 없는 것일까.

아니—— 그녀는 후자의 생각을 부정했다. 그것은 있을

수 없다. 그녀의 감은, 악을 냄새 맡는 코는 그곳에 얄다바오트가 있다고 말했다.

모험자들이 놀란 기색으로 황급히 얄다바오트에게 무기를 휘두르고자 달려들었다. 그들의 무기가 닿았다고 생각한 순간, 얄다바오트의 등에서 기묘한 날개가 돋아났다. 그것이 마치 칼날처럼 뒤에서 달려들던 자들의 몸을 꿰뚫었다.

가슴을 꿰뚫려, 폐에 피가 흘러들었는지 피거품을 토하면서도 마지막 남은 생명의 불꽃을 쥐어짜내, 모험자 한 명이 얄다바오트에게 무기를 내리쳤다.

그러나 얄다바오트는 그러한 공격을 몸에 받고도 전혀 대미지를 입지 않은 듯했다.

이곳에 모인 이상 그들도 실력자였을 터. 당연히 성별(聖別)을 받은 무기를 준비했으리라. 그래도 상처 하나 입히지 못하다니, 이 악마는 그만큼 고위의 존재란 말인가.

눈을 몇 번 깜빡일 만한 시간 동안 이렇게나 상황이 변화하는 가운데, 마침내 간격에 들어간 레메디오스는 절규와도 같은 포효와 동시에 성검을 대각선으로 내리쳤다.

얄다바오트가 뒤로 뛰어 물러나며 촉수와도 같은——아니, 진짜 촉수가 아닐까——날개로 꿰뚫었던 모험자들을 레메디오스에게 집어던졌다. 받아 주고자 하는 마음은 없었다. 자루에서 뗀 왼손으로 주검을 후려쳐 날려버리고자 반격하며——.

"——〈유수가속〉."

무투기를 발동해 파고들었다. 그리고 찌르기.

얄다바오트의 목을 향해 내질러진 성검은 갑자기 길게 뻗어난 손톱에 궤도에서 벗어나고——

"〈성격(聖擊)〉!"

손톱과 접촉한 순간 검에 깃든 힘을 흘려넣었다.

성기사가 획득하는 이 초보적인 특수기술은 원래 같으면 칼날이 체내에 파고든 순간을 노려 발동시키는 것인데, 닿기만 해도 쓸 수는 있다. 성스러운 힘이 몸 표면에서 작렬해 버리기 때문에 줄 수 있는 대미지는 매우 적지만, 모험자들이 죽은 지금 얄다바오트에게 대항할 수단이 있음을 주위에 알리고 사기 저하를 막기 위해 이 기술을 사용해야만 한다고 성기사의 감——여동생은 야생의 감이라고 했지만——이 외친 것이다.

"과연……."

뒤로 뛰어 물러난 얄다바오트와 레메디오스 사이에 천사들이 끼어들었다. 그들은 머리 높이를 부유하며 얄다바오트에게 공격을 시도했다.

쳇!

레메디오스는 혀를 찼다. 얄다바오트의 손톱과 성검이 접촉한 순간 일어난 찢어지는 금속음은 상대의 손톱이 얼마나 단단한지를 가르쳐 주었다. 그것과 마법으로 강화된 그녀의

——자세가 완벽하지는 않았다지만——일격을 손쉽게 받아 흘린 육체능력 또한.

저만한 강자와 싸울 수 있는 것은 극소수의 강자뿐. 제3위계나 제2위계로 소환된 천사는 평범한 몬스터를 퇴치하는 데에는 도움이 되지만, 이번 전투에서는 방해만 될 뿐이다. 특히 눈높이에서 덜렁덜렁 흔들리는 천사들의 신발이 눈엣가시였다.

"〈마법 저항돌파화Penetrate Magic: 성스러운 광선Holy Ray〉."

여동생이 마법을 날렸다. 하지만 얄다바오트의 앞에서 튕겨나듯 사라졌다.

"〈마법 이중저항돌파화Twin Penetrate Magic: 성스러운 광선〉."

칼카에게서 두 줄기의 광선이 날아들었다. 어느 하나만이라도 얄다바오트의 마법무효화 능력을 돌파할 수 있다면 하는 노림수였겠지만, 유감스럽게도 양쪽 모두 여동생의 것과 같은 결과로 끝났다.

마법에 대해서도 상당히 높은 방어능력을 가졌다는 뜻이리라. 다시 말해——

'내가 애써야 한다는 소리지!'

한층 기합을 넣고, 큰 소리로 고함을 질렀다.

"머리를 좀 써서 천사들을 부려! 의미가 없잖아!"

실제로 천사들을 머리 위의 유리한 위치에 두었으며, 나아가 주위를 포위하고 있음에도 얄다바오트에게는 여유가 있었다. 그도 그럴 것이, 이만한 수로 포위했지만 얄다바오트에게 명중한 공격은 하나도 없었다.

재빨리 달려온 모험자들이 레메디오스의 바로 곁에 굴러다니던 동료의 몸을 회수했다. 꿈쩍도 하지 않는 몸은 그들이 죽었음을 알려주었지만 만에 하나의 가능성을 믿는 것이리라.

"……귀찮군요. 버러지라도 숫자가 많으니 불쾌한걸요."

얄다바오트의 여유만만한 태도.

실제로 후방에서 날아드는 마법을 무효화하고, 물리적인 공격을 완전히 회피하면 압도적인 우위라는 생각이 들 것이다. 그러나――.

'그런 상대와 싸워본 적이 없는 줄 알아?'

소환에 특화한 술사가 아니라면 소환된 몬스터는 술사 본인보다도 약하기 마련이다. 그렇기에 천사의 공격이 통하지 않는 사태는 이따금 일어난다.

강자를 상대로 천사를 가장 유효하게 쓰는 방법은――.

하늘로 올라간 천사들이 일제히 얄다바오트에게 덤벼들었다. 검이 아니라 태클이었다.

――그렇게 상대의 움직임을 막는 것이지.

이것은 효과적이었다. 조바심이 났는지 얄다바오트는 공격으로 태세를 바꾸어, 손톱 일격으로 천사를 몇 마리나 허공으로 돌려보냈다.

그러나 손톱에 베여 빈 자리는 뒤에 있던 천사들이 채우고, 허공으로 사라진 천사를 대신해 공격을 이어 나갔다.

이것이 바로 소환 몬스터의 무서움. 죽음이 죽음으로 이어지지 않는 존재이기에 가진 능력을 충분히 살려 행동할 수 있다.

밀려드는 폭포처럼 멈출 새 없는 천사의 움직임을 일관작업처럼 물리쳐나가는 얄다바오트를 보며 레메디오스는 눈을 크게 떴다. 그러나——.

'그것이 바로 방심!'

조용히 이동한 레메디오스는 얄다바오트의 간격으로 뛰어들었다. 위에서 날아드는 천사들을 경계하던 얄다바오트의 치명적인 틈을 노려서.

"——아니!"

"타아아아아앗!"

특수기술을 발동시키고, 여기에 무투기를 담은 성검으로 펼치는 혼신의 일격.

성검이 가진 최대의 힘은 아직 아껴두었다. 지금은 하루에 한 번밖에 쓰지 못하는 그것을 쓸 때가 아니라고 그녀의 감이 속삭였기 때문이다.

그것이 없는 공격수단 중에서는 최대급의 일격을 받아, 얄다바오트는 거의 수평으로 날아가, 그대로 광장 저편에 있는 가게에 꽂혀버렸다.

레메디오스는 검을 든 자신의 손을 내려다보았다.

"——아차."

"언니, 해냈네요!"

여동생의 기뻐하는 목소리에 고함을 질렀다.

"아직 아니야! 저렇게나 멀리 날아갈 리가 없잖아!"

"언니의 괴력이라면 가능할 것 같은데……."

"놈이 스스로 날아간 거야!"

그렇다. 얄다바오트를 포위망에서 벗어나게 했을 뿐만 아니라, 건물 안으로 들어갈 기회까지 주고 말았다.

얄다바오트와 다소나마 좋은 승부를 낼 수 있었던 것은 상대를 포위하고 1대 다수의 상황을 만들었기 때문이다. 좁은 실내에 뛰어들어버린 이상 자신에게는 매우 위험하다.

게다가 이로써 얄다바오트의 움직임이 바뀌어, 장난을 그만둘지도 모른다.

"레메디오스! 어떡하지?!"

칼카의 외침.

평소에는 레메디오스가 질문하고 칼카가 대답하는 입장이지만 지금은 반대가 됐다. 전투에서는 두 사람보다도 자신이 그나마 정답을 고를 수 있기 때문이다.

"접근하지 말고 집을 파괴하라!"

그 목소리에 따라 신관들이 공격마법을 사용했다.

차례차례 무너지는 가옥. 그러나 얄다바오트가 잔해에 깔려 죽으리라고는 생각하기 어려웠다. 마법의 갑옷을 입은 상태라면 레메디오스도 어지간히 운이 나쁘지 않은 한 저 정도로는 죽지 않는다. 게다가――.

레메디오스는 피가 묻지 않은 검신을 보았다.

그만한 일격을, 정말 자기 스스로 몸을 날린 정도로 다 받아냈단 말인가. 어쩌면 〈요새〉 같은 무투기를 썼던 게 아닐까. 아니면 악마 특유의 무언가 특수능력일까. 온갖 가능성이 있지만 간파하지 못해서는 앞으로가 위험하다.

쿠르릉 소리를 내며, 범위공격마법에 가옥이 완전히 무너졌다. 흙먼지가 마구 피어나 자신도 모르게 기침을 했다.

"저기, 레메디오스. 왜 얄다바오트가 나오지 않지?"

"……언니, 혹시 전이를 써서 이미 도망친 건 아닐까요?"

'그렇게 오만한 발언을 하던 악마가? 부상도 입지 않았는데 도망쳤으리라고는 생각할 수 없어…….'

"……여기서는 화공을 써야겠습니다. 기름을 끼얹고 불을 지르지요. 그리고 칼카 님의 축복을 받을 수 있을까요?"

"언니, 성화(聖火)의 의식을 거행하려고요? 그걸 상대에게 손상을 주는 목적으로 쓰다니…… 그게 성기사가 할 일이에요?"

"상관없어. 그것이 최선의 수단이라고 레메디오스가 판단했다면 그렇게 하자. 아니, 그렇게 해야 해. 악마라면 피해를 보지 않을 리가 없으니."

악마는 불에 내성을 가진 경우가 많지만, 성화는 불과 성 속성을 겸비하였으므로 불 내성만으로는 절반밖에 막지 못한다.

"그러면 칼카 님, 의식 준비를――."

"그럴 시간이 없습니다. 간략화로 부탁드립니다."

칼카를 정면으로 보며 발언하자 여동생이 "그건……."이라고 말하려는 모습이 보였다. 의식마법인 성화를 간략화할 경우 술사에게 가는 부담은 매우 커진다. 칼카를 지켜야 할 부하가 입에 담을 수 있는 제안이 아니다. 하지만 얄다바오트에게 시간을 주어서는 안 된다.

"레메디오스가 그것이 최선의 수단이라고 생각했다면, 그렇게 하겠어. 다만 나 혼자서 행할 경우 그 이후의 지원은 불가능해질 거야. 그것만은 기억해줘. ……그러면 당장 불을 질러주겠어?"

"분부 받들――."

"――후후후. 이거 곤란하게 됐군요."

갑자기 잔해 속에서 들려오는 얄다바오트의 목소리.

"언니!"

"나도 알아!"

즉시 레메디오스는 칼카 앞에 서서 검을 뽑았다.

얄다바오트는 역시 집에 깔려 있었던 모양이었다. 그리고 이 타이밍에 말을 걸었다는 것은 성화 공격이 정답이었다는 뜻이리라. 설마 집에 깔린 충격으로 정신을 잃었던 것도 아닐 테니.

"저도 슬슬 진심을 다할 때가 된 모양입니다."

"호오~ 그럼 좀 더 일찍 힘을 쓰지 그랬나? 기다려줄 테니 냉큼 힘을 보여주시지? ……칼카 님, 케랄트. 뒤로."

두 사람에게 작은 목소리로 지시했다. 그와 동시에 레메디오스도 물러나, 다시 소환된 천사들로 얄다바오트와의 직선상에 벽을 만들었다.

"그렇겠지요. 그러면 조금 더 물러나 주십시오. 제가 일어나는 충격에 죽는 것도 흥이 식으니까요."

무너져 켜켜이 쌓인 목재며 벽돌이 우르릉 소리를 내며 올라갔다. 그리고 그것을 털어내며, 무언가 거대한 것이 천천히 일어났다.

"……얄다바오트?"

레메디오스는 저도 모르게 중얼거렸다.

조금 전의 얄다바오트와는 완전히 다른 존재가 모습을 드러냈다. 다른 악마와 바꿔치기한 것이 아닐까 의심이 들 정도였다. 그러나 저만한 악마가 여럿이나 있을 리 없다.

틀림없었다. 이것이 얄다바오트다. 이것이 얄다바오트의 정체인 것이다.

펄럭 펼쳐지는 불꽃의 날개. 긴 꼬리 끝에도 불꽃이 타올랐다. 그리고 무시무시할 정도로 굵은 팔 끝에도 불꽃이 피어났다. 사악한 얼굴에는 분노의 빛을 머금고 있었다.

"신관들! 천사를 돌격시켜!"

케랄트의 명령에 따라 신관들은 자신이 소환한 천사를 돌격시켰다. 손에 든 무기로 공격하는 천사들에게 얄다바오트는 반격하지도 않고, 그저 묵묵히 자신의 몸으로 받아냈다. 에워싸인 채 공격당하거늘 아프지도 가렵지도 않다는 듯한 태도였다. 마치 어린아이가 풀 플레이트 아머를 입은 성기사를 주먹으로 때리는 듯한 광경이었다.

"이것이 바로 나의 본성이다."

얄다바오트는 뱃속까지 묵직하게 스며드는 듯 굵고 무거운 목소리를 냈다. 그리고 한 걸음, 굵은 다리를 내디디자 그에 밀려 천사들이 일제히 한 걸음 물러났다.

천사들의 공격을 완전히 무시하고, 얄다바오트가 천천히 불꽃에 휩싸인 손을 쥐어 주먹을 만들었다. 거친 불꽃을 뿜어내는 그 주먹은 마치 시뻘겋게 타오르는 화산탄 같았다.

"어리석고 거추장스러운 날파리들── 사라져라."

펑, 하는 소리와 함께 레메디오스 앞에 분명히 존재했던 천사들이 소멸했다.

단련된 동체시력을 가진 레메디오스의 눈에도 한순간의 잔상조차 남지 않을 만큼 차원이 다른 속도로 얄다바오트가 주먹을 휘둘렀던 것이다. 그 일격에 레메디오스의 벽이 됐던 천사들이 소멸됐다.

이것이 얄다바오트의 진정한 모습.

여러 명의 천사를 쉽게 없애버린 그 압도적인 힘에 레메디오스는 꼴깍 침을 삼키고, 성검을 쥔 손에 힘을 주었다. 땀이 나서 갑옷 안의 옷 색깔이 변해 가는 것을 느꼈다.

이것은── 이길 수 있을까. 아니──.

"──타아아아아앗!!"

레메디오스는 함성을 지르며 돌격했다. 두려움을 떨치기 위해. 무모한 돌격이라 해도 여기서 앞으로 나가지 않는다면 마음이 패배를 인정하고 만다. 검을 쥐고 달렸다.

그녀의 온 힘을 담은 높은 상단 일격.

얄다바오트는 막으려고도 피하려고도 하지 않았다.

그리고── 우스울 정도로 쉽게 튕겨냈다.

"──엉?"

아다만타이트 수준의 경도를 가진 미지의 금속으로 이루어진 검을, 얄다바오트는 피부로 튕겨낸 것이다.

고개를 들고 보니, 얄다바오트의 시선은 자신을 보고 있지 않았다. 땅바닥을 기는 버러지를 인간이 내려다보려고도 하지 않듯.

"맨손으로 상대하기도 귀찮군…… 아니, 좋은 무기가 있었지."

얄다바오트가 레메디오스를 무시하고 걷기 시작했다. 레메디오스는 그 거구에 밀려났다.

“아?! 제, 젠장!”

레메디오스는 새로이 소환된 천사들과 함께 얄다바오트를 등 뒤에서 몇 번이고 베었다. 하지만 금속 같은 광택을 가진 피부에는 검이 전혀 통하지 않았다.

공격마법이 날아들었다. 그러나 역시 모두 튕겨났다.

‘이 자식, 멈추지도 않고 어디로 가려고——.’

얄다바오트가 향하는 곳으로 눈을 돌린 레메디오스의 얼굴에서 핏기가 사라졌다. 그곳에 있던 것은 칼카와 케랄트였다.

“너희는 뭘 하나! 베어! 베란 말이다!”

후방에 배치된 성기사들에게 명령했다. 뭔가를 할 수 있으리라는 생각은 안 하지만, 그래도 얄다바오트를 칼카와 케랄트에게 보낼 수는 없었다.

“칼카와 케랄트를 후퇴시켜! 이놈이 노리고 있다!”

성기사와 신관들이 두 사람 앞을 가로막고 벽을 만들었다. 참으로 약한 벽이었다.

“멈춰! 멈춰, 멈춰!!”

고함을 지르며 몇 번이고 검을 휘둘렀다.

그러나 어느 공격도 얄다바오트의 피부를 뚫지는 못했다.

성기사들이 검을 휘두르고, 신관들이 마법을 쏘았다. 그래도 얄다바오트의 걸음을 막을 수는 없었다. 아무 일도 없었다는 양 그저 전진한다.

몸에 깃든 불꽃에 닿은 자는 비명을 지르며 땅바닥에 나뒹굴었으나 얄다바오트 자신은 공격할 의사조차 없는 것 같았다.

"둘 다 도망쳐! 지금 우리는 이놈을 막을 수 없어!!"

고함을 지르면서도 레메디오스의 머리는 완전히 혼란에 빠졌다.

왕국에서는 모험자가 격퇴했다고 하지 않았던가. 아다만타이트 클래스 모험자와 자신은 동등하거나 혹은 자신이 더 위다. 그렇다면 왜 자신이 얄다바오트를 막을 수 없단 말인가.

'뭔가, 분명 뭔가가 있을 거야! 그걸 간파해야만 해! 이놈에게 대미지를 줄 방법을!'

얄다바오트의 무적에는 무언가 트릭이 있는 게 분명하다. 일부 몬스터가 은 같은 특정한 물질 이외의 금속에 강하듯, 그런 모종의 방어능력으로 몸을 지키는 것이 틀림없다.

'그게 대체 뭐냐고!!!'

평소에는 든든하던 감이 아무것도 가르쳐 주지 않았다.

이제까지는 이럴 때 부단장이나 케랄트, 혹은 칼카가 지시를 내려 주고 자신은 그것을 실행하면 그만이었다. 그러나 그 세 사람에게서도 아무 말이 없었다.

그러나 조바심을 느끼는 레메디오스도, 한 가지만은 알고 있다.

두 사람을 피신시키면 놈의 노림수는 저지할 수 있다.

그것은 그녀들도 알고 있는 듯, 뒤를 돌아보지도 않고 즉시 도망쳤다.

그러면 된다. 멍청하게 망설일 시간은 진정한 전장에 없으니까. 레메디오스가 죽든 말든, 이 나라의 정점인 성왕녀만 살면 어떻게든 된다. 그리고 최악의 경우 성왕녀가 죽어도 여동생이 살아남아 시체만 회수할 수 있으면 죽은 자를 되살릴 수도 있다.

신관 몇 명이――아마도 제3위계는 쓸 수 있는 자들인지――칼카의 주위를 지켜주고 있었다. 그들이 벽을 만들어 주는 한 두 사람이 도망칠 시간을 더 끌 수 있을 것이다.

"흐음―― 〈상위전이Greater Teleportation〉."

느닷없이 얄다바오트의 모습이 사라지고, 검이 허공을 갈랐다.

"앗?!"

황급히 주위를 둘러보는 레메디오스의 귀에 단말마와도 같은 비명이 들렸다. 레메디오스의 심장이 불길하게 뛰었다. 두 사람이 도망친 방향에서 들려왔다. 그러나 그쪽은 성기사의 벽에 가로막혀 보이지 않았다.

마법 아이템의 힘으로 공포는 억누를 수 있지만 조바심은 생겨난다. 여동생을 포함해 경호하던 이들이 죽었다면 얄다바오트와 대치하는 것은 칼카 한 사람뿐. 이 나라의 정점.

잃어버리면 국가가 끝장나는 중요 인물이다.

"비켜어어어어!"

고함을 지르며 레메디오스는 달렸다. 성기사들이 황급히 물러났다.

칼카에게 가기까지는 너무나도 멀었다.

이 몸은 왜 이리 둔하단 말인가.

자신의 완력, 각력은 인류종 최고봉이라고 내심 자부했으며 은근한 자랑거리이기도 했다. 하지만 그것은 모두 허울이었음을 이 순간 처음 깨달았다.

일격을 견디면 된다. 부상이 크더라도 이곳에는 신관이 많이 있다. 죽지만 않았으면 어떻게든 된다.

그렇게 자신을 다그치며 달려간 레메디오스는 얄다바오트에게 붙들린 칼카의 모습을 발견했다. 케랄트가 어떻게 됐는지 확인할 여유는 없었다.

얄다바오트는 거대한 손으로 칼카의 두 다리를 붙잡고 있었다. 그 두 손은 불길에 휩싸여 있었다. 갑옷이 달궈져 그 안에서는 고기가 타는 듯한 소리가 들렸다. 투구를 쓴 그녀의 얼굴은 미칠 것처럼 고통에 일그러진 채 치열 고운 이를 악다물고 있었다.

'비겁한 놈! 인질이구나!'

얄다바오트는 무엇을 요구할 생각일까——. 긴장한 레메디오스는 이어지는 얄다바오트의 말에 귀를 의심했다.

"좋은 무기로군."

"——뭐?"

레메디오스는 그 순간 자신이 든 성검에 눈을 떨구었다.

이것을 탐내는 걸까.

"처음 보았을 때부터 딱 좋은 무기가 될 거라고 생각했지."

손을 들어, 축 늘어진 칼카의 몸을 시선 높이까지 올린 얄다바오트가 부웅 팔을 휘둘렀다. 마치 검을 휘둘러보듯.

우드득 소리가 들리면서 칼카의 꽉 억누른 비명이 솟았다. 얄다바오트의 압도적인 완력과 자신의 하중을 견디다 못해, 무릎 관절이 원래는 구부러질 리 없는 방향으로 구부러진 것이다.

그제야 레메디오스는 그가 무슨 말을 했는지를 깨달았다.

성왕녀 칼카 베사레스를 무기로 삼겠다고, 놈은 그렇게 말한 것이다.

"무, 무슨 짓을……."

이해할 수 없었다.

그러나 이해할 수밖에 없었다.

"자, 그러면 간다."

분노를 가득 채운 얼굴에 살짝 사악한 웃음을 지으며 얄다바오트가 다가왔다.

이런 때는 어떻게 해야 좋단 말인가.

레메디오스가 물러나고, 뒤에 있었을 성기사들도 마찬가

지로 물러났다.

'이, 이럴 때는, 어떻게 해야 좋지? 어떻게 해야?'

도움을 청해 시선을 돌려보았지만 얄다바오트의 뒤에, 조금 전까지 칼카를 지키던 신관들과 케랄트가 땅바닥에 쓰러져있는 것이 보였다.

신관들은 꿈쩍도 하지 않았지만 동생은 살짝 몸을 뒤틀었다. 어쩌면 조용히 마법을 쓰고 있었는지도 모른다.

'동생은—— 살았어! 어느 쪽을 먼저 구할지—— 이산도로에게 물어볼 수밖에.'

"이산도로! 어떡하지?!"

"후퇴하십시오!"

"알았다! 전원 후퇴! 물러나라! 물러나!"

"——뭐지? 싸우지 않을 건가? 기껏 너희를 꿰뚫기 위한 무기도 입수했는데…… 〈화염구〉."

얄다바오트가 칼카를 들지 않은 손을 내밀어, 제3위계 공격마법을 쏘았다. 날아간 불꽃이 터지면서 범위 내의 성기사들을 태웠다. 성기사들은 내화 주문을 걸어놓았으므로 치명상은 간신히 면한 듯했지만, 그저 죽지 않았을 뿐이다.

칼카는 몸을 뒤틀며 필사적으로 저항했으나 얄다바오트의 구속으로부터 벗어날 수는 없는 듯했다.

"성가신 여자로군. 지금 너는 내 무기다. 무기면 무기답게 가만히 있어."

몸을 슬쩍 기울인 얄다바오트가 칼카를 잡은 손을 높이 들었다.

"그만!"

얄다바오트가 무엇을 하려는지 깨닫고 레메디오스는 비통한 고함을 질렀다. 그러나 얄다바오트는 눈길조차 주지 않은 채 손을 휘둘렀다.

콰작.

미처 가드하지 못했던 칼카의 얼굴이 바닥과 격돌했다.

그리고 얄다바오트가 천천히 손을 들자, 저항할 의지를 잃어버린 것처럼 칼카가 축 늘어졌다.

그녀가 쓴 투구는 앞부분이 열려 있다. 그것은 그녀의 미모가 병사들의 사기를 올려주기 때문이다. 하지만 지금은 그 아름다웠던 얼굴에는 시뻘건 피가 흘렀으며, 코도 뭉개졌는지 평탄한 것처럼 보였다.

"네놈!"

"멍청아, 가만있어!"

부하 중 한 사람—— 성기사가 자신도 모르게 검을 뽑아 들고 달렸다. 말리려 했으나 이미 늦었다.

얄다바오트는 인간 하나를 들고 있는데도 놀랄 만큼 빠른 속도로 기사를 향해 무기를, 칼카를 휘둘렀다.

두 사람이 부딪치고, 강렬한 금속음과 함께 성기사가 날아갔다.

그 갑옷은 거인의 일격을 받은 것처럼 찌그러져, 칼카와의 충돌이 어느 정도였는지를 말해 주었다.

레메디오스는 칼카에게서 눈을 뗄 수 없었다.

다른 종족에 비해 표피가 부드러운 인간이라 해도, 강자가 되면 기(氣)나 마력을 몸에 둘러 의식이 있을 때는 날붙이로 베어도 부상을 입지 않는 경우가 있다.

그렇다, 의식이 있을 때는.

충격으로 벗겨졌는지 투구가 어디론가 날아가 긴 머리카락이 펄럭펄럭 바람에 나부꼈다. 거꾸로 매달린 채 얼굴을 피로 물들이고, 코는 짓뭉개지고 앞니는 빠졌으며, 흰자위를 뜬 채 희미하게 신음 소리를 내는 모습에 지고의 보물이라 칭송받던 아름다움은 한 점도 남지 않았다. 너무나도 처참했다.

"어떡하면 좋지, 이산도로?! 칼카를 어떻게 해야 구할 수 있지?!"

"모, 모르겠습니다!"

"이 쓸모없는 놈! 네 머리는 이럴 때를 위해 있잖아!"

"이런 상황은 상상도 못했습니다! 모두 후퇴할 수밖에 없습니다!"

"동생과 칼카를 두고 말이냐?!"

"그것 말고 대체 무슨 방법이 있단 말입니까!"

그렇게 나오면 레메디오스도 할 말이 없었다.

"나 원. 적을 앞에 두고 싸우다니 참 무서운 인간들이로군. 슬슬 시간이 됐다. 유희는 이만 끝내도록 하지."

"뭐야?"

얄다바오트가 천천히 하늘을 올려다보았다.

"나의 군세가 이 도시에 도달할 때가 됐다. 조속히 성문을 부수고 폭거와 살육의 폭풍을 일으켜야 한다."

"그, 그런 짓을 우리가 용납할 줄 아느냐!"

"용납할 필요는 없다. 그저 받아들여라. 별의 선물과 마찬가지로 말이다."

얄다바오트가 칼카를 들지 않은 손을 갈구하듯 위로——허공으로 들었다.

"——막아라!"

무엇을 하려는지 알았기에 레메디오스는 고함을 질렀다.

그러나 아무도 움직일 수 없었다. 성왕녀라는 인질이 있기에 얄다바오트를 공격하지 못하는 것이다.

아니, 공격을 할 경우 칼카의 몸으로 받아내리란 것을 모두가 두려워한다. 만약 그렇게 하다가 칼카가 죽어버린다면 어떻게 해야 한단 말인가.

레메디오스 일행의 망설임을 무시하고—— 별이 떨어졌다.

# 2장 구원을 찾아서

# Chapter 2 | Seeking for Salvation

1

왕국의 대로를 한 소녀가 걷고 있었다.

딱히 예쁘장한 얼굴은 아니다. 모두가 돌아볼 만한 용모는 아니지만, 나쁜 의미에서 사람의 눈을 끄는 면은 있었다.

치켜 올라간 째진 눈의 검은자위는 작았으며, 눈매는 항상 노려보는 듯 사납고, 게다가 눈 밑은 시커멓게 죽은 것 같아 어딘가 모르게 뒷골목 주민 같은 흉악함을 풍기기 때문이다.

인파 속을 걸을 때는 편리하지만 도시 관문 같은 데에서는 면밀한 소지품 검사를 받을 것만 같은 소녀, 네이아 바라하는 하늘을 올려다보았다.

거무스름하고 두꺼운 구름에 온통 뒤덮여, 아직 점심을 먹기 전인데도 해 질 녘 같은 착각마저 불러일으킨다.

겨울도 한복판을 지났으나 아직 봄은 멀었다.

네이아는 지친 한숨을 쉬고는, 부모에게 물려받은 예민한 감각을 기울여 가며 체류 중인 여관으로 이어지는 길을 걸었다.

시내에서 이렇게까지 경계하는 이유는, 이 도시에 도착한 후로 줄곧 외부인에 대한 거부감과도 비슷한 분위기를 피부로 느꼈기 때문이다.

물론 그녀의 기분 탓이리라. 후드 달린 망토로 얼굴을 감추었기 때문이다.

그 모습을 통해 그녀가 타국 사람인지 아닌지를 알아볼 사람은 아무도 없다. 다만 그녀가 느끼는 무어라 형언할 수 없는 무거운 공기는 기분 탓이 아니었다. 길을 오가는 사람들을 슬쩍 보면, 얼굴은 어둡고 발걸음 또한 무거웠다. 겨울철의 음울한 공기를 온몸에 두른 것만 같았다.

평소 같으면 흐린 날씨 탓이겠거니 하겠지만, 이곳 리 에스티제 왕국의 왕도를 에워싼 폐쇄감이랄까, 무어라 형언할 수 없는 음울함은 다른 요인이 만들어낸 것처럼 여겨졌다.

'얼마 전에 전쟁에 져서 그럴지도 모르지. 그래도 지금 성왕국 백성들에 비하면 콧노래를 부르며 뛰어다니는 것처럼 활달한 풍경이지만.'

성왕국 한복판의 만 너머 남부는 아직 안전하며, 지옥은 북부뿐이라고 한다.

그런 정보를 들었어도 별로 행복해지지는 않았다. 북부 성왕국의 패잔병이자 해방군, 그리고 이 땅에 온 사절단원인 그녀로서는.

암울한 기분이 든 네이아의 손은 구원을 청하듯 허리로 향했다. 그곳에서 전해져온 것은 강철 특유의 싸늘한 감촉.

허리에 찬 검은 성왕국 성기사단의 문장이 들어간, 그녀의 신분을 증명하는 것이다.

성기사가 가진 검에는 경미하나마 마법의 힘이 담겨 있는데, 그녀가 가진 검에는 그것이 없었다. 이것은 훈련생 계급인 종자용 검이기 때문이다.

훈련을 완전히 마치고 성기사 서임을 받을 때야 비로소 그동안 사용했던 애검에 마법의 힘을 부여받는 것이다. 그것이 성기사 임명 의식의 일환이기도 하다. 그때까지는 단순히 날이 잘 드는 쇳덩어리. 그래도 오랫동안 고된 훈련을 함께 했던 애검이다. 불안을 느꼈을 때 자기도 모르게 만지게 되는 버릇이 들어도 무리는 아니다.

강철에서 전해지는 감촉에 조금 마음이 진정된 네이아는 흰 숨결을 토해내고 망토 앞섶을 여미며 발걸음을 빠르게 했다.

이제부터 보고할 나쁜 내용을 생각하면 발걸음이 무뎌졌다. 그렇기에 반대로 발을 빠르게 한 것이다. 안 좋은 일은 냉큼 마쳐버리는 편이 낫다.

이윽고 사절단 일행이 머무는 숙소가 보였다.

매우 훌륭한 여관으로, 숙박비도 나름 비싸다. 듣자 하니 이 왕도에서도 다섯 손가락 안에 드는 여관이라고 한다.

고향인 성왕국 북부의 현재 상황을 생각하면, 동포가 고통을 받는 동안 자신들만이 호사를 만끽하는 것도 저어됐다. 실제로 사절단 단장을 맡은 여성은 지나치게 사치스럽다고 반대했다. 등급을 낮추고, 남은 돈을 좀 더 유익하게 써야 한다고.

하지만 부단장을 맡은 사내의 제안에 단장의 의견은 부결됐다.

『성왕국의 대표인 우리가 비루한 여관에 머문다면 그것을 본 사람들은 '성왕국도 이제 오래가지 못하겠구나' 하고 생각할지도 모릅니다. 그것을 피하는 의미에서도 비싼 여관에 체류하여 우리 나라가 아직 건재하다는 모습을 보여주어야 합니다.』

이성적으로 생각하면 부단장의 말은 지당했으며, 사절단원 중 누구도 반대하지 않았다. 그러나 단장만은 감정적으로 수긍하지 못했는지 완고하게 반대했다. 한동안 다투다가 다른 단원들에게도 설득당해 결국 마지못해 이 여관을 잡게 됐다.

하지만 그렇다 해도 쓸데없는 돈을 쓸 여유가 없다는 사실은 모두가 잘 아는바. 가능한 한 체류기간을 줄이고자, 종자에 불과한 네이아도 목적 달성을 위해 이리저리 뛰어다니게 됐다.

사절단이 왕국을 방문한 목적은 성왕국 지원을 부탁하기 위함이며, 네이아나 다른 단원들은 우선 왕국의 권력자들을 면회할 수 있도록 허가를 받으라는 명령을 받았다.

허가만이라면 종자여도 받을 수 있으리라는 단장의 생각이 틀리지는 않았다.

그러나 단원 중에서 종자는 자신 하나뿐이었으며, 다른 단원들은 모두 어엿한 성기사다. 허가를 받는다 해도, 훗날 그 상대가 다른 권력자에게는 성기사가 왔는데 자신에게는 종자가 왔음을 알면 어떻게 생각할까.

보통은 불쾌하게 여길 것이다. 그것은 네이아도 알 만한 이치였으며, 그 점에 대해 조심스레 의견을 제시해 보았지만 명령은 바뀌지 않았다. 종자 주제에 그 이상 무어라 할 수는 없지만, 그래도 네이아는 주장했다.

자신 혼자만의 실패로 끝난다면 감수할 것이다. 하지만 이에 따라 고난에 허덕이는 성왕국에 대한 원조가 줄어들어버릴지도 모르지 않는가. 네이아가 실패하면 많은 백성이 죽어버릴 가능성이 있는데도 "네, 알겠습니다." 하고 쉽게 물러날 수는 없었다.

종자 따위가 고분고분 지시에 따르지 않는다는 데에 단장은 더욱 언짢아했다. 마치 모두 네이아가 잘못했다는 듯한 태도를 보인 것이다. 그래도 부단장이 사이에 끼어들어 어떻게든 수습은 됐지만, 단장이 네이아를 별로 좋지 않게 여긴다는 것은 틀림없었다.

종자인 네이아가 동행한 이유는, 여정 동안 예민한 감각으로 일행의 안전을 확보하기 위해서였다. 그 밖의 일에서 능력을 기대하면 자신도 난처하다.

'그렇다고 그렇게 말할 수도 없고…….'

네이아는 하늘을 올려다보며 하아 한숨을 쉬었다. 그대로 흰 입김이 싸늘한 공기 속에 사라져가는 것을 지켜보았다. 여관에 돌아가면 또 바늘방석 같은 기분이 들겠다고 생각하니 속이 쓰렸다.

네이아가 오늘 방문한 귀족은 별로 중요하지 않은——왕국에서 지위가 높지 않은——사람이었으므로, 유감스럽게 허가를 받지 못했다 해도 그리 큰 문제는 되지 않을 것이다. 그래도 단장에게 잔소리를 들을 것은 분명했다.

'……보통 무리지. 나름대로 지위가 있는 사람한테 당장 만나자고 하는 건. 내 정체도 조사해 봐야 하고, 정보를 모을 시간도 필요하고. 일주일 후라고 했으면 면회를 할 수 있었을까?'

하기야 그것도 상대의 거절용 멘트라는 생각이 들지만.

'단장님은 며칠 내로 왕도를 떠난다고 지시하셨고…….'

요즘 들어 단장은 항상 신경질적이며 감정을 잘 제어하지 못하는 것처럼 보였다.

예전 단장은 그런 사람이 아니었다. 네이아도 잘 안다. 옛날에는 단장도 관대하고 너글너글한, 나쁘게 말하면 모든 일에 대충대충인 사람이었다. 하지만 성왕녀가 목숨을 잃은 전투로 성격이 크게 바뀌고 말았다.

"……힘드네."

종자의 몸으로, 단장의 부조리한 질책에도 고개를 숙일 수밖에 없을 것이다.

그렇다고는 하지만 이 정도 고통은 성왕국에서 아직도 살아서 싸우는 자들과 비교하면 별것 아니다. 고개를 숙이고 태풍이 지나갈 때까지 가만히 기다리기만 하면 되니까.

각오를——체념일지도 모르지만——다졌을 때, 네이아는 여관에 도착했다.

심호흡을 한 차례 하고, 후드를 벗은 후 여관의 멋들어진 문을 밀어 열었다.

고급 여관인 만큼, 금방 라운지가 나타나는 것이 아니라 우선 조그만 방이 나왔다. 여기서 신발에 묻은 진흙 같은 것을 턴다고 한다. 하지만 지금 막 다녀온 곳도 이 여관처럼 보도블록으로 정비된 일등구역이었다. 비도 내리지 않았는데 털어낼 진흙이 묻을 이유는 없었다.

네이아는 신속히 들어왔던 곳과는 반대쪽의 문을 열었다.

따뜻한 공기가 흘러나왔다.

정면에는 접수대가 있었다. 오른쪽에는 바 카운터, 왼쪽에는 계단이 있었으며 그 근처에는 마주 놓인 소파가 보였다.

이 방에는 난로가 없다. 그럼에도 바깥공기와 이렇게나 온도가 다른 이유는 마법의 도구 덕이라고 한다.

성왕국에서 매직 캐스터는 곧 신관이며, 마법 아이템을 만드는 것도 그들이다 보니 이처럼 생활에 도움이 되는 도구류는 별로 없다. 왕국은 성왕국보다도 그런 기술력이 더 뛰어난 모양이었다. 이 정도라면 아버지에게 들었던 제국이라는 곳은 얼마나 대단할까.

아마 한 번도 가 보지 못하고 자신의 인생은 종지부를 찍으리라는 사실을 알지만, 약간은 제국에 대한 동경을 품었다.

평범한 시골 소녀는 자신의 마을밖에 모른 채 인생을 마친다. 나라를 섬기는 몸이기는 해도 전사로서 그렇게까지 우수한 재능이 없는 네이아 같은 사람은 타국을 볼 기회도 없이 끝난다.

그렇게 생각해 보면, 타국을 볼 기회를 얻은 것은 큰 재앙 속에서 얻은 조그만 행운이라 할 수 있을지도 모른다.

네이아는 그런 생각을 떨거니 하면서 계단을 올라, 사절단이 묵는 2층의 방으로 향했다. 여관 사람들도 네이아의 얼굴을 기억하는지 제지하지는 않았다.

여관비를 생각해 보면, 이 여관에 방 하나를 빌려 단장과 부단장 일행이 머물고, 그 이외의 사람들은 싸구려 여인숙에 묵는 편이 낫다. 하지만 그런 소소한 절약도 상대에 따라서는 성왕국에 미래가 없다고 판단할 근거가 될지 모른다는 부단장의 말을 단장이 인정한 결과였다.

단장 일행의 방에 도착해, 네이아가 노크를 하자 문이 살짝 열렸다. 경호를 위해 방에 남아 있던 성기사다.

경호 대상은 성왕국 최강의 성기사이자 사절단 단장이다. 지킨다기보다는 종복과 같은 의미가 강하겠지만, 그렇다면 자신을 남기는 편이 적재적소가 아닐까. 물론 모난 돌이 정 맞는다는 사실을 잘 아는 네이아는 그런 말을 입 밖에도 내지 않았지만.

"네이아 바라하, 지금 막 돌아왔습니다."

문이 열렸으므로 안으로 들어갔다.

복도 끝에 커다란 방이 보였다. 안에는 긴 테이블이 한가운데에 떡하니 놓여 있었으며, 그곳에 단장이 보였다.

단장 레메디오스 커스토디오와 부단장 구스타보 몽타녜스가 앉아 있었다. 그리고 벽가에는── 사절단원 전 17명 중 절반 이상의 성기사가 직립부동 자세로 서 있었다.

두 사람은 테이블에 서류를 펼쳐놓고 있었으며, 슬쩍 엿보니 수많은 이름 대부분에 가로줄이 그어져 있었다.

"단장님. 네이아 바라하, 돌아왔습니다."

가슴을 펴고 자세를 가다듬으며 말했다.

"──어떻게 됐나."

"죄송합니다. 상대가 시간이 없다고 거절당했습니다. 최소 2주는 필요하다고 합니다."

"쳇."

레메디오스가 혀를 찼다.

찌르르 하는 아픔이 위장을 내달렸다. 네이아에게 혀를 찬 것인지, 아니면 거절한 왕국 귀족에게 한 것인지. 전자인 것 같기도 후자인 것 같기도 했지만 그런 무시무시한 질문을 할 수는 없었다.

"그래, 날도 추운데 고생 많았다. 그러면 방으로 돌아가 쉬도록."

"예!"

구스타보의 말에 안도의 한숨이 나오려 했지만 네이아는 꾹 참았다. 얼른 이곳을 떠나고 싶었지만 그 전에 레메디오스가 그녀를 붙들었다.

"……그 전에 묻고 싶은 게 있다만, 좀 더 일찍 만나 줄 수 있겠느냐는 교섭은 해 보았나?"

"——네? 아! 네! 물론 상대에게는 그렇게 부탁드렸습니다만, 유감스럽게도 무리라고 해서……."

"네 교섭 방식에 문제가 있었던 건 아니고?"

"어, 그, 그건——."

그렇지는 않다, 고 누가 말할 수 있겠는가. 그리고 무슨 말을 하든 질책을 당할 것은 명백했다.

"……단장님. 그녀가 찾아간 귀족만이 아니라 다른 귀족들도 비슷한 식으로 거절했습니다. 개중에는 성왕국에 대한 지원은 불가능하지만 그래도 이야기를 나누고 싶은지 물어보는 귀족도 있었다고 합니다."

도움을 주려는 듯 입을 연 구스타보를 레메디오스가 노려보았다. 무어라 표현할 수 없는 긴장감이 드높아졌다.

"——네이아 바라하."

"네!"

공격대상은 역시 자신인가 하고 속으로 어깨를 늘어뜨렸으나, 당연히 태도로는 드러내지 않은 채 빠릿빠릿하게 대답했다.

구스타보가 사이에 서려 했으나 레메디오스는 이를 무시하고 네이아를 노려보았다.

"우리가 이러는 동안에도 얄다바오트가 이끄는 아인 놈들의 군세에 수많은 이들이 목숨을 잃고 있다. 게다가 대도시가 이미 네 곳이나 함락됐으며 작은 도시나 마을은 몇 곳을 잃었는지 상상도 할 수 없다."

네 곳의 대도시란, 대성전이라 불리는 성왕국의 신앙 중심지인 신전이 존재하고, 정치의 중심이었던 수도 호반스.

수도 서쪽에 있는 항만도시 리문.

가장 성벽에——요새 라인에——가깝고 아인들의 침공을 가장 먼저 받기에 두꺼운 벽을 가진 성새도시 칼린샤.

그리고 칼린샤와 호반스의 사이에 있는 프라트였다.

다시 말해 북부에 존재하는 대도시는 모두 얄다바오트가 이끄는 아인군에게 제압당했다는 뜻이다.

"게다가 수많은 생존자가 사로잡혀 마을이나 도시에 지어진 수용소로 보내졌다. 그곳에서 자행되는 행위는 피도 얼어붙을 만한 일이라고 한다."

"네!"

수용소는 주위가 벽으로 에워싸였으며, 잠입에 성공한 자는 전무했으므로 실제로 어떤 일이 벌어지는지 목격한 이는 없다. 그러나 간수가 아인이라는 소문이 돌았으며, 아슬아슬한 위치까지 접근해 내부의 동태를 살폈던 자의 말에 따르면 고통 어린 신음 소리나 비명이 바람을 타고 들려왔다고 한다.

그리고 무엇보다, 악마인 통치자 얄다바오트가 포로로 삼은 인간을 자비롭게 대하리라고는 도저히 생각할 수 없었다.

"너는 그걸 알면서도 이런 결과를 가지고 돌아오다니, 대체 어쩌자는 거지? 정말로 노력하고 있나? 그렇다면 결과를 내놓아야 하지 않겠나?"

"예! 죄송합니다!"

분명 맞는 말이기는 하다. 레메디오스의 말은 옳다. 그러나――.

네이아는 마음속에 떠오른 또 다른 감정을 지울 수 없었다.

'그렇다면 포로가 된 백성을 구하지 못하는 성기사단 단장은 뭔데요?'

똑같은 말을 그대로 돌려주고 싶다는 마음이 솟아났다. 하지만 성왕국에서 살아가는 종자로서 그런 말을 입에 담을 수 있을 리가 없었다.

"죄송하다고 한다면 어떻게 할 테냐? 어떻게 결과를 내놓을 테냐?"

네이아는 말문이 막혔다.

어디까지나 네이아는 성왕국의 일반인. 귀족 작위가 있는 것도, 권력이나 재산이 있는 것도 아니다. 성기사도 아닌 단순한 종자다. 그런 네이아가 왕국 귀족에게 매력적인 무언가를 제안할 수 있을 리 만무했다. 그렇게 되면 남은 것은——.

"노력하겠습니다."

정신론이다. 그러나 그것은 레메디오스의 마음에 드는 대답이 아니었던 모양이었다.

"무슨 노력을 할지 묻는 거다. 쓸데없는 노력은——."

"——단장님."

무언가 할 말이 있는 듯 구스타보가 레메디오스의 말을 가로막았다.

"일단 그쯤 해 두시고 준비를 하시는 게 어떻겠습니까? 곧 청장미 분들이 오실 겁니다. 환영이 늦어지면 상대를 불쾌하게 만들 수도 있지 않겠습니까?"

"그렇군. 종자 바라하, 더 노력해 결과를 내도록."

"네!"

레메디오스가 네이아에게 손짓했다. 냉큼 가라는 소리일 것이다.

"실례하겠습니다. 커스토디오 단장님!"

피로에 찌들었으면서도 마음속으로는 잘됐다고 환희에 떨며 네이아는 방을 나가려 했다. 그러나 조금 전까지 그녀의 원군이었던 자는 이 순간 갑자기 최악의 적으로 돌변했다.

"단장님, 청장미 여러분이 계실 때 그녀도 있는 편이 좋지 않겠습니까?"

구스타보의 발언에 한순간 시야가 새까맣게 변하는 것 같았다. 왜 종자 따위가 그런 이야기에 참가해야 한단 말인가.

레메디오스가 부관에게 시선을 보냈다. 조금 전에 네이아에게 보였던 것과는 완전히 다른, 어느 사이엔가 사람이 바뀐 것 아닌가 혼란스러워질 정도로 친근함이 깃든 눈이었다.

"그런가? 네가 그렇다고 한다면……. 하지만 왜?"

"예. 그녀를 종자로 데려온 것은 유례를 찾아보기 힘들 정도로 날카로운 감각 때문입니다. 그녀만이 알 수 있는 무언가를 감지할지도 모릅니다."

얄다바오트와 싸운 일련의 전투에서 수많은 성기사와 종자가 죽었다. 그래도 아직 살아남은 성기사는 여러 명이나 있다. 그런데도 그녀가 사절단의 일원으로 뽑힌 이유는 바로 그 감각 때문이다.

성기사는 전투에서 뛰어난 능력을 보이지만, 그 이외의 면에서는 일반 시민과 다를 바가 없다. 다시 말해 적에게 들키지 않도록 이동하고, 멀리 떨어진 적을 탐지하며, 포위망을 빠져나가는 척후 기술을 가진 자를 데려올 필요가 있었다.

보통은 모험자나 엽병(獵兵)이 맡을 역할이지만, 대부분이 죽었으며 살아남은 이들은 남부나 타국으로 도망쳤다. 그렇기에 경험이 풍부한 자가 없어 그녀에게 화살이 돌아왔던 것이다.

그녀 자신도, 아버지와 비교하면 훨씬 떨어져도 성기사 훈련만을 받아온 자들보다는 날카로운 감각을 가졌다고 자부했다. 그 능력이 나라에 도움이 된다면 매우 기쁜 일이었지만, 그 마음도 상당히 마모되어버렸다. 이제는 선택받은 것을 조금 원망스럽게 여기기까지 했다.

"그런가? ……네가 그렇게 생각한다면 그러지. 허가한다."

"고맙습니다, 단장님."

"……종자 바라하. 들었겠지만 너도 방 한구석에서 이야기에 귀를 기울여라. 무슨 일이 있으면 우리에게 알리도록. ……그러면 방으로 돌아가 몸단장을 하고 와라."

"네!"

겨우 해방됐다. 그런 생각으로 퇴실한 네이아의 뒤를 구스타보가 따라왔다. 그리고 방을 나온 뒤 조용히 말을 걸었다.

"단장님 때문에 미안하구나."

네이아는 발을 멈추고는 돌아보며, 이제까지 의문으로 여겼던 것을 물었다.

"……제가 무언가 단장님을 화나게 만들 만한 짓을 했습니까? 그 도시가 함락된 전투에서 완전히 성격이 바뀌어버리셨다는 이야기는 전에도 들었습니다만, 대체 무슨 일이 있었던 겁니까?"

"……그 전투에서 얄다바오트에게 수많은 성기사들이 목숨을 잃었다. 그리고 성왕녀님과 단장님의 여동생분도."

그건 안다. 그러나 그렇다고 해서 어쨌단 말인가.

네이아도 마찬가지다.

아마 아버지도 어머니도 돌아가셨을 것이다. 그리고 이제 성왕국에는 그런 처지인 사람이 드물지도 않다. 하지만 그런 말을 어떻게 하겠는가.

"그 일이 계기가 되어, 단장님의 내면에 생겨난 상실감과 분노 같은 감정이 갈 곳을 잃고, 가까운 곳에 있는 너에게 터져나가는 것이겠지. 우리 성기사에게 그 감정을 터뜨리지 못하는 것은 우리도 같은 전투에 참가했던 자로서 고통을 공유한다고 생각하기 때문일 거다."

뭐야 그게.

네이아는 속으로 중얼거렸다.

다시 말해 네이아가 그 전투에 참가하지 않았기 때문이라는 소리다.

너무나도 부조리했다.

네이아를 비롯한 종자도 반수는 같은 도시에 갔으며, 많은 전사자가 나왔다. 그 속에 네이아가 없었던 것은 운이었다. 네이아 자신이 선택한 결과가 아니다.

"그 사실을 전제로 부탁하마. 지금은 견뎌다오. 단장님은 지금의 성왕국에 반드시 필요한 분이다."

"……불만을 남에게 터뜨리고, 상대를 괴롭혀서라도 말입니까?"

"그렇다."

비통한 표정으로 구스타보가 자신을 보았다.

분노가 몸속을 휩쓸어 고함을 지르고 싶어졌다. 그 여자가 강하다는 건 인정한다. 하지만 일행이 무사히 왕국에 도착할 때까지 네이아는 노력했다. 아인들의 경계망을 주의하고, 야영할 때는 누구보다도 주의를 기울였다. 사절단이 무사히 도착한 것은 네이아의 힘이 있었던 덕이다. 그렇다면 이 여행이 끝날 때까지는 네이아의 가치가 그딴 여자보다 못하다고는 생각할 수 없다.

하지만 네이아는 끓어오르는 감정을 꾹 눌렀다.

성왕국에서 고통을 받고 있는 백성들을 위해서라도 지금은 참아야만 한다. 어느 한쪽이 빠져 수많은 백성의 탄식을 막지 못하게 된다면 그것이 더 어리석은 일이기 때문이다.

게다가 성왕국으로 돌아가면 이 일에서 해방된다. 그렇다면 조금만 더 참으면 된다.

네이아는 웃으며 고개를 끄덕였다.

"알겠습니다. 그것이 성왕국을 위해서라면, 웃으며 받아들이겠습니다."

*

네이아가 잠시 방으로 돌아가고 얼마 지나지 않아, 청장미 다섯 명이 여관에 도착했다.

벽가에 똑바로 서서 부동자세를 유지하던 성기사들 사이에서 네이아도 기다렸다.

이윽고 문이 열리고, 다섯이 안으로 들어왔다.

유명인에게 열광하는 성격은 아니지만, 성왕국에도 이름이 널리 알려진 사람들이 나타나 네이아의 마음은 조금 흥분에 잠겼다. 자신은 도달할 수 없는 높은 경지에까지 이른 위인. 그것도 같은 여성. 개인적으로는 여러 가지 질문을 해보고 싶기도 했다. 그러나 그럴 수는 없었다.

'저 사람들이…… 왕국에 존재하는 세 개의 아다만타이트 클래스 모험자 팀 중 하나. 청장미…… 굉장해…….'

그녀들의 이름이나 외견은 소문 같은 것으로 들었으나, 이렇게 자기 눈으로 보면 이야기를 듣고 상상했던 이미지와는 상당히 많은 부분에서 차이가 났다.

선두에 선 것이 청장미의 팀 리더. 수신의 성인(聖印)을 목에 건 신관. 그 유명한 마검을 가졌다는 라퀴스 알베인 데일 아인드라.

같은 여성이 봐도 반해버릴 정도로 고운 얼굴은 전투의 천재만이 도달할 수 있는 최고위 모험자라고는 여겨지지 않는다. 드레스를 입으면 평민 출신인 네이아가 꿈꾸는 공주님을 그대로 그려낸 듯한 여성이 될 것이다.

그런 미녀가 이미지에 딱 맞는 부드러운 목소리로 말했다.

"초대해 주셔서 고맙습니다. 저희가 청장미입니다."

자리에서 일어나 맞이한 레메디오스가 슬쩍 고개를 숙이며 감사의 뜻을 표했다.

"저희의 부탁을 받아들여 이렇게 왕림해 주신 데 진심으로 감사드립니다, 청장미 여러분."

"그 유명한 성검을 보유하셨으며 유례를 찾아보기 힘든 능력으로 널리 알려진 성기사 레메디오스 커스토디오 님께서 초청해 주셔서 저희야말로 감사드립니다."

형식적인 인사를 할 때 레메디오스의 어조가 조금 딱딱하고 억양이 어색한 반면, 라퀴스는 자연스러웠다. 귀족 영애라는 이야기는 사실일 것이다.

"아, 저야말로 그 유명한 마검을 가진 당신을 만나서——만나게 된 것을 기쁘게 여기, 여깁니다. 어흠. 부디 앉으시지요. 그리고 여기 있는 자들은 성왕국의 성기사들입니다. 함께 이야기를 해 주셨으면 고맙겠습니다. 음, 그리고 시간이 있으시다면 나중에 그 마검을 좀 보여주었으면, 보여주셨으면, 합니다."

"기꺼이요. 다만 저에게도 성검을 보여주시면 고맙겠는걸요. 그러면 사양 않고 자리에 앉겠습니다. 여러분."

라퀴스가 눈짓을 하자 청장미 멤버들이 저마다의 자세로 의자에 앉았다. 팔걸이에 팔을 얹고 몸을 기댄 사람도 있고, 팔짱을 낀 사람도 있다. 그런 뻔뻔한 태도마저 실력을 생각하면 잘 어울린달까, 그럴 수밖에 없지 않느냐는 생각이 들 정도니 신기할 따름이었다.

"우선은 저희를 소개하는 편이 좋을까요?"

레메디오스를 거들기 위해서인지 부단장이 대답했다.

"아닙니다, 그러실 필요는 없습니다. 여러분의 소문은 성왕국에도 널리 전해지고 있으니까요. 인사가 늦었습니다. 저는 성왕국 기사단 부단장을 맡은 구스타보 몽타네스라고 합니다."

구스타보가 대답하자 라퀴스가 부드럽게 웃었다.

"그렇군요. 좋은 소문이라면 기쁘겠는걸요."

"아――."

"――예. 좋은 소문밖에는 듣지 못했습니다. 여러분의 무용담에는 저도 마음이 뛰더군요."

레메디오스가 무언가를 말하려 했을 때 구스타보가 가로챘다. 그리고 은근슬쩍 흘려넘겨 라퀴스와 웃음을 나누었다.

"그거 다행이네요. 어떤 소문이었는지 여쭙고 싶지만, 저희도 의뢰를 받아 온 몸인지라. 의뢰주의 소중한 시간을 빼앗는 것은 본의가 아니지요. 그러면 의뢰 내용을 확인해 볼 수 있을까요?"

"으음, 그 전에 나는 저 아가씨의 이름 정도는 듣고 싶은데——."

그 목소리에 놀라 쳐다보니, 쌍둥이 도적 중 하나가 네이아를 손가락으로 가리키고 있었다. 나머지 한쪽도 네이아에게 흥미롭다는 표정을 짓고 있었다.

이 두 사람은 티아와 티나라고 하는 쌍둥이 도적일 것이다. 성왕국에까지 이름이 알려진 청장미의 멤버 중에서 무용담이나 일화가 전혀 들리지 않는 수수께끼 속의 인물들이다. 그런 인물이 자신을 가리킨 것이다.

어두운 백스테이지에서 찬란하게 빛나는 무대 위로 떠밀려 나온 듯한 기분이었다. 왜, 어째서, 무엇 때문에. 그런 말이 머릿속을 휩쓸었다.

"재는 전사의 근육이 아닌걸. 우리 근육하고는 전혀 달라."

"야! 그게 무슨 뜻이야!"

그렇게 외친 것은 두꺼운 벽 같은 여전사, 가가란이었다.

"말 그대로. ……저 아이는 전사가 아닌걸. 아무리 봐도.

전사라고 하는 건 이거."

"이봐이봐, 경험을 쌓으면 몸도 더 단련되는 거야."

"가가란 진화 직전?"

도적의 표정이 더욱 날카로워졌다.

"그런 무서운 소리는 하지 마. 저 아이가 불쌍해."

"야! 너 나랑 같이 수행하면서부터 나한테 심하지 않냐? 응?"

"하나도 달라진 게 없어. 자고 있을 때 괴력으로 끌어안는 바람에 옆구리 아팠——."

"——둘 다 그만해. ……죄송합니다, 저희 멤버들이."

"마음에 두지 마십시오. 그녀는 네이아 바라하. 저희의 종자입니다. 그녀는 날카로운 감각의 소유자라 이곳까지 여행을 할 때 힘을 보태주었습니다."

"이해했음."

담담히 감정을 담지 않고 말했으므로 전혀 귀여운 맛이 없었다.

"……흥. 우리가 잘못한 거지만 이야기가 영 이어지질 않는군. 어느 쪽에도 이의가 없다면 냉큼 진행하는 게 어떨까. 그리고 피차 귀족풍으로 에둘러 말해 봤자 뭐 좋을 게 있지? 단도직입적으로 말해도 문제는 없을 텐데?"

"이블아이."

라퀴스가 비난조로 이름을 불렀다.

마력계 매직 캐스터 이블아이. 가면을 쓴 그 인물은 강대한 마법을 다루며 어떤 순간에도 가면을 벗지 않는다고 한다. 몸은 매우 작아 왜소한 이종족이 아니냐는 소문도 있다.

"아니, 그래도 괜찮다. 나도 속내를 캐는 짓은 서툴러서."

"단장님……."

"……후후. 그쪽 보스는 이야기가 편한걸. 우리 보스는 어떨까? 무엇보다, 상응하는 금액을 정보료로 지불한다면야 저쪽은 고용주. 피차 속내나 캐며 쓸데없는 시간을 잡아먹느니, 냉큼 돈 이야기를 해서 제대로 계약을 맺는 편이 낫겠지."

"하아……."

라퀴스가 한숨을 쉬자, 이블아이는 씨익 웃음을 짓는 듯한 분위기로 말을 이었다.

"우리 보스에게 암묵적인 양해는 얻었다. 그러면 의뢰비 이야기를 하기 전에 의뢰 내용을 확인하지. 이야기를 듣고 싶다고 했는데, 그쪽 나라에서 날뛰고 있다는 얄다바오트에 대한 것이지?"

"알고 있나?"

"이봐이봐. 귀족 놈들이 아는 정보를 우리가 모를 것 같아? 왕국에서 해로를 타고 이동하는 상인도 있거늘. 게다가 모험자 조합끼리 정보 거래를 하는 경우도 조금은 있으니. 그렇다고는 해도, 자, 어떤가? 피차 정보를 교환하는 것은.

금전을 받는 것보다도 그쪽의 정보를 받는 편이 우리로서도 고마운데."

"으음…… 자, 잠시 구스타보와 상의해도 될까?"

이블아이가 그러라는 손짓을 하자 레메디오스와 구스타보는 자리에서 일어나 옆의 침실로 들어갔다.

"야, 이 물주전자 써도 되냐?"

테이블 한가운데 놓인 물주전자와 컵을 가리키며 가가란이 물은 상대는 네이아였다.

왜 나한테 묻는데. 속으로는 당황하면서도 대답했다.

"네, 마음껏 쓰십시오."

목소리는 떨리지 않아 자기가 생각하기에도 완벽한 태도였다고 스스로를 칭찬해 주고 싶은 기분이었다.

가가란이 모두에게 물을 따라주었을 무렵, 레메디오스와 구스타보가 돌아왔다.

"의뢰비를 지불할 테니 그쪽 이야기만 해 주지 않겠나?"

네이아는 의아했다. 숙박비도 아깝다고 하던 레메디오스가 어째서 동의하지 않았을까 생각한 것이다. 아마 구스타보에게 무언가 이야기를 들었겠지만, 그가 설득한 이유 자체를 알 수가 없었다.

"그렇다면 그래도 상관없지만, 성왕국의 현재 상황을 알아두는 편이 그쪽이 원하는 정보를 제공할 수 있을 거라 생각하는데."

"지정하신 요금을 지불하겠습니다."

구스타보가 조그만 가죽자루를 테이블 위로 슥 내밀었다.

"흐음. 이봐."

이블아이가 도적 중 한쪽에게 턱짓했다. 그러자 그녀는 가죽자루에 조용히 손을 뻗어 슬쩍 위로 던졌다. 그리고 그것을 다시 받아선 이블아이에게 고개를 끄덕였다. 들어서 던져올린 감촉, 손에 떨어졌을 때의 감촉을 통해 규정 금액이 들어 있음을 확인한 것이리라.

"좋아. 그러면 나 이블아이가 대표로 이야기를 하지 …… 그렇다고는 하나 조금 전에도 말했듯 얄다바오트에 관한 정보를 모두 원한다고 해도, 조금 뜬구름 잡는 이야기여서 말이다. 우선 이 나라에서 무슨 일이 있었는지를 자세히 말해주지. 그러나 그 전에 근본적인 사항을 확인할 필요가 있다. 얄다바오트란 것은 이런 차림을 한 녀석이 맞나?"

이블아이는 테이블 옆에 있던 필기용 책상에서 종이와 펜을 들더니, 유려한 손놀림으로 슬슬 그림을 그리기 시작했다. 하지만 잠시 후 완성된 그림은 아무리 호의적으로 보더라도 어린아이의 낙서 수준을 벗어나지 못했다. 레메디오스가 "어, 아닌……."이라고 말하려 했지만 말이 끝나기도 전에 쌍둥이 중 하나가 그림을 회수하더니, 말릴 틈도 없이 두 쪽으로 찢었다.

"너 이 자식! 무슨 짓이냐!"

이블아이가 격앙했으나 그 틈에 쌍둥이 중 나머지 하나가 펜을 들고는 새 종이에 신속히 펜을 놀려 완성품을 내밀었다.

"으, 그그극……."

가면 속의 매직 캐스터는 분한 듯 목메인 신음 소리를 냈다. 노골적으로 말해 비교도 되지 않을 정도로 잘 그린 그림이었기 때문이다.

보아하니 분명 말로는 설명하기 힘든 복장이었다. 본 적도 없는 이국의 옷. 기묘한 가면. 그림을 본 레메디오스가 분노에 주먹을 떨며 짐승이 으르렁거리는 듯한 목소리로 중얼거렸다.

"이놈이다."

그 모습을 보고 침착함을 되찾았는지, 이블아이는 쌍둥이에게 대들려던 것을 멈추고 다시 레메디오스를 돌아보았다.

"그렇다면 이것으로 한 가지는 확실해졌군. 동일인물——동일악마다. 뭐, 그런 괴물이 그리 흔해서도 곤란하니 이것은 불행 중 가장 큰 다행이라고 해야 할지도 모르겠군. 그러면——."

그로부터 이블아이는 왕도에서 일어났던 일을 처음부터 끝까지 이야기해 주었다. 그 이야기에 네이아는 마음속으로 얼굴을 실룩거렸다.

얄다바오트가 얼마나 강한지에 대해서는 이미 각오했다. 게다가 악마의 군세나 비늘이 달린 강한 악마 등의 존재는 이미 확인했으므로 놀라지 않았다. 다만 아다만타이트 클래스 모험자 팀이 한데 뭉쳐 덤볐음에도 호각이었다는 메이드 악마가 다섯이나 더 있다는 새로운 정보에 절망감이 커졌다.

'메이드 악마는 성왕국에서는 목격되지 않았을 터. 얄다바오트의 비밀병기란 건가? 또 뭔가가 더 있다고……?'

"——그런데 여러분이 판단하시기에, 얄다바오트의 난이도는 어느 정도로 추측됩니까?"

구스타보의 질문에 청장미 전원이 얼굴을 마주 보았다. 그리고 역시 대표로 이블아이가 말했다.

"먼저 이것부터 말해 두지. 지금부터 말할 수치는 어디까지나 추측일 뿐이다. 그 이상도 그 이하도 있을 수 있음을 염두에 두었으면 한다. 그 악마의 난이도는 대략 200은 될 거라 여겨진다."

"200……."

신음하듯 중얼거린 것은 구스타보였다. 네이아도 마찬가지로 신음하려다 간신히 참았다. 벽가에 정렬했던 성기사들 중에는 참지 못하고 비슷한 소리를 내는 자도 드문드문 있었다. 유일하게 레메디오스만이 완전 침착해서 표정 하나 바뀌지 않았다.

네이아의 기억이 확실하다면 100이 인간이 쓰러뜨릴 수 있는 한계가 아니었던가.

"200이란 게, 구체적으로 얼마나 강한 거지?"

레메디오스가 솔직하게 묻자, 이블아이가 난처한 투로 대답했다.

"200 따위 인간 세상에 나타난 적도 없지만…… 뭐, 올드 드래곤이 100 정도라고 하지."

"올드 드래곤이라……. 싸워본 적은 없는데. ……바다의 수호신님 정도 되나?"

바다의 수호신이란 바다에 사는 시 드래곤을 말한다. 양손 양발과 날개가 퇴화한 대신 길고 세로로 굵은 꼬리를 가졌다. 시 서펜트보다도 드래곤에 가까운 모습을 하고 있으며, 인간과 동등하거나 그 이상의 지성을 가진다. 제물을 바치면 배를 지켜주기도 하는 온후한 존재다.

네이아는 가족끼리 리문으로 여행을 갔을 때, 먼발치에서이기는 하지만 운 좋게도 한 번 본 적이 있었다.

해면에서 길게 뻗어 나온 목. 분명 그 자태는 수호신이라고 일컬어질 만한 위대함이 있었다. 그것에게 이길 수 있는 인간이 있다는 사실이 믿기지 않을 정도였다.

"커스토디오 단장님, 수호신님을 쓰러뜨리는 기준으로 삼아 생각하시는 건……. 여기 어부가 있었다면 상당히 언짢은 표정을 지었을 겁니다. 하지만 올드 드래곤의 두 배나 강하다는 뜻이 되는군요."

"그렇지. 저 유명한 십삼영웅이 쓰러뜨렸다고 하는 마신들보다도 더 강하다는 판단이야. 인간 세상에 나타나면 틀림없이 대참사가 벌어지고, 여러 개의 나라가 멸망하는 그런 강함이라든 뜻이다."

"하오나 왕국에서는 얄다바오트가 날뛰었을 때 칠흑의 모몬 공이 격퇴했다고 하셨지요. 그러면 그 모몬 공도 비슷한 힘을 가졌다는 뜻입니까?"

구스타보가 잠시 숨을 돌리고 말을 이었다.

"아니면—— 얄다타오트를 격퇴할 무언가 특별한 아이템을 가졌다거나?"

이블아이의 분위기가 바뀌었다.

물론 가면 속의 표정을 볼 수는 없지만, 혹시 얼굴에 홍조를 띤 것은 아닐까 하는 느낌이 들었다.

"아이템을 썼다고는 생각할 수 없었다. 그저 그 웅혼한 전투—— 모몬 님과 얄다바오트가 맞부딪치는 가운데, 나는 놈의 부하들과 교전하느라 승부를 모두 지켜볼 수는 없었으나, 매우 경악할 만한 싸움이었다. 그야말로 영웅 중의 영웅, 용사 중의 용사에게 어울리는 싸움이었다!"

"그, 그렇군요."

몸을 내밀며 설파하는 이블아이의 박력에 눌려 구스타보는 그렇게 말하는 것이 고작이었다.

"그렇고말고! 야~ 그건 진짜 대단했지. 모몬 님은 나를 지켜주시면서 얄다바오트와 싸웠으니."

"얄다바오트를—— 그 괴물과 정면에서 싸워 격퇴했다

고? 사실인가?"

"뭐지? 너는 이 눈으로 직접 본 내 이야기를 거짓이라고 하는 건가?"

레메디오스의 질문에 이블아이가 험악한 목소리로 되물었다. 그 불온한 공기에 구스타보가 황급히 수습하고 나섰다.

"아, 아닙니다. 칠흑이 얄다바오트에게 있을지도 모르는 모종의 약점을 찌른 것이라면, 단장님도 저도 어떻게든 해볼 수 있지 않았을까 생각하셔서 하신 말씀입니다. 오해를 드려 죄송합니다."

그 말에는 라퀴스가 대답했다.

"저희야말로, 우리 이블아이가 의뢰인인 여러분께 어른스럽지 못한 태도를 보여드려 죄송합니다."

당사자들을 제쳐놓고 주변인끼리 알아서 타협하는 것도 좀 그렇지 않을까.

"흥. ……가령 얄다바오트에게 약점이 있고, 그것을 찔러 모몬 님이 승리하셨다 해도 마찬가지다. 그만한 악마가 약점을 그대로 두었으리라고는 생각할 수 없지."

"하긴……. 그것을 매직 아이템이나 부하로 보완했을 수도 있겠군."

메이드 악마라는 말은 금시초문이었지만, 얄다바오트가 강대한 힘을 가진 악마를 몇 마리 지배하고 있다는 사실은 이미 알고 있다. 포로로 삼은 아인들에게서 들은 정보였다.

적어도 3마리의 악마가 있다는 것을 알게 되었다.

아인들의 주거지인 황야를 지배하고 있는 악마.

항만도시 리문을 지배하고 있는 악마.

그리고 아인들의 군대를 통솔하는 비늘 덮인 악마다.

"맞아! 조금 전 이야기에 나온 비늘 악마에 대해 자세히 가르쳐 줄 수 있겠나?"

"그렇군요. 어떤 능력을 가졌는지, 그런 이야기를 상세히 들려주셨으면 합니다."

"네. 그럼 이블아이를 대신해 제가 싸웠던 악마에 대해 좀 더 자세히 설명해 드리죠."

어떤 능력을 가졌는지, 어떤 식으로 싸웠는지 하는 라퀴스의 이야기는 그 악마가 가제프 스트로노프와 동격이라고도 할 수 있는 전사 브레인 앙글라우스라는 사내에게 쓰러졌다는 데서 마무리됐다.

"……그건 이상하군. 얄다바오트는 성왕국의 수도를 함락한 후 움직이려 하지 않았는데, 대신 아인들의 군세를 지휘하던 장군이 그 비늘 덮인 악마였지. 쓰러뜨리지 않은 것 아닌가?"

"그건 그렇군……. 다만 브레인이라는 자와는 만나 본 적이 있는데, 거짓말을 할 사내 같지는 않았다. 이건 짐작이지만, 유일무이한 악마가 아니라 그저 상위 악마에 불과했던 것 아닐지?"

"다시 말해 모종의 조건만 갖추어지면 얄다바오트는 그 악마를 무수히 소환할 수 있다는 뜻입니까? 혹은 같은 악마를 다수 소환할 수 있다거나?"

마법은 쓸 수 없지만, 네이아도 이론 교육으로 배운 적이 있다. 소환마법에서 여러 마리를 소환하기란 어렵다.

소환마법을 발동하는 동안 다른 소환마법을 발동할 경우, 앞선 소환마법이 효과를 잃고 이제까지 소환했던 몬스터는 귀환하며, 새로운 몬스터가 소환되기 때문이다.

다만 더욱 고도한 마법을 구사할 수 있는 자는, 하위 마법으로 소환하는 몬스터를 동시에 여러 마리 부를 수 있다. 예를 들어 제4위계 마법을 써서, 제3위계로 소환할 수 있는 몬스터를 여러 마리 소환하는 식이다.

"모르겠는걸. 놈이 어떤 수단으로 소환했는지 의문이야. 마법으로 소환했을 경우 그만한 차이가 있다면 여러 마리를 소환하는 것도 가능할 것 같은데……. 그렇다면 왜 왕국에서는 그러지 않았는가 하는 의문이 남는군. 소환에 특화된 매직 캐스터라면 예외적으로 동시에 여러 종류의 몬스터를 소환할 수 있다지만……."

"비늘 악마를 쓰러뜨린다고 해도 얄다바오트가 즉시 재소환할 가능성이 있다는 말씀입니까?"

"그런 거지. 다만 그것은 얄다바오트가 마법으로 소환했을 경우의 이야기다. 특수능력으로 소환했을 때는 또 다를 수도 있다.”

“그런 부분에 대해서는 모르십니까?”

“미안하군. 그 점은 모르겠다. 놈에 관한 정보는 너무나도 적으니.”

이블아이가 눈에 띄게 어깨를 늘어뜨렸다.

“……으음. 난 무슨 말인지 잘 모르겠는데?”

“……단장님, 나중에 설명해 드릴 테니…….”

“아니야, 조금이라도 좋으니 지금 설명해 줘. 아까부터 이야기를 따라가지 못하겠어.”

‘이런 게 우리의 대표인 단장이라니…….’

“그럼 그 징글벌레 메이드도 얄다바오트가 소환한 거?”

“모르지. 그렇게 생각하고 싶지는 않지만…….”

청장미 멤버들도 팀 내에서 토론을 시작하고 있었다.

“저, 질문 하나 해도 괜찮겠습니까?”

네이아가 쭈뼛쭈뼛 입을 열었다. 모두의 시선이 모여들어 강한 압박감을 느끼는 바람에 조금 후회가 생겼다. 자신이 말하지 않아도 누군가가 질문하기를 기다리면 좋았을지 모른다. 하지만 주사위는 던져졌다. 각오를 다지고 그대로 물었다.

“초보적인 질문일지도 모르지만, 얄다바오트는 어디서 왔을까요? 얄다바오트라는 악마의 이름은 옛날부터 알려져 있었습니까?”

“알 수 없다. 온갖 책을 뒤져보았으나 그 이름은 발견하지 못했다. 외견을 통해서도 정보를 알아보았지만 아무런 단서가 없었다.”

“가명은 아닐까요? 다른 이름을 써서 날뛰고 있었다거나?”

“그건 있을 수 없는 일이다. 악마도── 천사도 그렇다만 이름은 존재를 구성하는 중요한 요소이기 때문이지. 악마가 출현할 때는 이름이라는 쐐기를 세계에 박아넣어야만 한다. 그렇기에 놈들은 거짓된 이름을 댈 수가 없다더군. 만약 거짓된 이름을 쓸 경우 소멸할 수도 있다는 실험 결과가 있다고 한다.”

네이아에게는 악마나 천사의 지식은 거의 없었지만, 아다만타이트 클래스 팀에 속한 매직 캐스터가 그렇다면 그런 것이리라.

“어딘가 이 대륙 구석 쪽에서 흘러들어왔다거나 한다면 정보가 없는 것도 당연할지 모르지만…… 그런 식으로 생각하면 한도 끝도 없지.”

이블아이가 어깨를 으쓱했다.

“……이봐, 얄다바오트의 모습이 다르다면 어떻게 생각해. 너희가 조사한 얄다바오트의 모습이란 건 이 그림 속의 녀석이지? 만약 외견이 거짓이었다고 한다면?”

“호오?”

이블아이가 레메디오스에게 불쑥 몸을 내밀었다.

"자세히 말해 주시지."

"우리는 그 모습의 얄다바오트를 나름 몰아붙였다. 그랬더니 놈은 본성을 드러냈고……."

레메디오스는 잠시 눈을 감은 후 말을 이었다.

"완전히 패배했지."

"자세히 말해 줄 수는 없나?"

"그 정도는 상관없겠지, 구스타보."

"네, 이의는 없습니다. 만약 그 외견을 통해 놈의 정보를 알 수 있다면 은폐는 해가 될 뿐입니다."

"나는 하나도 숨기지 말고 청장미에게 전부 이야기해 주는 편이 좋을 것 같은데……."

레메디오스는 그렇게 중얼거리고는, 이블아이에게 얄다바오트의 모습을 설명했다. 이 자리의 다른 이들은 모르는 전투를 떠올리는지 레메디오스의 표정에는 이따금 분노가 어렸다.

"그렇군. 그러면 그 정보를 토대로 다시 한번 조사해 보지. 결과는 그쪽에도 알려주고 싶으니 언제까지 이 도시에 체류할지 정해두었다면 알려주겠나?"

"아직은 정해지지 않았습니다. 그리고 지금 말씀으로 들자니, 그 모습은 기억에 없으시다는 말씀입니까?"

"——라퀴스는 기억하나?"

라퀴스도 고개를 가로저었다.

"그렇다는군. 미안하다."

"알겠습니다. 그러면 정해지는 대로 연락드리겠습니다."

"하지만 이로써 최악의 사태 또한 고려해야만 하겠어. 왕도에서는 허위 정보를 흘릴 목적으로 진짜 모습을 드러내지 않았을 가능성 또한 있으니."

"다시 말해…… 얄다바오트의 진짜 목적은 우리 나라였고, 왕국에서는 또 다른 목적이 있었다는 말씀입니까?"

"그럴지도. 만약 왕국이 가장 중요한 표적이었다면 성왕국 때처럼 진정한 모습을 드러내지 않았을까? 아니면 모몬님이 너무 강한 데 놀라서, 계획이 틀어질까 우려해 본성을 아껴두었다거나? 그렇게 생각하고 싶지는 않지만."

이블아이의 그 말에 실내가 어두운 침묵에 잠겼다. 조그만 숨소리조차 크게 들리는 정적이었다. 누가 처음으로 입을 열까 하는 긴장감 속에, 용기의 증거를 보인 것은 라퀴스였다.

"그러면 각설하고—— 우리도 얄다바오트에 관한 정보를 듣고 싶어요. 어디까지나 우리가 얻은 정보는 조우했던 사건에 대한 분석일 뿐이에요. 결코 얄다바오트의 목적, 정체, 능력을 해명했던 것은 아니고."

"악마를 소환해 얄다바오트의 정보를 모은다는 방법도 있었지만…… 영혼이 더럽혀지거든……. 게다가 하위 악마를 소환해도 상위 악마에 대해서는 모르는 경우가 많지. 그렇게 되면 상위 악마 소환에 탁월한 자와 접촉해야 하는데……."

"유감스럽게도 악마소환에 탁월한 지인은 없음."

이블아이와 쌍둥이 중 하나가 그렇게 첨언하고 나섰다. 네이아도 속으로 생각했다. 그런 지인은 보통 없을 거라고.

악마소환에 탁월한 술사 같은 사악한 존재는 다행스럽게도 실력자가 되는 경우가 거의 없다. 왜냐하면 대개 자멸하거나, 토벌대에게 주살당하기 때문이다.

물론 그러한 모든 것들을 이겨낸 고수가 있을지도 모르지만, 그런 인물은 어둠 속에 몸을 숨긴 채 지인 따위 만들려 하지 않을 것이다.

"근데 말야. 그렇게 손가락만 빨면서 기다리는 것도 좀 마음에 안 드는데? 담번에 그 괴물이 왕국에 오면 우리 손으로 혼쭐을 내 주고 싶구만. 그러기 위해서라도 놈의 정보가 되도록 많이 필요한데."

"게다가 왕국 때는 아인은 끌고 오지 않았음. 왕국에서 실패해 그 대책으로 아인을 지배했던 거라면 더 주의가 필요."

가가란과 쌍둥이 중 나머지 한 사람이 말을 받았다.

"그래서 우리의 정보가 필요하다는 거군."

레메디오스의 말에 청장미 멤버들이 고개를 끄덕이고, 라퀴스가 이렇게 마무리를 지었다.

"보수는 받은 것과 같은 금액으로 지불하겠어."

"단장님. 이제부터 할 교섭은 제가 맡아도 괜찮겠습니까?"

구스타보의 물음에 레메디오스는 즉시 동의했다.

"——그러면 금전 대신 다른 형태로 지불을 부탁드립니다."

"다른 형태라. 될 수 있는 한 요청에 응하고 싶지만 뭐든 다 좋다는 건 아니에요. ……다만 유력귀족과 연줄을 이어 주었으면 하시는 거라면, 그건 가능해요."

"그렇군요. 고맙습니다. 하지만 저희가 원하는 것은 그런 것이 아니라—— 우리 나라에 오셔서 함께 싸워주실 수 있겠냐는 말씀입니다."

다시 정적이 돌아왔다. 몇 초, 아니, 더 길었을지도. 그만한 시간이 지난 후 덜컹 소리가 났다. 라퀴스가 의자 등받이에 몸을 기댔던 것이다.

"죄송하지만 그런 형태로 보수를 지불할 수는 없어요."

"……우리는 죽지 않기 위해 정보를 원하는 거다. 그래서는 본말전도지."

이블아이가 이야기는 끝났다는 양 어깨를 으쓱했다.

"얄다바오트와 싸워달라는 것은 아닙니다. 진지 후방에서 대기하며 치료마법을 써 주시기만 해도 됩니다."

"거짓말 마. 댁들한테 그럴 여유가 어디 있어."

가가란이 어이없다는 듯 말했다.

그 말이 맞다. 성왕국 북부는 얄다바오트가 이끄는 아인들에게 지배당해 이미 미미한 저항밖에 할 수 없었다. 백성들 대부분은 수용소로 보내졌고, 남은 성기사들은 패잔병으로서 동굴에 숨어 사는 형편이었다.

"아니오, 그렇지는 않습니다. 아인들의 침공은 아직 아슬아슬하게 막아내고 있으니까요."

남부는 아직 영토를 유지하고 있으며, 군세와 얄다바오트 군이 대치 중이다. 이를 '아슬아슬하게 막아내고 있다'고 표현한다면 그럴 수도 있을 것이다.

거짓과 진실. 현재 상황을 아는 네이아가 보기에는 거짓에 치우친 것 같은 말이었다.

"그러면 와 줄 수 있겠나?"

"거절한다."

자세를 바로잡은 레메디오스의 물음에 이블아이는 명확한 거절로 대답했다. 청장미 멤버들이 잠자코 있다는 것은 그것이 결코 혼자만의 의견이 아니라 한뜻이라는 뜻이리라.

"……솔직히 말씀드리자면…… 아슬아슬하다고는 했으나, 여유는 없습니다. 성왕국 북부는 궤멸 상태지만 남부의 병력은 건재합니다. 그러나 그들만으로 얄다바오트에게 이기기란 무리겠지요."

구스타보는 자신의 컵에 물을 따라 한 모금 마셨다. 그리고 다시 말을 이었다.

"국토를 단숨에 빼앗기지 않았던 것은 해군이 북부 해안선을 견제해 얄다바오트의 군세를 묶어놓고 있기 때문입니다. 만약 모종의 대책을 세운 얄다바오트가 군세를 남부로 진군시킨다면 견디지 못할 것입니다.”

다만 이것은 얄다바오트의 힘을 아는 북부 사람이기에 가능한 생각이며, 남부는 또 다른 생각을 하는 것으로 보였다. 예를 들면 자신들의 힘만으로 몰아낼 수 있다거나.

이것은 정보 공유가 잘 이루어지지 않았기 때문이기도 하지만, 그보다도 북부와 남부 사이에 화근이 있어서였다.

원래 남부는 최초로 여성이 성왕 자리에 오르는 것을——그것도 오빠들을 건너뛰고——반대하는 귀족들이 다수파를 차지한다.

그렇기에 과거 성왕녀는 북부와 남부로 분열되는 것을 회피하고자 '성왕녀의 즉위는 신전 세력과의 유착에 의한 것이며 측근 케랄트 커스토디오의 암약 덕분'이라는 남부의 근거 없는 중상을 묵살해버렸다.

남부도 그 이상의 행위에 나서지는 않아 전면 대립은 피할 수 있었으나, 그것은 남북 사이에 힘의 균형이 이루어졌기에 가능했던 일. 북부가 붕괴된 이상 남부가 사정을 봐줄 필요 따위는 없었다. 남부가 북부를 몇 수 아래로 얕잡아보게 되었다는 말이다.

얄다바오트에게 침공당한 이 상황에 인간 사이의 대립이 불을 뿜다니, 네이아에게는 웃음거리로밖에 여겨지지 않았다. 게다가 은근슬쩍 차기 성왕 자리를 둘러싼 권력투쟁의 기미가 엿보이기까지 하니, 평민 출신인 네이아는 불쾌감만

강해질 뿐이었다.

"그건 위험하군."

"예. 하늘을 나는 악마들과의 싸움에서, 해군에 속한 얼마 안 되는 공전부대는 상당한 피해를 입었으며, 이대로는 언제까지 얄다바오트의 군세를 저지할 수 있을지 모릅니다. 무언가 지금의 상황을 타파할 힘이 필요합니다! 부디 힘을 빌려 주십시오! 1, 2개월 정도의 짧은 시간이라도 상관없습니다! 보수가 얼마가 되든 최대한 지불해드리겠습니다! 부디 성왕국을 구해 주십시오!"

"부탁드립니다!"

구스타보가 고개를 숙이고, 네이아와 성기사들도 일제히 고개를 숙였다.

조용해진 실내에 라퀴스의 목소리가 울려 퍼졌다.

"고개를 드세요. 그리고── 죄송하지만 저희가 성왕국에 갈 수는 없습니다."

"왜냐!"

레메디오스의 노성에 황급히 고개를 들어보니, 그녀는 의자에서 몸을 내밀며 라퀴스를 노려보고 있었다.

"성왕국을 무너뜨린 얄다바오트가 거기서 멈출 것 같나! 분명 성왕국에서 힘을 길러 왕국으로 쳐들어갈걸?! 지금 놈을 쓰러뜨리지 못하면 장래에는 더 강대해질 게 분명한데!"

"지당하신 말씀. 그럴 가능성이 매우 높겠죠."

구스타보가 말릴 틈도 없이 레메디오스는 잇달아 고함을 질렀다.

"그걸 알면서도 왜 힘을 빌려주지 않겠다는 거냐?! 너희만이 아니야! 이 나라의 귀족들도 우리 나라의 귀족들도 마찬가지다! 아무것도 몰라!! 힘을 합쳐 싸워야 할 때인데!!"

"……이 나라의 귀족들이 힘을 빌려주지 않는 이유는 저희와 조금 달라요. 여러분은 마도국에 관해 얼마나 알고 계시죠?"

왕국의 도시 하나를 빼앗아 세운 나라. 그리고 그 나라는 언데드가 지배하는 무시무시한 땅이라는 것이 성왕국 사람들의 인식이다. 레메디오스가 그렇게 말하자 라퀴스가 쓴웃음을 지었다.

"그렇겠죠. 얼추 맞지만, 조금 틀린 부분도 있어요. ……언데드들이 활개를 치기는 해도, 인간들 또한 안전하게 살고 있다고 하거든요."

"……뭐? 산 자를 증오하는 언데드가 만든 나라인데?"

"언데드에도 여러 가지가 있잖나. 게다가 마도왕은 언데드의 왕. 자신이 지배하는 언데드에게 인간을 해치지 말라는 명령을 내려 복종시키기란 쉬운 일이겠지."

이블아이가 부루퉁한 목소리로 말했다.

"이블아이……. 아, 음. 아무튼 마도국이라는 눈앞의 문제가 있는데 그쪽 나라를 지원하기는 어렵다는 뜻이에요.

게다가 마도국과의 전쟁에서 매우 많은 이가 목숨을 잃었어요. 그 영향은 장래에 아주 크게 나오겠지요. 유복해 보이는 귀족들도 사실은 그렇게 여유가 있지 않아요."

"그렇다 해도! 얄다바오트는 조속히 해결해야 할 문제가 아닌가! 얄다바오트는 실제로 인간을 괴롭히고 있지만 마도왕인지 하는 놈은 인간을 괴롭히지 않는다면서?!"

"……극도로 피폐해진 상태에서 두 곳에 전선을 구축하는 게 얼마나 위험한지는, 말할 필요도 없겠지요."

레메디오스는 말문이 막혔다.

"그리고 우리도, 얄다바오트와 싸울 때 여기 있는 두 명이 목숨을 잃었어요. 부활 마법을 쓰기는 했지만 아직도 전성기의 힘을 되찾지는 못했죠. 그런 상태로 얄다바오트가 지배하는 땅에 갔다간 궤멸당할 위험이 있어요."

"구스타보가 말했잖나. 얄다바오트와는 싸우지 않아도 된다고."

"이 사람 진심으로 저런 소릴 함……."

"티아! 실례. 음, 죄송하지만 그렇게 우리에게 유리하게만 돌아갈 거라고는 생각할 수 없어요. 얄다바오트와 대치할 위험성이 조금이라도 있다면 우리는 그 일을 거절하겠어요. 장래에 대비해 강해져야만 하니까요. ……만약의 이야기지만, 얄다바오트가 다시 왕국에 쳐들어왔을 때를 대비해."

청장미 멤버들의 표정은 흔들림이 없어 설득은 불가능할

것 같았다.

이윽고 레메디오스가 쥐어 짜내듯 말했다.

"그럼, 대체 누가 우리 나라를 구해 줄 수 있단 말인가?"

청장미 멤버들이 얼굴을 마주 보았다. 대답한 것은 이블아이였다.

"한 사람밖에 없겠지. 아니, 처음부터 그 사람을 찾아갔어야 했어."

"……누구지?"

"그야 당연히 모몬 님이지. 얄다바오트를 격퇴했던 모몬 님."

"아! 그렇군!"

"잠깐 기다려 보십시오, 커스토디오 단장님. ……하오나 분명 그분의 상황은……?"

"이미 들었군. 그렇다. 마도국에서 마도왕의 부하가 됐다지. 따라서 설득해야 할 상대는 마도왕이 되겠군."

"허억?!"

레메디오스가 고뇌의 비명을 질렀다.

네이아도 그 마음은 잘 안다. 언데드에게 도움을 청하다니, 성왕국 사람으로서는 매우 복잡한 기분일 것이다. 종자라도 그런 생각이 드는데, 성기사단 단장이자 성검을 가진 기사라면 기피감은 더욱 강하겠지. 하지만——.

레메디오스가 눈에 힘을 주고 청장미 멤버들을 보았다.

"……그것이 얄다바오트를 쓰러뜨릴 최선의 수단이라면,

그렇게 하지. 아니, 그렇게 할 수밖에. 괜찮으면 그 모몬에게 소——."

"——모몬 님께, 말씀이지요. 단장님."

"으, 으음! 모몬 님께 소개장을 써줄 수 있겠나?"

## 2

청장미와의 회합을 마치고, 네이아를 비롯한 성왕국 사절단은 조속히 왕도를 출발했다. 왕국에는 이미 성왕국을 도와줄 만한 상대가 없다고 판단했기 때문이기도 하고, 얄다바오트의 진짜 모습에 관련된 정보를 모으는 것은 수개월이 걸리는 일이며, 얄다바오트에게 유일하게 이길 수 있는 존재인 모몬이라는 사람의 연줄을 얻었기 때문이기도 하다.

그리고 무엇보다, 성왕국에서 고통을 받는 사람들을 생각하면 무언가 해야만 한다고 마음이 달았기 때문이었다.

말을 최소한도로 쉬게 하며 몰고, 때로는 마법을 써 가면서, 보통 여행자에게는 불가능한 속도로 일행은 가도를 따라 동쪽으로 향했다.

왕국 마지막 마을을 지나쳐, 이윽고 마도국과의 완충지대로 접어들었다.

야트막한 언덕 같은 것이 여행자의 시야를 가로막으며, 사람의 손을 타지 않은 나무가 밀집한 원생림이 이따금 모습을 드러냈다. 그런 곳에서는 언제 몬스터가 나타나도 이상하지 않았다. 한때 왕국의 국토였다고는 하지만, 몬스터에게 습격당할 가능성이 낮다는 것뿐 전혀 없지는 않다.

그런 지역에서, 네이아는 시력과 후각 같은 감각을 기울이며 나아갔다.

'가도 주변에 무언가가 잠복한 기척은 없음. 가도를 대형 육식짐승이 지나간 흔적도 없음.'

가도는 지면이 그대로 드러나 있었다. 조금 더 나아가면 옛 국왕직할령에 들어서 정비된 가도가 나타난다고 한다. 정비된 길이 여행자에게는 좋지만, 네이아에게는 짐승 발자국을 확인하기 쉬운 맨땅 쪽이 좋았다.

네이아는 자신의 손바닥에 눈을 떨구었다.

좋아하는 손은 아니었다.

훈련을 거듭해 딱딱해진 손이 싫은 것이 아니다. 단순히 자신에게는 재능이 없다는 점을 싫어할 뿐이었다.

아버지에게서는 예민한 감각을 물려받았지만, 유감스럽게도 어머니에게서는 아무것도 물려받지 못했다.

네이아의 어머니는 그럭저럭 이름을 날리는 성기사였으며, 제법 뛰어난 검술 실력을 자랑했다고 한다. 그러나 딸은 훈련을 해도 검의 재능이 나타나지 않았다. 반면 아버지가 쓰던 활 쪽은 훈련을 하지 않아도 나름대로 잘 쏠 수 있었다.

아니, 반쪽이라도 재능을 물려받았다는 것은 행운이라 봐야 한다. 그러나 네이아가 목표로 삼은 성기사가 쓰는 특수한 힘은 근접무기에만 담을 수 있다. 그렇기에 원거리 무기의 재능은 성기사를 지망하는 데에는 쓸모가 없다.

손을 고삐로 되돌려 단단히 쥐었다.

허리를 살짝 들어, 안장에 얹히는 위치를 다소 수정했다. 성왕국을 떠나 상당히 오랜 시간 말을 타고 왔으므로 엉덩이며 가랑이가 아프기 시작했다.

성기사에게 부탁하면 하위 치료마법을 써줄 테니 아픔도 가시겠지만 여자다 보니 조금 부끄럽기는 했다. 고삐 놀림에 영향이 미칠 정도도 아니라는 애매함 때문에 말을 꺼내기는 더욱 어려워졌다.

'……평소대로 나중에 약초나 발라주면 돼. 아버지한테 고마워해야겠지. 옛날에 엉덩이가 아프면 어쩌고 하는 말을 했을 때는 발끈했지만……. 그때, 사과했던가? 하아…….'

눈물이 솟을 것 같았으므로 꾹 참았다.

"——아, 단장님. 포석이 보이기 시작합니다. 이제 곧 마도국 영내에 들어갈 것 같습니다."

가도 중간에 갑자기 포석이 깔리기 시작하는 모습은 참으로 기묘했다.

"그래? 그럼 이대로 단숨에 마도국까지 갈까? 아니면 야영을 해야 하나?"

네이아는 하늘을 보았다.

"……아무 일도 일어나지 않는다면 해가 지기 전에 도착할 수 있습니다. 다만 꽤 강행군이 될 겁니다. 어떻게 하시겠습니까?"

"잠시 의논하마."

레메디오스가 고삐를 당겨 말의 걸음을 늦추고 구스타보와 이야기를 시작했다.

'하지만 여기서부터 마도국 영토라고 하면…… 병사는 어디 있는 걸까. 요새도 없고. 왕국에는 있었는데.'

보통은 국경선이 되는 곳에 요새 같은 것을 두는 법인데 그것이 없었다. 마도국은 도시 하나밖에 없다고 하니 모든 병력을 도시 쪽에 집중시킨 걸까.

네이아는 시선을 포석 너머로 보냈다.

완만한 구릉 틈을 누비며 길이 이어졌다. 한참 멀리 시선 너머에는 잎이 다 떨어진 겨울 숲이 보인다.

아버지가 데리고 가 주었던 겨울 캠프가 떠올랐다. 자연은 어디나 마찬가지다. 이곳도 성왕국의 겨울 풍경과 전혀 다를 바 없다는 생각마저 들었다.

'……인간 세상에서 살아가기란 귀찮다, 고 하셨지.'

아버지가 문득 했던 말은 가슴에 조그만 가시가 되어 남아 있었다.

어머니가 있었기에 아버지는 도시에서 살게 됐다고 한다.

그렇지 않았으면 숲에 가까운 조그만 마을에서 자연의 은총을 얻으며 살아갔으리라고.

어렸을 때는 자연 속에서 살아가는 게 더 귀찮지 않을까 생각했으나, 이번 여행에서 아버지가 했던 말의 의미를 잘 알았다. 자신이 어린애에서 어른이 됐다는 증거일까. 지금 같으면 아버지나 어머니와 좀 더 다른 대화를 나눌 수 있었으리라.

그런 생각을 하고 있으려니 또 마음에 아픔이 느껴졌다. 다만 이번의 아픔은 한순간이었다. 왜냐하면 전방── 동쪽 방향의 가도 너머에, 구릉을 피하듯 사행해 지나간 곳, 그 언저리가 뿌옇게 보였던 것이다.

'──설마 화재?!'

네이아는 눈을 가늘게 뜨고 조금 더 진지하게 살폈다.

유백색의 뿌연 안개 같은 것은 연기가 아니라 안개인 듯했다. 심지어──.

"말씀 도중 죄송합니다! 안개 같습니다!"

"그게 어쨌다는 거냐."

후방으로 알리자, 투구의 바이저를 올린 레메디오스가 의아한 표정을 지었다.

"네이아 바라하. 무언가 마음에 걸리는 것이라도 있나?"

"예. 지도상으로는 이 부근에 거대한 호수 같은 것이 존재하지 않는데 이만한 안개가 끼는 것은 이상하다고 생각했습니다.”

마치 우유처럼 진해져 가는 안개는 범위를 점점 넓히며 이제 곧 네이아 일행의 곁까지 도달하려 했다.

아버지는 자연현상에 관해서는 많은 것을 가르쳐 주었지만, 그 가르침으로 생각해도 안개가 이렇게 발생하는 것은 이상했다.

“종자 바라하. 특수환경변화가 아닌가?”

레메디오스보다도 눈치가 빠른 구스타보가 질문했다.

특수환경변화란 넓은 범위에 걸쳐 보통 상황에서는 일어나지 않는 현상이 일어나는 것을 가리킨다. 이를테면 강대한 의식마법의 실패로 인해 부패의 독가스를 뿌리게 된 지대, 1년에 한 번, 일주일에 걸쳐 강대한 폭풍이 몰아치는 사막, 어떤 시기에만 일곱 색깔 비가 내리는 장소 등을 말한다.

이 안개도 그처럼 신비한 현상으로 존재하는 것이 아니냐는 질문이었다. 하지만 그런 정보는 네이아가 모은 것 중에는 없었다. 그대로 이야기하면 무언가 한 소리 들을 것도 같았지만 고분고분 대답할 수밖에 없었다.

“죄송합니다. 이런 안개가 낀다는 정보는 없었습니다.”

“그건 네 정보 수집이 부족했다는 뜻이냐?”

이번에도 대답하기 어려운 질문이었다. 충분한 정보 수집을 했다고 단언할 수 있는 사람이 어디 있겠는가.

“——커스토디오 단장님. 그보다는 이제부터 어떻게 할지가 중요하지 않겠습니까."

이미 말은 세운 후였다.

짙어진 안개는 결코 말로 나아가도 될 농도가 아니었다. 사전에 수집한 정보에 따르면 에 란텔 근교에 단애절벽 같은 것은 없으므로 약간 빠른 걸음 정도라면 무슨 일이 생겼을 때에도 대처할 수 있겠지만, 이 급격한 안개의 발생에는 이를 망설일 만한 무언가가 있었다.

네이아는 안개의 냄새를 맡아 보았다.

물 냄새가 날 뿐, 신경이 쓰이는 점은 아무것도 없었다. 그렇기에 마음에 걸렸다.

"단장님. 어쩌면 이것은 모종의 몬스터가 만들어낸 것이 아닐까요? 아버지에게 들은 적이 있습니다. 일부 몬스터는 안개를 만들어내는 마법의 힘을 가져, 그 틈에 숨어 사냥감을 공격한다고."

"……전원 발검! 그리고 가도 한복판에 서 있는 것은 위험하니 가도 밖으로 간다!"

이 빠른 결단이야말로 전투에서 레메디오스가 우수하다는 증거다.

네이아나 성기사들은 명령에 따라 말을 움직이며 가도를 벗어났다. 그리고 원진을 짰다. 이때 농후한 안개는 이미 주위를 모두 에워쌀 정도가 되어 있었다.

바로 곁의 동료조차 어렴풋하게 보이는 정도의 안개였다.

15미터 이상 건너편은 전혀 보이지 않았다. 불안이 가슴속에서 부풀며, 꿈틀대는 안개조차 유령의 행진처럼 보였다.

소리로 분간할 수 있다면 좋겠지만 주위에 있는 것은 풀플레이트 아머를 입은 성기사뿐이다. 미미한 움직임에도 금속의 마찰음이 들려 네이아의 청각을 방해했다. 이런 상황에서는 주위에 무언가가 다가와도 깨닫기가 어렵다. 네이아가 아는 한 이런 상황에서도 날카로운 청각을 유지할 수 있는 사람은 아버지 정도밖에 없었다.

아버지의 위대함을 새삼 깨달으며 열심히 귀를 기울였다.

"분명 이 안개는 이상하군요. 바다에서도 이렇게까지 짙어지는 경우는 없습니다."

"이제 곧 마도국의 도시가 아닌가? 이런 근교에 몬스터가 있단 말인가? 아니면 반대로 마도국이기에 이런 이상 사태가 일어난 건가?"

"모르겠습니다…… 마도국에서 펼친 모종의 방어마법이 아닐까요?"

"……마법 이야기는 그만해라. 골치가 아프다. 네가 무언가 깨달으면 그때 말해라. 알기 쉽게. 만약 몬스터라면 퇴치하고, 이를 빌으로 삼아 마도왕과 모몬의 파견에 관한 교섭을 할 수는 없겠나?"

"글쎄요. 영내의 몬스터 퇴치는 그 나라의 책임이라고는 하지만……."

귀에 신경을 집중해서인지 단장과 구스타보의 대화가 잘 들려왔다. 하지만 그 이상으로 멀리 떨어진 곳에서는 역시 자신이 없었다. 이럴 때 아버지라면 어떻게 했을까.

'없는 사람에게 의존해선 안 돼. 나는 이제 홀로서기를 해야만 하니까!'

다만 이래서는 네이아의 능력이 방해를 받는 것도 사실이다. 그렇다면 자신만이라도 조금 떨어진 곳으로 이동해도 좋을지 확인을 구해야 할까.

'——그만두는 게 나으려나.'

그런 제안을 하려는 마음은 이내 수그러들었다.

안 그래도 단장은 자신을 별로 좋아하지 않는다. 여기에 또 실패를 거듭했다간 무슨 처분을 받게 될까. 이 이상 귀찮은 일이 일어나는 것은 싫었다.

'게다가 이것 때문에 앞으로 단장님이 내 안내에 따르지 않겠다고 하면 그것도 곤란하고.'

네이아는 필사적으로 자신을 변호했다. 다만 위험한 상황에 조우했을 때 자신이라면 좀 더 잘 대처할 수 있었을지도 모른다는 생각을 하면서도 아무 말을 하지 않는 것은 정신위생상 해로웠다.

머릿속 어디선가, 여기서 이 일행이 전멸할 경우 성왕국에서 고통 받는 사람들을 구할 수 없다는 목소리도 들렸다. 그러나 그 이상으로, 레메디오스가 자신에게 툭툭 던진 가시

돋친 말에 네이아의 마음은 갈기갈기 찢어졌다.

그때, 네이아의 시야에 도저히 간과할 수 없는 것이 들어왔다.

짙은 안개 속에서, 마도국 방향에 무언가 커다란 것이 뿌옇게 보이기 시작한 것이다.

"저쪽을 좀 봐 주시겠습니까?"

네이아는 곁에서 말을 모는 성기사의 몸을 툭툭 쳤다.

"……아니, 미안하네. 안개가 너무 짙어서 안 보이는데. 뭔가 있나?"

검을 꽉 움켜쥐는 소리가 성기사에게서 들렸다.

"아, 아닙니다. 무언가 보인 기분이 들었는데, 기분 탓인지도 모르겠습니다."

"그래? 그럼 뭔가 보이면 뭐든 좋으니 말해 주게."

"예. 그때는 잘 부탁드립니다."

네이아는 진지한 표정으로 고개를 숙여 감사를 표하고 시선을 전방으로 되돌렸다. 웃는 얼굴이 어울리는 사람과 그렇지 않은 사람이 있다고 치면, 네이아는 후자였다. 고맙다는 인사를 할 때조차 웃음을 짓는 것보다는 진지한 표정을 짓는 편이 상대의 반응이 좋았다.

네이아는 다시 안개를 열심히 노려보았다. 거리가 있어 아무래도 네이아에게밖에 보이지 않는 듯했지만, 저건 절대로 기분 탓이 아니었다.

성기사와의 대화 덕에 마음이 조금 회복되어, 네이아는 단장에게 말을 걸려 했으나 단장은 아직도 구스타보와 이야기를 하는 중이었다.

"이제부터는 어떻게 할까요?"

"안개 속에서 움직이기는 위험하지. 조금 더 대기했다가 아무 일도 없으면 말에서 내려 휴식하겠다. 그러고 보니 바다에는 안개를 발생시키는 몬스터도 있었지?"

"있지요. 다만 이 근처에는 바다나 호수가 없습니다. 종자 바라하가 말했듯."

"그게 착각이었다거나, 정보를 놓쳤을 가능성은?"

"그녀는 그런 실수를 저지르지 않습니다. 실제로 우리를 이곳까지 무사히 안내해 주지 않았습니까. 성왕국을 빠져나올 때—— 파괴당한 성벽 주위를 경계하던 아인 순찰병에게도 발각되지 않고 말입니다. 우리만으로는 무리였습니다."

"힘으로 돌파할 수도 있었지."

다시 네이아의 마음이 갈기갈기 찢겨나갔다.

얼마나 신경을 깎아가면서 일행을 이곳까지 데려왔는지 알지도 못하면서.

일행을 대기시키고, 차가운 빗속에서, 레인저 같은 이들이 사용하는 잠복술도 모르기 때문에 땅바닥을 기다시피 이동해 진흙에 찌들어가며 혼자 정찰을 다녀왔던 기억이 뇌리에 되살아났다.

들켰다간 혼자 앞장선 네이아의 목숨은 없었다. 그래도 성 왕국에서 고통을 받는 사람들을 구하겠다는 일념만으로 죽을 각오를 하고 왔던 것이다.

'그래. 난 누군가에게 칭찬을 받고 싶어서 열심히 했던 게 아니야.'

필사적으로 자신을 타일렀다. 단장이 인정해 주지 않아도 다른 사람이라면 분명 네이아의 노력을 인정해 줄 것이다. 입 밖으로는 내지 않더라도.

'열심히 했으니까 대가를—— 칭찬을 받고 싶어 하는 건 어린아이의 생떼지. 남의 방패가 된다는 건 그런 일이야. 입술을 꽉 깨물고, 괴로운 일로부터 남을 지키기 위해 자신의 몸을 방패로 삼는 게 성기사의 역할. 단장님도 그렇게 해 왔잖아. 다만…… 하다못해 좀 작게 말하라고. 아니, 저 사람들이야 나름 작은 목소리라고 생각하는 거겠지…….'

두 사람의 대화는 여전히 이어졌다.

마음속의 네이아는 떠들지 말고 너희도 주위를 경계해! 라고 말하고 있었다. 특히 레메디오스는 그 야수 같은 위험감지 능력과 전투능력으로 누구보다 잘 대처할 수 있을 것이다.

짜증을 억누르고, 네이아는 의식을 안개 속의 그림자에 집중했다. 두 사람의 대화를 듣고 싶지 않기도 했고, 그들의 대화를 가로막으면서까지 말을 걸 기력이 없기도 했다.

그리고—— 안개가 바람에 쓸려나갔는지 아주 짧은 순간

이기는 하지만 그림자의 윤곽이 보였다.

다만 그것은 너무나도 믿기 힘든, 이런 곳에는 절대 존재할 리 없는 것이었다.

'에? 말도 안 돼. 저건…… 배?'

그렇다. 네이아가 포착한 그림자의 정체. 그것은 바다에 뜬 배다.

그것도 상당히 거대한, 갈레아스 선(船) 같은 배가 보였다. 한순간의 일이었을 뿐 이내 짙은 안개의 베일이 그림자의 정체를 가려버렸으므로, 단언할 수 있느냐고 묻는다면 자신은 없었다.

물론 상식적으로 생각하면 말이 안 된다.

그녀가 모은 정보만이 아니라 구스타보도 이 근방에는 호수도 없다고 하지 않았던가. 아니, 호수가 있다 해도 갈레아스 선만큼 큰 배를 이런 내륙에서 만들다니, 정신이 나간 짓이다.

만약 바다에 인접한 장소라면 낡은 배를 요새나 무언가로 대신 쓰기 위해 올려놓았다고 생각할 수도 있다. 실제로 성왕국에는 그런 사례가 있다. 하지만 이런 내륙에서는 그것 또한 있을 수 없다.

'잘못 봤겠지.'

그렇게 생각하는 것이 가장 옳다.

그래도 시선은 자꾸만 그쪽으로 흘끔흘끔 움직였다.

"……역시 뭔가 보였나?"

"네?!"

조금 전에 말을 걸어 준 성기사의 질문에 네이아는 깜짝 놀랐다.

"아까 그 방향을 보는 것 같은데, 역시 뭔가 보이나?"

"어? 아뇨, 그게……."

배 같은 형체가 보였습니다, 라고 말하면 제정신인지 의심받을 것이다. 네이아라면 의심한다. 그러면 뭐라 말해야 좋을까.

"그냥 기분 탓이어도 좋네. 뭔가 있었다면 가르쳐 주겠나? 그렇게 해주는 게 무슨 일이 있는 경우에 대처하기 쉬우니."

너무나도 정론이었다.

흘끔 살펴보니 네이아와 성기사의 대화에 모두가 귀를 기울였다. 시선이 네이아에게 모여 있었다. 이제는 기분 탓이라고만 할 수 있는 상황이 아니었다.

"……저기, 무언가, 커다란 그림자 같은 것을 본 기분이 들었던, 것뿐입니다."

"그 커다란 그림자란, 몬스터인가?"

가장 질문을 받고 싶지 않았던 인물에게 질문을 받았다. 싫어, 묻지 마. 그렇게 생각은 해도 말은 할 수 없었다.

네이아는 속으로 한숨을 수십 번이나 토하면서 대답했다.

"아니오, 그런 것이 아니라, 모종의 건축물 같았습니다."

"……정말 보인 거겠지?"

"모르겠습니다. 그런 무언가가 보인 듯했을 뿐입니다. 기분 탓일 가능성이 높을지도 모릅니다."

"건축물? 마도국의 요새나 그런 것인가?"

"모르겠습니다. 그러나 이제까지 가도에서 마도국의 요새 비슷한 것이 보이지 않았던 것은 분명합니다. 마을도 그렇습니다. 국경이라면 있어도 이상하지 않겠지만요."

스스로 말해놓고 뭣하지만, 배를 보았다기보다는 배 같은 건축물을 보았다는 편이 수긍이 갔다.

"그렇군……. 어떻게 생각하나, 구스타보?"

"지극히 수긍이 가는 이야기입니다. 다만── 건축물이라고 정확히 확인할 수 있었던 것은 아니겠지?"

"예. 정말로 한순간이었으니 어쩌면 다른 무언가일지도 모릅니다."

"커스토디오 단장님. 어쨌거나 한동안 안개 속에서 대기하는 것이 제일 좋지 않을까 합니다. 마도국의 요새가 타국 사람을 받아들여 줄 것이라고는 생각할 수 없습니다."

"그렇군. 그렇게 하지. 그러면 전원, 그대로 경계하라."

일제히 알았다는 대답을 했다. 네이아도 마찬가지로 목소리를 높였다.

경계라고는 했지만, 아무래도 모두의 의식은 어느 한 점에 집중되게 마련이었다. 누구나 자신의 눈으로 확인하고 싶은 법이다.

짙은 안개 때문에 아무것도 보이지 않는 시간이 조금 이어지고, 서서히 건축물에 대한 관심이 희미해져 갔을 때쯤, 사건은 일어났다.

"——웃?!"

네이아가, 그리고 그 오른쪽 곁에 있던 기사가 거의 동시에 놀란 신음 소리를 냈다.

"뭐, 뭔가, 저게?"

기사의 질문에 네이아는 대답할 수 없었다. 배는 이동하는 법이라고 대답했다간 그야말로 미친 사람이 될 것이다.

"저건 그림자인가……? 움직이고 있군. 건물이 아니었던 건가?"

단장의 의문도 당연했다. 하지만 그 정체로 짐작하는 것을 말하지 않았던 네이아는 마지막까지 건축물처럼 보였다고 우길 수밖에 없었다.

"저에게는 그렇게 보였습니다만……."

"하지만 역시 움직이고 있지 않나? 게다가…… 서서히 뚜렷해지는군. 이쪽으로 오는 게 아닌가?"

그 말이 맞았다. 저것이 정말로 배라면, 이쪽을 향해 다가온다는 뜻이 된다. 다시 말해—— 저 배는 육지에서 움직이는 배란 말인가.

'그럴 수가…… 말도 안 돼.'

이윽고, 그림자는 짙은 안개 속에서 네이아 외의 사람들도 정체를 알아볼 만한 거리까지 접근했다.

그것은 틀림없는 배였다. 배가, 마치 바다 위를 나아가듯 다가오고 있었다. 굵고 긴 노가 튀어나와 있었으며, 그것이 정말로 물을 젓듯 움직였다.

"무슨 농담인가, 저건."

레메디오스의 어이없다는 목소리가 모두의 심정을 대변해 주었다.

"마도국의 배는 육지를 다닐 수 있는 건가? 내륙국가란 놀라운 것을 개발하는군……."

아니, 그럴 리가 있나.

네이아는 마음속으로 딴죽을 걸었다. 아마 그녀만 그랬던 것은 아니었으리라.

"안개 속을 나아가는 배…… 저것과 비슷한 것을 어디서 들어본 기억이……."

"과연 구스타보로군! 자, 생각해라. 너라면 할 수 있다. 나에게도 이것저것 가르쳐 준 너라면. 맞아, 머리를 흔들어 줄까?"

"관두십시오. 아니, 저는 딱히 현자가 아닙니다. 단장님이 전혀 그런 방면의 지식을 익히려 하지 않아 제가 대신 기억했을 뿐이니까요."

“……너와 동생이 있었으니까. 물어보면 가르쳐 주고.”

“너무 응석을 받아 주었던 거지요. 얄다바오트를 저세상에 보낸 후에는 이제까지 안 배웠던 것까지 착실하게 배우셔야 합니다. 아, 덕분에 생각이 났습니다. 그겁니다. 유령선. 짙은 안개 속에서 모습을 보이는 배. 뱃사람에게 들은 적이 있습니다. 가라앉은 줄로만 알았던 배가 모습을 드러내고, 그 위에는 언데드가 타고 있다는 이야기를.”

“아아! 나도 유령선이 나타나기 전에는 짙은 안개가 낀다는 말을 들은 적이 있다. ……전원 쐐기 진형을 취하라! 유령선이라면 상대는 언데드! 적이다!”

단장의 명령에는 아무리 성기사들이라 해도 동요하지 않을 수 없었다.

“자, 잠시만 기다리십시오, 커스토디오 단장님! 이제부터 우리가 갈 마도국은 언데드의 왕이 지배하는 땅입니다. 어쩌면 저것은 마도국의 배가 아닐는지요?”

“뭐야?! 유령선을 뭍으로 끌어올려 그것을 사역한단 말이냐! ……뭐야 그게.”

레메디오스가 어이없어하는 것도 무리는 아니다. 언데드가 다른 언데드를 지배하는 경우는 있다. 그러나 원래는 바다에서 다닐 유령선을 지배하고 그것을 부릴 수 있는 언데드라니, 대체 어떤 존재란 말인가.

이윽고 배가 완전히 모습을 드러냈다.

그것은 그야말로 유령선이었다.

전체가 너덜너덜했던 것이다. 선체에는 커다란 구멍이 뚫렸으며, 널빤지가 벗겨진 곳도 몇 군데나 보였다.

매우 커서, 성왕국의 해군 기함 '성왕의 철퇴호' 보다도 분명히 컸다. 너덜너덜하지만 않았다면 매우 힘차게 느껴졌을 만한 배였다.

세 개의 마스트 중 제일 뒤에는 세로돛이 달려 있었으며, 나머지는 가로돛이었다. 다만 역시 너덜너덜해 제 역할을 할 것 같지 않았다.

충각은 매우 날카롭게 튀어나와 있었으며 잘 연마되어 깨끗했다. 심지어 마법으로 여겨지는 희미한 빛이 어려, 배 자신이 이를 뽐내는 것처럼 여겨지기까지 했다.

그리고 무엇보다 눈길을 끄는 것은 메인마스트에 높이 걸려있는 문장. 그것은 바로 마도국의 문장이었다.

배는 지상에서 1미터 정도 부유한 채 다가왔다.

이윽고 배는 기이한 모습에 얼어붙은 일행을 무시하듯 옆을 지나쳐갔다.

모두가 몸이 굳어서 움직이지 못하자, 이윽고 안개가 서서히 걷혔다. 저 배가 안개를 토하며 항행하는 것이었을까. 아니, 그랬다면 배가 제일 가까이 접근했을 때는 가장 시야가 나빠 배 자체도 보이지 않았으리라. 아마 배를 에워싸는 막처럼 선체에서 조금 떨어진 주위를 안개가 뒤덮었던 게 아닐까.

혹은 사냥감을 놓치지 않기 위한 배일지도 모른다. 네이아는 자신의 생각에 등골이 오싹해졌다.

'마도왕…… 언데드의 왕. 어쩌면 엄청나게 무서운 상대인 건 아닐까.'

정체 모를 거대한 산양을 소환했다고 들었을 때는 혼자 귀여운 산양을 떠올렸으므로, 네이아는 마도왕을 조금 얕잡아 보았던 것인지도 모른다.

불안하다.

성기사들에게 언데드가 적이듯, 언데드에게도 성기사는 적이 아닐까. 그렇다면 자신들의 말로는 어떻게 될지――.

그래도 과거 얄다바오트와 호각으로 승부를 벌였다는 모몬을 만나기 위해서는 협조를 청해야만 한다. 네이아는 손바닥에 배나오는 땀을 닦았다.

"……안개가 걷히기 시작했군. 가자, 모두들."

저렇게나 괴이한 존재를 지배하는 언데드의 왕.

네이아도 각오를 다졌다.

'언데드이면서도 사람이 살아가도록 허락하는 마도왕. ……실제로는 어떤 분일까. 하지만, 뭐, 종자가 만날 일은 없겠지.'

## 3

멀리 마도국 수도 에 란텔의 유명한 삼중성벽 중 외벽이 보이기 시작했다. 그리고 그곳에 자리 잡은 훌륭한 문도.

다만 네이아의 눈을 빼앗은 것은 외벽도, 문도 아니었다. 눈이 못 박힌 것은 문 좌우에 선 매우 거대한 조각상이었다.

그것은 기괴한―― 뱀 같은 것이 얽힌 지팡이를 든 언데드의 모습이었다. 저것이 바로 마도왕 아인즈 울 고운의 모습이리라.

네이아가 있는 곳에서는 상당히 멀었음에도 조각상의 세세한 디테일까지 알아볼 수 있었다. 아마 바로 아래까지 간다 해도 조형에 흠을 찾아볼 수는 없을 것이다.

그리고 그런 조각상 주위에서는 수많은 인간형 생물이 작업을 하고 있었다.

'어? 어라? 좀 크지 않나? 성벽 높이가 저만한데? 조각상이 큰 거야 이해하지만…… 저기서 작업하는 사람들은 대체?'

다른 성기사들도 네이아와 같은 의문을 품었는지, 인간형 생물의 정체에 대해 이야기하기 시작했다.

"……저건 인간이 아니군요?"

"그렇군. 저건 혹시 거인 아닐까? 언덕거인과는 다른 종족으로 여겨지기는 하지만……."

“거인? 괜찮을까? 우호적인 거인도 있다지만…….”

종자에 불과한 네이아는 실제로 거인을 본 적이 없었지만, 존재 정도는 몬스터 지식 강습에서 배웠다.

거인이란 그야말로 사람을 크게 한 듯한 모습을 가진 존재인데, 육체가 강인한 것은 물론이고 종족적인 능력도 보유했다. 그들은 종족적 능력 덕에 인간은 생활하기 어려운 열악한 환경에도 견딜 수 있기에 그런 장소에 터전을 마련하는 경우가 많으며, 평야에서밖에 살아가지 못하는 인간사회와는 별로 관계를 가지지 않는 아인종족이다.

마법적으로 뛰어난 종족도 있거니와, 인간보다도 발전한 문화를 가진 종족도 있다. 종족 전체가 악한 경우도, 선한 경우도 있다. 십삼영웅 중 한 사람이 거인이었으며, 성왕국에서는 바다거인이라는 자들이 이따금 거래를 위해 나타나는 경우가 있다.

그렇다고는 하지만 일반적인 거인은 거칠고 위험한 종족이다.

인간 세상에 나오는 위험한 거인이라고 하면 언덕에 사는 언덕거인, 거인의 아종이라고 하는 트롤 등이 유명하다.

그러면 거인이 왜 이 언데드 도시에 있단 말인가.

“……이 근처에는 옛날부터 거인이 있기라도 했나? 그걸 지배했다거나?”

“거인을 사역한단 말인가, 마도왕은? 그런 말은 이제까지 들어본 적도 없는데?"

성기사 중 한 사람이 놀라움에 찬 목소리로 말했다. 그것도 당연한 일이다.

마도국으로 오기 전에 다양한 정보를 수집했다. 물론 알 수 없는 것들뿐이었으므로 목적을 달성했다고는 말하기 힘들지만, 그래도 부단한 노력을 했다. 그랬는데 유령선에 거인까지, 수수께끼만 깊어질 뿐이라니.

마도왕은 거인 언데드가 아닐까. 네이아는 그런 생각을 했지만 그런 특징이라면 정보를 수집할 때 들었을 것이다.

그때, 뒤에서 구스타보가 말했다.

"종자 바라하. 슬슬 대열을 변경할 테니 뒤로 가도록."

"예!"

여행할 동안은 네이아가 선두였지만, 도시 근처에 왔으면 네이아가 있을 장소는 제일 후방이다. 그리고 네이아가 있던 선두로는 레메디오스와 구스타보가 나왔다.

"커스토디오 단장님, 선발대를 보낼까요?"

풀 플레이트 아머로 무장한 무리가 도시 근처에 나타났으면 보통은 경계를 할 것이다. 그러므로 왕국의 마을이나 도시에 들어갈 때는 우선 성기사 한 명을 앞서 보내 자신들의 방문을 전달하고, 성왕국의 국기를 든 무리가 도착한다는 수순을 밟았다. 그것이 예의다.

레메디오스는 이에 동의하고 성기사 중 한 사람을 보내기로 했다.

그는 마도국 성문에 도달했다가 다시 돌아왔다.

"단장님, 마도국의 문지기에게 전달했습니다. 상대는 환영하겠다고 합니다."

"그래? 알았다. 그러면 가자! 깃발을 들어라! 가슴을 펴라! 성왕국 성기사단의 이름에 부끄럽지 않도록 행동하라!"

그 목소리에 따라 일동은 천천히 마도국을 향해 말을 몰았다.

이윽고 훌륭한 성문과, 그곳에서 일하는 거인들의 모습을 뚜렷이 알아볼 수 있는 거리까지 접근했다.

거인들은 조각상을 고정시키면서 손질을 하고, 원래 아름다웠던 조각상을 한층 깨끗하게 정비하는 모양이었다. 그들의 모습을 살펴보니 피부색은 청백색이었으며 수염이나 머리카락은 하얗다. 무언가 짐승의 가죽을 무두질해 만든 듯한 야만적인 옷 위에 세련된 체인메일을 착용하고 있었다.

"무슨 거인이지?"

네이아의 날카로운 청각이 선두에 선 두 사람의 대화를 들었다.

"짐작입니다만 서리거인이 아닐까 합니다."

"흐음."

레메디오스는 건성으로 대답했다.

"그거 강한가? 어떤 힘을 가졌지?"

"……제발 좀 참아 주십시오. ……서리거인은 한랭지대에 사는 거인으로, 냉기에 대해 완전한 내성을 가졌습니다. 그 대신 불에는 취약하지요."

"그렇군. 싸우게 되면 불로 공격하란 말이지."

"뭐, 그렇게 되겠지요. 미스릴 클래스 모험자라면 별로 고생하지 않고 이길 수 있을 겁니다. 다만 그들은 우리와 마찬가지로 훈련을 받아 때로는 전사와 같은 직업의 힘을 가지게 되기도 합니다. 그러니 주의가 필요하지요."

그것이 거인이다.

전사의 훈련, 매직 캐스터의 훈련, 도적의 훈련. 그렇게 기술을 갈고 닦는 것은 인간만이 아니다. 뛰어난 종족적 특징을 가진 생물은 기술훈련을 하지 않는 성향이 있지만, 일부에서는 기술을 얻고자 노력하며, 하나같이 성가신 존재가 된다.

네이아의 아버지는 "짐승이라면 외견에 드러난다. 하지만 외견에 드러나지 않는 강적은 무섭다."는 말을 몇 번이나 했다.

"흐음. 거인과는 싸워 본 적이 없으니. 아니, 오우거라면 있지만."

"오우거와 똑같이 취급하면 거인이 불쾌해할 겁니다. 바다거인이 말하기로는 인간과 원숭이를 똑같이 취급하는 기분이라더군요. 음유시인에게 전해 들은 것이니 어디까지 사실인지는 모르겠습니다만."

"흠. 성왕국은 바다거인을 고용하지 못했는데, 마도국은 서리거인을 고용한 건가? 어느 거인이 더 위지?"

"그, 그것까지는 모르겠습니다……."

단장은 바다거인이 더 위이기를 바라겠지만, 여기서 중요한 것은 서리거인이 어떤 대우를 받으며 마도국에 있는가 하는 점이리라.

우호적인 관계로 이곳에 왔는지, 아니면 힘으로 복속당한 것인지, 아니면 금전이나 물자처럼 양측에 모두 이익이 있는 관계인지.

묵묵히 일하는 거인들의 모습에서는 그것을 읽어낼 수 없었다.

'하지만 이렇게 보니 거인이란 정말 엄청난 일손이긴 하구나. 성왕국에서도 아종족과 협력하고 있기는 한데, 종족의 폭이 더 넓어진다면 그것만으로도 많은 일을 할 수 있게 되겠어. 성왕국에서는 절대 무리겠지만.'

머맨 같은 종족은 오래전부터 성왕국과 협력한 실적이 있으므로 문제가 없지만, 아인과는 전쟁을 해 온 기억이 있으므로 결코 받아들일 수 없을 것이다.

마도국은 거인만을 받아들인 걸까? 아니면 다른 이종족도 받아들였을까? 만약, 가령, 여기서 성왕국을 공격하는 아인과 조우한다면 자신은 적의를 억누를 수 있을까.

'아니, 억눌러야만 하겠지만…….'

예를 들어 이곳에 스네이크맨이 나타난다면 어떨까. 성왕국과는 전혀 관계가 없는 곳에서 온 스네이크맨이, 이 나라에서 인간과 융화해 살고 있다면. 적대하는 세력에 스네이크맨이 있다는 한 가지만으로 그자에게 검을 들이댄다면 위험인물로 분류될 것이다. 감정론으로 말하자면 적개심을 품지 않을 수 없겠지만, 지금 상황에서는 그것을 꼭 참아야만 한다.

네이아는 조금 불안해져 레메디오스의 등을 보았다.

그녀는 그럴 수 있을까.

마음속으로 고개를 가로저었다. 레메디오스에게 그런 걱정을 품는 것은 실례다. 이 사절단 단장으로서 나라를 구하기 위해 애쓰는 사람이 아닌가. 그 정도는 분명 할 수 있을 것이다. 일개 종자인 자신이 걱정하다니, 무례하기 그지없다.

"이대로 나아가도 괜찮을까요? 다른 문으로 가는 것은 어떻겠습니까?"

문은 열려 있지만, 거인들이 작업하는 중이므로 발밑을 지나가는 인간들에게 충분히 주의를 기울여줄지 어떨지 하는 걱정이 드는 것이다.

"이대로 간다. 성왕국 사절단이 거인에게 겁을 먹고 다른 문으로 갔다는 사실이 알려지면 웃음거리가 된다."

"……알겠습니다. 그러면 단장님의 지시에 따르겠습니다."

일행은 그대로 문을 향해 나아갔다.

고맙게도 거인들은 이쪽을 흘끔 보더니, 작업을 잠시 중지하고 일행이 안전하게 지나도록 해 주었다. 네이아는 그들이 인간에게 호의가 있어서 그런 게 아니라, 마도국을 찾은 여행자에 대한 모종의 감정이 있어서 그런 것처럼 느꼈다.

원래 같으면 보초가 입구에서 일행을 세우겠지만, 먼저 성기사를 보내 알렸으므로 위병으로 보이는 인간 병사들의 안내에 따라 마법의 조명이 밝혀진 문 안까지 들어갔다. 태양의 광채와는 다른 빛에 불안을 품었는지 전투훈련을 받은 말들이 푸르륵 울었다.

"마도국 도시 에 란텔에 오신 것을 환영합니다. 성기사 여러분께서는 이곳에 처음 오셨습니까?"

"그렇다."

"그렇군요. 그러면 실례지만 말에서 내려 주시겠습니까?"

네이아는 소지품 검사가 있는 걸까 생각했다. 타국의 사절을 자칭하는 무리에게 소지품을 검사하다니 조금 과도한 것 같기는 하지만 정당한 행동이다.

불만 없이 말에서 내린 일동은 이쪽으로 와 달라는 말에 따라, 문 옆에 있는 커다란 문 앞으로 나아갔다. 상식적으로 생각하면 이쪽은 '측탑' 이라 불리는 병사들의 주둔장소 겸 방어거점일 것이다.

"그러면 지금부터 이 안으로 들어가시겠습니다. 이 도시는 왕국이나 제국의 일반적인 도시와는 여러 가지 면에서 다른 점이 있으므로, 처음 오신 분은 이 너머에 있는 방에서 『강습』을 받으시게 됩니다."

"강습?"

"예. 불필요한 소동을 피하기 위해서지요. 이 강습이 끝나지 않는 한 도시에는 들어가실 수 없습니다. 어떻게 하시겠습니까?"

여기까지 온 이상 들어가지 않겠다고 거절할 수도 없다. 당연한 말이지만 레메디오스의 대답은 강습을 받겠다는 것이었다.

"그러면 우선 무기를 맡아두어도 되겠습니까?"

이 또한 거절할 수 있을 리 없었다. 하지만 레메디오스 또한 당연히 난색을 보였다.

그녀가 가진 검은 성왕국의 신보(神寶). 성왕의 앞에서조차 허리에 차고 설 수 있던 물건을, 국왕을 만나는 것도 아닌 한 넘겨줄 수는 없다고 말하자 병사는 고개를 끄덕였다.

"그렇군요. 그러시다면 어쩔 수 없지요. 다른 분들도 그대로 들어가시기 바랍니다. 그냥 가셔도 좋습니다. 검을 맡겠다고 했던 것은 여러분의 신변을 보호하고 싶었기 때문입니다. 그러면 약속해 주십시오. 결코 안에서는 무기를 뽑지 않겠다고. 만일 이를 약속하실 수 없다면 이 도시에서 떠나시는 편이 좋을 것으로 사료됩니다."

“알았다. 패검을 용인해 준다면 그대들의 신뢰에 보답해, 우리는 이 안에서 결코 무기를 뽑지 않겠다.”

레메디오스가 가슴──성왕국 문장이 새겨진 부분──에 손을 대고 선언했다. 성기사의 긍지와 성왕국에 대한 충성에 걸고 하는 맹세였다.

“모쪼록 잘 부탁드립니다. 그러면 이제, 우선 이 장소의 수호자가 나올 것입니다.”

성왕국이라면 감탄성이 나왔을 만한 절대적인 맹세지만 타국에서는 이 정도 대접이다. 은근슬쩍 흘려 넘기면서 병사가 문을 두드렸다.

그러자 천천히 문이 열렸다. 그리고 불쑥 모습을 나타낸 것은──

“히윽.”

네이아는 자기도 모르게 비명인지 신음인지 모를 소리를 내고 말았다.

천천히 모습을 나타낸 것은, 가로로도 세로로도, 그리고 앞뒤로도 굵은 존재였다.

혈관 같은 진홍색 문양이 여기저기 새겨진 검은색 풀 플레이트 아머는 곳곳에 날카로운 가시가 돋아나 있었다. 투구에는 악마의 뿔이 달렸고, 열려있는 부분에서는 썩어 문드러져 가는 인간의 얼굴이 드러났다. 뻥 뚫린 눈구멍 안에는 산 자에 대한 증오와 살육에 대한 기대가 형형한 붉은색으로 빛났다.

단숨에 실내 온도가 낮아지고 암흑이 밀려드는 것만 같았다.

"무기를 뽑지 마십시오!"

병사의 고함에 모두의 어깨가 흠칫 떨렸다.

"검을 뽑지 않으시면 결코 아무 일도 일어나지 않습니다! 검을 뽑으시면 일격에 죽습니다! 그리고 그대로 영원한 고통을 받게 됩니다! 저희는 두 번 다시 그런 모습은 보고 싶지 않습니다!"

비통한 목소리는 이미 경험한 자 특유의 것. 그는 그런 사태를 직접 보았던 적이 있는 것이다.

그 언데드는 천천히 네이아 일행을 바라보았다. 실제로 검을 뽑기를 고대하는 것처럼 여겨졌다.

"……이 언데드는?"

레메디오스의 목소리도 슬쩍 떨리고 있었다.

"이 도시에 다수 존재하는 경비병입니다."

"……이런 것이."

어이없음으로도 두려움으로도 동요로도 여겨질 만한 목소리였다. 네이아도 같은 심정이었다. 이렇게 척 보기에도 무시무시한 힘을 가졌을 언데드가 다수 있는 나라라니, 상상을 초월한다고밖에 말할 도리가 없었다.

"시, 실례합니다. 이 언데드를 마도왕—— 폐하께서 지배하신 겁니까?"

네이아가 자기도 모르게 질문하자 병사는 고개를 끄덕였다.

"네, 그렇습니다. 또한 이 언데드보다 훨씬 강한 언데드도 지배하고 계십니다."

"위험하진 않습니까?"

구스타보의 질문에도 병사는 즉시 대답했다. 말을 하고 싶어서 견딜 수가 없다는 태도였다.

"예. 아직까지 이 도시의 주민들 중, 문제를 일으키지도 않았는데 목숨을 잃은 사람은 없습니다."

언데드는 산 자를 증오하는 존재. 이를 완전히 지배하고, 산 자에게 해를 입히지 않도록 해놓았다니, 마도왕이란 그야말로 엄청난 존재가 분명하다. 네이아는 마도왕이 얼마나 강대한 힘을 가졌는지 강하게 실감했다.

"……그렇, 군. 그러면 방이라는 곳으로 안내해 주겠나?"

"그러면 제 뒤를 따라오십시오."

시커먼 언데드가 천천히 문 앞에서 비키자, 병사가 당당히 지나갔다. 반면 네이아와 성기사단은 누가 처음에 갈지 서로 눈치를 살폈다.

마도왕이 지배한다지만, 그래도 눈에 보이는 속박이 있는 것은 아니다. 배가 부르니 공격하지 않을 거라는 말을 듣고 사슬에 묶이지도 않은 육식짐승 앞을 지나쳐가는 것보다 몇 배는 되는 공포가 있었다.

레메디오스가 앞으로 나가려 하자 구스타보가 말렸다. 그리고 시선이 네이아에게 향했다.

'내가 실험대로군.'

잃어도 아쉽지 않은 목숨은 누구인가를 생각해 보면 틀린 생각은 아니다. 약한 자를 지켜주었으면 하는 마음도 있지만, 같은 성기사단에 속한 종자는 또 이야기가 다른 거겠지.

네이아는 각오하고 눈을 질끈 감은 채 앞으로 나섰다.

몇 걸음 똑바로 걸어가 천천히 눈을 떴다. 자신은 아직 베이지 않았다. 걷는 속도를 높여 언데드의 간격을 서둘러 지나쳐갔다.

네이아가 무사히 지나간 것을 보고 다른 성기사들이 뒤를 따랐다. 이윽고 누구 하나 공격받는 일 없이 원하는 방에 도착했다.

병사가 문을 열자, 긴 테이블이 여럿 있는 그 방에는 간소한 의자가 상당히 많이 놓여 있었다.

"그러면 이 방에 앉아 잠시 기다려 주십시오."

"알았다. 여기까지 안내해 주어서 고맙다."

레메디오스가 턱짓을 하자 구스타보가 품에서 가죽자루를 꺼내, 안내해 준 병사에게 주려 했다. 팁이었다.

"이러지 마십시오!"

강한 거절의 목소리가 터져 나왔다. 거의 비명에 가까웠다. 병사는 두 손을 머리 위까지 들고 그 가죽자루에 닿지 않으려 했다.

모두가 조금 놀라버릴 만한 반응이었다. 네이아도 그랬다. 병사가 저렇게까지 반응하는 이유를 짐작할 수가 없었다.

"저희는 마도왕 폐하께 급료를 받고 있으므로 그런 배려는 사양하겠습니다."

"그, 그러나 신세를 졌으니…… 그리고 그리 많은 금액도 아닙니다."

"그래도 사양하겠습니다. 그러면 저는 밖에서 강습이 끝날 때까지 기다리겠습니다."

병사가 재빨리 퇴실했다. 남은 자들은 병사의 너무나 과민한 반응에 얼굴을 마주 보았다.

"괜찮을까요?"

"상대가 필요 없다고 하면 어쩔 수 없지 않겠나?"

팁을 주는 것은 지극히 당연한 일이다. 주지 않아도 문제가 될 것은 없지만, 어느 정도 지위가 있는 자라면 주는 경우가 많다. 물론 소지품 검사 등의 시간을 단축하기 위해 간단히 넘어가 달라는 흑심이 있는 것도 사실이지만, 이를 요구한 것도 아니다. 굳이 따지자면 자신들의 지위에 어울리는 하사품이라는 면모가 강하다.

마도왕의 지시라고 한다면, 무언가 노림수가 있어서일까?

"지정석이 있지는 않은가 보군. 그럼 각자 원하는 곳에 앉도록.”

단장의 지시에 따라 모두 앉은 후 잠시 시간이 지나, 겨우 문이 열렸다.

어깨 너머로 돌아본 네이아는 눈을 둥그렇게 떴다.

들어온 사람은 인간이 아니었다.

상반신은 인간, 아래는 뱀의 몸을 가진 종족. 나가였다.

이 나가라는 종족에는 여러 종류——이를테면 바다에 사는 시 나가 등이 성왕국 해안에 출몰하는 경우가 있다——가 존재하며, 그중 어디에 속하는지는 알 수 없었다. 다만 어느 종류라 해도 인간에게 우호적이지 않은 아인인데, 네이아는 그렇게까지 공포나 놀라움을 느끼지는 않았다. 그것도 저 까만 언데드 덕이다. 그것에 비하면 그나마 이성적으로 대응할 수 있다.

‘아! 그렇게 된 건가? 그 무서운 언데드는 위압을 위해서만 있는 게 아니라, 아인이 있다는 데 대한 놀라움을 누그러뜨리기 위한 목적? 이 나라는 인간이 아인과 함께 살아갈 수 있도록 여러모로 배려하고 있구나…….’

보아하니 마도왕은 단순히 강대한 힘을 가진 언데드인 것만은 아닌 모양이다.

나가는 조용해진 방 안에서, 일행의 반응은 신경도 쓰지 않는 듯 앞까지 나왔다. 그리고 슬쩍 고개를 숙였다.

“오래 기다리셨소, 이 도시에 들어오고 싶은 인간들이여.

나는 이 마도국에서 입국관리관 중 한 사람으로 일하는 류라류스 스페니아 아이 인달룬. 나가 종족이오. 뭐, 그렇게 빈번히 만나는 직업은 아니니 잊어주셔도 상관없소. 그럼 곧바로 시작하겠소. 간단히 이 도시의 생활에 대해, 주변 도시와는 다른 부분이나 주의사항을 설명하려 하오. ……우선 도시 내에서 무기를 뽑는 것은 금지되어 있소."

지극히 당연한 주의사항이었다. 네이아는 어깨에서 살짝 힘을 뺐다.

"흐음. 평범한 주의사항이라고 생각하는 분이 많으신 듯하구려."

류라류스가 자신의 얼굴을 가느다란 손가락으로 콕콕 찔렀다.

"얼굴에 드러나고 있소. 하지만 꼭 기억했으면 하오. 이 마도국에는 온갖 종족이 거리를 돌아다니고 있소. 언데드도 활보하는 모습을 볼 수 있을 게요. 그대들이 위험하다고 기억하는 존재가 있다 하여도 먼저 검을 뽑는 것은 중죄요. 알았소?"

"잠시 기다리게. 위험한 존재가 있을 경우 도망치라는 말인가?"

"그게 아니오. 이 도시에서 위험한 존재가 있다 해도 그대들을 해치는 일은 없소. 그럼에도 무섭고 습격당하는 것은 아닐까 지레짐작하여 무기를 뽑지 말라는 게요."

"습격당하지 않는다고 단언할 수 있나?"

"할 수 있소. ……그대들이 경계할 만한, 이곳을 활보하는 위험한 존재란 대개 마도왕 폐하의 부하요."

류라류스는 살짝 피곤한 미소를 지으며 말을 이었다.

"이 도시에서 하루만 생활해 보면 위기감도 마비되어 신경 쓰지 않게 되리라 생각하오만, 뭐, 처음 하루가 문제지. 아, 물론 방어를 위해 검을 뽑는 것이라면 문제는 없소."

"그렇군. 방어를 위해서라면 괜찮단 말이지."

"그렇소. 그리고 이 도시에서 일어난 범죄에 관해서는 수사를 위해 정신을 조작하는 마법을 사용할 게요. 이것은 받아들여 주시오."

네이아는 눈을 크게 떴다. 네이아만이 아니었다. 성기사들도 술렁거리고, 대표로 레메디오스가 의견을 제시했다.

"잠깐 기다려 보게. 마도국은 그렇게 열등한 국가였나? 마법을 이용한 수사를 허용한다는 뜻인가? 그렇다면 법정에서도 그런가?"

보통 정신조작계 마법은 이러한 범죄를 심문할 때 쓰이는 일이 없다.

이를테면 〈지배Dominate〉를 쓰면 어떤 상대라도 잠시 범죄자로 만들 수 있다. 〈매료〉로 자신의 대타를 삼는 것도 가능하리라. 이처럼 원하는 대로 범죄자를 만들어낼 수 있기에 포악한 지배자의 행위에 필적하는 만행으로 간주된다.

"법정에서도 쓰인다고 하오. 아, 마도왕 폐하는 결코 거짓말을 하지 않겠다고 단언하셨소. 걱정하지 마시오."

말로 그렇게 해 봤자 믿는 사람이 어디에 있을까. 정신조작계 마법을 사용한다는 것은 국가가 그 인물을 위험하다고 판단했을 경우 범죄자로 만들어 처분할 수 있다는 뜻인데. 만난 적도 없는 언데드를 신뢰할 사람이 있을 리 만무하다.

아무도 입 밖으로 내지는 않았지만, 같은 기분인 것 같았다.

"이야기를 계속하기 전에 미리 묻겠소. ……이 도시에 들어가지 않고 돌아가시겠소?"

"……아니, 그럴 순 없지. 들어가야겠네."

"호오. 이제까지 들은 것 중 가장 빠른 대답이구려. 상인들은 시간이 필요하다면서 자기들끼리 의논을 하던데…… 좋소. 그러면 이야기를 계속하겠소."

그 후 이어진 류라류스의 이야기는 '언데드 마차가 다니고 있다'는 등 머리가 이상한 것 아닌가 싶어지는 이야기가 태반이었는데, 특히 '이따금 드래곤이 도시 상공을 지나가도 놀라지 마라. 말이 날뛰지 않도록 주의해라.'는 말에는 얼굴이 경련을 일으켰다.

드래곤이 도시 상공을 지나간다면 그건 보통 일이 아니다. 준비를 완벽히 갖춘 영웅이 싸우고, 그래도 이기지 못한 채 죽어가는 것이 바로 드래곤이다. 그렇기에 전사는 드래곤

슬레이어를 동경한다. 압도적인 차이가 있는 종족을 단련된 역량, 동료들, 좋은 무구로 꺾는 것은 큰 영예이며, 초일류 전사에게만이 허용되는 공적인 것이다.

그런 드래곤이, 인간 주거지에 출현한다면 얼마나 큰 소동이 벌어질까.

'언데드는 문지기를 봤으니 그렇다 쳐도, 드래곤이라니……. 아, 아니야. 한 마리 정도가 상공을 경비하기 위해 날아다닌다거나 그런 건가? 성장 단계에 따라 강함이 상당히 달라진다고도 하고.'

막 태어난 새끼도 드래곤은 드래곤이다. 그런 조그만 드래곤이라면 조금 전의 언데드보다는 간단히 지배할 수 있지 않을까.

"이로써 이야기는 대충 끝났소. 경청해 주셔서 고맙소. 그러면 퇴실하시고, 병사를 따라 문까지 가 주시오."

"실례, 잠깐 질문을 해도 되겠나?"

레메디오스가 손을 들었다.

"음, 뭐요?"

"우리를 죽이고 싶다거나 잡아먹고 싶다거나, 그런 감정은 없소?"

"옛날의 나였다면 그런 감정도 있었겠지. 하지만 지금은 그런 것이 금지됐을 뿐만 아니라, 마도왕 폐하를 만난 후에는 하등한 자들끼리 다투어서 어쩌겠느냐는 정도의 생각밖에 들지 않소."

"마도왕 폐하는 그 정도로 강대한 힘을 가진 분인가?"

류라류스가 지쳤다는 듯 웃었다.

"그대가 상상하는 수십 배의 힘을 가지고 계시오. 그분은 물론이고 부하인 분들도 초상적인 힘의 소유자뿐이지. ……솔직히 말해서 폐하께서 지키시는 이 도시만큼 안전한 곳은 없을 게요."

레메디오스는 무언가 생각에 잠긴 것처럼 입을 다물었다.

"그대들이 무엇을 하러 왔는지는 모르오. 그러나 내 강습을 받은 그대들에게 좋은 것을 하나 가르쳐 주겠소. 나와 종종 차를 함께하는 벗── 어떤 미망인이 한 말이오만, '그분과 적대하는 이는 궁극의 바보이며, 즉시 그분의 발밑에 엎드려 자비를 청하는 이야말로 현자'라 하더이다."

놀랄 정도로 실감이 깃든 목소리였다. 벗의 말이라고는 했지만, 어쩌면 실제로는 류라류스라는 나가 자신의 말일지도 모른다.

"충언에 감사하네."

레메디오스가 일어나고, 이어서 일행 전원이 자리를 떴다.

제일 뒤를 따라가던 네이아는 류라류스에게 고개를 숙이고 방을 나갔다.

## 4

에 란텔 시내를 나아갔다. 일행이 향한 곳은 문지기에게 들은, 이 도시에서도 고급 여관으로 알려진 황금휘정이었다.

네이아는 길을 가는 사람들을 바라보았다.

류라류스의 말을 들었을 때는 도시가 언데드와 아인뿐이고 인간의 모습은 거의 보이지 않을 거라는 이미지를 품었는데, 실제로는 그렇지 않았다. 인간이 대부분이었다.

언데드는 문에서 본 것과 같은 종류가 몇 마리씩 조를 이룬 순찰반, 그리고 마차를 끄는 뼈의 몸에 안개를 두른 말 형태의 언데드 정도가 보일 뿐 그 외에는 찾아볼 수 없었다.

한편 아인은 색다른 것뿐이었다.

대로를 질서정연하게 행진하는, 역전의 전사 같은 풍모를 풍기는 고블린. 이것은 네이아가 아는 고블린의 모습을 한 방에 박살 내주었다. 아니, 네이아만이 아니었을 것이다. 성기사들 사이에서도 경악한 목소리가 들렸으니까.

그 외에는 토끼와도 비슷한 얼굴을 가진 메이드복 차림의 아인, 두 발로 선 개구리처럼 생긴 아인 등이 보였는데 각각 한 번뿐이었다.

'생각보다 평범……하진 않지만, 아무튼 인간의 나라네. 무시무시한 언데드 왕이 지배하는 것처럼 보이진 않아.'

길을 오가는 사람들의 표정에도 공포는 찾아볼 수 없었다. 그것이 달관이나 적응에서 온 것인지, 언데드와의 공존에도 걱정이 없기 때문인지까지는 네이아도 분간할 수 없었다. 다만 시내가 혼란에 빠진 것은 아닌 듯했다. 이따금 아이들의 웃음소리도 들릴 정도였다.

'얄다바오트에 비하면 훨씬 낫지 않을까?'

레메디오스의 말이 갑자기 멈추었다. 선두를 나아가던 단장이 멈추었으니 필연적으로 일행도 말을 세웠다.

"실례하네, 거기 드워프. 잠시 이야기를 할 수 있겠나?"

레메디오스가 불렀던 것은 도로공사를 하던 드워프 세 사람이었다. 그리고 드워프의 명령에 따라 토목공사를 하던 스켈레톤이 세 마리.

스켈레톤을 보고도 아무런 생각이 들지 않았다. 아니, 이길 수 있을 법한 상대가 나왔다는 데에 조금 안도했을 정도였다. 그만큼 이 도시에 온 후 받은 충격은 매우 컸다.

"뭔가? 뭔가, 자네들은? 어느 나라에서 왔나?"

"말을 탄 채로 실례하겠네. 우리는 성왕국에서 온 자들인데, 황금휘정이라는 여관으로 가고 싶네. 길을 가르쳐 줄 수 있겠나?"

"황금…… 황금휘정? 아아, 그 고급 여관 말이구먼."

드워프에게 대체적인 설명을 들었다. 문지기가 가르쳐 주었던 길과는 약간 달랐으며 목적지도 조금 잘못 알고 있는 듯했다. 그렇다고는 하지만 레메디오스가 그들을 부른 진짜 목적은 길을 묻기 위해서가 아닐 것이다.

"그렇군. 고맙네. 구스타보, 사례를 해 주게."

말에서 내린 구스타보가 사례금을 보여주었다.

"길 정도는 거저 가르쳐 줄 수 있네만?"

"상관없습니다. 작업을 방해했으니까요."

"그래? 이거 미안하구먼."

드워프가 다가와 구스타보에게 사례금을 받아들었다. 표정이 조금 밝았다.

"이 돈으로 맛있는 걸 사 먹을 때는 성왕국에서 온 당신들에게 감사를 바치지."

"아니, 마음에 두지 마시게. ……그런데 그대들은 뭘 하고 있었나?"

"음? 보면 모르나? 도로 정비일세. 마도왕 폐하의 부탁으로 말이지. 원래 이런 일은 거의 이 도시 사람들이 하지만, 우린 기술지도를 위해 초빙된 게야."

드워프는 으하하하하 호쾌하게 웃었다.

"그렇군. 그런데 그쪽의 언데드는?"

"마도왕 폐하께 빌린 스켈레톤이네만? 야~ 정말 언데드는 단순한 육체노동에 관해서는 아주 훌륭하다니깐. 사고방식이 조금 바뀌고 말았다네."

"언데드를 사용한단 말인가……."

"놀라기는…… 아, 하기야 여행자라면 그렇겠구먼. 하지만 이 마도국에서는 당연한 일이라네. 영지 내의 개척촌에서도 언데드가 대활약한다고 들었지. 밭을 일구거나 하는 번잡한 일도 명령만 하면 되니 말일세. 그 왜, 언데드는 지치지도 않고, 잠도 필요가 없고, 밥도 먹지 않잖나. 게다가 말을 알아듣고 원하는 대로 움직여주는 게 최고라니깐. 말이나 소를 쓰던 생활로는 이제 못 돌아가겠어. 우리 나라에도 조금씩 도입이 시작됐을 정도라네."

"나라라면, 마도국 말고 드워프 나라에서?"

"그렇지. 우리는 그쪽에서 왔고, 지금은 마도국의 아인 지구에 숙소를 잡고 있다네."

"아인 지구?"

"그렇지. 인간 이외의 여러 종족이 체류하는 일대를 그렇게 부른다네. 옛날에는 이 도시의 슬럼 지구였다는데, 그 일대를 허물고 다양한 종족이 쾌적하게 살 수 있도록 건축이 추진되고 있어. 뭐, 아직 완성되려면 멀었지만 우리처럼 자네들 인간보다 작은 종족이 쾌적하게 살 가옥은 이미 다 지었다네."

"사실 우리는 그쪽 일을 시키려고 불려온 거지만 말야!"

다른 드워프가 끼어들었다.

"그렇군. 하지만 슬럼을 허물었다면 그곳에 살던 사람들은 어디로 갔나?"

단장의 시선이 언데드에게 향한 듯했다.

"잘은 모르네만, 마을로 파견됐다던가? 이 도시 주변에는 사람이 살지 않아 버려진 마을들이 있는데, 그곳을 복구하고 밭까지 주었다는 이야기를 들었다네. 언데드 쓰는 건 그쪽이 더 본격적이라던데? 언데드를 이용한 대규모 농작을 시작했다나. 그래서 이 나라는 식량 값이 아주 싸다네."

"싸다는 게 중요한 게 아니여. 맛있는 게 많다는 게 중요하지! 그리고 술! 이 도시에서 살다간 금방 살찌겠어!"

"여기 왔다가 살쪄서 돌아가면 마누라가 자기 몫은 안 가져왔냐고 바가지 긁을 테니까, 살 빼서 돌아가야지!"

"정말 제비뽑기에 당첨돼서 잘됐지 뭔가!"

으하하하, 호쾌한 웃음소리를 나누는 드워프들.

"마지막으로, 말처럼 생긴 언데드의 이름은 혹시 아나?"

"몰러. 모르지만 뭐 아무려면 어떤가. 누구한테 해를 끼치는 것도 아니고. 뼈만 있는 주제에 다리가 좋아서 운반에 최적이라니깐."

"그렇군…… 고맙네!"

"우리야말로. 자네들에게 좋은 일이 있기를 바라겠네!"

드워프와 헤어져, 일행은 다시 여관으로 향했다.

"단장님, 왜 말 언데드의 이름을 물어보셨습니까?"

네이아도 그것이 궁금했다. 레메디오스에게는 가장 관심이 없는 부분이 아닐까 생각했던 것이다.

"……그 언데드를 본 자네의 거동이 조금 달라졌기 때문에 질문했던 거야, 구스타보."

"그러셨군요……."

"넌 그 언데드의 이름을 아나?"

"……어쩌면, 하는 짐작 정도이긴 합니다만…… 아마 아닐 겁니다. 그럴 리가 없으니까요. 제가 착각했겠지요. 제가 아는 그 언데드를 지배할 수 있으리라고는 생각할 수 없습니다."

"흐음, 자네가 그렇게 생각한다면 그렇겠지."

그리고 이야기는 끝났다.

이윽고 문지기가 말한 대로 나아간 일행 앞에 황금휘정으로 보이는 훌륭한 여관이 나타났다. 문자가 새겨진 간판이 걸려 있었지만 왕국의 문자는 성왕국 것과는 다르기 때문에 추측할 수밖에 없었다. 왕국과 제국은 원래 같은 나라였으므로 여러모로 비슷하다지만 성왕국은 두 나라와 하나였던 적이 없으므로 크게 다르다.

"구스타보, 먼저 가서 방을 잡아줘."

"알겠습니다. 이봐, 두 사람 정도만 따라오게."

구스타보가 성기사 둘을 데리고 여관으로 향했다. 그리고 몇 분쯤 지나 성기사 한 사람만이 돌아왔다.

"단장님, 방은 문제없이 잡았습니다. 말은 뒤쪽에 마구간이 있으니 그쪽으로 데려가라고 합니다."

"그래? 알았다. 종자 바라하, 말을 끌고 가라."

"네!"

말고삐를 우선 여관 앞에 있는 나무에 비끄러매고, 그 후 한 마리씩 마구간으로 옮겼다. 원래 같으면 말을 돌보는 것은 종자의 일이지만 그것은 여관 쪽에서 해 준다고 했으므로 고맙게 받아들이기로 하고, 안으로 들어갔다.

어쩌면 손님이 마구간 냄새를 풍기며 여관으로 들어오는 것을 막기 위해서일지도 모른다는 생각이 들 정도로 여관 안에는 좋은 냄새가 감돌았다. 무슨 향목이나 향수가 아닐까.

겉으로 봐서는 왕도의 여관과 동격이 아닐까 생각했는데, 안을 보니 어쩌면 한 랭크 위일지도 모른다. 오랜 여행에 더러워진 몸——일단 물로 씻고 있으니 냄새는 안 나겠지만——이란 것이 조금 부끄러워질 정도였다.

네이아는 여관 사람에게 들은 방으로 가서 문을 두드렸다.

"누구냐?"

"종자 네이아 바라하입니다."

문 너머에 있던 것은 성기사 중 한 사람으로, 아직도 갑옷을 착용하고 있었다. 여행 도중에 상상했던 에 란텔과의 너무나 큰 차이에, 여행의 피로를 달랠 시간조차 아껴가며 움직이려 하는 것이리라.

"마침 잘 왔군. 이제부터 회의를 하려던 참이다."

자신이 참가할 필요가 있을까 싶었지만, 쓸데없는 말을 해서 좋을 것은 없다. 윗사람이 그렇다면 따르는 것이 처세술이다.

“그러면 당초 예정대로 마도왕에게 면회를 청하겠다. 구스타보 네가 맡아 줘.”

“물론입니다, 단장님. 그런데 그 외의 사항은 어떻게 하시겠습니까? 예정대로라면 권력자를 만나 협조를 요청하기로 되어 있습니다만…….”

모몬이 모험자이기도 하므로 모험자 조합으로 가 보자는 이야기를 했는데, 류라류스의 말에 따르면 현재 모험자 조합은 휴업에 가까운 상태이며, 의뢰는 마도왕의 부하가 대리로 수행하고 있다고 한다.

“일단 조합에는 가겠다. 그리고 만약 일이 없는 모험자 중 성왕국에 와도 좋다는 자가 있다면 발탁하겠다.”

“알겠습니다. 그러면…….”

구스타보가 성기사 둘에게 명령을 내리자 그들은 즉시 움직였다.

네이아에게는 무슨 일이 올까.

종자이므로, 원래 같으면 성기사들의 갑옷이나 검을 닦는 일이라든가 빨래, 해진 옷을 수선하는 것이 일이다. 지금 기사 서임을 받은 사람의 태반이 그런 일을 경험했다.

‘뛰어난 재능이 있어서 단숨에 기사가 된 단장님은 해 본

적도 없겠지만…….'

"그러면 남은 자들은 어떻게 하시겠습니까? 여관에 남아 있어도 되겠습니까?"

"그래. 왕국에서 소문을 모았을 때는 좀 더 암흑도시 같은 이미지를 품었다만 상상했던 것보다도 평범한 도시인걸. ……소수로 움직여도 괜찮겠다고 보나?"

"섣불리 판단해선 안 되겠습니다만, 갑작스러운 위험은 없을 것으로 보입니다."

"그렇군. 그러면 신전에 몇 명을 보내 모몬과 다리를 놓아줄 수 있을지 어떨지 물어보고 오지."

"이 도시의 지배자인 마도왕은 언데드인데, 신전 세력과는 사이가 나쁘지 않겠습니까?"

"하지만 우리는 성기사다. 신전에 가지 않는 편이 이상하지 않나?"

구스타보가 떨떠름한 표정을 지었다. 레메디오스의 말은 틀림이 없었다.

"그건…… 그렇군요."

"마도왕이 보여준 거리의 풍경 이외에, 이 도시에서 살아가는 사람들의 이야기를 듣는 것도 중요하지 않겠나?"

"그것도 그렇습니다만……."

그래도 만일 성기사로서 용서할 수 없는 광경과 맞닥뜨린다면 우리가 취해야 할 수단은 무엇일까. 그런 생각을 했기에 구스타보는 어중간한 태도를 보이는 것이리라.

네이아는 자문자답했다.

성기사란 정의를 실천하는 존재다. 그렇다면 성기사로서 옳은 행위는 마도왕을 규탄하는 것으로 이어질지도 모른다. 하지만 그 결과 마도왕이 성왕국을 원조해 주지 않아 많은 이들을 고난에서 구하지 못하게 된다면 그것은 옳은 일일까.

자신은 성기사의 정의를 잘 이해하지 못하겠다고 하던 아버지를 떠올렸다. 성기사를 목표로 삼아 훈련하던 무렵에는 아무 생각도 없었으나, 성왕국이 이런 상황에 빠져 마음이 약해진 탓인지 요즘은 그런 말이 자주 떠올랐다.

어머니에게 물어보면 망설임은 사라질지도 모르지만, 그 어머니도 이미 세상을 떠났을 것이다.

결국 스스로 자신만의 해답을 찾을 수밖에 없다.

네이아가 그런 생각을 하는 동안에도 이야기는 진행되어, 2인 1조로 사대신의 신전에 나가고, 두 팀 정도를 더 편성해 시내를 보며 생생한 정보를 얻고 올 것, 무슨 일이 생겼을 때 대처하기 위해 레메디오스와 다른 자들은 남아 있을 것, 이런 내용이 정해졌다.

네이아는 예상대로 갑옷을 닦으라는 명령을 받았다.

회의가 끝나고, 네이아는 한 사람 한 사람의 갑옷을 손질하기 시작했다.

찬물로 천을 적셔, 그것으로 흙을 닦아 나갔다.

마법의 갑옷인 만큼 흠이 가거나 움푹 들어간 곳은 없다. 만약 있으면 안쪽에서 해머 같은 것으로 두드려야 하지만 손재주가 좋지 못하면 우툴두툴해져 한층 보기 싫게 된다. 그런 작업에 별로 자신이 없는 네이아에게 성기사의 마법 갑옷은 최고였다.

집중해서 할 수 있는 일이 있다는 것은 매우 고마운 일이다. 쓸데없는 생각을 하지 않아도 되니까.

그리하여 네이아는 이마에 땀을 맺으며 모두의 갑옷을 말끔하게 닦았다.

*

마도왕과의 대면이 의외로 빨리 이루어진 데에 네이아는 놀라움을 감추지 못했다. 왜냐하면 구스타보가 간 다음 날 면회할 수 있게 됐기 때문이었다.

성기사단 일행――제일 뒤에는 네이아――이 도착한 마도왕의 거성은 참으로 초라한 곳이었다. 분명 이 수준의 도시를 지배하는 자가 살기에는 훌륭한 것일지도 모르지만, 왕이라는 이름이 붙은 자가 거점으로 삼기에 어울리지는 않았다. 역사에서 오는 고즈넉함도, 장엄함도, 힘 있는 자의 장난기도 없는, 실용성만을 추구한 듯한 구조였다.

성왕국이나 왕국의 왕성과 비교하면 너무나도 불쌍한 왕성. 그것이 마도왕의 거성이었다. 원래는 왕국의 지방도시였으므로 기존에 있던 조그만 성을 점거해 그대로 쓰는 것이리라.

그것을 보고 투구를 벗은 성기사들의 옆얼굴에는 네이아만이 알아차릴 수 있을 만큼 미미한 경멸의 빛이 있었다. 자국의 왕성과 비교한 것이리라. 이를 누가 나무랄 수 있을까.

하지만 네이아는 유령선이나, 시내에서 보았던 언데드들의 모습이 눈에 선했다.

그만한 언데드를 다수 지배할 수 있는 언데드의 왕이, 일부러 초라한 성에 사는 이유는 무엇일까.

'뭔가 이유가 있을 거야……. 훌륭한 성을 원하면 그 드워프 같은 기술자나, 지치지 않는 인력인 언데드를 부리면 될 테니까…….'

안으로 들어서자, 처음 보는 종류의 언데드가 두 줄로 마주 보고 늘어서 있었다. 문에서 보았던 언데드와는 달리 좀 더 슬림한 형태를 가진 그들은 손에 든 창을 교차시키고 있었다. 긴 창의 끝에 묶인 것은 오른쪽이 마도국의 국기, 왼쪽이 성왕국의 국기였다.

국기 아래의 한가운데를 나아가도록 길을 이룬 것이다.

그리고 음악이 연주됐다. 들어본 적이 없는 곡이었지만 식전의 일환으로 받아들여도 되지 않을까.

네이아의 머릿속 깊은 곳에서 옛날에 들은 강의가 떠올랐다. 마법에 대해서는 마음을 강하게 먹는 것이 중요하다고.

아니, 아무리 그래도 이 음악이 마법공격일 리는 없다. 이것이 함정이라면 성왕국 국기를 내걸 필요가 있겠는가.

네이아는 늠름하게 보이도록 걸으면서 시선만을 좌우로 돌렸다.

의장병에, 성왕국 국기. 틀림없이 이것은 마도국이 사절단을 국빈으로 환영한다는, 다시 말해 그들을 성왕국의 정식 사절로 인정한다는 뜻이며, 네이아가 성왕국의 간판을 짊어졌다는 뜻이다.

기쁜 반면, 위장이 시큰거릴 정도의 중압감을 느꼈다.

깃발이 늘어진 길을 나아가자 그 너머에 있던 것은――

네이아는 흠칫 숨을 멈추었다. 절세미녀였다.

'예쁘다……. 어떻게 저렇게 예쁠 수가…….'

맑디맑은 미모. 어느 정도의 가치가 있는지 짐작도 안 가는 새하얀 드레스에는 티나 얼룩 따위 한 점도 없었다. 미소는 자비를 머금어 천사로 착각할 것 같은 여성이었다. 그러나 천사가 아니라는 것은 허리에서 돋아난 칠흑의 날개가 증명해 주었다.

"어서 오십시오, 성왕국 여러분. 외람되오나 아인즈 울 고운 마도국에서 계층수호자 및 영역수호자, 총괄이라는 지위를 맡은 알베도라 합니다. 여러분께서 이해하기 쉽게 말씀드리자면 재상이지요."

"이, 이렇게나 정중히 환영해 주셔서 고맙습니다. 저는 성왕국 사절단의 단장 레메디오스 커스토디오라 합니다. 오늘 저희를 위해 시간을 할애해 주셔서 진심으로 감사드립니다."

"감사하실 필요까지는 없습니다. 위대하신 마도왕 폐하는 성왕국에서 일어난 사태에 깊은 우려를 품고 계십니다. 여러분을 위해 시간을 내는 것은 당연한 일이라고 하셨습니다."

"그, 그건 고마운 일이군요……."

레메디오스가 웃음을 지은 알베도에게 압도된 것처럼 말했다. 너무나 강렬한 미모에 동성이라 해도――아니, 동성이기 때문일까――매료된 것이다. 부드럽게 움직인 알베도의 시선이 네이아를 포함한 모두를 훑고 지나갔다.

"그러면 폐하께서 기다리시니 알현실로 안내해드리겠습니다. 제 뒤를 따라오시겠습니까?"

"아, 예. 그, 그런데 무기는……."

"아, 그랬지요."

알베도가 재미있다는 듯 웃었다. 왜 저렇게 웃는 걸까 네이아는 의문을 느꼈다. 무기를 들고 왕과 알현할 수 있을 리가 없다. 그렇기에 보통은 무기를 맡기는 법이다. 이것은 당신들을 신뢰한다는 의미도 동시에 존재한다.

"보통은 맡겨야 하겠으나, 그러실 필요는 없습니다. 무기는 그대로 가지고 가 주십시오."

네이아는 무슨 말을 들은 것인지 이해할 수 없었다.

"어째서입니까?"

그것은 레메디오스도 마찬가지였는지 그렇게 되물었다. 특히 성왕녀를 가까운 곳에서 모셨던 사람인 만큼 누구보다도 의문을 품었을 것이다.

그런 당연한 질문에, 알베도는 다시 웃음을 머금었다.

"성왕국에서 오신 여러분을 신뢰하기 때문입니다. 게다가 언데드가 많이 있는 우리 나라는 여러분의 입장에서 보자면 이단의 나라일 터이니, 무기를 가지고 계시는 편이 여러분께서도 안심이 되지 않을까 생각하였습니다. 물론 여러분을 해치려는 마음은 없습니다. 굳이 맡기시겠다면, 맡아드려도 상관은 없습니다."

"그러면 우리 나라도 마도왕 폐하께 받은 호의에 응해야만 하겠군요. ……저 말고 다른 자들의 검을 맡아주시겠습니까? 송구스럽사오나 제가 패용한 검은 우리 나라의 국보입니다. 그것을 맡길 수는 없으므로 용서해 주시기 바랍니다."

"잘 알겠습니다."

알베도가 눈짓하자, 걸어나온 언데드가 검을 맡았다. 아마 성기사로서 자신이 사용했던 검을 언데드에게 맡기는 것을 불쾌하게 여기는 자도 있었겠지만, 단장의 명령이라면 거부할 수는 없었다.

네이아도 검을 넘기면서 알베도 쪽을 살폈다.

여전히 아름다운 미소를 머금고 있어, 무엇을 생각하는지는 전혀 알 수 없었다. 아니, 그렇다기보다는 이쪽에 대한 호의밖에 느껴지지 않는 표정이었다. 진심으로 사절단에게 친절하게 대해 주고 싶다고 생각하는 듯했다. 다만 그런 네이아의 예측이 맞는 것일까. 만약 아니라고 한다면——

'——검을 든 채 자신의 주인에게 가도 좋다니. 왕의 명령이라서? 아니면…… 왕을 절대로 해칠 수 없다는 사실을 알아서?'

마도왕은 강대한 힘을 가진 매직 캐스터. 성왕국의 성기사들이 몇 명 덤벼들더라도 이길 수 있다는 자부심이 있기에 그러는 것일까.

'아니면 왕의 곁에 언데드 호위병이 많이 있을지도. 알베도 님은 전투능력이 없어 보이니까.'

이 세계에서 가장 폭력과는 무관해 보이는 미모의 재상이 부드럽게 미소를 지었다.

"자, 여러분. 마도왕 폐하께서 기다리십니다. 가시지요."

*

옥좌가 있는 곳 또한 건물에서 상상할 수 있었던 것처럼 그리 훌륭한 방은 아니었다. 역시 이 또한 점거한 채 손을 대지 않고 쓰는 모양이었다.

하지만 그곳에 놓인 옥좌는 현란했다. 그렇다기보다 금색으로 찬란하게 빛나는 화려한 것이었다. 설마 전부 금으로 만들어진 것은 아니고 금박을 입혔겠지만, 그래도 크기를 생각해 보면 상당한 비용이 들었으리라 여겨졌다.

그리고 옥좌 뒤에 있는 국기 또한 매우 훌륭했다. 무슨 실로 만들어졌는지는 모르겠지만 단순한 검은색에서는 나오지 않는 깊이가 있었다. 미미한 빛의 가감에 따라 짙은 보라색으로도 보이는 깃발이었다.

"폐하께서 납십니다."

"모두 고개를 숙여라."

레메디오스가 지시했다. 언데드에게 성기사가 고개를 숙이기로 결심한 레메디오스에게 미미한 놀라움을 느끼면서도, 이의 따위 없는 네이아는 무릎을 꿇고 고개를 숙였다. 종자이기에 그런 예법은 단단히 배웠다. 그렇기는 하지만 왕 앞에 나가 본 경험은 종자가 되어 성왕을 알현했을 때 정도밖에 없었다. 고개를 숙이면서도 눈만 움직여 주위 성기사들의 자세를 열심히 훔쳐보았다.

'보아하니…… 괜찮나보다.'

물론 뒷모습만으로 판단한 것이니 정면에서 보면 자신만 조금 다를 가능성도 있지만.

'괜찮아! 성왕님 때는 이렇게 해서 아무도 뭐라고 안 했으니까. 아버지도 훌륭했다고 칭찬해줬고.'

"아인즈 울 고운 마도왕 폐하께서 입실하십니다."

옥좌에서 약간 대각선 앞쪽에 선 알베도의 목소리와 함께, 네이아에게만 들릴 정도로 매우 작게 종이를 구기는 듯한 소리가 나고, 그 후 발소리와 함께 쿠웅, 쿠웅, 단단한 무언가가 바닥을 두드리는 소리가 이어졌다. 이윽고 옥좌에 앉는 듯한 기척이 났다.

"허가를 내리셨습니다. 고개를 드십시오."

이럴 때의 타이밍은 참으로 어렵다. 지나치게 빨라도 느려도 실례가 된다. 천천히 몇 초를 헤아리고, 그 후 고개를 조용히 들었다.

그리고 정면에 앉은 존재에게 네이아는 눈길을 빼앗겼다.

'저, 저게 마도왕, 아인즈 울 고운.'

두개골이 그대로 드러난 얼굴. 두 눈구멍에는 붉은빛이 켜져 있다. 그야말로 언데드에게 어울리는 외견이다. 하지만 네이아가 아는 것과는 전혀 달랐다.

우선 놀랐던 것은 옷.

종자임명식 후 파티에서 보았던 어떤 귀족들보다도 값이 나갈 듯한 옷을 입었다.

기장이 길어 옷자락이 펼쳐진 넉넉한 의복이었으며, 소매부분이 놀라울 정도로 넓었다. 얼룩 한 점 없는 순백색 천에, 소매며 옷자락 부분에 금색과 보라색으로 세밀한 장식이 가미되어 있었다. 허리 언저리를 띠로 조인 것 같았는데 그것이 이상하냐고 하면 그렇지는 않았다. 기묘하지만 이국의 풍취가 감돌아 멋들어지다고밖에는 말할 수 없었다.

그리고 옷과 같은 색의 장갑에는 일곱 색깔로 빛나는 플레이트 같은 것이 박혀 있었다. 그런 손에 든 것은 일곱 마리의 뱀이 서로 얽힌 듯한 지팡이였다. 그것이 쿠웅 하는 단단한 소리의 정체였을 것이다.

하지만 무엇보다 놀란 것은 그의 몸 뒤에 맺힌 새까만 빛이었다.

'……이게 언데드? 말도 안 돼…….'

네이아가 생각했던 언데드란 좀비나 스켈레톤, 가스트 같은 것들이다.

그러면 마도왕은 네이아의 눈에는 어떻게 보였는가. 그것은 언데드라는 단어로 한데 뭉뚱그려도 될 만한 존재가 아니었다. 해골 얼굴에서는 신기하게도 끔찍하다는 생각은 들지 않았으며, 청결해서 신성함마저 느껴졌다.

훨씬 강대하고── 두려운, 인간이 생각할 수 있는 힘의 범주에는 없는 존재. 다시 말해 초월자였다.

옥좌 옆에 서 있는 알베도의 존재도 잊고, 네이아는 뚫어지게 마도왕을 보고 말았다.

"그러면."

그런 그녀가 제정신을 차리게 해 준 것은 마도왕에게서 들려온 목소리였다.

"머나먼 성왕국에서 이곳까지 오시느라 고생이 많았다, 커스토디오 경. 그리고 성기사단 제군."

"고맙습니다, 마도왕 폐하."

"온 나라가 나서 환영 연회를 열어드려야 하겠지만, 귀공들께 시간적 여유가 없다고 생각했기에 바쁜 짬을 내 시간을 만들었다. 그렇다면 쓸데없는 시간—— 공연히 에둘러 말하거나 마음에도 없는 아첨은 생략하고 이야기를 진행하는 것이 어떻겠나. 솔직하게 털어놓고 말이지. 이의는?"

"전혀 없습니다, 마도왕 폐하."

"좋다. 그러면 성왕국의 현재 상황을 들려다오. 허위나 거짓 없이, 감추지 않고 말해 준다면 우리 마도국도 귀국에게 유익한 무언가를 제공할 수 있겠지."

고개를 끄덕인 레메디오스는 성왕국의 실태에 대해 담담히 이야기했다.

어떻게 생각하고 정보를 제공할 마음이 들었는지는 네이아도 알 수 없다. 생각하는 것이 귀찮았을 가능성이 가장 높다.

이야기는 왕국에서 구스타보가 청장미에게 말해 주었듯, 전황은 아슬아슬한 선에서 버티고 있다는 말로 끝났다. 성왕국이 붕괴 직전임을 타국의, 그것도 언데드의 왕에게 말하고 싶지는 않았던 것 아닐까.

"그렇군, 그렇군. 그러면 귀국은 앞으로 어떻게 하실 생각이신가?"

"예. 그래서 마도왕 폐하께 부탁이 있습니다. 모몬이라는 모험자가 귀국을 섬기고 있다는 말을 들었습니다. 얄다바오트와 호각으로 싸웠던 전사를 빌려주실 수 있다면, 성왕국은 두려울 것이 없습니다. 부디 우리 나라에 모몬을 파견해 주십사 부탁드리는 바입니다."

마도왕의 눈에 깃든 붉은 빛이 슬쩍 사라졌다가, 한 박자를 두고 다시 켜졌다.

"생각한 대로군. 그렇기에 나는 준비해 둔 답을 하겠다. ——무리라고."

"그 답을 하신 이유를 들려주시겠습니까?"

"이것은 우리 나라의 치부이기도 하다만, 모몬은 우리 나라의 평화에 한몫을 담당하고 있지. 그가 있기에 백성들이 안심하고 지낼 수 있다."

"마도왕 폐하의 언데드 군사가 있지 않습니까."

"후후후."

조용히 웃은 마도왕이 말을 이었다.

"성왕국 분들은 언데드 군세를 보고 신뢰하기에 충분하다 생각하신 모양이군. 그러면 모몬을 대신해 언데드 군세를 빌려드릴까? 내가 지배하는 언데드를 보았으리라 생각하네만, 하나같이 굴강한 자들이지. 아인들 따위 쉽게 격멸할 것이다."

레메디오스는 말문이 막혔다.

스스로 언데드 군세를 지휘해 성왕국으로 귀환하는 이미지를 떠올렸을까? 아니, 그랬을 리가 없다. 언데드를 지휘하다니, 성기사와는 가장 거리가 먼 행위다.

분명 언데드는 군대로서 매우 큰 메리트가 있다. 식량 따위 필요가 없으며, 원생림 같은 곳 한복판에 대기시켜놓는 것도 가능한, 그야말로 이상적인 군대다.

그러나 생명을 증오한다는, 모든 생물의 적인 언데드 군대를 받아들이는 데에는 두려움이 앞선다. 무엇보다 타국의 군대를 자국 내에 끌어들이는 것 자체가 불안하기 그지없다. 문제를 해결한 후 그대로 점령공작에 들어갈지도 모르는 일이 아닌가.

"그, 그것은……."

동요하는 레메디오스를 보고 마도왕은 웃었다.

"바로 그렇지, 커스토디오 경. 귀공과 마찬가지로 생각하는 자가 우리 나라에도 있다는 뜻이다. 언데드를 이용한 작물 생산, 개간, 경비 등에 관여한 자들은 받아들이기 시작했으나, 그다지 밀접하지 않은 도시 주민들은 유감스럽게도 아직 받아들이지 못하고 있다. 물론 내가 처음 지배하기 시작했을 때보다는 나은 듯하나, 조금 더 시간이 걸릴 터. 모몬은 그러한 자들의 불안을 들어주는 등 여러모로 민심을 달래주고 있다. 지금 그를 파견할 경우 백성들의 불만이 어떤 형태로 폭발할지 알 수 없지."

"하오면 우리 성기사단이 남아 모몬 공을 대신하여 언데드를 신뢰하도록 애쓰는 것은 어떻겠습니까? 성기사가 언데드의 적임은 많은 이들이 아는바, 그런 저희가 마도왕 폐하의 언데드는 신용할 수 있다고 선전하면 큰 효과가 있지 않겠습니까?"

"음…… 일고할 가치가 있는 제안이로다."

잠시 숙고한 후, 마도왕의 얼굴이 아주 살짝, 지팡이를 들지 않은 쪽 손으로 움직였다.

"……흐음. 타국이란 것이 참으로 좋지 않군. 고락을 함께 했던 인물이라면 신뢰감도 들겠지만, 갑자기 나타난 이가 언데드는 우리 편이라고 말해도 신뢰할 수 없지 않겠나? 역시 이 도시에서 최고의 명성을 얻었던 아다만타이트 클래스 모험자를 대신할 수는 없겠어."

그야말로 정론이었다.

그렇기에 논파할 수는 없었다. 특히 레메디오스처럼 감정으로 움직이는 타입에게는 불가능했다.

아무 말도 꺼내지 못하는 레메디오스에게 마도왕이 물었다.

"——좋아. 그런데 이것은 조금 다른 이야기지만, 커스토디오 경의 이야기에 나오지 않았던 자들에 대해 묻고 싶은 것이 있다. 모몬에게 들은 적이 있는데, 얄다바오트에게는 상당한 힘을 가진 메이드들이 있다더군. 그자들의 모습을 성왕국에서는 보지 못했는가?"

"성왕국에서는 그런 자들의 모습을 보지 못했습니다. 왕국에서 청장미 분들께 들어 처음으로 알았을 정도입니다."

"그렇군……. 그렇다면 메이드들은 얄다바오트의 비밀병기일 가능성이 있다는 뜻일까? 아니면 다른 장소에서 준동하고 있을까?"

"그것은 모르겠습니다."

"……남부는 아직 괜찮다고 하였는데, 남쪽과는 연락을 긴밀히 주고받고 있나?"

"어느 정도는 연락을 취하고 있습니다."

"……남부에는 아직 수하가 잠입하지 않았나? 나의 지나친 걱정일까? 흐음……."

마도왕의 얼굴이 가만히 천장을 향했다.

"마도왕 폐하께서는 남부에도 이미 얄다바오트의 수하가 잠복해 있으리라 보십니까?"

"그렇다는 말은 아니지만, 그만큼 강력한 패를 가졌으면서 왜 쓰지 않을까 생각해 보았다. ……솔직하게 털어놓고 말하자고 했던 것을 기억하나? 그렇기에 나는 단도직입적으로 묻겠다. 성왕국은 우리 나라의 지원에 어느 정도의 대가를 제공할 수 있나?"

당연한 질문이었다. 지극히 당연한. 그러나 대답하기는 매우 어려웠다.

"우리 나라의 우정과 신뢰, 그리고 경의입니다."

레메디오스의 대답에 마도왕은 웃었다.

레메디오스가 잘못했다고 단언할 수는 없었다. 때로 성기사는 그것 때문에 목숨을 걸고 싸움에 임할 수 있다. 예를 들어 보수를 지불할 수 없는 한촌의 부탁을 받아들여 아인들의 무리에 도전하는 자는 성기사의 귀감이 된다.

"성기사다운 대답이다. 나의 오랜 벗이라면 그 말에 움직였을 테지만, 유감스럽게도 나를 움직일 말은 아니로군. 말을 꾸미지 않겠다고 했다. 실리를 제시해 주지 않겠나?"

'모몬 공을 벗이라고 한 건가? 모몬이라고 불렀던 건 부하이기 때문이 아니고?'

네이아가 그런 생각을 하는 동안에도 레메디오스는 아무 말을 하지 못했다.

아니, 말할 수 있을 리가 없었다. 레메디오스 커스토디오가 약속할 수 있는 것은 없었다.

가령 얄다바오트를 격퇴한다면 어떻게 될까.

당연히 차기 성왕이 즉위하겠지만, 그 인물이 성기사들을 정중히 대할 가능성은 낮다. 사이가 좋지 않은 남부 귀족들이 나선다면 레메디오스 일행을 '성왕녀를 지키지 못했던 자들' 로 몰아붙여 칩거시켜버릴 것이다.

그렇게 되면 여기서 마도왕에게 약속했다고 해 봤자 그것이 지켜질 것 같지는 않았다. 아니, 그 전에 근본적으로 이 사절단이 국가를 대표할 자격이 있는지조차 의문이었다. 결국 위치가 확실하지 않은 일반 시민들이 온정에 매달리고자 왔다는 것이 이 사절단의 진짜 모습이었다.

그렇기에 확약할 수 없다. 국가를 한 사람이 짊어지기란 불가능에 가깝다. 그것을 할 수 있는 자는 왕뿐이다.

"실례합니다, 마도왕 폐하. 저는 커스토디오 단장님 밑에서 부관을 지내는 구스타보 몽타녜스라고 합니다. 단장님을 대신해 발언할 것을 허락해 주십시오."

마도왕은 턱짓으로 이야기를 계속하도록 채근했다.

"고맙습니다. 마도왕 폐하께서 원하실 만한 것을 확약드릴 수는 없습니다. 성왕국의 영토를 탈환한다 해도 얄다바오트가 어지럽힌 국토를 회복하는 데에는 매우 많은 시간이 걸리며, 이곳에서 제시한 것을 즉시 드릴 수 있으리라고는 여겨지지 않습니다. 하오나 마도왕 폐하께 호소하고 싶은 것이 한 가지 있습니다. 그것은 얄다바오트의 위험성입니다."

"흐음…… 계속하라."

"예. 놈은 과거 왕국에 피해를 미쳤을 때는 데려오지 않았던 아인 군대를 수중에 장악하고 나타났습니다. 만일 지금 얄다바오트를 없애지 않는다면, 모습을 감춘 후 이번에는 어떤 준비를 갖추어 다시 나타날지 알 수 없습니다."

"다시 말해 귀공이 하고 싶은 말은, 모습을 드러낸 이 순간이 바로 놈을 죽일 기회이니 소동의 싹을 일찌감치 뽑아야 한다는, 그런 이야기인가?"

"바로 그렇습니다. 역시 폐하시군요. 그러기 위해서라도 부디, 모몬 공의 파견을 허가해 주실 수 없겠습니까?"

"그렇군. 수긍이 가는 이야기였다. 분명 얄다바오트는 물리쳐야만 하겠지."

"그러면――."

희색을 띠려는 구스타보에게 마도왕은 꾹 쥔 손을 내밀려 하다가, 이를 내리고는 지팡이를 쿵 울렸다.

"그러나 역시 모몬을 파견하기는 어렵다. 얄다바오트를 퇴치했다 해도, 모몬이 없는 우리 나라의 정세가 안정되지 않아서는 곤란하니. 그러면 이런 것은 어떤가? 조금만 더 시간을 끌어 준다면 우리 나라의 정세도 안정될 것이다. 그때 모몬을―― 물론 그가 동의한다는 전제하에, 파견하도록 하지. 조금 전의 이야기에 따르면 아직은 싸울 수 있다고 하지 않았나?"

"그, 그것은 그렇습니다만…… 기간은 어느 정도가 되겠습니까?"

"흐음…… 알베도, 어떠냐?"

지금까지 옆에 물러나 있던 재상이 처음으로 주인을 돌아보며 고했다.

"앞으로 국내의 아인이 더욱 늘어날 것을 계산해 보면 예정보다 늦어질 것이라 사료되옵니다. 폐하께서 윤허하신다면 몇 년. 어디 보자…… 5년만 주신다면 모든 문제가 사라질 것이옵니다."

"그렇다고 하는군. 문제는 없겠나?"

5년. 입 속에서 그 말을 굴린 구스타보가 살짝 고개를 가로저었다.

"그래서는, 시간이……."

"그렇군……. 하기야 귀국의 사정을 생각해야겠지. 우호국의 부탁이니."

마도왕이 우호국이라는 단어를 강하게 발음했다.

"우리 나라도 전력을 다해 시간을 단축하고자 노력하겠다. 그러면 알베도. 시간을 최소한도로 당긴다면 어떻게 되겠느냐?"

"그렇다면 3년으로 어떻게든 할 수 있지 않을까 하옵니다. 다만 우리 나라에 다소 혼란이 발생할 수도 있나이다."

"그것은 어쩔 수 없겠지. 우호국을 구원하기 위해서는. 우리 나라도 어느 정도는 출혈을 감수해야 하지 않겠느냐. ……물론 출혈이란 비유적인 표현이다."

마도왕은 농담하듯 말했으나 웃을 수 있는 이는 아무도 없었다.

“……어흠. 그러면 이 정도면 어떻겠는가? 2년이나 단축했다.”

상대는 2년이나 양보했다. 하지만 3년이라도 지나치게 길다. 그 사이에 얼마나 큰 피해가 나올지 모른다. 성왕국이 국가의 형태를 유지할 수 있을지조차 불확실하다. 결코 받아들일 수는 없었다. 그러나 이를 면전에 대고 말한다면, 어쩌면 3년 후에도 모몬은 파견해 주지 않을지 모른다.

그러나 성왕국이 구원받을 가능성은 눈앞에 있는 것이다.

자신이 온 것은 이럴 때를 위해서가 아니겠는가. 목숨을 걸어야 한다.

죽음조차 각오한 네이아는 숨을 들이마시고 말했다.

“매우 송구스러운 말씀이옵니다만, 마도왕 폐하.”

“……누구인가?”

“소인은 성왕국 성기사단의 종자를 맡고 있는 네이아 바라하라 하옵니다. 무례를 무릅쓰고 말씀드리자면, 좀 더 조속히, 모몬 공을 파견해 주실 수는 없으신지요?”

마도왕이 생각에 잠긴 듯한 태도를 보였다.

“네이아! 종자 따위가 마도왕 폐하께 감히!”

레메디오스의 질책에 네이아가 생각한 것은 단 한 가지뿐이었다.

‘무례를 저지른 종자를 검으로 베어버리기 전에 조금 기

다려 주시지요.'

"아니, 상관없다. 네이아라 하였나? 그러면 얼마나 빨리 모몬을 파견하길 원하나?"

"하루라도 일찍 해 주셨으면 하옵니다."

"모몬을 파견하는 것이 마도국의 손해로 이어진다는 것을 알고도 파견해달라 청하는 것이로군."

"예!"

네이아는 고개를 숙였다.

이미 각오는 됐다. 만약 이로써 마도왕이 불쾌감을 드러낸다면 단장에게 처형당해 목숨으로 갚을 뿐이다.

언제 검에 베여도 상관없도록 눈을 질끈 감았다.

"마도왕 폐하! 종자의 무례를 용서하여 주십시오! 마도국에 손해를 미치다니, 저희는 그런 생각은 조금도 없었습니다."

"아니, 마음에 둘 필요는 없다. 나라를 생각하는 자라면 타국에 손해를 입혀서라도 자국을 구하고자 바라는 것은 당연한 일. ……흐음, 알베도. 2년으로 어떻게든 되겠느냐?"

"지극히 어렵사옵니다."

"그래? 그러나── 시행하라."

네이아는 자신도 모르게 감았던 눈만을 움직여 마도왕을 보았다.

"예! 분부 받들겠나이다, 폐하!"

강한, 절대자에게 어울리는 목소리로 내린 명령을 온몸에 받아 알베도의 어깨가 가늘게 떨린 것은 무모한 도전에 대한 불안이었으리라.

"네이아…… 바라하. 그러면 2년은 어떠냐? 아직도 너에게는 지나치게 길다는 생각이 있을지도 모르겠다만, 남부의 군세가 존재한다면 버틸 수 있지 않겠나?"

2년도 지나치게 길다. 그러나 이 이상 마도왕의 호의에 기댈 수는 없다.

"성은이 망극하옵니다! 마도왕 폐하!"

조금 전에 비하면 그나마 구원의 가능성이 높아졌다는 생각에서 나온 말은 정말로 진지했다.

이어서 레메디오스가 고개를 숙였다.

"성은이 망극하옵니다! 마도왕 폐하! 저희 종자의 부탁을 들어주신 점 깊이 감사드립니다!"

"상관없다. ――커스토디오 단장, 좋은 부하를 두었군. 타국의 왕에게 종자가 탄원하다니, 어지간히 자국을 사랑하지 않고서는 불가능한 일. ……절대 비아냥거리는 말이 아니다."

"아닙니다. 폐하의 말씀을 종자도 기쁘게 생각할 것입니다."

"그래. 그러면 이만 끝내도록 하지. 실로 보람 있는 회담이었다."

"——마도왕 폐하께서 퇴실하십니다."

알베도의 목소리에 반응해 네이아는 고개를 숙였다.

들어왔을 때와 마찬가지로 발소리, 지팡이로 바닥을 두드리는 소리가 들리고, 멀어져갔다. 이윽고 문이 닫히는 소리가 들렸다. 마도왕이 방을 나간 것이리라.

"퇴실하셨습니다."

네이아가 고개를 들자, 뺨을 아주 살짝 상기시킨 알베도가 웃고 있었다.

"그러면 여러분을 밖으로 배웅해드리겠습니다."

*

여관으로 돌아온 네이아에게, 각오는 했지만 레메디오스의 질책이 시작됐다.

"제멋대로 대체 무슨 짓을 저지른 거냐!"

얼굴을 시뻘겋게 물들이며 힐난하는 레메디오스를 구스타보가 팔을 벌리며 가로막았다.

"커스토디오 단장님! 기다리십시오! 종자 바라하가 독단을 저지른 것은 사실이오나 결과적으로는 1년이나 시간을 단축했습니다. 칭찬해 마땅하지 않겠습니까?!"

"무슨 소리를 하나! 모든 것을 망쳤을 수도 있었다! 무엇보다 독단을 칭찬하다니, 그런 이야기가 어디 있나!"

"죄송합니다."

네이아는 진심으로 고개를 수였다.

"——정말로 잘못했다고 생각하는 거냐! 이번에는 좋은 방향으로 굴러갔을지도 모르지만, 나쁜 방향으로 갔다면 네가 책임을 질 수 있었겠나?!"

"——죄송합니다."

"물어보지 않았나! 대답해라! 성왕국에서 고통을 받고 있는 사람들에게, 너 때문에 지원이 늦어졌다고 말할 수 있겠나!"

"아닙니다. 책임은 질 수 없었습니다."

"그럼에도 너는 왜 그런 독단을 저질렀나! 무슨 생각을 하는 거냐!"

네이아는 고개를 들고 단장을 똑바로 바라보았다.

"만약의 경우에는 제 목을 베어 그것으로 마도왕에게 사죄해 주시리라 생각했습니다."

레메디오스가 눈을 크게 떴다. 하지만 이내 그 눈을 불쾌하게 일그러뜨렸다. 곁에 선 구스타보는 감탄한 듯 고개를 끄덕였다.

"그것으로 용서를 받을 것 같나! 너 따위의 목 하나로 사죄가 되겠나!"

"모릅니다. 그러나 단장님이라면 어떻게든 해 주시리라 생각했습니다."

"우리가 못하면 어떻게 할 생각이었나!"

그 말은 옳다. 네이아를 벤다 해도 마도왕이 용서하지 않았을 가능성 또한 충분히 있다. 그러나 그것을 알면서도 말한 것은 3년이 너무나도 길기 때문이었다.

'단장은 3년으로도 좋다고 생각했어? 왜 내가 아무 행동도 안 한 사람에게 책망을 듣고 있지? 도박을 했으니까? 그건 이해해. 한쪽 천칭에는 성왕국의 많은 백성들 목숨이 있었으니까. 그래도 그때는 행동을 했어야 하잖아…….'

결과가 좋으면 다 좋은 것인가, 아니면 과정이 중요한가. 아마 정답은 아무도 제시하지 못할 것이다.

다만, 어찌 됐든, 아무것도 하지 않은 자에게 책망을 듣는 것은 수긍이 가지 않았다.

그러나 그런 말을 입에 담았다간 어떻게 될지 네이아는 예상할 수 있었다. 그렇기에 아무 말도 하지 않고 고개를 숙였다.

"단장님, 그쯤 해 두십시오. 그녀 덕에 1년을 단축했잖습니까. 상으로 벌을 상쇄해 주어야 한다고 봅니다. 아니면 똑같이 칭찬을 해 주거나."

"…………쳇."

아직도 할 말이 더 남았다는 듯 단장은 몸을 돌려 걸어나갔다.

구스타보가 후우 한숨을 토했다. 그리고 네이아를 돌아보았다.

"네 각오는 훌륭했다. 단장님도 말씀은 저렇게 하시지만 네 활약을 인정하고 계셔."

거짓말이다. 어떤 사람도 얼버무릴 수 없을 만한 새빨간 거짓말이다.

그런 내심이 표정으로 드러나고 말았는지, 구스타보가 쓴 웃음을 지었다.

"아무튼 단장님께는 내가 말해 두지. 지금은 얼굴을 보이면 여러모로 성가실 테니 잠깐 밖에 나가 있어주겠나?"

"알겠습니다. 잘 부탁드립니다."

여관을 나가, 겨울 추위 속에 어슬렁어슬렁 걸음을 내디뎠다.

"대체 뭐람……."

밖이라고 해도 이 나라 어디로 가면 좋단 말인가.

네이아는 품을 뒤져 조그만 가죽자루를 만져보았다. 안에는 얼마 안 되는 소지금이 있다. 액수는 얼마 안 되지만 성왕국 동화나 은화도 있다. 그것을 쓰지 못하더라도 교역공통금화도 한 닢 있다. 식사를 하기에는 충분했다.

다만 부모님에게 마지막 용돈으로 받은 소중한 금화를 여기서 써도 될까.

네이아는 외국 땅을 둘러보았다.

"성가시다고……? 하아…………."

"참으로 무거운 한숨이로군."

갑자기 바로 곁에서 그런 목소리가 들려 네이아는 흠칫 어깨를 떨었다.

"바로 옆에 있는 길로 들어가거라. 이곳은 눈에 뜨이니."

바로 조금 전에 들었던 그 목소리의 주인을 잊어버릴 수는 없었다. 자신도 모르게 이름을 부르려다 꾹 참았다. 그리고 지시한 대로 걸어가자 무언가가 뒤를 따라오는 소리가 들렸다. 목소리만 보낸 것이 아니라 본인이 그곳에 있는 것이겠지만 네이아에게는 보이지 않게 한 모양이었다.

길로 들어가자 즉시 목소리가 들렸다.

"왼쪽에 있는 좁은 골목으로 들어가거라."

네이아는 묵묵히 그 말에 따랐다.

골목은 의외로 깨끗했으나, 인적은 없었다.

몇 걸음 나아간 네이아는 뒤로 돌아 목소리의 주인을 불렀다.

"마도왕 폐하, 이곳에는 무슨 일로 오셨사옵니까? 그리고 모습이 보이지 않는 건 마법입니까?"

"아하, 이상하게 고분고분 말을 듣는다 싶었더니 내가 누구인지 알았기 때문이었군."

그렇게 말한 마도왕은 스윽 모습을 드러냈다.

하지만 복장은 눈에 뜨이지 않는, 깊은 검은색을 풍기는 로브로 바뀐 상태였다. 다만 이 로브도 벨벳처럼 윤기가 있어 매우 고급품인 것을 알 수 있었다.

네이아는 즉시 무릎을 꿇었다.

"예, 말씀하신 대로입니다. 하온데…… 수행원은…… 어디에 있습니까?"

"아니, 없다. 수행원이 있으면 귀찮아지거든."

"그, 그러면 대체?"

"흐음. 나는 내밀히 너의 단장과 이야기를 나누고 싶다. 불러주었으면…… 아니다, 방까지…… 객실의 창문을 열어주겠느냐? 그곳으로 들어가마."

기괴한 부탁이었다. 보통은 창문을 열거나 하진 않겠지만 이 나라의 왕—— 그것도 성왕국에 지원을 약속해 준 왕의 부탁이다. 기분을 상하게 하는 어리석은 짓을 해선 안 된다.

암살이라는 단어가 뇌리를 가로질렀으나, 그럴 마음이 있었다면 알현장에서 죽일 수 있었을 것이다.

마도왕의 모습을 흉내 낸 누군가일 가능성은 있다. 그러나 압도적인 지배자의 분위기를 띤 이 모습은 분명 그때의 마도왕이었다. 동작 하나하나가 그야말로 왕으로서 태어난 자만이 보일 수 있는 움직임인 것이다.

믿어야 할까, 믿지 말아야 할까.

네이아는 생각하고, 전자를 택했다.

"분부 받들겠나이다. 그러면 즉시."

"음. ……그런데 무언가 심부름이라도 명령받았던 게냐?

그렇다면 내가 너의 단장에게 사과해 두마."

"네?"

"——응?"

네이아는 자신도 모르게 마도왕과 얼굴을 똑바로 보고 말았다.

"……일이 아니라, 자유시간이었던 게냐? 그렇다면 소중한—— 그래, 정말로 소중한 휴식시간에 부탁을 했던 것을 사과해야 할까?"

"아, 아니오, 그런 것은, 아니오나……. 아, 아무튼 즉시 단장님의 방 창문을 열어놓겠습니다."

네이아는 얼른 마도왕의 옆을 빠져나가 달려갔다.

네이아가 놀랐던 것은, 거스러미가 지고 너덜너덜해진 손에 유분이 듬뿍 함유된 촉촉한 약을 부드럽게 발라주듯, 제삼자의 부드러운 말씨가 마음에 스며들었기 때문이었다.

온 힘을 다해 달려가, 이내 여관에 도착했다.

역시 이런 고급 여관 안을 쿵쾅쿵쾅 달려갈 수는 없었다. 하지만 느긋하게 걸을 수도 없어, 어떻게든 무례가 되지 않을 정도의 속도——여관 사람의 눈이 약간 싸늘해진 것도 같았지만——로 나아갔다. 그리고 단장의 방에 도착했다.

얼른 노크를 하고, 문을 열고자 했더니 잠겨 있었다. 자신만이 밖으로 내몰린 상황에 한순간 마음이 식었으나, 지금은 그럴 때가 아니었다.

"종자 네이아 바라하입니다. 열어 주십시오."

철컥 소리와 함께 성기사 하나가 얼굴을 내밀었다.

"실례합니다."

예의를 지킬 시간조차 아까웠다. 방안에 있는 레메디오스에게 말했다.

"마도왕 폐하입니다. 내밀히 하실 말씀이 있다고 하십니다."

방 안에 있던 모든 이들의 놀란 시선이 네이아의 뒤로 움직이는 것이 느껴졌다.

"아뇨, 그게 아닙니다. 그쪽이 아닙니다."

네이아는 그 말만을 하고는 빠르게 창가로 다가가, 창문을 열었다.

역시 고급 여관답게 삐걱거리는 소리 하나 없이 부드럽게 열렸다.

"무슨 짓을!"

제삼자가 보기에는 갑작스러운 행패나 다를 바 없었다. 성기사 중 하나가 목소리를 높인 것도 당연했다. 성왕녀를 경호하던 자들이 보기에는 더욱 그러했다.

하지만 네이아는 그 말에 대꾸할 시간이 없었다. 창문에서 몸을 내밀고, 어딘가에 있을 마도왕에게 손을 흔들었다.

누군가가 뒷덜미를 콱 붙들었다.

"무슨 짓을 하느냐, 종자 바라하. 창문을 함부로 열다니.

게다가 마도왕이 어디에 있단 말이냐."

돌아보니 얼굴을 시뻘겋게 물들인 성기사가 있었다. 화를 내는 것도 지당하다. 그러나——

"그쯤 해 두게. 제군의 규칙을 어긴 것은 나의 부탁을 들어주기 위함이었으니. 책망하겠다면 나를 책망하게."

조용한 목소리가 실내에 울렸다.

창가에 발을 걸치고 천천히 모습을 드러낸 것은, 마도왕이었다.

자신도 모르게 검에 손을 뻗는 성기사를 네이아가 황급히 말렸다.

"흐음…… 놀라게 해버린 모양이군. 미안하네. 내밀히 이야기를 하고 싶어 이곳까지 왔네. 창문으로 들어오는 것도 예의를 모르는 행위이나, 이럴 수밖에 없었음을 이해해 주게. ……그녀에게 미안한 짓을 했군."

바닥에 발을 댄 마도왕이 실내를 왕다운 움직임으로 둘러보았다.

"……아인즈 울 고운 마도왕이다."

이름을 댄 순간, 누구보다도 일찍 네이아가 한쪽 무릎을 꿇었다. 뒤늦게 등 뒤에서—— 다른 성기사들이 일제히 한쪽 무릎을 꿇는 소리가 들렸다.

"됐네. ……일어나게, 별로 시간이 없으니. 커스토디오 단장, 이야기를 해도 되겠나?"

"저희에게는 아무 이견이 없습니다. 그러면 이쪽으로 오십시오."

일어난 네이아는 후우 한숨을 내쉬고── 뒤를 돌아본 마도왕과 시선이 마주쳤다. 물론 마도왕의 눈에는 안구란 것이 없으므로 눈이 마주쳤다고 네이아가 혼자 생각했을 뿐일지도 모른다.

"이 종자는 참가하지 않나?"

"그녀는 어디까지나 종자이온지라."

"조금 전에 알현할 때는 있지 않았나?"

정말로 의아하다는 듯── 지극히 자연스러운 말투로 의문을 제기했으나, 여기에 담긴 비아냥은 통렬할 정도였다.

"종자 바라하. 너도 참가해라."

"예!"

별로 참가하고 싶지는 않았지만, 네이아는 도대체 무슨 목적이 있어서 마도왕이 모습을 나타냈는지 왠지 모르게 알고 싶었다.

레메디오스와 구스타보, 그리고 마도왕이 테이블 앞에 앉고 네이아와 성기사들이 벽 근처에 섰다. 청장미 멤버들을 맞이했을 때와 같은 태세였다.

"그러면 마도왕 폐하. 지금은── 단도직입적으로 질문하는 것을 허락해 주시겠습니까? 갑자기 저희의 숙소에 찾아오신 것은 무슨 이유이십니까?"

구스타보가 말을 꺼내고, 레메디오스는 고개를 끄덕였다.

"물론 되고말고. 아까도 말했네만 나는 에둘러서 말하는 것을 별로 선호하지 않는다. 곡해하거나 잘못 이해할 수도 있으니."

무어라 형언할 수 없는 절절한, 실감이 깃든 말투였다.

"모몬을 파견하는 것은 2년 후로 정해졌으나, 그 전에 제군이 한 가지 요구를 받아들여 준다면 모몬에 필적하는 인물을 즉시 성왕국에 파견해 줄 수도 있다."

"필적?"

레메디오스가 갈라진 목소리를 냈다.

"……그 요구란 대체 어떤 것이온지요? 내용에 따라서는 즉시 답해드리기는 어려울 수도 있습니다."

이어서 말한 구스타보에게 마도왕이 웃음을 지었다.

"물론 그렇겠지. 제군의 현재 상황은 어느 정도 상상이 간다. ……저항세력이라고 하면 듣기에는 좋을지 모르나, 실제로는 동굴에 숨어 사는 극소수의 무장집단이 아닌가?"

그 자리에 있던 전원의 숨소리가 한순간 멎은 듯했다.

네이아도 그중 한 사람이었다.

어떻게 마도왕이 사실을 알아냈단 말인가. 어떻게 그 사실을 간파할 수 있었단 말인가. 특히나 정확하게 동굴임을 간파한 점이 엄청났다.

단장과 구스타보의 시선만이 네이아에게 움직였다. 그것

은 자신들의 현재 상황에 대해 말했느냐 하는 시선이 분명했다. 그러므로 네이아는 아니라는 뜻에서 가볍게 고개를 가로저었다.

마도왕은 성기사들의 놀라움을 무시한 채 그대로 말을 이었다.

“남부 세력이 건재함에도 협력해 행동하지 않는 것은 그쪽 귀족들과의 갈등 탓. 그렇다면 성왕녀를 지키지 못했던 자네들이 새로운 성왕 밑에서 예전과 같은 지위에 오르기란 어려운 일. 그렇다면 영토나 작위, 교역에 관한 특권 등을 나에게 제공할 수 있을 리 만무하지. 만일 그런 약속을 했다가는 차기 성왕의 판단에 따라 마도국과의 전쟁이 발발할 테고.”

마치 무언가를 암기하고 온 것처럼 적확하게 성왕국의 상황을, 그리고 미래를 지적해 나간다.

“그리고 마찬가지로 국보 또한 무리일 터. 이를테면 커스토디오 단장이 가진 성검 같은 것 말이다. 그나마 가능한 것이 있다면 얄다바오트가 빼앗은 것으로 이야기하여 국가 소유의 재물을 나에게 양도하는 정도가 되겠지만, 그것 또한 위험하지. 내가 제군에게서 재물을 받았다고 차기 성왕에게 말하면 자네들 성기사의 신용은 땅에 떨어질 테니. 그렇기에 제군은 알현실에서 했듯 나의 정에 호소할 수밖에 없었지. ──흐음, 내 상상이 맞는 모양이군. 정곡을 찔렸다고 얼굴에 적혀 있네."

여기까지 말한 마도왕이 의자 등받이에 몸을 기댔다.

정적이 실내를 지배했다.

완벽하다. 너무나도 완벽하다.

네이아는 마도왕의 적확한 예측에 감탄했다.

이것이 마도왕인가. 네이아는 생각했다.

과거 성왕녀를 지척에서 본 적이 있었지만, 피상적인 인사만을 받았을 뿐 '왕'이라는 존재와 접촉할 기회는 없었다고 할 수 있다. 그런 그녀에게 이것이 절대적인 지배자——남의 위에 설 만한 눈을 가지고, 위엄을 갖추었으며, 나아가 그런 것들을 웃도는 힘을 보유한 완벽한 존재와 만나는 첫 경험이었다. 너무나 큰 충격에 마음에 강하게 각인이 되어 버렸다.

"그렇다고는 하나, 이 정도는 누구나 상상할 수 있는 일. 자랑스럽게 말한 나 자신이 부끄럽군. ……제군도 내가 그 정도도 예측하지 못했으리라 생각하지는 않았겠지?"

"무, 물론이옵니다, 폐하."

구스타보가 억지로 뻣뻣한 웃음을 얼굴에 지으며 대답했다.

"다행이다. 내가 그 정도도 간파하지 못할 바보라고 생각했다면 나를 위해 노력해 준 부하들에게 낯을 들 수 없지 않나. ……그러면 이에 입각하여 내가 원하는 것을 설명하지.

——메이드다. 메이드를 원한다."

마도왕에게서 튀어나온 너무나도 너무한 단어에 모두가 ——네이아도 포함해—— 넋이 나가버렸다.

"……아, 미안하네. 말이 부족했군. 음, 그러니까. 얄다바오트에게는 강한 메이드 악마가 있다는 것은 알현실에서도 말했을 터. 그것을 가지고 싶다. 제군은 마법에 대한 지식을 얼마나 가지고 있나?"

"전혀 없습니다."

레메디오스가 당당히 말하자 마도왕의 시선이 도움을 청하듯 움직였다.

"그, 그런가……? 그렇게 되면 어디서부터 설명해야 좋을지 모르겠는데…… 으음, 어디 보자…… 아~ 얄다바오트는 메이드들을 계약이나 무언가로 속박했다고 생각할 수 있다. 그렇기에 얄다바오트를 쓰러뜨리고, 그 술식을 나의 것으로 삼아 메이드들을 지배하려 한다. 그렇게 되면 우리 나라는 강력한 부하를 얻을 수 있다는 계획이지."

"하, 하오나 얄다바오트의 메이드란 자들이 우리 나라에서는 목격된 적이 없사온지라……."

구스타보의 대답에 마도왕은 큭큭 웃었다.

"왕국에서는 목격됐다. 없다고는 생각하기 힘들지. 얄다바오트를 궁지에 몰면 나타날 수도 있지 않겠나?"

"자꾸만 말씀을 반복하게 되오나…… 아직 정말로 메이드가 있는지는 알 수 없사옵니다. 만일 메이드가 없었을 때는 어떻게 하실 생각이십니까?"

"그때는 그때지만, 딱히 이를 대신할 요구를 하진 않겠다. 거저 노동력을 제공한 셈이 될 뿐. 다만 메이드 차림을 하지 않았을 수도 있으니 얄다바오트의 부하, 라고 한데 묶어 말해 두지. 아, 그래. 무언가 특정한 아이템으로 지배했을 수도 있으니 얄다바오트가 보유한 아이템 중 성왕국의 것이라 단정할 수 없는 것은 내 것으로 삼는다는 조건 또한 붙이겠다. 자칫하면 성왕국에 피해를 준 메이드를 마도국이 인수할 수도 있을 텐데, 그때는 내가 지배하는 것으로 하여 메이드들에 대한 원한은 잊어 주었으면 한다."

"우리 나라에 피해를 줬을지도 모를 자들을 용서하란 말입니까?"

레메디오스가 어조에 약간 불쾌함을 담아 말하자 마도왕은 어깨를 으쓱했다.

"그 이외에 성왕국에서 받아갈 만한 것이 없으니 말이지. 아니면 무언가 제공할 만한 것이라도 있나?"

아무 대답도 못한 채 레메디오스는 입술을 깨물었다.

"폐하, 단장님의 말은 당사자가 아닌 저희가 피해를 입은 자들에게 원한을 잊어달라고 하기는 어렵다는, 그런 이야기인 듯합니다."

"그 정도는 노력해 설득하게."

마도왕이 냉랭한 목소리로 말했다.

"……아니지. 그러면 메이드들은 마도왕에게 마법적으로 지배당해 연행됐다고 성명을 내면 되겠군. 조금은 원한도 가라앉지 않겠나?"

과연 그렇게 될까. 이야기를 듣던 네이아도 생각해 보았지만 이렇게까지 양보해 주는 마도왕에게 아니라고 내쳤다간 모든 것을 망칠 가능성이 높았다. 솔직히 말해 이것은 성왕국에게는 파격적으로 유리한 에누리의 제안이었다. 이 기회를 망치는 것은 어리석은 짓으로밖에 여겨지지 않았다.

"그건 곤란합니다. 성왕국에 피해를——."

"——마도왕 폐하!"

구스타보가 레메디오스의 말을 가로막고 외쳤다.

"저희 내부에서 잠시 더 상의해 보면 안 되겠습니까?! 잠시만 시간을 주십시오!"

이렇게까지 양보했는데 아직도 논의할 것이 있느냐고 마도왕이 책망하더라도 어쩔 수 없다. 네이아마저 그런 생각을 했다. 하지만——.

"좋지. 시간을 너무 빼앗아도 곤란하고, 굳이 자리를 뜨기도 번거로우니 나는 여기서 기다리겠다. 그래도 되겠나?"

네이아는 마도왕의 관대함에 놀랐다.

"진심으로 감사드립니다. 그러면 저희 둘이서 잠시 이야기를 하고 오겠습니다. 실례지만 이곳에서 조금만 기다려

주십시오.”

“상관없다. 천천히 의논하라.”

두 사람이 나란히 방을 나가고, 의외로 빨리 돌아왔다. 아니, 결론은 처음부터 나왔던 것이리라.

“오래 기다리셨습니다. 마도왕 폐하.”

“아니다. 조금 더 의논해도 괜찮았다만. 그래서 어떻게 됐나?”

“예. 저희가 내린 결론은, 마도왕 폐하의 말씀에 전면적으로 따르겠다는 것입니다.”

“따르라고 한 것이 아니라 거래를 한 것이지만, 뭐, 상관없겠지. 그러면 서면으로 남겨야 할 텐데, 지금은 그러기 위한 도구나 인감이 없군. 나중에 쓰기로 하지. ……왕국 언어로 해도 상관없겠나?”

“읽을 수 있는 자가 있으므로 문제는 없사옵니다. 그러면 폐하. 모몬 공에게 필적하는 인물이란 분을 소개해 주시겠습니까?”

“물론. 자네들의 눈앞에 있지 않나. ——나다.”

정적이 그 자리를 지배하고, 모두가 눈을 크게 떴다.

몇 번 눈을 깜빡인 후에야 겨우 뇌가 움직이기 시작했다.

“마도왕 폐하는 모몬과 비슷할 만큼 강한가?”

레메디오스의 발언에 네이아는 얼어버렸지만, 반대로 펄쩍 뛰듯 움직인 사람도 있었다.

“아, 아니, 잠시 기다리십시오, 단장님. 그보다도 마도왕 폐하께 여쭈어야 할 사항이 있지 않습니까.”

구스타보가 마도왕을 보았다.

“저, 저어, 폐하께서 마도국을 떠나 성왕국까지 왕림하셔도 괜찮으신 겁니까? 얼마나 시간이 걸릴지 알 수 없습니다.”

“그건 문제가 없다. 모몬과는 달리 나는 전이마법을 쓸 수 있으니. 자네들의 거점에 도착하기만 하면 마도국과 성왕국을 왕복하는 것도 가능하지.”

“아, 아니, 그래도 일국의 왕이신 폐하께서 오신다니!”

“나의 이야기를 듣고도 내가 올 거라고 생각을 못하였나? 얄다바오트를 쓰러뜨리고 메이드를 지배한다고 하였거늘? 아무리 그래도 마도국에서 그러기에는 조금 멀지 않나. 그리고 커스토디오 단장의 질문에 대한 대답이지만, 나는 모몬보다 강하다.”

“그러면 문제없겠지, 구스타보?”

“문제가 차고도 넘치지요! 마도왕 폐하, 농담은 곤란합니다!”

부단장은 위장 언저리를 붙들고 외쳤다.

“농담이 아니다. 나 이외에 얄다바오트와 싸워 이길 자는 없으니까. 그리고 나는 혼자서 가겠다. 군대를 이끌고 갈 마음은 없다. 그렇기에 내밀히 이야기를 나누고자 내가 혼자 온 것 아닌가.”

"만일 폐하께서 얄다바오트 때문에 씻을 수 없는 상처를 입기라도 하신다면 우리 나라와 마도국 사이에는 큰 갈등이 생길 것입니다!"

"라고 우리 부단장은 말하고 있습니다만, 마도왕 폐하. 그 점은 괜찮으신 겁니까?"

"문제없다."

"아니——."

"——구스타보! 내가 말하고 있잖아. 방해하지 마!"

구스타보에게 내민 손을 내리고 레메디오스는 깊이 고개를 숙였다.

"그러면 폐하, 모쪼록 잘 부탁드립니다."

*

폭풍이 물러간 후처럼 ——실제로 폭풍 같았으나—— 탁 풀려버린 공기가 감도는 실내에 구스타보의 목소리가 터졌다.

"무슨 생각을 하시는 겁니까! 일국의 왕을! 불러서! 얄다바오트와 싸우게 하다니!"

네이아도 그 의견에 동의했다. 비상식적인 것도 분수가 있다.

그런 가운데 레메디오스가 불쑥 말했다.

"이봐, 언데드가 어떻게 되더라도 딱히 문제는 없다고 생각하지 않나?"

주위가 조용해졌다.

"……악마와 언데드. 어느 쪽이 사라져도 우리에게는 손해가 없지. 안 그런가?"

구스타보가 눈을 크게 떴다. 그것은 수긍했기 때문이 아니라, 이 인간이 무슨 말을 하는 거냐는 경악 때문이었다.

"어느 쪽이든 인간의 적. 그렇다면 둘 다 함께 쓰러져 주는 것이 가장 좋겠지……. 그렇다 해도 어부지리를 노리지는 않을 거다. 마도왕이 얄다바오트에게 빈사의 중상을 입는다 해도 우리는 손을 대지 않아. 그저 그뿐."

레메디오스의 말이 공연히 크게 울렸다.

"……단장님. 그렇게나 많은 언데드를 지배하는 마도왕이 사라질 경우, 그런 언데드가 자유를 얻어 무시무시한 혼란을 초래하지 않겠습니까?"

"그때는 왕국, 제국, 법국이 첫 방패가 되어주겠지. 물론 우리 나라도 지원은 하겠지만 성왕국의 얄다바오트에게 입은 피해는 너무나도 크다. 우리 나라의 국력이 회복될 때까지 그들이 애쓸 수밖에. ……그렇게 생각하면 마도왕이 얄다바오트와 함께 사라져 주는 편이 우리 나라에 이익이 크——."

"——단장님!"

구스타보가 험악한 표정으로 외쳤다.

"거기에 무슨 정의가 있습니까!"

"있다마다. 우리 나라를 위해. 가장 고통받는 사람들을 구하기 위해서다. 딱히 타국에 불행을 초래할 생각은 없다. 나도 성왕국을 지원하겠다는 마도왕이 이겨 주었으면 하니."

조용히 말하는 레메디오스를 보며 네이아는 생각했다. 당신 누구야.

이것이 성왕국 성기사단 단장, 레메디오스 커스토디오란 말인가.

네이아는 그렇게까지 그녀를 잘 아는 것은 아니다. 멀리서 보았던 것이 대부분이었다. 하지만 말로만 들었던 단장과는 어딘가 다른 사람 같다는 생각마저 들었다.

"구스타보, 이제 이의는 없겠지? 수긍했다면 다음 일을 생각해야 한다."

"다음, 이라고요?"

"……마도왕을 잘 써먹고 잘라버릴 방법을 생각해야지."

등줄기가 얼어붙었다.

왜 나는 이런 대화를 듣고 있는 걸까. 네이아는 의문에 사로잡혔다. 아니, 그녀만이 아닐 것이다. 주위의 분위기를 살피니 일어나 있는 성기사들이 모두 같은 표정을 짓고 있었다. 네이아도 분명 그런 표정일 것이다.

"구스타보, 좋은 생각이 있나?"

"아, 아니오, 없습니다. 그 이전에, 마도왕 폐하를 데리고 돌아간 우리는 어떤 행동에 나서야 하겠습니까?"

"마도왕이 입만 산 게 아니라 정말로 얄다바오트에 필적할 만한 힘을 가졌다면, 수도 탈환은 어떻겠나? 그리고 단숨에 얄다바오트를 쓰러뜨려달라고 해야지."

"……그건 최악의 방법입니다. 마도왕 폐하는 얄다바오트를 쓰러뜨리고 메이드들을 손에 넣으면 자국으로 돌아가겠다고 했습니다. 그러므로 얄다바오트 토벌은 가장 뒤로 미루는 편이 가장 큰 이익을 얻을 수 있을 겁니다. ……단장님의 생각대로 한다면, 남은 아인의 군세를 쓰러뜨리기 위한 해결책이 없습니다."

"그러면 어떤 전략이 좋겠나?"

구스타보가 잠시 생각하고, 다시 아이디어를 말했다.

"우선 우리의 편을 늘리도록 하지요. 포로 수용소에 사로잡힌 사람들을 구출하는 겁니다."

"과연! 그거 좋은 생각이다. 무엇보다, 꼭 구출하고 싶은 분들이 있으니."

"왕족 여러분 말씀이군요."

"그렇다."

레메디오스가 고개를 끄덕였다.

성왕녀는 죽었지만 왕족 전체가 죽었다는 정보는 없다. 만약 한 사람이라도 살아 있다면 그 사람을 구심점으로 삼아 남부의 귀족들에게서 전면적인 협조를 얻을 수 있을지도 모른다.

"그리고 귀족들도 되도록 구하고 싶다."

대부분의 귀족은 성왕녀에게 별로 호의적인 태도를 보이지 않았으므로, 단장의 입장에서는 마음에 들지 않는 상대였다. 하지만 북부 귀족 중에도 남부 귀족과 혈연을 가진 자가 있을 것이다. 은혜를 베풀어 두면 남부 귀족에게 당당히 적극 지원을 요청할 수 있지 않겠는가.

레메디오스가 네이아를 노려보았다.

"종자 네이아 바라하. 너를 마도왕의 수행원으로 삼겠다. 우리에게 도움이 되도록 잘 유도해라."

"네? 네에?!! 자, 잠시만 기다려 주십시오! 종자인 제가 왕을 섬기다니 무리입니다!"

"그 정도는 노력해."

"노력이라는 말로 해결될 문제가 아닙니다!"

보통 때 같으면 알았다고 하고 넘어갔겠지만, 필사적으로 저항했다. 이것은 간단히 받아들여도 될 이야기가 아니었다. 레메디오스는 머리가 이상해진 것이 아닐까. 구스타보도 가세했다.

"그, 그렇습니다, 단장님! 나름대로 신분이 있는 자가 시녀로 섬기는 것이 아니라면 폐하를 모욕하는 것으로 여겨질 겁니다."

"……현재 해방군에 여자가 달리 어디 있나?"

전투능력을 가지지 않은 여성의 대부분은 남부로 도망쳤다. 그러나 없는 것은 아니다. 해방군에도 소수나마 있기는 하다. 그들 중 누군가를 거론하려는지 구스타보가 입을 열려 했지만, 그보다도 먼저 단장이 말했다.

"성기사단에 속한 여자 말이다. 신전 세력에 속한 여성에게 내가 멋대로 명령을 내렸다가는 신전 세력은 어떻게 생각할까? 내 동생도 없는데? 게다가 이런 역할은 이 자리에 있는, 내 생각을 들은 멤버 중에서 골라야 하지 않겠나. 제삼자에게 일만 떠넘기라고?"

나에게 떠넘기려고 하면서.

네이아는 입 밖으로 낼 수 없는 생각을 했다.

"그렇게 되면……."

구스타보가 단장을 보았다.

"나는 최전선에서 싸워야 할 텐데? 게다가 나더러 마도왕을 상대하라고? 아니면 모든 것을 마도왕에게만 맡기란 말이냐?"

"설령 이용한다 해도, 그렇게 노골적인 방식은 불가능할 겁니다. 신용 문제도 있고, 우리에게 싸울 힘이 없다고 본다면 마도왕이 성왕국을 정복하고자 나설 수도……."

말을 어물거리는 구스타보를 보며, 네이아는 원군이 궤멸

당했음을 깨달았다.

"——알겠습니다. 미력하나마 노력해 보겠습니다."

"그래. 미리 말해 두지만 네 일은 마도왕을 이용하기 쉽도록 하는 거다. 아첨을 떨어 기분을 좋게 해줘라."

무리를 넘어서 이제는 숫제 엉망진창이었다. 그런 일을 할 수 있으리란 자신은 없었다. 하지만 무슨 말을 해도 이 자는 자기 생각을 바꾸려 하지 않을 거라고 포기한 네이아는 고개를 숙였다.

"예! 저도 노력할 테니 여러분께서도 힘을 모아 주시기 바랍니다."

"그래. 뭔가 필요한 게 있을 때는 구스타보에게 말해라."

네이아는 큰 절망감을 품으면서도 약간의 흥분을 느끼는 자신에게 조금 놀랐다.

'마도왕 폐하라…….'

# 3장 반격작전 개시

# Chapter 3 | Initiating an operation "Counter-attack"

## 1

마차가 덜컹거렸다.

이 마차는 마도왕이 소유한 것으로, 평범한 외관과는 달리 내부는 기품 있고 세련됐으며 기능 면에서도 뛰어났다. 특히 오랜 시간 앉아 있어도 엉덩이가 아프지 않은 부드러운 쿠션이 네이아를 감동시켰다.

네이아는 맞은편 자리에서, 바깥으로 시선을 보내고 있는 마도왕을 훔쳐보았다.

무시무시한 언데드 왕이지만, 알현실에서 만났을 때 같은 위압감은 없었다.

그것은 이제까지 여행을 하면서 마도왕과 대화할 시간이

늘어난 덕일 것이다.

그런 네이아가 알게 된 사실 중 하나가, 마도왕은 매우 관대하다는 점이었다.

마도왕은 늘 왕에게 어울리는 위엄 있는 태도를 보였다. 몸짓 하나하나에 왕의 품격이 배어나왔다. 그러면서도 네이아와 이렇게 마차를 타고 있는 동안, 이따금 일반인과 다를 바 없는 태도를 보일 때가 있었다. 게다가 요즘은 특히 그런 시간이 늘었다.

같은 마차를 타고 긴장한 네이아를 배려해, 관대하게도 서민적인 태도를 연기해 주는 것이리라. 요즘 그런 빈도가 늘어난 것은 슬슬 연기가 몸에 익었기 때문이 분명하다.

다른 멤버들과 있을 때 그런 태도를 보이지 않는 이유는 성기사가 신분 있는 자들이기 때문이고.

'타국의 평민을 상대로…… 참으로 다정하신 분이구나.'

그는 어디를 보고 있을까. 마차와 나란히 달리는 성기사들을 보고 있는 것은 아니리라. 자신과는 다른 무언가를——

"흐음? 내 얼굴에 무언가 재미있는 것이라도 묻었느냐?"

"엑! ——아니오, 실례했습니다, 폐하! 딱히 아무것도 아니었으나……."

넋을 놓고 마도왕을 빤히 바라보았던 모양이다. 마도왕이 곤혹스러운 듯 자신의 얼굴을 해골 손으로 문지른다.

"하긴, 아무 이야기도 하지 않고 마차에만 타고 있는 것도 답답하겠지. 그래, 대화라도 할까."

조금 익숙해지기는 했지만, 마도왕의 말상대를 하는 것도 조금 위장이 시큰거렸다.

"친숙하지 않은 사이라 생각해 사생활에 관한 이야기는 삼갔다만, 며칠이나 함께 마차를 타고 있는 사이. 그러면 슬슬 허울 없이 대해도 되겠지. 네이아 바라하, 네 이야기를 해 주지 않겠느냐?"

"제 이야기 말입니까?"

자신의 이야기라고 해도 너무 막연해서 어떤 이야기가 마도왕을 즐겁게 해 줄지 전혀 알 수 없었다.

"그래, 그렇다. 예를 들면 어떻게 종자가 됐는지, 그 종자란 어떤 일을 하는지. 그러한 이야기를 해 주지 않겠느냐?"

"그런 이야기라도 괜찮으시다면요."

고개를 숙인 네이아는 그가 원하는 대로 말을 시작했다. 그렇다고는 해도 딱히 재미있을 만한 이야기는 아니었다. 자신의 가족관계, 종자의 업무 내용 등, 시시한 이야기였다.

'마도왕 폐하께는 국내의 정보가 흘러나가지 않도록 주의를 받긴 했지만, 이 정도는 별로 상관없겠지.'

이런 것까지 감췄다간 아무 말도 하지 못한다.

이윽고 담담한, 기승전결이라고는 전혀 없는 이야기가 끝나고 마도왕이 깊이 고개를 끄덕였다.

"그렇군, 그래. 바라하 양은 종자들 중에서는 보기 드문 궁수란 말이지."

"궁수라고 가슴을 펴고 말할 정도는 아닙니다, 폐하. 단순히 검보다는 활을 잘 쓴다는 것뿐, 검술 단련에 좀 더 힘을 쏟으라고 늘 꾸지람을 들을 뿐이죠."

네이아에게 궁수란 위대한 아버지 같은 인물이며, 자신은 평범한 사람보다 조금 나은 정도일 뿐이다.

"……아니다. 원거리 무기를 잘 다루는 성기사 후보생이라니. 매우 레어하지. 나라면 그대로 활 실력을 갈고 닦도록 권하겠다. 달리 검을 잘 다루는 자가 있다면 검은 그자에게 맡기면 그만이니."

"――고맙습니다."

마도왕의 말은 진지해서 진심으로 그렇게 생각한다는 것이 충분히 전해졌다.

"특이한 조합은 레어 직업으로 가는 길이지."

무슨 말인지는 잘 모르겠지만 은유적이며 깊은 함축성이 있을 법한 혼잣말이 조금 마음에 걸리기는 했지만.

"나를 보필하라는 성가신 일을 떠맡아 안됐다고 생각한다. 자네만이 아니라 성기사 제군도. 자네의 능력을 살리려면 밖에 배치하는 편이 나을 텐데."

다정한 목소리로 건네는 말에 네이아는 눈을 동그랗게 떴다.

이것이 이 왕과 이야기를 나누면서 심장에 좋지 못한 점이다.

한 나라의 정점에 있을 뿐만 아니라 한 개인으로서도 압도적인 힘을 가진 존재가, 높은 곳에서가 아니라 같은 눈높이까지 내려와 이야기를 하려는 것이다.

'안 돼! 폐하의 다정함에 응석을 부려서는 안 돼, 네이아! 한 걸음 물러나야 해!'

네이아는 마음을 다잡았다.

"제가 폐하의 수행을 명령받은 것은 모두가 아는 일입니다. 마음에 두지 마십시오, 폐하. 무엇보다 폐하의 수행 이상으로 중요한 일은 없습니다."

"그래……? 역시 모종의 형태로 보수를 주고 싶군."

전에도 마도왕에게서는 보수를 지불하겠다는 이야기가 나왔다. 그때는 당연히 거절했으나, 또 그 이야기가 되풀이될 모양이다. 네이아는 얼른 실례가 되지 않을 정도로 거절할 말을 찾았으나, 마도왕의 이야기는 아직 끝나지 않았다.

"그렇다고는 하나 타국의 왕에게 무언가를 받는다면 자네의 입장도 난처해지겠지. 그러니 말만으로 용서해다오. 여러모로 폐를 끼칠 거라고는 생각하지만, 보필을 잘 부탁한다."

그리고 마도왕이 고개를 숙였다.

왕이 자신처럼 비천한 자에게, 단순한 종자에게 고개를 숙인 것이다.

왕의 어깨에는 당연히 자국의 무게가 얹혀 있다. 왕을 가벼이 여기는 자는 그 나라를 가벼이 여기는 것이라는 말이 있듯, 왕을 통해 그 나라가 존재한다고 생각하는 것이 보통이다.

다시 말해 왕이 고개를 숙였다는 것은 국가가 고개를 숙였다는 뜻이다. 물론 지위가 높은 상대에게라면 있을 수 없는 일은 아니지만.

그러나 네이아는 타국의 단순한 평민이다. 애초에 네이아 따위에게 고맙다는 인사를 할 필요성이 전무하다.

'믿을 수 없어. 그렇게 현명한 마도왕 폐하가, 고개를 숙인다는 행위의 의미를 모르실 리가 없지. 그런데도, 마치 단순한 일반인처럼 고개를 숙인다는 건 그렇게나 나를── 아니야. 자만해선 안 돼. 나에게 그런 가치가 있을 리 없어. 이건 마도왕 폐하가 얼마나 도량이 넓은지, 평민에게도 예의를 다하시는 분이라는 증거일 뿐이야. ──아! 이런!'

"이러지 마십시오, 마도왕 폐하! 고개를 드십시오!"

그렇다. 무엇보다도 우선시했어야 할 말이었다.

마도왕이 고개를 들어 네이아는 살짝 한숨을 쉬었다. 솔직히 말해 지금 이 광경을 누가 보기라도 했다간 큰일이 날 것이다.

"폐하──."

네이아는 좁은 바닥에 한쪽 무릎을 꿇었다.

"범용한 몸이오나, 폐하께서 일을 마치실 그날까지 충실하게 성심성의껏 일할 것을 맹세합니다."

자신에게 경의를 보여준 왕에게, 네이아도 경의로 답하는 것은 당연하다.

이 사람은 성왕국의 왕이 아니라는 목소리를 무시하고 네이아는 고개를 숙였다.

"아니다, 고개를 들어다오. ……자, 의자에 앉아 이야기를 마저 해 주지 않겠느냐? 아직 목적지에는 도착하지 않았지?"

"그렇지는 않습니다."

네이아는 의자에 다시 앉아 밖을 보며 말을 이었다.

"어제 폐하의 힘으로 무사히 성벽 터를 지날 수 있었습니다. 이목이 없는 곳을 골라 나아가느라 시간은 걸리겠지만, 그래도 내일 아니면 모레쯤에는 거점에 도착할 것으로 보입니다."

거점이라고 해 봤자 실제로는 단순한 동굴이지만.

"그래? 그래도 아직 시간은 있지 않으냐. 조금 전 네 이야기를 마저 해다오. 아직 왜 성기사를 지망했는지를 듣지 못했으니. 활을 잘 쏜다면 그쪽 길도 있지 않았을까? 왜 성기사를 목표로 삼았지? 정의를 이루기 위해? 아니면 국가의 영예여서?"

"아닙니다——."

눈을 가늘게 뜨면 떠오르는 자신의 옛 체험.

"——어머니가 성기사였습니다."

그것도 검술 실력이 확실한, 네이아와는 완전히 다른 성기사다.

"그렇군. 어머니의 말에 따라, 혹은 어머니를 동경해서."

"아, 아닙니다. 어머니는 성기사 같은 건 되지 말라고 항상 말씀하셨습니다. 게다가 어머니는 어머니로서는 일을 제대로 하지 못하는 분이라, 빨래나 재봉은 하셔도 요리 같은 것은 전혀 못하셨습니다. 모두 서툴렀죠. 고기가 설익는 일도 전혀 드물지 않았습니다."

그러므로 아버지가 요리를 하는 것이 당연했고, 어렸을 때는 다른 집도 그런 줄로만 알았을 정도였다.

"……그랬군. 그런 말을 하면서도 딸이 성기사가 되는 것을 말리지는 않았으니, 좋은 어머니였나 보군."

"어, 아닙니다. 어머니께는 종자가 되겠다고 했더니, 검을 가지고 나와서는 『날 이기면 허락해 주마!』라고 하셨지요. 허락을 받았던 것은 아버지가 필사적으로 방패가 되어 준 덕이었습니다. 평범하게 싸웠다면 절대로 이기지 못했을 테니까요."

살의라는 것이 무엇인지를 깨달았던 것은 그때가 처음이었다.

"…………아, 응. 좋은, 그 뭐냐, 좋은 가족이었구나……."

"예. 이웃에서는 이상한 눈으로 보기도 했지만, 좋은 가족이었던 것 같습니다."

"…………그렇군. 다행이야. ……그, 그러면 왜 성기사를 지망했나? 아버지의 직업을 목표로 삼으려고는── 음, 아버지는 주부였나?"

"아닙니다. 아버지도 국가를 섬기는 군인이었습니다. 다만 아버지와 같은 직업을 지망하지 않았던 이유는…… 왜일까요. 제 사나운 눈빛은 아버지에게 물려받은 것입니다만, 이 때문에 아버지를 원망한 적이 있어서일지도 모르겠습니다."

네이아는 두 눈꼬리에 검지를 가져다 대고 꾹꾹 돌렸다.

어렸을 때, 친구에게 "왜 노려봐?" "화났어?" 하는 말을 곧잘 들었다. 그럴 때면 늘 아버지에게 불평했다. 나중에 그 말을 들은 어머니에게 얻어맞은 건 덤이었다.

그리운 기억을 떠올리면서 네이아는 말했다.

"다만 종자가 되어 시야가 넓어졌는지, 이건 아버지의 선물이기도 하다는 걸 언젠가 깨달았습니다. 뭐, 눈매가 사나운 것까지는 필요 없었지만요."

"그러면 양친은 현재 어디 계시나?"

"아버지는 성벽에서 얄다바오트의 군대와 싸우다 전사하셨습니다. 어머니와는 연락이 되질 않아 어떻게 됐는지는 알 수 없으나, 아마 도시를 지키다 전사하신 것으로 보입니다. 마지막까지 저항하셨을 테니까요."

“이거 괴로운 질문을 하고 말았군.”

마도왕이 다시 스윽 고개를 숙였다. 두 번째였으므로 그렇게까지 충격을 받지는 않았으나 네이아를 당황하게 만들기는 충분했다.

“고, 고개를 드십시오! 저 같은 자에게 고개를 숙이시다니요!”

“목숨을 잃은 가족의 화제를 생각 없이 꺼내지 않았는가. 모르는 일이었다고는 하나 사과하는 것이 도리지.”

얼굴을 든 마도왕은 고개를 갸웃했다.

‘아, 아뇨, 그건 대등한 상대에게나 그렇지, 왕과 타국의 백성은 결코 대등한 사이가 아닌걸요. 게다가 도움을 받는 처지에…….’

“어— 예외란 것은 얼마든지 있습니다. 음, 폐하께서 고개를 숙이시는 모습을 다른 누군가가 보기라도 한다면—— 그 뭐냐, 폐하를 얕잡아볼 것입니다. 저는 단순한 종자니까요.”

“……음, 그런가. 아니, 그렇겠지. 왕이란 그런 것이니.”

어려운 일이라고 마도왕이 중얼거렸다. 친숙해졌다 생각해도 타국 사람과 마음을 터놓기란 어렵다는 뜻일까.

“맞아. 그러면 사죄의 의미라고 하기는 뭣하지만 바라하 양에게 이것을 빌려주지.”

마도왕은 로브 안에 스윽 손을 넣더니, 활을 끄집어냈다.

‘——아?’

옷에 감출 수 있는 크기를 아득히 넘어섰다. 네이아는 눈을 연신 깜빡였으나 눈앞에서 벌어진 사실은 변하지 않았다.

"이것은 마법의 무기다. 그것을 써서 나를 지켜다오."

동물의 조직을 그대로 사용한 것 같은 부분이 있었으나, 그것이 징그럽지는 않고 신성함을 풍겼다. 보기만 해도 알 수 있었다. 쉽게 말해 이것은 '초' 자가 둘이나 붙을 정도의 일급품이다.

"얼티밋 슈팅스타 슈퍼라고 하지. 룬이라는 오래 된 기술로 만든 것인데, 까닭이 있어 남에게 빌려주고자 가지고 다녔다. 아, 원래는 여기에 룬이 새겨져 있었는데 닳아서 보이지 않게 됐군. 이럴 수가."

소리를 지르고 싶어지는 마음을 꾹 참았다.

상식적으로 생각해 거절해야 했다. 이것은 마도국의 국보급 무기일 가능성이 높다. 하지만 그런 보물을 아무렇게나 타국의 종자에게 빌려줄 수 있단 말인가.

'보기만 그럴듯――할 리가 없잖아! 이건 분명 엄청난 무기야!'

"왜 그러나? 받아 주지 않을 텐가? 나를 곁에서 보필하면서 나를 지키는 일까지 한다지 않았나? 그렇다면 다소 좋은 무구로 무장하는 것이 좋다고 생각하네만?"

"윽!"

정론이었다. 그러나 머리가 빙글빙글 돌아갔다.

"아, 미안하네. 외관이 너무 요란했나? 그렇다면 조금 수수한 것도 있는데 그레이트 보우 스페셜이라고 하지. 이것도 룬이라는 대단한 기술로 만든 것인데……."

말하면서 마도왕은 다시 로브에 손을 넣고——

"괘, 괜찮습니다! 저는 이것에 매우 만족했습니다! 그쪽은 사양하겠습니다!"

다른 무기를 꺼내려 하던 마도왕을 네이아는 비명과 함께 만류했다. 다음 무기를 본 순간 네이아는 제정신을 유지할 수 있을 것 같지가 않았으며, 빌리게 된다면 닦고 손질하는 데 하루를 꼬박 소비하게 될지도 모른다는 생각이 들었다.

"폐하! 삼가 얼티밋 슈팅스타 슈퍼를 빌리겠나이다!"

떨리는 손으로 활을 받았다.

일반적인 활보다도 장식이 많아 매우 무겁게 보였지만, 손에 들고 보니 놀랄 정도로 가벼웠다. 접촉한 순간 흘러든 힘이 육체를 강화해 준 것도 있었지만, 그와는 별도로 이 활 자체가 매우 가볍기 때문일 것이다.

'아, 끝장이다. 겉만 번드르르하고 실속은 없는 매직 아이템이라는 마지막 가능성을 기대했는데, 이건 진짜 끝장나는 무기야. 잘못하면…… 성검보다도 위일지도…… 어? 자, 잠깐만…… 그, 그럴 일은 없겠지?'

"그래? 변명을 하자면 그건 덜 화려한 축에 속하는 활일세. 다른—— 더 성능이 좋은 것이 필요하다면 말해 주게."

위험하다. 이 이상 이와 관련된 이야기를 들으면 매우 위험한 일이 벌어질 것이다. 성왕국의 정점에 선 자보다도 일개 종자의 장비가 더 뛰어나다면 터무니없는 일이 생긴다.

"고맙습니다, 폐하. 저 같은 자를 위해 이렇게까지 생각해 주셔서……."

이것은 다른 사람이 들게 해선 위험하다. 네이아는 활을 꽉 쥐었다.

음음 고개를 끄덕이는 마도왕에게 네이아는 웃음을 보였다. 경련을 일으킬 것 같은 웃음이었지만 최대한 교묘히 감추었다.

"다른 이들에게 보일 때는 내가 빌려주었다고 말하거라."

'보여줘야 하는 거야?! 될 수 있으면 천으로 둘둘 싸서 감추—— 지켜드리기 위해 빌린 무기를 그렇게 할 수도 없겠지……. 아~ 어째 머리가 아파지기 시작했어. 그건 그렇고 이게 화려하지 않다니……. 폐하의 기준이 너무 높은 거 아니야……? 이 활에 흠집이라도 생기면, 변상? 누가? 아아, 속이 쓰려……. 활 생각은 하기 싫…… 아차!'

네이아는 멋진 화제를 아직 꺼내지 않았음을 깨달았다.

"폐하! 저, 폐하의 거대하고 훌륭한 조각상을 폐하의 나라에서 보았습니다!"

"——허어."

이제까지와는 달리 작은 목소리로 대답이 돌아와, 네이아는 무언가 실수라도 했나 불안해졌다.

자신의 이름을 국가의 이름으로 삼지 않았는가. 마도왕은 자기과시욕이 강하고, 그렇기에 자신의 거대한 조각상을 만들어 그 힘을 주위에 널리 알리려 했으리라고 생각했는데.

'칭찬이 부족했나?'

"그야말로 마도왕 폐하의 위대함만이 아니라 힘까지도 널리 알릴 수 있는 조각상이었습니다. 그 정도 조각상은 성왕국에도 없었습니다."

결코 거짓말이 아니었다. 거대함은 물론 지금 당장에라도 움직일 것 같은 사실성은 미술적 건축 기술의 극치일 것이다. 등대곶이라 불리는 곳에 있는 해룡의 상도 사이즈만은 비슷하지만 더 조잡하고, 파도와 바람에 풍화되어 초라하다.

"부하들도 곧잘 그렇게 말하더구나."

'아, 그렇구나! 부하들에게 늘 칭찬을 들으니 그 정도는 당연하다는 말씀이구나!'

"부하들은 그 조각상을 우리 나라 곳곳에 세울 계획을 추진 중이라고 했지."

"그렇군요. 마도왕 폐하의 위대함을 알리기 위한 좋은 아이디어일 것 같습니다!"

마도왕이 네이아를 놀란 듯 바라보았다.

"……으, 음. 그러나 나는 온 나라에 내 조각상을 두는 것은 좀 그렇지 않나 싶다. 그럼에도 부하들은 도시 중앙에

100미터가 넘는 조각상을 만들고 세계에 알리겠다고 하니. ……크면 클수록 좋다는 것은 지나치게 단순한 생각이다."

"왜, 그렇습니까?"

마도왕은 어흠 헛기침을 했다. 문득 언데드도 목에 뭔가 걸리는 일이 있을까 하는 의문이 뇌리를 스쳤으나, 마도왕이 이야기를 꺼내려 했으므로 말을 끊을 수는 없었다.

"왕의 위대함은 물질로 알리는 것이 아니다."

"아하!"

네이아는 반쯤 아연실색했다. 당연한 말이었다.

네이아는 마도왕이 언데드라는 것도 잊고 진심으로 존경심을 품었다.

이 사람은 정말로 왕이구나.

문득 마도왕이 주먹을 꽉 쥐는 것이 시야 한구석에 들어왔다.

"물론 백성의 생활에 불편이 없도록 물자를 풍부하게 공급하여 위대함을 알리는 것이라면 이야기가 다르겠지만, 나의 조각상으로 위대함을 알려봤자, 말이지. 나는 평화를 가져다주는 통치로 알려지고 싶다."

"그야말로 지당하신 말씀입니다!"

네이아는 침을 꼴깍 삼켰다. 그리고 질문을 했다.

"폐하는 언데드이신데도, 왜 그렇게까지 백성을 생각하십니까?"

마도왕의 백성에 대한 자비는 결코 연기라고는 여겨지지 않았다. 정말로 언데드일까 싶어지는 의문마저 들었다.

"……딱히 생각해서 하는 일은 아니다만. 이 정도는 보통이 아니냐?"

네이아는 충격에 빠졌다.

왕이란 이렇게까지 위대한 존재란 말인가.

성왕녀도, 고위 귀족도 이런 생각을 하며 백성을 지배했을까.

아니면—— 언데드이기에 가능한 것일까. 불사자이기에 가능한 관점일까.

네이아는 답을 알 수 없었다.

"게다가 그 뭐냐. 100미터쯤 되면 일조권이라든가, 여러모로 문제가 생길 것 같고 말이다."

이어진 농담 같은 말에 네이아는 위대한 왕의 겸허함에 새삼 황송해졌다. 이 사람이야말로 왕 중의 왕이구나.

*

성왕국 해방군의 거점이 된 곳은 마도왕이 지적했듯 바위산에 뚫린 천연 동굴이었다.

한쪽에서는 지하수가 솟아나며, 높이는 그리 높지 않으나 옆으로 널찍해 말도 들어갈 만한 공간이 있었다. 나아가 청백색 빛을 발하는 버섯——크기는 인간의 절반 정도——이 돋아나 조명도 필요가 없었다.

이런 장소를 파악하고 있던 이유는, 과거 이곳을 근거지로 삼던 몬스터를 토벌하는 데 성기사단이 파견된 적이 있기 때문이다.

또한 이곳에 몸을 숨긴 후에도 손을 대, 이제는 동굴 내부를 용도에 따라 여러 구역으로 나누고 사람이 잘 곳에는 방 비슷한 것까지 만들어놓았다. 이 산기슭—— 100미터 이상 아래에 펼쳐진 숲의 나무를 베어 모은 목재로 간단한 가구도 갖추었다.

그렇다고는 해도 어차피 동굴일 뿐이다.

이곳으로 도망친 인원은 성기사 189명, 신관 ——수습과 관계자를 포함해—— 71명, 갈 곳이 없었던 평민이 87명, 합계 347명이었다. 개인실 따위는 바랄 때가 아니었다.

그래도 역시 타국의 왕을 다인실에 머물게 할 수는 없었다.

언데드인 마도왕과 성왕국 백성이 얼굴을 마주할 시간은 짧을수록 좋을 테고, 거점 곳곳에 놓인 기밀정보와도 접촉시키지 않으려 하는 성왕국 측의 사정도 있었다.

하지만 〈전이〉를 구사해 평소는 마도국에 있어달라는 말 따위는 꺼낼 수 없었다.

결국 억지로라도 짐을 옮겨, 마도왕을 위한 개인실을 만들어야 했다.

원래는 선발대가 마도왕이 온다는 사실을 알려 준비를 시켰겠지만, 현재 성왕국은 아인이 지배하고 있다. 적을 발견하는 능력이 뛰어나지 않은 성기사를 먼저 보낼 수는 없고, 지금 네이아는 마도왕과 마차에 탄 채 동굴 밖에 대기 중이다. 안에서는 필사적으로 짐을 옮기며 침대며 옷장을 운반하고 있을 것이다. 또한 빌려온 마도국 깃발을 장식하기도 하고.

"……흐음."

"왜 그러십니까, 마도왕 폐하?"

"……그대들을 모욕하려는 것은 아니지만, 몇 가지 의문이 드는구나. 만약 대답해 줄 수 있다면 가르쳐다오. 발자국을 위장하지 않는 것처럼 보인다만 그 점은 괜찮은 것이냐? 아니면 나중에 누군가가 위장하러 가는 것인가?"

평탄한―― 책을 읽는 듯한 어조로 마도왕이 의문을 입에 담자 네이아는 눈을 크게 떴다. 그 말이 옳다. 인간의 손길이 닿지 않은 이 산을 오르면 그만한 흔적이 남는다. 덧붙이자면 성기사들이 타는 말의 굽은 알아보는 이의 눈에는 일목요연하다. 그러면 이제까지 발견되지 않았던 것은 우연일까, 아니면――.

"폐, 폐하. 이제까지 발자국을 숨긴 적은 없습니다만, 혹시 적은 일부러 저희를 살려두고 있었던 것일까요? ……대체 왜."

떨리는 목소리로 네이아가 마도왕에게 물었다.

이곳까지 마차로 여행하며 눈앞의 마도왕이 매우 현명하다는 사실은 잘 알고 있었다. 금방 답을 알려주지 않을까 했던 생각은 그야말로 정답이었다.

"……여러 가지 가능성이 있다만, 일반적으로 생각해 가장 있을 법한 것은……."

네이아는 한순간 자신 혼자서 들을 게 아니라 단장 앞에서 물어보는 편이 낫지 않았을까 생각했지만, 두려움에서 오는 호기심은 막을 수 없었다.

"너희 해방군을 놓치지 않기 위해서가 아닐까?"

"해방군을 놓쳐요?"

"음…… 비유가 좋지 않을 수도 있다만, 나쁜 짓을 저지르는 쥐들의 소굴을 발견했다고 치자. 쥐가 사방팔방 흩어지면 귀찮지 않겠느냐. 모든 쥐가 모였을 때 단숨에 해치워버리겠다는 생각이겠지."

'그렇구나! 폐하의 말씀이 옳아. 그것 말고는 생각할 수 없어. 이곳에 온 지 몇 분 만에 여기까지 파악하시다니……. 상대의 생각까지 완벽하게 간파하는 것 같아. 대단해…….'

"상황이 바뀌지 않는 한은 걱정할 필요가 없을 것이다. 그러나 이쪽만이 아니라 저쪽의 상황 변화에 따라서도 공격당할 가능성이 높아진다는 것이 성가시군."

이만한 일을 적확하게 지적할 수 있는 마도왕의 총명함에 네이아는 그저 감복할 수밖에 없었다.

"폐하, 고맙습니다! 즉시 단장님께 그 사실을 알리고 오겠습니다."

"그렇다면 나도 함께 가자."

"예? 하오나 오랜 여행으로 피곤하실 텐데요. 방을 마련해 두었으니 그곳에서 쉬시는 편이 좋지 않겠습니까?"

"잊었느냐? 나는 언데드다. 내게는 휴식이 필요 없다."

그건 그렇다. 네이아는 완전히 잊고 있었다.

언데드는 피로를 모르는 존재다. 그렇기에 같은 속도로 이동할 수 있는 언데드에게서 도망치기는 쉽지 않다고 교육을 받은 적도 있다. 그처럼 지극히 당연한 지식이 마도왕 덕에 언데드에 대한 관점과 함께 완전히 파괴됐다. 이따금 그저 해골 가면을 쓴 인간 매직 캐스터가 아닐까 하는 생각이 들 정도였다.

"고맙습니다. 그러면 함께 와 주시겠습니까?"

"물론이지. 그리고 감사는 필요 없다. 얄다바오트를 쓰러뜨린다는 목적에서 우리는 협력자니까."

'우리'란 성왕국과 마도왕이라는 의미임을 잘 알지만, 네이아와 마도왕이라는 의미로도 들려 조금 가슴이 두근거렸다.

이윽고 마차 문을 밖에서 두드리는 소리가 들렸다.

"마도왕 폐하, 방 준비가 끝났습니다."

네이아가 먼저 문을 열었다.

문 밖에 서 있던 성기사 한 사람이 네이아가 든 활을 보고 경악해서 눈을 크게 떴다. 마도왕에게 받은 활은 이제까지 한 번도 마차 밖에는 가지고 나온 적이 없었다. 단순히 활을 빌린 후로 마도왕이 밖으로 나온 적이 없었기 때문이었다. 그 결과 한 번도 남의 눈에 띄지 않고 이곳까지 왔다.

'……놀라네. 응. 그 마음 나도 잘 알아요. 절대 종자가 가질 만한 무기는 아니죠…….'

네이아는 한 몸에 시선을 받으면서도 마차로 방향을 바꾸어 고개를 숙였다.

발 언저리만을 보며, 마도왕이 지면에 내려선 것을 확인한 후에야 고개를 든 네이아는 성기사에게 물었다.

"죄송하지만 커스토디오 단장님께 드릴 말씀이 있으니 안내해 주실 수 있겠습니까? 폐하께서도 함께 가겠다고 하십니다."

"어, 아, 네. 알겠습니다. 그러면 따라오십시오."

성기사, 마도왕, 네이아 순서대로 동굴에 들어갔다.

청백색 빛이 커다란 버섯에서 뿜어져나오는 광경은 꽤나 으스스했다. 특히 버섯이 여러 개 있을 때는 버섯끼리 서로 벽에 괴물과도 같은 그림자를 만들었다. 그리고 피부도 청백색으로 비춰, 마치 죽은 사람이 된 것처럼 보였지만 지금은 신기하게도 그것이 싫지 않았다.

동굴을 걸어가니 이따금 이곳을 경호하던 성기사, 그리고 평민이며 신관의 모습도 보였다. 먼저 동굴에 들어간 단장이나 다른 성기사들에게 이야기를 들었겠지만, 그래도 마도왕에게 경악의 시선을 감출 수 없었다.

'실례잖아…….'

마도왕은 결코 화내지 않을 것이다. 이 왕은 매우 온화하다. 다만 그런 인물일수록 화를 냈을 때 무서운 법이다.

그 때문에라도 실례가 되는 태도를 보이지 말아야 할 텐데, 한 사람 한 사람에게 그런 말을 해 봤자 소용이 없고, 말한다 한들 어떻게 될 문제도 아니다. 성왕국의 백성에게, 그리고 살아 있는 자들에게 언데드는 적이니까.

'단장님에게 말해 두기로 하고…… 뭐, 무기를 뽑아들지 않는 것만으로도 그나마 다행이지.'

문득 앞서 걷는 마도왕이 조그만 종이를 꺼내 이를 바라보는 것을 알아차렸다. 무엇이 적혀있는지 네이아는 흥미를 품었으나, 손 안에 감추듯 들고 있었으므로 그곳에 적힌 글씨를 읽을 수는 없었다.

이윽고 안내를 받은 곳에는 천 한 장이 드리워져 있었으며, 그 너머에서는 의견이 오가는 소란스러운 목소리가 들렸다.

"커스토디오 단장님. 마도왕 폐하가 종자 바라하와 함께 뵙고자 하십니다."

실내가 단숨에 조용해졌다.

그때 이미 마도왕의 손에 있던 종이는 어디론가 사라지고 없었다.

"안으로 모셔라."

단장의 목소리에 성기사가 천을 젖혔다.

일어나서 마도왕을 맞이하는 성기사며 신관——사절단에 참가하지 않은 자들——의 눈에는 온갖 감정이 담겨 있었다.

네이아도 알 수 있을 정도니 당연히 마도왕도 알아보았을 것이다. 그러나 그의 등에서는 아무런 감정의 변화도 찾아볼 수 없었다.

'이 분이 이 자리의 분위기를 깨닫지 못했을 리 없어. ……소인배 따위 신경도 쓰지 않는 것이 왕이라는 걸지도.'

"모두 들어라. 이분이 바로 마도왕 아인즈 울 고운 폐하이시다. 이번에는 우리 나라의 어려운 사정을 간과하시지 않고, 멀리 우리 나라까지 홀로 도움을 주시고자 찾아와주셨다. 실례가 되지 않도록!"

레메디오스의 말에 실내에 있던 자들이 일제히 마도왕에게 고개를 숙였다.

모두가 다시 고개를 들었을 때, 마도왕은 당당한 품격을 드러내며 입을 열었다.

"만나서 반갑다. 아인즈 울 고운 마도왕이다. 국가로서가 아니라 한 개인으로서 그대들에게 힘을 빌려주고 싶다. 그리고 갑작스럽게 미안하지만, 이곳에 오면서 한 가지 깨달은 사실이 있어서 그 점에 관해 제군이 어떻게 생각하는지 묻고 싶다. 나를 보필해 주는 종자가 직접 설명할 것이다."

마도왕이 조금 비켜났으므로 네이아는 그의 옆을 지나쳐 앞으로 나왔다.

"여러분, 실례하겠습니다. 마도왕 폐하께 조금 전에 들은 말씀을 전해드리겠습니다."

네이아는 마도왕에게 들었던 이야기를 모두에게 들려주었다. 짧은 이야기를 마친 후 무거운 침묵이 실내를 지배했다.

"……그러면 어떻게 하는 것이 좋다고 보십니까?"

레메디오스가 네이아의 곁에 선 존재에게 물었다.

"아니, 그 전에 그대들은 어떻게 생각하는가? 나는 어디까지나 얄다바오트와 싸우기 위해 온 것이지 그대들을 지휘하기 위해 온 것이 아니다. 내가 지나치게 주도하여 그대들에게 관여하면 얄다바오트의 퇴치가 끝난 후 성가신 일이 벌어지지 않겠는가?"

실내가 술렁거렸다.

"……아니면 내 지휘를 받고 싶은가? 그렇다면 내가 최선의 수단으로 이 나라를 구해내겠다."

'그편이 제일 좋지 않을까. 마도왕 폐하는 언데드지만 하시는 말씀은 모두 옳고, 약속은 잘 지켜주니까. 지금 이 순간 고통을 받고 있을 수많은 사람들을 구하기 위해서라면 타국의

왕을 일시적으로 모시는 것도 올바른 판단이 아닐까?'

"우리의 위에 계실 분은 오로지 성왕녀 폐하뿐. 황송하오나 타국의 왕에게 지휘를 받을 수는 없습니다."

레메디오스가 즉시 부정했다.

"——!"

'괴로움에 빠진 백성을 구하기 위해서라면 어떤 수단이라도 택해야 한다면서요. 그렇게 생각해서 타국을, 그것도 이렇게나 훌륭한 왕을 이용하는 것도 옳다고 했으면서요!'

네이아는 고개를 숙였다. 가슴속에 쌓인 끈적끈적한 것을 결코 겉으로 드러내지 않기 위해서였다.

"참고 삼아, 폐하라면 어떻게 하실지 가르쳐 주시겠습니까?"

"나라면 말인가? 한 가지 행동을 취한다면, 즉시 거점을 다른 곳으로 옮기지 않을까?"

"다른 거점이라……."

레메디오스를 비롯해 방에 모인 자들이 복잡한 표정을 지었다. 그것은 이 거점 이외에 숨을 만한 곳을 전혀 모르기 때문이었다.

"모른다는 분위기로군. 그렇다면 움직이면 움직일수록 얄다바오트의 군대가 쳐들어올 때가 빨라진다는 것을 전제로 작전을 짤 수밖에 없겠지. ……그럼 이쯤 해둘까. 나는 방으로 돌아가겠네."

네이아도 동행하려 했지만 마도왕이 손을 들어 만류했다.

“미안하네만 바라하 양은 여기 남아 내 대리로 이야기를 들어주게.”

“분부 받들겠습니다, 폐하.”

식구라고까지는 생각하지 않아도 대리라고는 인정해 준 걸까. 그렇다면 그 책무를 야무지게 완수하지 못한다면 실망시키고 말 것이다. 마도왕에게 실망을 주었을 때를 상상하니 왠지 가슴이 조마조마해졌다.

“그러면 잘 부탁하네. 그래도 되겠소, 커스토디오 단장?”

“폐하께서 원하신다면 저희는 이의가 없습니다.”

그 대답을 듣고, 마도왕은 이곳까지 안내해 준 성기사와 함께 등을 보이고 밖으로 나갔다.

모퉁이를 돌아 모습이 보이지 않게 됐을 때, 신관 중 한 사람이 입을 열었다.

“저것이 마도왕……. 커스토디오 단장님, 저것, 정말 괜찮겠습니까? 개를 쫓아내기 위해 사자를 들인 꼴이 되지는 않겠습니까?”

“지당한 말입니다. 현재의 곤경을 면하기 위해 장래의 독을 삼키는 것은 도저히……. 파산하는 인간의 전형 아닙니까?”

“그 이야기는 아까도 하지 않았나. 되풀이하지 마라. 이미 독은 몸속에 들어왔으니.”

‘그냥 ‘마도왕’ 이라. 경칭은 안 붙이는구나.’

마도왕이 사라지자마자 모두의 태도가 돌변해 네이아는 언짢아졌다.

성왕국 백성으로서 언데드에게 보이는 감정은 이해할 수 있고, 그들의 태도는 지극히 당연하다. 반대로 네이아가 불쾌하게 생각하는 쪽이 더 이상하다. 자신은 왜 언짢아졌을까.

“이용 가치가 있는 한은 어쩔 수 없지요. ……실제로 유익한 면을 보여주지 않았습니까……. 하지만 신관인 우리도 저 독을 치유할 수 있을지는 의문이군요.”

이용 가치라니. 우리의 실수를 일깨워 준 데다 책략까지 가르쳐 준 상대에게 감사의 마음을 품지는 못할지언정 이용할 수 있을지 어떨지를 생각하다니.

‘——아, 그렇구나. 마도왕 폐하께 느꼈지만 지금의 성왕국에는 없는 것. ……고결함이야. 그래서 내 마음이 이렇게 나…….’

자신은 얼마나 복을 받았단 말인가.

마차에 함께 타, 마도왕이 언데드임에도 존경할 만한 왕이라는 사실을 자신의 눈으로 판단할 기회를 얻었으니.

그렇기에 그들에게 느끼는 감정은 숫제 연민이어야 할지도 모른다.

“그런데 종자 바라하. 네가 든 그 활은 뭐냐?”

“아, 예. 마도왕 폐하께서 이것을 쓰라고, 이번 임무 동안 빌려주신 무기입니다.”

“……그것을 잠시 보여주겠나, 종자 바라하. 그 활에 좋지 못한 마법이 걸려 있지는 않은지 조사해 보겠다.”

신관이 손을 내밀었다.

넘겨주어야 하지 않을까. 하지만——

“외람되오나 거절하겠습니다.”

신관이 얼빠진 표정을 지었다. 거절당하리라고는 생각도 못했다는 표정이었다.

“이것은 마도왕 폐하께서 제게, 폐하의 신변을 지켜달라고 빌려주신 무기입니다. 결코 저 이외의 다른 분께 넘겨드릴 수는 없습니다.”

협력자를 이용하는 것밖에 생각하지 않는 상대에게, 잠시라고는 하지만 누가 이것을 넘길까 보냐. 네이아는 내심의 분노가 눈동자에 드러나지 않도록 눈을 내리깔며 대답했다.

“——커스토디오 단장님, 이건 어떻게 된 일인지요?”

“음. 종자 네이아 바라하. 그것을——.”

“그러면 폐하께 말씀드려도 상관없다는 뜻이군요.”

실내의 공기가 얼어붙었다.

“알았다. 됐다. 이야기를 계속하지.”

‘흐응, 마도왕 폐하께 알려져선 곤란할 만한 소릴 했다는 자각은 있구나.’

“그 전에 커스토디오 단장님. 종자 바라하는 마도왕——

님의 곁으로 돌려보내는 편이 좋지 않겠습니까?"

신관 중 한 사람의 시선이 활에 한순간 머문 것을 네이아는 눈치 빠르게 감지했다. 그가 하고 싶은 말은 잘 안다. 속이 부글부글 끓었지만 네이아는 표정 하나 바꾸지 않고 단언했다.

"죄송합니다. 저는 마도왕 폐하께 이곳에서 이야기를 듣고 오도록 명령을 받았습니다. 이대로 이곳에 있게 해 주시면 고맙겠습니다."

"그랬지……. 구스타보, 어떻게 하는 게 좋을까."

"마도왕 폐하가 이곳에서 저희에게 말씀하셨잖습니까. 그녀를 내보내면 훗날 성가신 일이 될 수 있습니다."

"그렇군. 그럼 그대로 놈을 참가시켜라."

눈앞에서 할 소리냐.

네이아는 생각은 했지만 아무 말 않고 고개를 숙여 감사의 뜻을 표했다.

"그런데 마도왕의 말을 어떻게 하면 좋겠나? 이곳을 뜬다고 해도. 누가 안전한 곳을 아는가?"

아버지 파벨처럼 레인저의 기술을 가진 자가 있다면 이 인원이 오랫동안 야영할 만한 장소를 알거나, 혹은 만들어낼 수도 있다. 하지만 이곳에는 그런 자가 없었다.

"마도왕—— 폐하는, 우리가 움직이지 않으면 얄다바오트도 움직이지 않을 거라고 했습니다. 그렇다면 상대가 움직이기 전까지, 피신할 장소를 찾으면 되지 않겠습니까?"

한 성기사의 제안에 찬동하는 의견이 모였다. 하지만 네이아는 알고 있다. 이렇게 문제를 뒤로 미루는 것이 좋은 방향으로 굴러간 적은 없다는 것을. 결국 때가 닥쳤을 때 당황할 뿐이다.

"장소 이외에도 식량 문제가 있습니다. 지금은 겨울이니 식량 보존에도 그리 문제가 없지만, 그래도 올 겨울을 넘기는 것이 고작입니다. 왕국에서 협조를 얻지 못한 듯합니다만, 식량만이라도 구입해왔으면 좋지 않았겠습니까?"

"유감스럽게도 왕국의 식량은 상상했던 것보다 비쌌습니다. 게다가 구입한다 해도 이 인원이 몇 달을 먹을 식량은 방대한 양이 되어 운반이 어려웠을 겁니다."

"부단장, 하고 싶은 말은 이해하지만 식량이 없어선 곤란하오. 역시 남부에서 운반해 오도록 무언가 수를 써야 하지 않겠소? 아니면 좀 더 해안선에 가까운 거점으로 옮겨, 왕국에서 해로를 통해 운반해오는 것은?"

"그만한 금전적 여유는 없습니다. 왕국의 호상에게 은근슬쩍 지원을 부탁해 보았으나 좋은 반응은 돌아오지 않았습니다. 그리고 남부에서는……."

구스타보는 쓴웃음을 지으며 말을 이었다.

"그들은 자신들에게까지 위험이 닥치리라고는 생각하지 않을 겁니다. 해군이 서서히 줄어들고 있는 이 상황이 단두

대의 계단을 오르는 것과 동의어라는 사실을."

"남부의 협조를 얻을 무언가가 필요하겠군."

"거점, 식량. 문제는 산더미처럼 많네."

"……성왕녀님의 부활은 어떻게 될 것 같나? 그것만 가능하다면 아무 문제도 없을 텐데."

"청장미에게 물어보니, 유감이지만 제5위계 마법으로는 시체가 없거나 손상이 심할 경우 어렵다고 하네."

"……마도왕 폐하의 힘으로는?"

"언데드의 힘을 빌린다고?"

"이 마당에 어쩔 수 없지 않소. 성왕녀님만 부활하신다면 남은 것은 가장 큰 문제…… 얄다바오트뿐이오."

모두의 시선이 낯을 찡그린 레메디오스에게 향했다.

"――그 문제는 나중에 다시 이야기하자. 타국을 도는 동안 생각했다만, 우선 포로 수용소를 쳐서 그곳에 있는 백성들을 해방하겠다."

몇 명이 동의한다는 양 고개를 끄덕였다.

"그렇군. 성왕국의 백성은 누구나 전투능력을 가지고 있으니. 한 마을을 해방하면 그것만으로도 군세가 생겨나지. ……그들이 싸워 준다면 말이지만. 그러나 그렇게 되면 식량사정은 더욱 심각해지지 않겠소?"

"그렇기에 포로 수용소를 치는 거다. 그곳에는 식량이 있을 테니."

"과연! 역시 커스토디오 단장님이십니다."

성기사 한 사람의 목소리에 레메디오스는 씨익 웃었다.

득의양양한 레메디오스를 네이아는 싸늘한 눈으로 바라보았다. 그것이 누구의 아이디어였는지 알기 때문이다.

"그리고 그 백성들과 힘을 합쳐 연속으로 포로 수용소를 습격해 해방시킬 것이다. 그러면 필연적으로 남부와 연락을 취할 수 있는 귀족도 나타날 테지. 얄다바오트가 우리를 없애고자 군을 움직이기 전에 군세를 재구축해 일격을 가한다. 그러면 놈들도 움직임을 멈추겠지."

"그렇군요!"

이번에는 여러 명에게서 경탄성이 솟았다.

"그것을 방침으로 삼지. 그러면 종자 바라하, 마도왕에게 전달을——."

"——단장님, 잠시 기다려 주십시오. 역시 제가 말씀을 드리는 편이 좋을 것 같습니다. 일국의 왕에게 작전을 설명한다면 예의를 다해야 하지 않을까요."

구스타보의 말이 옳았다. 다만 의도가 그것만은 아닌 것 같았다. 그러나 그것이 무엇인지를 모르는 네이아는 반대할 수 없었다.

"그래. 그러면 그렇게 하지. 부탁하네."

"네!"

*

네이아는 구스타보와 함께 마도왕의 방으로 돌아갔다. 문 대신 천 한 장을 드리워놓았을 뿐이며 그 앞에는 성기사 한 명이 서 있었다. 누구를 경계하는 것일까. 안에 있는 귀빈에게 해를 끼칠 자일까, 아니면 안에 있는 귀빈 본인일까.

구스타보가 자리를 뜨도록 명령해 보초 성기사는 멀리 이동했다.

네이아는 마음속으로 눈살을 찡그렸다.

보초를 멀리 보낸 이상, 그가 이곳에 온 것은 틀림없이 설명 이외에도 무언가 이유가 있기 때문이다. 암살을 꾀하리라고는 여겨지지 않지만, 만에 하나 그랬을 경우 마도왕의 방패가 되어 무기를 휘둘러야 할지도 모른다.

"마도왕 폐하, 구스타보 몽타네스 및 종자 네이아 바라하, 폐하를 뵙습니다."

허가를 받아 구스타보를 앞장세워 방으로 들어갔다.

왕도와 마도국에서 본 숙소를 떠올리면 너무나 비참해질 정도로 초라한 실내였다. 아니, 이것은 일국의 왕을 묵게 할 곳이 아니다.

벽이 동굴의 바위 그대로인 것은 어쩔 수 없지만, 가구도 볼품없었다.

성기사는 종자 때 재봉 같은 것을 배우지만, 아무리 그래도 가구 만들기까지 배운 적은 없기 때문이다.

하지만 마도왕이 앉아 있는 침대는 훌륭했다. 까만 광택은 마치 흑요석으로 만든 것처럼 여겨졌다. 그 위에 새하얀 이불을 깔아놓았다.

다른 때 같으면 이렇게 훌륭한 침대를 어디서 가지고 나왔을지 깜짝 놀랐겠지만, 마도왕이라면 이 정도는 쉬울 거라고 인식한 네이아는 별로 놀라지 않았다. 게다가 전이로 잠시 본국까지 돌아가 가져왔을 수도 있다. 하지만 네이아만큼 마도왕에 대해 잘 알지 못하는 구스타보는 달랐다.

"폐, 폐하. 그것은 무엇입니까?"

"이것 말인가."

마도왕은 자신의 침대를 가리켰다.

"내 마법으로 만들어낸 것이다. 그리고 여기 이불도 뭐, 비슷한 것이고. 분명 어디어디 산지의 면 100%라고 들었다만, 제법 편안하지. 여기서 잠들면 아주 기분이 좋을 것이다."

"어, 네에."

질문에 대답해 주었는데도 멍청히 대답하는 구스타보. 하지만 네이아도 그를 비난할 수는 없었다. 네이아조차 '마법으로 못하는 게 없구나…….' 하고 먼 곳을 보며 생각했을 정도니까.

"그런데 바라하 양이 돌아온 것은 알겠지만, 부단장은 무슨 용건인가?"

"아, 어, 예! 종자 바라하를 모욕하려는 것은 아니오나, 부단장인 제가 설명을 드리는 편이 더 좋지 않을까 하여 이렇게 찾아뵈었습니다."

"흐음…… 그대들이 그렇게 생각했다면, 외부인인 내가 할 말은 없지. 그저 한마디만 해 두겠다."

그때 마도왕의 눈에 깃든 빛에 시커먼 것이 섞여나왔다.

"나는 그녀라면 할 수 있으리라 생각해 보냈던 것이었다. 이를 상관이라고 하여 간섭한다면, 내가 사람 보는 눈이 없었다고 의심하는 듯하여 다소 불쾌하군."

어떤 표정으로 쳐다보아도, 어떤 태도를 보여도 결코 분노라는 감정을 가지지 않은 것처럼 보이던 마도왕이 처음으로 네이아 앞에서 미미한 분노를 보였다. 그것이 네이아를 신뢰했기에 보인 분노라는 데에 어쩐지 가슴이 뜨거워졌다. 자신을 이렇게까지 평가해 준 것은 그뿐이었다.

"큰 결례를 저질렀습니다!"

"사죄라면 내가 아니라 그녀에게, 해야겠지만. 뭐, 됐다. 그러면 설명을 들려다오."

구스타보가 내용을 설명하자, 마도왕에게서는 "흐음—." 하는 애매한 대답이 돌아왔다.

"그렇군. 그래서—— 나에게 무엇을 바라나? 아니면 혹시, 정말로 설명만을 위해서 왔나?"

"아니오, 그래서, 마도왕 폐하께서는 이 작전을 어떻게 생각하시는지요."

다시 말해 그런 것이다.

마도왕의 지혜를 빌리고 싶어서, 네이아로는 안심이 안 된다는 이유를 억지로 가져다 붙였으리라. 성기사를 쫓아낸 것은 마도왕과 의논을 했다는 사실이 새 나가, 타국의 왕, 그것도 언데드에게 완전히 고개를 숙였음이 알려지면 좋지 않기 때문일 것이다.

'새삼스레 숨겨서 뭘 어쩌겠다고…….'

마도왕의 힘을 빌리지 않고선 아무것도 할 수 없다는 사실은 이미 뻔한 사실. 그렇다면 늦고 이르고의 차이는 있을지언정 모두에게 알려질 것이 분명하다.

성왕국이 취해야 할 가장 올바른 자세는, 이곳에 있는 모든 이들에게 마도왕의 자비로움을 전하고 끝까지 감사를 담은 태도를 보이는 것이 아닐까.

'언데드라서 신용하지 못하고 경계하는 것도 이해는 하지만, 마도왕 폐하는 그런 분이 아닐 텐데…….'

네이아가 그렇게 말해 봤자 신뢰를 받지는 못할 것이다. 어쩌면 〈매료〉 같은 마법에 당했다고 여겨질지도 모른다.

'어떻게 하면 다들 마도왕 폐하를 믿어줄까. 결국 선입견을 어떻게든 해야 할 텐데, 많은 사람들과 함께 있어달라느니 하는 실례되는 말은 할 수도 없고…….'

네이아가 생각하는 동안에도 두 사람의 대화는 이어졌다.

“……나는 그대들의 작전에는 간섭하지 않겠다고 했을 텐데.”

“그래도 부디 부탁드립니다. 저희에게는 더 물러날 곳이 없습니다. 조금이라도 실패의 가능성을 줄이고 싶습니다.”

“그렇기에 하는 말이다. 나의 의견을 받아들인 결과 실패한다면 어떻게 해야 하나? 나도 책임은 질 수 없다.”

“예. 그러니 여기서 나눈 이야기는 저, 그리고 마도왕 폐하, 마지막으로 종자 바라하 세 사람의 가슴속에만 담아두면 되지 않을까 생각합니다.”

“바라하 양에게도 말인가? 그녀에게는 들려주지 않는 편이 좋은 것 아니고?”

“아닙니다. 저희 이외의 제삼자가 있는 편이 여러모로 좋지 않을까 합니다. 게다가 그녀처럼 특수한 기술을 가진 자라면 또 다른 아이디어가 떠오를지도 모르지요.”

“……후우. 그러면 조금 더 이야기를 나눠 볼까. 바라하 양은 괜찮겠나?”

“아! 예. 저는 괜찮습니다.”

“그렇다면 우선. 조금 전의 작전을 들어본 바, 몇 가지 마음에 걸리는 점이 있었다. 우선 식량이다. 포로 수용소에 식량이 다소 있을 거라는 점에는 동의하나, 대량으로 있으리라고는 여겨지지 않는다. 애초에 포로에게 든든하게 식사를 주겠느냐는 뜻이다. 나라면 평소의 식사량을 줄이거나 하여

반란을 일으키지 못하도록 체력을 깎을 것이다. 게다가 그들을 구하면 병사로서 활용할 수 있다고 하는데, 그들의 무기는 어떻게 할 생각인가? 이 동굴에 옮겨놓았나?"

"아니오, 없습니다. 그것도 포로 수용소에서 입수할 수 있지 않을까 생각했습니다."

"모든 요소를 포로 수용소에 기대하는 이 작전의 위험성을 이해하고 있나?"

"예. 하오나 그곳에서 고통을 받는 사람들을 구한다는 것은 매우 중요한 일입니다."

"그 점에는 동의한다. 시간이 지나면 지날수록 이 나라에 대한 애정이 사라져 갈지도 모르니. 다만 식량만은 어떻게든 해결하는 편이 좋을 것이다. 솔직히 여러모로 남부의 협조를 구하는 편이 가장 좋으리라 여겨진다만, 어떻게 해야 그것이 용이하겠는가?"

"왕족입니다. 성왕녀님은 돌아가셨으나, 모든 왕족이 죽지는 않았을 것입니다. 남부 귀족들이 밀고 있는 왕족을 구해내, 그분을 통해 남부의 귀족들에게 협조를 부탁하면 가능하리라 봅니다. 그렇게 하면 피난처도 생기고…… 헌데 폐하. 성왕녀님은 돌아가셨으나, 폐하의 힘으로 어떻게든 할 수 없겠습니까?"

"어떻게든이라니?"

"부활입니다."

"그 말이군. 불가능하지는 않다."

너무나도 간단히 말하는 바람에 네이아는 한순간 귀를 의심했다. 소생마법은 신앙계 마법의 오의라고도 하는 마법이다. 사용할 수 있는 인간은 극소수 중의 극소수. 그것을 너무나도 쉽게 입에 담을 수 있는 자가 이 세계에 얼마나 될까.

"물론 보수는 받을 것이다. 그런데 시신은 어디에 있나? 어떤 상태인가?"

"시신의 소재는 현재 불명이며 상태도 알 수 없습니다. 보수는 폐하께서 원하시는 액수를 지불하고자 합니다."

마도왕은 얼굴 앞에서 손을 내저었다.

"시신이 없다면 어렵다. 있다 하여도 손상을 어느 정도 입었는지에 따라 달라질 것이다. 제대로 된 시신 없이 내가 마법으로 부활을 시도할 경우 언데드가 될 가능성도 있다."

"그, 그래서는 곤란합니다."

아무리 그래도 성왕녀를 언데드로 만들었다가는 곤란한 정도가 아니라 아마 온 성왕국이 들고 일어나 전쟁이 벌어질 것이다.

"성왕국에는 제5위계 부활 마법을 사용할 수 있는 매직 캐스터가 없는가?"

"과문하여 모르겠습니다. 송구스럽습니다."

"흐음…… 그러면 살아남은 왕족은 어디 있나?"

"아마 포로 수용소 어딘가에 있으리라 봅니다. 이만큼 시간이 흘렀으니 도시 내부에 잠복했을 가능성은 없겠지요."

"포, 포로? ……어디에 있다거나, 그런 정보는 없나?"

아무것도 없다고 구스타보는 고개를 가로저었다. 마도왕은 천장을 올려다보았다.

"으음…… 많은 부분을 운에 맡기고 있군."

"그렇습니다. 성기사단에는 정보 수집이 주특기인 자가 없어서……."

"그래……?"

마도왕은 음음 고개를 끄덕이고 말을 이었다.

"역시 부하 한 사람 한 사람이 여러 상황에 두루 대응할 수 있는 두터운 조직을 만드는 것이 긴요하겠군. 하지만 첩보기관이 여럿 있어도 좀……."

"그, 그래서 마도왕 폐하의 힘을 빌리고자 합니다. 마법으로 어떻게든 안 되겠습니까?"

"마법도 그렇게까지 만능은 아니다만…… 우선 포로 수용소의 자세한 정보가 필요하다. 정밀한 지도를 보여다오."

"송구스——."

"이곳에는 없을 테니 제가 가져올까요?"

네이아가 중간에 끼어들었다.

지도는 국가의 보물이다. 정밀하면 정밀할수록 공격할 때도 수비할 때도 쉬워진다. 장래에는 적이 될 수 있는 이웃나라에 자국의 상세한 지리를 알리는 것은 해만 될 뿐이다. 그렇기에 구스타보는 거절하려 했던 것이다.

그러나. 네이아도 그것까지는 용납할 수 없었다.

마도왕을 끝까지 이용만 하다니, 참을 수 없었다.

지혜를 빌리려 한다면 그 대가를 지불해야 한다.

구스타보는 날카로운 눈으로 이쪽을 노려보았으나, 네이아는 모른척했다.

"아, 그러면 나중에 보여다오. 그러면…… 미안하지만 바라하 양. 이 근처의 지리에 관해 그대가 아는 것을 말해 주겠나?"

"예!"

두 사람이 대답하자 구스타보가 천을 젖히고 밖으로 나갔다. 그의 발소리가 들리지 않게 됐을 때 마도왕이 문득 중얼거렸다.

"마음에 두지 않아도 된다. 나도 이익을 얻기 위해 이곳에 온 것이니. 얄다바오트의 메이드라고 하는 악마들에게는 그만한 가치가 있거든."

"예."

지도에 대해 이야기하는 것이리라. 네이아는 가슴이 뜨거워졌다. 자신이 한 일을 제대로 인정받는다는 것은 얼마나 기쁜 일인지.

"다만, 상당히 궁지에 몰려 있군. 간단히 양분될 만한 조직으로 용케도 이제까지 버텨왔다 싶다."

"——죄송합니다."

"아니, 딱히 사과할 필요는 없다만……. 조직이 반석이 아니라는 것은 정말로 성가신 일이구나. 의견이 대립할 때는 다수결로 정하거나 하지 않았나? 당연히 나중에 뒷말을 하지 않는다는 식으로 규칙을 정해서."

"그러한 정도로 통일될 만한 조직이라면 얼마나 멋진 일이겠습니까. 그야말로 꿈의 조직이군요."

"흐음…… 멋진 일이라."

마도왕이 조용히 천장을 올려다보았다. 하지만 그의 눈은 어딘가 먼 곳을 보는 듯했다.

"그렇지. 꿈만 같은 조직이지."

"혹시 마도왕 폐하의 나라에는 그러한 조직이 있습니까?"

"아, 음. 아니, 그게 아니다. 유감이지만 우리 나라에 그러한 조직은 없다. 다만…… 후후."

마도왕이 조용히, 그리고 온화하게 웃었다.

"그렇게 되면 재미있겠군."

"재미있나요?"

"——그보다도 이 주변에 대해 말해 주겠나?"

## 2

그 무리는 야음을 틈타 포로 수용소로 나아갔다.

마도왕의 제안에 따라, 될 수 있는 한 거점에서 먼 해변의 포로 수용소를 습격하게 됐다. 해변은 발자국을 감추기도 쉽고, 거점에서 멀면 해방군의 습격임을 밝혀내기까지 시간을 끌 수 있기 때문이다.

다만 문제가 있었다. 너무 멀어지면 이동 중에 적의 정찰대에게 발견될 가능성이 높다는 점이다. 그러므로 가능한 범위 내에서 가장 먼 포로 수용소를 습격하기로 했다.

옆에서 말을 모는 마도왕에게 네이아가 물었다.

"폐하, 마을까지 말을 타고 단숨에 접근하겠습니다. 준비는 되셨습니까?"

"그래, 물론. 하지만…… 작전 내용까지는 듣지 못했는데, 어떠한 전략을 세우고 있을지. 조금 기대되는구나."

"기대요?"

"큭큭. 성왕국에서 세운 전략의 일말을 엿볼 수 있지 않겠느냐. 어떤 능력으로 문을 뚫을지. 아니면 성벽 위를 날아 침입할지. 아무리 그래도 이번만큼은 카드를 숨기지 않고 나에게 보여주겠지. ……그중에 나의 지식에 없는 기술을 가진 자가 있으면 어떨까 생각하니 즐겁다."

마도왕은 틀림없이 실망하겠지. 네이아는 안타까웠다.

성왕국의 기본적인 공성전술은 천사들을 상공에서 공격시키는 것과 동시에 병사들이 돌격을 감행하는 것이다. 아마 이번에도 그렇게 할 것이다. 사실 그 이외의 수단을 취할 전력은 없었다.

네이아는 레메디오스 일행 쪽으로 시선을 돌렸다.

해방군의 거의 모든 전력이 앞에서 나아가고 있었다.

단장이 창을 들자 그곳에 묶인 성왕국 국기가 바람에 나부꼈다.

"간다!"

"예!"

단장이 말을 박차고 달려나가자 성기사들이 그 뒤를 따랐다. 아직 마을까지는 거리가 있으므로 전력질주는 아니고 빠른 발이었다.

"성기사들이 조금 전에 베어 쓰러뜨린 통나무를 옮기고 있는데, 저것은 혹시 파성추인가?"

"예. 저희 해방군은 성기사와 신관뿐이라 문을 열거나 잠입하는 능력을 가진 자는 존재하지 않습니다. 그러므로 정면에서 문을 돌파할 수밖에 없습니다. 단장님은 검술 실력이 뛰어나기는 하지만 문을 파괴하는 데에는 저런 도구가 더 빠르니까요."

"마법이 아니라 파성추를 사용하는 물리적 돌파라……. 사다리 같은 것은 쓰지 않나? 성기사의 마법 중 벽을 넘어갈 수 있는 것은 없나?"

마력계, 신앙계, 정신계 등등 마법의 계열은 다양하지만 성기사들이 사용하는 마법은 그 외에 속하는 것이어서 '가호' 라는 힘으로 사용한다. 타락한 성기사인 암흑기사 같은 자들도 같은 가호의 마법을 사용한다.

네이아가 보고 들은 지식 중에는 사다리를 만들어내는 마법 같은 것은 없었다.

"죄송합니다. 과문하여 잘 모르겠습니다."

"나도 그렇다. 성기사가 사용하는 마법 중에도 비행마법은 일단 존재하지만, 그런 것들은 상당히 고위의 마법이지."

"그렇습니까? 성기사의 마법까지 아시다니……."

역시 마도왕이다. 자신이 사용하는 마법 계열 이외의 지식도 매우 깊다.

"적이 사용할지도 모르지 않느냐. 최대한 많은 종류의 마법을 배우고자 노력했다. 나는 재능이 없으니 그만큼 노력으로 보완할 수밖에 없었지. 정보를 알면 알수록 승리에 다가간다는 것이 내 벗의 가르침이었다만…… 흐음."

재능이 없다느니 믿을 수 없는 말이었지만, 그 이야기보다도 먼저 해야 할 것이 있었다.

"폐하, 무언가 책략이 있으시다면 단장님께 전달할까요?"

뛰어난 마도왕은 해방군이라는 카드로 더욱 유효한 책략을 이미 떠올렸을 가능성이 있다. 그렇기에 저런 태도를 보이는 것 아닐까.

"어? 아, 아니, 관두자. 음— 뭐, 그 뭐냐. 이 수용소의 해방은 나의 일이 아니다. 그대들의 일이지. 많은 수용소를 습격하면서 더욱 유용한 수단을 모색하는 첫걸음이다. 스스로 깨달아야만 할 것이다. 그래야 하는 것이다."

마도왕의 말이 옳다. 아니지, 이분은 항상 옳은 말만 하신다.

하지만 오늘만은 네이아도 마도왕의 힘을 빌렸으면 했다. 왜냐하면 이것은 괴로움에 시달리는 무고한 백성을 구하기 위한 싸움. 조금이라도 일찍, 조금이라도 많은 사람을 구할 길을 선택하고 싶었다.

"폐하의 말씀이 지당하십니다. 그러나 부디 힘을 빌려주셨으면 합니다."

말을 타고 부탁하는 것이 무례임은 안다. 그래도 네이아는 고개를 숙이고 마도왕에게 빌었다.

마도왕은 한동안 진행방향을 바라보다가 입을 열었다.

"흐음…… 네이아 바라하. 몇 번씩 말하게 하지 마라. 실패에서 성공이 태어나는 것이다. 나에게 부탁하지 말고 스스로 생각한 결과, 설령 실패한다 해도 두려워 말고 이를 받아들이거라. 그것은 성공을 위해 필요한 실패다."

마도왕의 말에 네이아는 가슴을 찔리는 듯한 아픔을 느꼈다. 언제나 마도왕에게 도움을 받을 수 있는 것은 아니다. 우리가 자립해 나라를 재건해 나가기 위해 스스로 생각한 결과라면 필요한 희생도 있다고, 마도왕은 그렇게 말하는 것이다.

분명 그렇다. 하지만 마도왕의 힘이 있다면 좀 더 많은 생명을 지금 당장 구할 수 있을지도 모른다.

자신들의 자립을 위해 희생을 받아들인다. 그것이 정의일까.

정의란 무엇일까.

더 많은 이를 구하는 것이 정의일까. 아니면――.

생각이 제자리를 돌아 해답이 전혀 나오질 않았다.

"그러면 그녀들의 수완에 기대해 볼까."

지금은 그저 많은 희생이, 슬픈 피가 흐르는 결과로 끝나지 않기를 기도할 수밖에 없었다.

성기사단은 일직선으로 포로 수용소를 향해 달려갔다.

마을까지는 다소의 기복이 있었으나, 감시대 같은 것이 지어져 정면으로 간다면 틀림없이 발견될 것이다. 그러나 그런 전법 외에는 방법이 없는 것도 사실이었다.

이윽고 마을이 보이기 시작했다.

문 위에 있는 감시대에는 역시 야경을 단단히 배치했는지 이내 종소리가 울리고 마을 내부가 소란스러워졌다.

네이아는 눈을 가늘게 뜨고 감시대를 노려보았다.

그곳에 있던 아인은 두 다리로 선 긴 털을 가진 산양과 비슷했으며, 체인 메일을 착용하고 대형 창으로 무장했다. 네이아의 기억이 옳다면 그 아인의 종족명은 바포르크. 산악 지대에 사는 아인종족으로, 튼튼한 다리는 그야말로 산양과 같은 성능을 가졌으며, 얼마 되지 않는 요철에 발을 디디고 성벽까지도 뛰어 올라가는 무시무시한 전사다. 게다가 그 긴 털은 몸을 베는 검에 얽혀 서서히 예리함을 떨어뜨리므로, 한 마리를 쓰러뜨리면 칼날에 엉겨 붙은 털을 떼어내야만 한다고 아버지가 가르쳐 주었다.

바포르크가 든 창은 문 위에서도 아래를 지나가는 상대를 공격할 수 있을 만큼 길었다. 즉시 방비를 다지면 성가실 거라는 생각이 들었지만, 그렇게까지 훈련을 받지는 않았는지 우왕좌왕하며 이쪽이 준비를 갖추기에 충분한 시간을 주었다.

신관들은 말에서 내리더니 즉시 천사를 소환했다.

성기사들 또한 말에서 내려 방패를 들었다. 파성추를 든 자들을 위에서 오는 공격으로부터 보호하기 위해서일 것이다. 다만 모든 성기사는 아니었다. 열 명 정도는 말에 탄 채 마을 측면으로 이동을 개시했다.

"바라하 양. 저것은 소수의 병사를 주위에 전개시켜 수용소에 있는 아인이 이쪽의 정보를 가지고 도망치는 것을 저지하기 위한 역할인가? 만일 도망친다면 이곳에서 승리를 거두어도 대국적으로 보면 패배일 테니."

"그, 그렇습니다! 말씀하신 그대로입니다!"

성기사단의 전술을 지극히 쉽게 간파했다. 역시나 마도왕 폐하라고 할까.

다만 의문이 있었다. 마도왕은 어디서 이런 전술을 공부했을까.

아인처럼 단단한 피부를 가진 자는 갑옷 같은 것을 착용하지 않는다. 날카로운 발톱을 가진 자라면 검을 들지 않으리라. 인간이 갑옷을 입고 검을 드는 것은 나약한 몸을 가졌기 때문이다.

잔꾀에 의존할 필요가 없다면 그러한 것은 필요가 없다. 그러면 압도적인 힘을 가졌을 마도왕이 공성 같은 전술을 알고 있는 이유는 대체 무엇일까?

"폐하는 그만한 지식을 어디서 얻으셨습니까?"

"음? 지식이라니…… 아! 조금 전의 예상 말인가? 흐음. 그러한 전술은, 조금 전의 대화에도 나왔던 나의 벗에게 여러모로 교육을 받았지. 그 밖에는 실전에서 확인하기도 하고, 뭐, 여러 방법이 있었다. 그러나 이곳에서도 통하리라고는 생각하지 못했다."

"……폐하의 벗이라면, 그분도 역시 강하시겠지요?"

"물론이지. 뭐, 그의 강함은 물리적인 육박전이나 마법의 싸움 이외의 면에 있었으니. 그러한 의미에서 나는 아직도 그의 강함에 미치지 못할 것이다."

마도왕은 즐겁다는 듯 후후 웃었다. 과거를 떠올리는 자 특유의 웃음이었다. 마치 한 사람의 인간이 거기 있는 듯 했다.

'혹시 옛날에는 마도왕도 인간이었을까……?'

마법의 힘으로 언데드가 되다니, 믿을 수 없는 이야기였다. 그런 일이 있을 리가 없다. 언데드는 자발적으로 태어나는 것이 아니라고 배웠다. 그러나――.

'세상은 넓으니까…….'

자신이 아는 세계는 너무나도 작다는 것을 사절단과 여행하면서 잘 알았다.

바다 저편, 산 반대편, 숲 깊은 곳, 그곳에는 무엇이 있을까. 네이아의 고민 따위 코웃음을 쳐 날려버리며 정답을 가르쳐 줄 만한 현자도 있지 않을까.

"무슨 생각을 하는가?"

"아, 시, 실례했습니다."

"아니, 책망하는 것이 아니다. 말에 탄 채 넋을 놓은 것 같아 조금 걱정했을 뿐. ……이제부터 전투가 일어나니 불안해하는 것도 이해한다."

"고, 고맙습니다, 폐하."

그때―― 깃발을 지면에 꽂은 레메디오스가 성검을 뽑았다.

"모두 들으라! 얄다바오트에게서 이 땅을 구하기 위한 첫 전투를 개시하겠다! 정의를!"

"정의를!"

레메디오스의 외침에 큰 고함이 화답했다. 그리고 모두가 한 덩어리가 되어 돌진한다.

"갔군. 바라하 양도 공격에 참가하려면 조금 더 앞으로 나가는 편이 좋지 않겠나?"

"아닙니다. 저는 폐하의 종자이니까요. 그런 제가 폐하를 두고 전투에 참가하다니——."

있을 수 없다고 네이아는 고개를 가로저었다.

"으, 음. 그렇군. 그, 그러면 이것은 조금 다른 이야기다만…… 그 무기는 타인에게 빌려주거나 하지는 않나?"

"그런 일은 한 번도 하지 않았습니다! 이것은 폐하께서 제게 빌려주신 무기인데, 저 이외의 다른 자에게 빌려주다니 당치 않습니다!"

"아, ……그렇군. 음, 그렇지. 고맙다."

살짝 목소리의 톤이 낮아진 것도 같았지만 여기에 담긴 의도를 파악할 수는 없었다.

'무언가 마도왕 폐하께 실례를 저질렀나? ……모르겠지만, 사과하는 게 나을까?'

네이아가 망설이는 동안 마도왕이 화제를 바꾸었다.

"어~ 기왕 여기까지 왔으니. 주위를 둘러봐도 투명화 마법으로 몸을 숨긴 아인의 모습은 없구나. 조금 더 전장의 상황을 알아볼 만한 거리까지 나가 보는 것도 좋을 듯하다. 신관들을 이곳에 남겨두어도 문제는 없겠지. ……어떨까?"

"분부 받들겠습니다."

자신보다도 훨씬 강대한 힘을 가진 마도왕에게 앞으로 나가면 위험하다는 말을 하는 것 자체가 실례다. 종이 요란하게 울리는 수용소를 향해 마도왕을 따라 다가가니, 그 타이밍에 전투가 시작됐다.

문 위의 감시대에 천사들이 덤벼들고, 그곳에 있던 바포르크의 무리는 창으로 반격했다.

망루에서는 화살이 쏟아졌다. 표적은 천사들이 아니라 선두에서 달리는 레메디오스. 아군에게 맞을 가능성이 없으며 방패를 들지 않고 달리는 그녀를 노리는 것은 당연하다면 당연했다.

그러나 다른 자와는 기량이 달랐다. 날아드는 화살을 검으로 쉽게 쳐내며, 속도를 유지한 채 달린다.

반격하듯 감시탑을 공격하던 천사들 중 몇이 망루로 쇄도했다. 망루에서는 이내 바포르크의 시체 셋이 떨어졌다.

그 무렵 성기사들은 문에 도착해 파성추를 꽂아대기 시작했다.

통나무로 만든 문이 흔들리고 쩌적 하는 소리가 미미하게 들려왔다.

"한 번 더!"

성기사들의 고함. 다시 문이 흔들렸다. 이번의 진동은 더 컸다.

다시 잇달아 일격.

문을 구성하는 통나무 중 하나가 크게 꺾였다. 성기사들의 환성이 이곳까지 들려온다. 아직 지나갈 만큼은 아니지만 앞으로 몇 번만 치면 문은 완전히 부서질 것이다.

천사들 중 몇이 안쪽으로 들어갔다. 네이아에게서는 당연히 보이지 않지만 아마 문을 지키러 온 바포르크 무리의 발을 묶으려는 것이다.

"――물러나!"

갑작스러운 고함소리에 시선이 집중됐다.

그것은 문 위에 달린 감시대에서 들려왔다. 천사들이 점거했어야 할 그곳을 어떻게 기어 올라갔는지, 바포르크 한 마리가 있었다. 문제는 그 바포르크가 손에 든 것이었다.

"물러나!!"

바포르크가 다시 외쳤다.

그 바포르크의 오른손에는 소녀―― 나이가 6, 7세쯤 되는 아이가 있었으며, 목에는 칼을 들이대고 있었다.

"너희 안 물러나면 이 인간 죽인다!"

지저분한 옷을 걸친 소녀――얼굴도 지저분한 듯했다――의 몸은 그의 몸에 매달린 채 좌로 우로 흔들렸다. 살아는 있지만 생기가 느껴지지 않았다. 이 수용소의 인간들이 어떤 취급을 받고 있는지가 전해지는 듯했다.

"비겁한 놈!"

성기사 중 한 사람이 고함을 질렀다.

"빨리 물러나! 이거 봐라!"

성기사들이 술렁거렸다. 대체 무슨 일이 일어났단 말인가. 아무리 네이아라 해도 이만큼 거리가 멀고 게다가 밤이었으므로 자세한 내용까지는 완벽히 인식할 수 없었다. 그러나 마도왕은 달랐다.

"……아이의 목에서 피가 나오는 듯하군."

"설마!"

"상처를 입혔을 뿐 죽이지는 않았을 게다. 인질로서 가치가 떨——."

"——전원 뒤로 물러나라!"

레메디오스의 목소리에 따라 성기사들이 뒤로 물러났다.

후방의 신관들은 상황을 파악하기 힘들었겠지만, 그래도 이상사태임은 느껴졌는지 천사들도 뒤로 물러났다. 그와 동시에 신관들이 네이아와 마도왕의 곁을 지나 달려갔다. 거리를 좁혀, 무슨 일이 일어났는지 확인하려는 것이다.

"더! 더 많이 물러나!"

바포르크의 목소리에 성기사들이 슬금슬금 후퇴하기 시작했다.

감시대의 바포르크들이 황급히 교대하는 것이 보였다. 천사와 전투하며 부상을 입은 자를 멀쩡한 자로.

"이거 위험하군."

"예, 위험합니다."

네이아는 마도왕에게 빌린 활을 천천히 꺼냈다. 바포르크는 소녀를 방패로 삼고 있었다. 그렇기 때문에 조준할 곳이 적어 일격에 죽이기는 매우 힘들었다.

그래도 자신이 하지 않는다면 누가 한단 말인가.

좀 더 활 연습을 했더라면 좋았을 텐데. 네이아는 그렇게 생각하며 화살통에서 화살을 꺼냈다.

그때, 마도왕이 사선을 가로막듯 스윽 손을 내밀었다.

"그런 뜻이 아니다. 그보다 관두어라. 이미 의미가 없으니."

그러면 무슨 뜻일까. 되묻기도 전에 마도왕이 성기사들을 향해 다가갔다.

그곳에서는 어떻게 소녀를 구해낼지를 두고 의견이 분분했다.

신관의 마법 중 상대의 움직임을 봉하는 것이 있으므로 그것을 쓰면 된다는 의견이 강했으나, 마법에는 유효거리가 있다. 그때까지 접근할 수 있겠느냐, 만일 상대가 저항에 성공하면 인질이 죽지 않겠느냐. 의견은 다양해서 답이 나올 기미는 없었다.

그때 마도왕과 네이아가 도착했다.

"언제까지 그런 짓들을 하고 있을 건가. 이 상황은 위험하다."

마도왕의 목소리에 모두의 시선이 일제히 그쪽을 향했다.

"그 정도는 나도 알——."

"——단장님. ……진정하십시오. 적은 저쪽입니다."

여유가 사라져 말투가 거칠어진 레메디오스에게 구스타보가 주의를 주었다.

"아니, 커스토디오 단장. 그대는 아무것도 모르네. 인질이 효과적임을 알아버린 결과 협박이 아니라 본보——."

마치 그 말을 기다렸다는 듯, 인질 소녀의 목이 베였다. 이곳에서도 새빨간 피가 솟아나는 것이 눈에 들어왔다. 바포르크가 소녀의 몸에서 손을 떼자, 그 몸은 힘없이 쓰러졌다.

주위가 고요해졌다.

느닷없이 무슨 일이 벌어진 것인지를 뇌가 받아들이기를 거부한 것처럼.

가장 먼저 제정신을 차린 레메디오스의 노성에 네이아도 이성을 되찾았다.

"네놈!! 감히 인질을!! 요구에는 따랐을 텐데!"

"흥!"

바포르크가 이번에는 소년을 앞으로 내밀었다.

"그러니까 하나 더 데려왔다. 자, 얼른 더 물러나!"

"비겁한 놈!!"

"흥. 말귀를 못 알아듣는구나, 넌! 또 하나 새로 데려와야 알아듣겠나?!"

레메디오스의 주먹이 부르르 떨렸다. 그리고 토해내듯 명령을 내렸다.

"전원 물러나라!"

"주위에서 말 타고 뛰어다니는 놈들도 모이라고 명령해! 얼른!"

레메디오스가 뿌드득 이를 가는 소리가 들렸다. 이가 부서지는 것이 아닐까 싶을 정도로 컸다.

"부단장. 그 녀석들에게 이쪽으로 오도록 명령을 내려라……."

"하, 하오나!"

"그렇게 하지 않으면 아이가 죽는단 말이다. 어서!"

"그것은 악수(惡手)일세. 놈들이 이미 인질의 유용성을 깨달아버린 이상 더욱 시간을 주면 이쪽의 사기를 떨어뜨릴 수단에 쓰여 피해가 커질 텐데?"

얼굴을 시뻘겋게 물들인 레메디오스가 적을 보는 듯한 눈빛으로 마도왕을 노려보았다.

"이대로 두면 기습을 감행한 의미가 사라지네. 게다가 문으로 무언가를 운반하는 소리가 들리는군. 바리케이드를 만들면 무너뜨리는 데에 더욱 시간이 걸려 성가신 일이──."

"──닥쳐라!"

레메디오스의 노성이 마도왕의 입을 막았다.

"누구 좋은 생각 없나?! 아무도 죽지 않을 방법 말이다!"

말을 꺼내는 사람은 없었다.

그렇게 좋은 방법이 있을 리 만무하다. 만일 이곳에, 이를테면 잠입 기술에 탁월한 능력을 가진 자가 있다면 상황은 달랐을지도 모르지만, 그런 자는 없다.

그것은 레메디오스도 알고 있을 것이다. 전투 상황의 판단에서는 짐승 같은 감을 가진 그녀가 좋은 생각을 떠올리지 못한다는 것은 그러한 수단이 없다는 뜻이다.

그래도 왜 인정하지 않을까.

왜 한 사람도 죽지 않는 방법을 고집할까.

마도왕의 말이 고개를 들었다―― 이것이 바로 '필요한 희생' 아닐까? 누구 하나 죽지 않는 방법 따위, 어지간한 실력 차이와 행운이 없는 한 존재하지 않는다.

"커스토디오 단장님."

네이아의 목소리는 공연히 크게 울려 퍼졌다.

"지금이라면 소수의 희생으로 끝낼 수 있지 않습니까?"

레메디오스가 눈에서 불꽃을 튀기며 네이아를 노려보았다.

강한 전사에게서 뿜어져나오는 격정에 몸이 떨릴 것 같았다. 그러나 자신의 생각은 틀리지 않았다.

"그것은 정의가 아니다!"

레메디오스의 일갈.

'정의? 정의란 대체――.'

주위의 성기사들은 입을 다문 채 아무도 말을 할 생각이 없는 듯했다. 주위를 적에게 포위당한 듯한 기분이 든 네이아가 뒷걸음질 치자, 누군가가 등에 팔을 감았다.

쳐다보니 그곳에 있던 것은—— 역시 마도왕이었다.

"——나는 바라하 양을 지지하네."

조용한 목소리로 찬동한다. 그러나 그것은 네이아에게는 억만의 아군에 필적하는 것이었다.

"닥쳐라!"

레메디오스가 다시 일갈했다. 그러나 그것은 멀리서 도우러 온 타국의 왕에게 할 말이 아니었다. 용납되는 행동과 용납될 수 없는 행동이 있다.

"지금 여기서 필요한 것은 국면의 전환이지 분풀이가 아니라 생각하네만…… 하는 수 없군. 내가 상황을 변화시켜 주지."

마도왕이 중얼거리고, 일행과는 반대 방향—— 문으로 걸어갔다. 갑작스러운 행동에 누군가가 그를 불러세우기도 전에 바포르크가 고함을 질러 경고하는 것이 들렸다.

"거기 가면 쓴 놈! 물러나라고 했잖아!"

"같잖구나! 인간 하나의 목숨에 얼마만한 가치가 있다고 생각하느냐!"

마도왕도 그에 못지않은 큰 목소리로 대꾸했다.

"뭐, 뭐야!"

"우리의 목적은 이 안에 있는 모든 바포르크를 죽이는 것!

인간 따위 어떻게 되어도 상관없다! ——〈마법 효과범위 확대화Widen Magic : 화염구〉."

노성으로 대답한 마도왕이 손을 내밀자, 그의 손바닥에 떠오른 불덩어리가 문 위에 있던 바포르크와 소년에게 날아갔다.

그리고 거대한 불꽃의 폭발이 두 사람을 중심으로 감시대를 감싸버렸다.

그 위에 있던 자들이 일격에 떨어졌다. 소년을 붙잡았던 바포르크도 소년과 함께 뒤얽혀 머리부터 이쪽 지면에 처박혔다.

"〈마법최강화Maximize Magic: 충격파Shock Wave〉."

이어지는 마법공격으로 반파됐던 문이 날아가버렸다. 게다가 그 뒤에 있던 바포르크의 무리도 작업하던 바리케이드까지도 산산이 흩어져 커다란 구멍이 뚫렸다.

"자, 성기사들이여! 돌격하라! 안에 있는 바포르크들을 한 놈도 남김없이 죽여라!"

그 목소리에 제정신을 차린 듯 레메디오스가 움직였다.

"네놈——!"

"——단장님!"

"으으윽! ——돌격하라!"

레메디오스의 말에 성기사들이 움직였다. 그렇다기보다는 생각을 멈추고 명령에 모든 것을 맡겼다는 표현이 더 정확하리라.

"마도왕 폐하, 감사드립니다!"

구스타보도 그 말만을 하고는 달려나갔다. 이어서 성기사와 신관—— 조금이라도 도리를 아는 자들에게서 감사의 시선이 날아들었다. 마도왕에 대해 노골적으로 불쾌함을 보인 것은 레메디오스 하나뿐이었다.

조용한 목소리로 마도왕이 네이아에게 말했다.

"——바라하 양. 내가 그대들이 상상도 하지 못하는 마법으로 소년을 구할 수 있었으리라 생각했나?"

조금은 그렇게 생각했다. 하지만 마도왕이 그렇게 했던 데에는 모종의 이유가 있었을 것이다.

"어, ……네. 그렇습니다."

"흠. 그렇겠지."

마도왕이 몇 번 고개를 끄덕였다. 네이아는 그대로 침묵한 채 말을 들었다.

"분명 그럴 수도 있었다. 내가 습득한 여러 가지 마법이라면 소년 한 사람만을 구해내기도 쉬웠다. 그러나 그럴 수는 없었다. 바포르크 놈들에게 소년을 살리는 모습을 보여줄 수는 없었기 때문이다."

처음으로 얼굴에 의문을 띄운 네이아에게 마도왕은 부드럽게 설명해 주었다.

"그 이상 인질이 유효함을 알린다면 이 안에 있는 포로는 방패로 쓰여 전투 중에 검 앞으로 밀려날 것이다. 그렇게 되면 망설임을 보이는 성기사들에게도 피해가 나올 수 있지. 이쪽의 병력이 적은 이상 한 사람이라도 성기사가 줄어드는 것은 큰 손실이다. ……란체스터였던가, 그런 법칙에 그렇게 나와 있다더군."

마도왕이 문으로 다가가고 네이아는 그 뒤를 따랐다.

"반대로 인질이 유효하지 않다는 사실을 알리면 바포르크에게 포로는 거추장스러운 존재가 된다. 하지만 공격을 받아 성벽을 빼앗길 것 같은데 포로를 죽이겠다느니 느긋한 소리를 할 시간이 있을까? 저항도 못하는 자를 죽이는 행위는 우선순위가 낮지 않겠나."

"그 말씀이 옳다고 생각합니다."

"그렇게 됐던 것이다. 포로를 죽이고 돌아다니며 쓸데없이 시간을 낭비하느니 적의 침공을 저지할 준비를 해야겠지. 그러므로 인질은 유효하지 않음을 명확히 알릴 방법으로 목숨을 빼앗아야만 했다."

바로 그렇다. 레메디오스의 행동으로는 결국 누구 하나 구하지 못했을 가능성이 있었다는 것이다.

마도왕은 발밑에 쓰러진 소년의 시체를 천천히 안아 들었다.

"폐하, 제가──."

"──나의 일이 아니겠느냐. 이것은."

마도왕에게 안긴 소년과 함께, 네이아는 레메디오스가 꽂아놓은 깃발까지 돌아갔다.

가죽자루에 든 물로 천을 적셔, 마도왕이 지면에 눕힌 소년의 얼굴에 묻은 때를 네이아가 닦아주었다.

뺨은 움푹 들어가고 팔이며 다리는 놀랄 정도로 가늘었다.

이 아이가 얼마나 열악한 환경에 있었는지를 잘 알 수 있었다.

"바포르크 놈들……."

"이런 말은 하지 않아야 할지도 모르겠지만, 그래도 말하마. 나는 마도국의 왕이지 이 나라 백성의 왕이 아니다. 그렇기에 냉철하게 판단할 수 있었다. 하나의 목숨보다는 천의 목숨을 구해야 한다고. 만일 이 소년만이 우리 나라의 백성이었다면 이 아이를 우선시해 구했겠지. 수긍할 수 없다면——."

"——아닙니다. 고맙습니다, 폐하. 그 생각에 저도 수긍합니다. ……폐하는 정의시군요."

"……음? 무슨 소릴 하나?"

"죄송합니다. 어, 음, 폐하는 정의를 행하신 것이지요?"

무슨 말을 하는 걸까, 스스로도 그런 생각이 들었다.

어이없어하지 않을까 생각했으나, 자비로운 마도왕은 네이아에게 대답해 주었다.

"……어? 음, 아니, 나는 정의가 아니라고 생각한다만. 무엇보다 정의인지 아닌지는 타인이 판단하는 것일 테니. 내가 하는 일은 매우 심플하다. 뭐, 이름을 널리 알리고 싶다는 마음도 있었다만……."

네이아의 머릿속에 조각상이 떠올랐다.

'이름을 널리 알리고 싶다는 건, 역시 마도왕은 자기과시욕이 강한 걸까?'

"그렇다고는 하지만 이제는 억지로 해야 할 필요는 없지 않을까 하는 생각이…… 시시한 소리를 했구나. 나의 목표는 나와 아이들이 행복하게 살아갈 수 있는 것. 그뿐이며, 그것이 전부다."

언데드인 마도왕에게 아이가 있으리라고는 생각할 수 없었다. 자신의 피를 이었다는 의미에서의 아이가 아니라, 큰 의미에서의 아이라는 뜻이리라. 아니면 자기 나라의 백성을 아이처럼 여기는 걸까.

'어느 쪽이든 다정한 분이구나……. 분명 가장 약한 존재인 아이들이 행복하게 살아갈 수 있는 세계란 정말 훌륭한 것이겠지. 그런 분이 소년의 목숨을 어떤 심정으로 빼앗으셨을까…….'

문을 바라보는 해골의 옆모습에는 아이를 죽인 데 대한 슬픔이 배어나오는 듯했다.

"시시한 소리를 다 했군. 자, 이 이야기는 그만 하겠다. 바라하 양, 나에게는 건방진 소리를 할 자격은 없다만 그대만의 정의를 찾을 수 있다면 좋겠군."

"……마지막으로 한 가지만 더 여쭈어도 되겠습니까? 폐하께서는 자신의 부하 분들이 인질로 잡히셨을 경우, 조금 전과 같은 행동을 하실 겁니까?"

"……이것은 푸념이다만, 내 부하들은 다른 의미 때문에 난감하다."

"그것은 대체, 어떤 의미인지요?"

"옛날에 호기심으로 물어본 적이 있지. 인질로 잡혀 나와의 교섭에 쓰이게 된다면 어떻게 하겠느냐고. 그러자 모든 자가, 즉시, 방해가 되느니 자결하겠다고 단언했다. 아니 너희는 내가 구하러 갈 때까지 기다린다거나 그런 판단을 좀 해 줄 수는 없겠냐 싶었지……. 충성심이 강한 것은 기쁘다만 뭐랄까, 조금 더 이렇게, 어떻게 안 될까. 좀 지나치게 과격하단 말이지, 내 부하들은."

손을 까닥까닥 움직여가며, 마도왕은 지친 듯 말했다.

남의 위에 선 자로서 그것은 사치스러운 고민이 아닐까 네이아가 생각하고 있으려니, 문 있는 곳에서 피에 젖은 검과 갑옷으로 무장한 레메디오스가 나타났다. 투구는 벗고 있었으며, 그 덕분에 앞머리가 땀으로 이마에 달라붙은 피곤한 모습이 고스란히 보였다.

그 뒤에 선 구스타보에게 무언가 지시를 내리던 레메디오스와 아주 짧은 한순간이었지만 눈이 마주친 것을 느꼈다.

아니, 네이아와 눈이 마주쳤다기보다는 마도왕을 본 레메디오스의 시선 안에 우연히 네이아가 있었다고 해야 하리라.

레메디오스는 아무 말 않고 무표정하게 다시 문 안으로 돌아갔다. 대신 구스타보가 두 사람 쪽으로 달려왔다.

"마도왕 폐하, 감사드립니다. 다소의 피해는 나왔으나 폐하의 조력 덕분에 최소한도로 억제할 수 있었다고 확신합니다. 원래 같으면 단장님이 직접 감사를 드려야 하겠사오나 백성들의 비참한 상황에 동요하신지라 제가 대신 말씀드리는 것을 용서하여 주십시오."

구스타보가 시선을 소년에게 흘끔 돌리고 눈을 내리깔았다.

"마음에 두지 않아도 되네. 대신 단장을 잘 위로하게."

"고맙습니다."

"헌데 상황이 얼마나 비참했기에?"

"예. 몇 명을 구출해 이야기를 들어본 바, 놈들은 포로의 피부를 벗겨냈다고 합니다. 아인들이 아니라 얄다바오트가 보낸 악마들이 그렇게 했다는 듯합니다."

비참한 상황에 동요했다는 것은 단장의 무례를 감싸주기 위해 지어낸 이야기라고 생각했는데, 그렇지 않은 모양이었다. 네이아가 놀라고 있으니 마도왕이 의아하다는 듯 고개를 갸웃했다.

"왜 피부를? 어째서? 그걸 먹나? 닭껍질처럼?"

"글쎄요, 저희는 전혀……. 아인들은 여기에 관여하지 않았던 듯하오나…… 마도왕 폐하께서는 무언가 짐작 가시는 바가 없습니까? 악마의 의식이라든가?"

"아니, 미안하네. 나도 전혀 모르겠군. 당최 감이 오질 않네. 얄다바오트는 왜 그런 짓을 하지?"

진심으로 의아하다는 듯 마도왕이 대답하고 세 사람은 얼굴을 마주 보며 고개를 갸웃했다. 그렇다고는 해도 악마가 하는 짓이니, 그저 인간에게 고통을 주고 싶었기 때문일 가능성도 크다.

"……나중에 신관들에게 물어보겠습니다. 그러면 마도왕 폐하. 아인을 완전히 소탕하고자, 어딘가에 숨어 있지는 않을지 수색을 하고 있사오니 조금만 더 시간을 내주셨으면 합니다."

구스타보는 그렇게 말하고 문으로 돌아갔다.

그리고 10분 정도가 지나자, 문 쪽에서 언뜻언뜻 사람의 모습이 보이기 시작했다.

수용됐던 사람들이다. 인질이 됐던 소년과 마찬가지로 추운 겨울철 차림이라고는 생각할 수 없을 정도로 너덜너덜한 옷을 입고 있었다. 정문까지 호위하고 온 것으로 보이는 성기사는 금세 다시 돌아가버렸다. 인원이 적은 만큼 계속 왕복하고 있거나, 아직 제압이 완전히 끝나지 않았거나 둘 중 하나일 것이다. 혹은 양쪽 다일지도.

온몸으로 기쁨을 표현하며, 사로잡혔던 사람들이 네이아가 있는 쪽으로 걸어왔다.

하지만 그 걸음이 어떤 일정한 거리에서 우뚝 멈추었다.

아마 마도왕의 모습이 보였기 때문이리라. 그리고 다시 조금 지난 후 이쪽을 향해 걷기 시작했다. 마도왕이 가면 같은 것을 썼다고 생각했는지도 모른다.

그 속에서 한 남자가 달려나왔다.

숨을 헐떡이며 달려온 사내는 네이아와 마도왕의 발밑에 쓰러진 소년의 앞에서 무릎을 꿇었다. 아니, 주저앉았다고 해야 할까.

그리고 소년의 얼굴을 쓰다듬으며, 이미 목숨이 깃들지 않은 것을 인식하자 비명 같은 울음소리를 내기 시작했다.

틀림없이 아버지일 것이다.

네이아는 입술을 깨물었다.

소년의 이름을 부르며 우는 사내에게, 마도왕이 조용히 말했다.

"그 아이를 죽인 것은 나다."

네이아는 깜짝 놀라 마도왕을 보았다. 그런 이야기를 지금 할 필요가 있을까.

그러나 그렇게나 총명한 마도왕이 갑자기 아무 목적도 없이 그런 말을 꺼냈을 리는 없다.

"왜, 왜 죽였어!"

고개를 든 사내의 눈에는 증오의 불길이 타올랐다. 반면에 ——.

마도왕에게서는 조소하는 웃음소리가 나왔다.

"당연히 너희의 목숨을 구하기 위해서다."

"뭐, 뭐라고!"

한순간 사내의 눈에 공포의 빛이 어렸다. 마도왕의 얼굴이 결코 만든 것이 아님을 깨달은 듯했다. 그리고 도움을 청하듯 좌우를 둘러보는 그의 눈이 네이아에게 향했다.

하지만 네이아가 무슨 말을 하기도 전에 마도왕이 물었다.

"그러면 묻겠다. 너는 어째서 자기 자식을 지키지 않았느냐? 이 아이는 인질로 우리 앞에 끌려 나왔다."

"지켰다! 하지만 빼앗겼어! 놈들은 나보다도 강해서 어쩔 방법이 없었어!"

다시 마도왕이 조소했다.

"그러면 다시 묻겠다. 왜 너는 살아 있느냐?"

사내의 표정이 멍해졌다.

"왜 자식을 지키고 죽지 않았느냐고 묻는 것이다. 목숨의 가치는 모두 같지 않다. 그 아이의 목숨에 가장 높은 값을 매기는 자는, 방금 태도로 보건대 너였을 것이다. 그렇다면 너는 왜 죽을 각오로 발버둥 치면서 지키지 않았느냐?"

다른 이들은 멀찌감치 떨어져 눈치를 살피고 있었다.

그들의 얼굴에 맺힌 것은 불안과 공포, 그리고 아이의 목숨을 빼앗은 마도왕에 대한 분노일까.

"무, 무슨 말을……."

"네가 지키지 못했던 것이다. 그것을 남의 탓으로 돌리지 마라. 약한 너의 잘못이었다. 그리고 한 가지 착각하는지도 모르겠다만…… 나는 네가 너보다 강하다고 했던 바포르크보다도 강하다. ……자식을 잃은 네 딱한 처지를 보아 다소의 폭언은 용서하겠다만, 한도를 넘어선다면 너를 죽이겠다."

뼈로 된 손가락을 내밀어 사내의 얼굴을 가리킨다.

"다, 당신은 강하니까—— 강하니까 그런 소리를 할 수 있지! 모두가 강한 건 아니야!"

"지당한 말이다. 나는 강자이기에 이런 말을 할 수 있다. 그리고 너희가 약자라면—— 빼앗기는 것은 당연하지 않나? 약자가 강자에게 빼앗기는 것은 지극히 당연한 일이다."

마도왕의 시선이 주위에 있던 백성들에게 향했다.

"너희도 저곳에서 체험하지 않았느냐? 바포르크라는 강자에게."

"강하면 뭘 해도 된다는 거야?!"

"그렇다. 강하면 무엇을 해도 상관없다. 그것이 이 세상의 섭리다. 그리고 그것은 나에게도 적용된다. 나도 나보다 강한 상대 앞에서는 빼앗길 수밖에 없겠지. 그렇기에 힘을 추

구하는 것이다.”

네이아는 그제야 마도왕이 얄다바오트의 메이드를 원하는 이유를 이해했다.

‘이분은 자국을 지키기 위해, 자국의 아이들을 지키기 위해 힘이 필요한 거구나. 역시…… 힘이 필요한 걸까…….’

“뭐, 그렇기에 약자인 너희는 강자인 줄로만 알았던 성왕국이라는 나라의 비호를 받았겠지만…… 참으로 딱하구나. 그런 약자의 비호를 받았다니. 만일 나—— 마도국이라는 나라의 비호를 받았다면 이런 슬픈 일은 일어날 수 없었겠지. 왜냐하면 나는 온 힘을 다해 백성을 지키고, 바포르크 놈들을 물리쳤을 테니.”

주위에 있던 자들은 아무도 말을 하지 못했다.

마도왕의 의견은 냉철하고 잔인했으나, 이 세계의 진실을 고하고 있었다.

이 의견에 대항하기 위해서는 이성이 아니라 감정에 호소할 수밖에 없을 것이다. 그러나 또 다른 감정, 마도왕에 대한 공포 때문에 그럴 수 없었다.

“이, 이 자식은 언데드잖아! 왜 언데드 따위가 이런 곳에 있는 거야?!”

마도왕이 무서워서 아무 말도 할 수 없게 된 사내가 네이아에게 화살을 돌렸다. 그러나 네이아가 무언가 대답하기도 전에 역시 마도왕이 먼저 말했다.

"뻔한 이야기를 하는군. 너희 나라를 구하기 위해서다. 그리고 실제로 그 언데드 따위에게 너희는 도움을 받았지. 그것이 마음에 들지 않는다면 너희끼리 나라를 구해 보면 어떻겠나?"

그 선언에 사내의 눈이 네이아에게 물었다. 하지만 그녀는 아무 말도 할 수 없었다.

왜냐하면 그것 또한 사실이었으므로.

만일 이 나라 사람들만으로 얄다바오트를 쓰러뜨릴 수 있었다면 마도왕은 이곳에 없었을 테니까.

사내가 겁을 먹은 듯 소년의 시체를 안아 들고 등을 돌린 채 달려갔다. 그가 달려간 방향에 있던 주민들의 얼굴에 공포가 떠올랐다.

그 사내의 뒷모습에 말한 것인지, 아니면 혼잣말이었는지는 알 수 없지만 마도왕이 중얼거리는 소리가 네이아에게 들렸다.

"나도 약하면 빼앗기는 입장이 된다. 그렇기에 강함을 추구한다는 것을 잊어서는 안 된다. 나와 같은 수준의 힘을 가진 존재가 틀림없이 있으리라고 마음에 담아두어야 한다."

3

첫 번째 포로 수용소를 습격해 사로잡힌 사람들을 구출한 해방군은 이튿날 다음 포로 수용소로 향했다.

이것은 기세를 타서가 아니라 좀 더 절박한 여러 가지 이유 때문이었다. 그 중에서 가장 절실했던 것은 당초 우려했던 것 이상으로 포로 수용소에 비축됐던 식량이 적었기 때문이었다.

이것은 아인들이 포로에게 충분한 식량을 주지 않았던 사실과, 정해진 날짜마다 아인들이 근교의 소도시에서 식량을 수송해오는 시스템이었기 때문이다. 이 운반책은 포로 수용소에 모종의 이상사태가 발생하지 않았는지를 확인하는 감찰단의 역할도 맡고 있을 것이다.

설령 그들을 전멸시켜 식량을 강탈한다 해도, 아인이 귀환하지 않는다면 도시 측에서도 이 포로 수용소에서 문제가 발생했다고 판단하게 된다. 당연히 알다바오트도 그 사실을 즉시 알아차린다. 그렇게 되면 성기사단이 감당하지 못할 만한 대군을 파견할 가능성이 매우 높다.

마도왕의 뒤에 서서 회의에 참가한——한마디도 안 했지만——네이아의 다리가 아파질 정도로 의견이 분분했던 시간을 거쳐 나온 안은 두 가지.

첫째는 수용소를 하나 해방시킨 성과를 가지고 남부로 피난해 그곳에 있을 국군에 몸을 맡기는 것.

둘째는 선수를 쳐서 소도시로 향해 그곳을 함락시키는 것이다.

이 두 가지 상반된 의견은 각각 문제를 내포하고 있었지만, 성기사단 단장 레메디오스의 일갈에 후자가 채택됐다.

레메디오스가 소도시를 공격하고자 했던 데에는 극비의 이유가 있었다.

아인들에게서 정보를 얻어낸 결과——물론 그 후 죽였다——이번에 침공한 도시에는 왕족 같은 인물이 사로잡힌 것으로 보인다고 했다.

만일 정말로 왕족이라면 사태는 호전될 가능성이 높다. 왕족이 아니어도 나름 지위와 연고를 가진 대귀족이라면 만만세다. 구해 주었다는 은혜를 내세워 남부의 군세에 압력을 가할 수도 있고, 지원을 요구할 수도 있다.

다만 네이아는 의문을 씻을 수 없었다.

"폐하, 정말로 왕족 내지는 유력귀족이 있을까요?"

옆에서 말을 모는 마도왕에게 물었다.

네이아가 말을 타도록 허락을 받은 것은 마도왕에게 맞추기 위해서다. 그렇지 않으면 종자라는 낮은 지위에 있는 네이아의 말 따위는 제일 먼저 빼앗겨 짐말로 쓰였을 것이다.

"함정이라고 생각한다. 그렇지 않다 해도 그에 상응하는 병력이 단단히 수비하고 있을 테고, 경우에 따라서는 악마도 있을지 모르지. 그런 부분은 커스토디오 단장과 성기사들도 아는 듯했다. 그래도 각오를 다지고 이 전투에 임하는 것이겠지. 때로는 도박을 할 필요도 있으니.”

남부의 지원을 얻지 못한다면 머지않아 분명히 굶어 죽는 사람이 나온다. 또한 해방군을 유지하지 못하게 된다. 네이아도 그 점은 알고 있었다.

이윽고 전방에 목적지인 소도시가 보이기 시작했다.

제일 뒤에서 말을 타고 따라오던 네이아는 자신의 앞에서 걸어가는 민병대를 보았다.

그들은 얼마 전 포로 수용소에서 구출한 성왕국 백성들이다. 원래 같으면 휴식을 취해야 할 그들이 무기를 들고 행군하는 것은 소도시에 있는 아인들의 수가 포로 수용소 때보다 많으리라 예상됐기 때문이다.

예상보다도 훨씬 쇠약해진 사람이 많아, 병사로서는 기대할 수 없다. 하지만 없는 것보다는 낫다는 생각에 동원됐다.

네이아 정도의 기술로는 이만한 군세를 아인 정찰부대에게 들키지 않도록 하기란 어려웠으므로, 시간을 우선시해 서둘러 왔다. 그 결과 민병대의 피로는 더욱 커졌으며, 시간이 지남에 따라 포장 없는 짐마차에 올라타는 어른의 수는 늘어만 갔다. 덜컹덜컹 기분 나쁠 정도로 흔들리는 짐마차에서도 푹 곯아떨어진 것을 보면 어지간히 피로가 쌓였던 것이리라. 대신 어린애라도 기운이 있는 사람은 걷게 했다.

신관들은 이 정도로 걷는 생활에 익숙하지 않은지, 이따금 부러운 눈으로 짐마차를 바라보았다.

'이런 상태여도 도착하면 즉시 전투에 들어가야만 하는데, 정말 괜찮은 걸까.'

오는 도중 열린 작전회의에서는, 도착 후 즉시 도시공략전에 들어간다는 내용이 결정됐다. 시간도 식량도 여유가 없기 때문이다.

밝을 때 적이 기다리는 시벽 안쪽으로 쳐들어가는 것은 위험하다. 적에게 접근하려면 밤이 그나마 나은데, 밤눈이 밝지 않은 인간에게는 불리하다. 특히 징병됐을 때만 전투훈련을 받는 평민에게 야간전투는 위험성이 크다. 그렇기도 해서 주간부터 쳐들어가게 됐다.

전방에서 전열을 정비하기 시작했다. 최전선은 성기사가 맡으며, 그 뒤가 수용소의 집을 허물어 만든 나무벽을 든 평민. 마지막이 신관이었다.

작전은 지난번과 마찬가지로 천사들이 시벽의 방위병을 붙들어놓은 동안 성기사들이 문을 부수는, 힘으로 밀어붙이는 전술이었다. 평민들의 역할은 숫자를 맞추는 것. 병력이 이만큼 있다고 적을 위압하는 면이 크다. 그렇기에 평민들에게는 전투를 피하고, 만일 싸우게 되면 여럿이서 한 명을 상대하도록 지시를 내렸다.

"……그러면 실력을 보도록 할까."

마도왕이 멀거니 중얼거렸다.

옵저버인 마도왕은 전투에 관여하지 않는다.

이러한 공성전에서야말로 힘을 빌려주었으면 싶었지만, 회의에서 그런 말을 꺼내는 자는 없었다. 애원하는 시선을 느끼기는 했으나 일부러 무시했는지, 마도왕은 현재 가장 뒤쪽에 있었다.

수용소 때와 마찬가지로 전투가 시작됐다.

소도시라 해도 이 주변에서는 가장 큰 도시이므로, 시벽에는 강철로 보강된 낙하식 격자문, 돌을 떨어뜨리기 위한 투석구가 갖춰져 있었다. 벽의 재질은 나무가 아니라 돌이다. 또한 마을에 손을 보아 만든 수용소보다는 튼튼한 시벽과 문을 가졌다. 다만 이 도시의 인구는 1만이 넘지 않으니 견고하다고 평할 정도의 높이와 두께는 아니었다.

공격하는 입장에서는 성가시고 방어하는 입장에서는 불안하다는, 그 정도 평가가 딱 어울렸다.

레메디오스를 선두에 세워 성기사들이 돌격하고, 시벽 위에 있던 아인에게 천사가 달려들었다.

다만—— 아인의 공격을 받아 빛의 입자가 되어 사라져가는 천사가 드문드문 보였다. 아인들은 지난번 포로 수용소에서 보았던 것과 같은 바포르크였는데, 역시 도시를 지키는 만큼 호락호락하지 않은 강병도 있는 듯했다.

그 중에서도 눈에 뜨이는 것은 시벽 위에 있는 ——흉벽에 가려 보이지 않았으나—— 훌륭한 창을 가진 바포르크였다. 그놈이 수많은 천사를 물리치는 듯했다.

그 바포르크가 우렁찬 함성을 내지른다. 아마 모종의 특수능력이 있는 것이겠지만, 천사에게는, 그리고 밑에서 문을 부수려 하는 성기사들에게는 그 영향이 미치지 않았다. 범위가 좁은 것인지, 아니면 같은 편에게만 효과가 있는 것인지는 알 수 없다. 그래도 모종의 특수능력을 가졌다는 사실은 기억해 두는 편이 좋을 것 같다.

시선을 밑으로 내리자 문에서 양측이 격렬하게 충돌하고 있었다.

낙하식 격자문 너머, 도시 측에서 바포르크가 휘두르는 창이 튀어나왔다. 하지만 아래에 긴 스파이크가 달린 방패를 든 성기사들이 이를 받아내고, 파성추를 든 성기사들이 공격당하지 않도록 막아냈다. 레메디오스는 튀어나온 창을 베어버리기까지 했을 정도였다.

투석구에서는 열탕이 쏟아져 증기가 솟았다. 하지만 이런 공격이 있으리라 예상하고 〈불 속성 방어Protection Energy Fire〉를 이미 걸었기 때문에 성기사들에게는 평범한 물이나 다를 바 없었다.

물론 지금은 겨울이니 열탕의 온도가 떨어지면 매우 귀찮아지겠지만, 아직은 문제가 되지 않는다. 열탕 대신 끓는 기름을 사용했다면 검을 든 손이 미끄러졌겠지만, 아인들에게도 기름은 귀중한지 그런 준비는 없는 모양이었다.

천천히 전진하던 민병대가 수용소에서 가져온 나무벽을

내리고 방패로 삼았다. 당연히 금속이 더 낫겠지만 그만한 무장을 입수하지 못했으므로 마련한 고육지책이다. 불안해도 없는 것보다는 나은 벽 뒤에 숨은 민병들이 투석용 슬링을 돌리기 시작했다. 목표는 천사들과 싸우는 아인이다. 당연히 그들은 전투에 익숙하지 않으므로 돌이 천사를 맞히는 경우도 많았다. 그러나 천사들은 마법이 담기지 않은 공격에는 내성이 있다. 대미지를 경감할 뿐 전부 무효화하는 것은 아니라지만 민병이 던진 돌이 그리 큰 대미지를 입힐 리는 없다. 아인이 돌에 맞았을 때의 대미지가 훨씬 컸다.

천사가 쓰러질 때마다 신관들이 새로운 천사를 소환해 전선에 투입했다. 수는 적지만 피로도 손상도 없는 새로운 병사가 계속해서 추가되는 셈이니 아인들의 저항이 약간 주춤해지는 것을 이곳에서도 알 수 있었다.

"……흐음. 상대가 방어마법을 걸었으리라 예상하고 반대로 냉수를 끼얹는 편이 효과적이겠군. 겨울철의 냉기에 단숨에 체온이 떨어지겠어. ……보통은 불에 대한 수비만을 강화할 테니."

전장을 보던 마도왕은 담담히 분석하듯 중얼거렸다. 무어라 대답할지 난감해지는 말이었다. 아직까지 전사자는 나오지 않았어도 부상자는 있는 전투에서 그러네요, 라고 말하기는 힘들었다.

"그런데 바라하 양은 전투에 참가하지 않아도 되나? 내가 준 활이라면 나름대로 성과를 낼 수 있을 텐데."

네이아는 마도왕의 곁에 대기하며 자신의 몸을 방패 삼아 그를 지키는 것이 역할이다. 그러므로 전투에 참가하라는 명령은 받지 못했다.

다만 지난번에도 그랬듯 마도왕은 활을 쓰게 하고 싶어하는 듯했다.

'빌려주신 무기를 썼으면 하시는 건가? 여기서 쏴보는 것도 좋지만, 빌린 무기로 쏜 첫 화살이 빗나가는 건…….'

망설이던 네이아가 대답하려 했을 때, 문 쪽에서 고함이 들렸다. 쳐다보니 격자문이 찌그러진 모양이었다. 고함의 정체는 성기사들의 환성과 아인들의 낙담한 비명이 섞인 것 아니었을까.

문을 파괴하자 성기사들이 밀려 들어갔다. 레메디오스의 뛰어난 검술 앞에서 동요하던 바포르크 무리의 조바심은 더욱 강했을 것이다.

그리고—— 성기사단이 술렁거리더니 뒤로 물러났다.

네이아의 날카로운 시력이, 문으로 쇄도하던 성기사들의 좁은 틈을 통해 무슨 일이 일어났는지를 포착했다.

그때와 같은 광경이었다.

그때의 어린애보다도 더 어린 아이를 붙든 바포르크가 문 건너편에서 성기사들에게 무언가 명령하고 있었다.

여기까지 목소리는 들리지 않았지만, 말하고 있는 내용은 상상이 간다.

성기사들이 뒤로 물러나고, 그 중에서도 레메디오스와 구스타보가 선두로 돌아갔다. 그리고 신관들에게 명령하고 있었다. 천사들을 후퇴시키지 않으면 놈들이 아이를 죽일 거라고.

“또 저러는군. 여기서는 대화를 알아듣기 힘든걸. 저기까지 가 이야기에 참가하고 싶다만, 어떨까?”

“제게 의견을 물으실 필요는 없습니다, 마도왕 폐하.”

네이아는 마도왕과 함께, 문에서 조금 떨어진 곳——문과 마도왕의 중간지점——에 있는 민병들에게서 불안한 시선을 받으며 토론을 하는 레메디오스에게 다가갔다.

“역시 놈과 교섭을 해야 한다.”

그렇게 말하는 것은 레메디오스였으며, 투구를 벗고 낯을 찡그리는 것은 다른 자들이었다. 포로 수용소에서 무슨 일이 있었는지를 알기에 도저히 찬동할 수 없다고 얼굴에 적혀 있었다.

마도왕이 왔음에도 해답은 나오지 않았다.

아니, 어떻게든 구출해야 한다는 레메디오스에게 다른 이들이 그것은 불가능하다고 어떻게든 설득하려는 것이리라.

구체적인 방안이 나오지 않는 허무한 의견만이 오가고, 저마다 눈치를 살피고 있을 때, 구스타보가 눈에 힘을 주며 목소리를 높였다.

“단장님! 그렇게나 논의하지 않았습니까! 시간이 있어도, 아무리 생각해도 방법은 없었다고, 그 아이는 구할 수 없었다고!”

구스타보의 말을 들은 네이아는, 작전회의를 하던 천막에서 마도왕이 떠나간 후에도 단장들이 회의를 되풀이했음을 알게 되었다. 그와 동시에 성기사들로는 결코 무혈로 끝낼 수도 없음을 깨달았다.

레메디오스는 입술을 깨물고 한 마디도 하지 않았다. 그러나——.

“단장님! 이제는 희생 없이 전쟁에 승리할 수는 없습니다! 하나를 버리고 다수를 구해야 합니다!”

그 말에 레메디오스의 눈에 시뻘건 불꽃이 피어나는 것을 네이아는 보았다.

“——그것은 성왕녀 폐하의 전쟁이 아니다! 우리는 성왕녀 폐하의 검이다! 이 나라의 모든 백성이 안락하게 살아가기를 바라시는 성왕녀님의!”

“하오나 성왕녀님은…….”

돌아가셨다고 말을 이으려던 구스타보보다도 먼저 레메디오스가 외쳤다.

“다음 성왕님은 아직 즉위하지 않았다! 그렇다면 너희가 검을 바친 성왕녀님의 생각을 지켜야 하지 않나! 충성을 맹세했으면서 이를 어겨서 어쩌겠다는 것이냐!”

아아, 그랬구나.

네이아는 수긍했다.

레메디오스는 속박된 것이다. 충성을 바친 대상의 부탁에.

백성을 사랑했던 성왕녀를 섬기는 기사단이, 백성을 버리는 행동을 할 수는 없다고.

이를 어기게 할 수 있는 사람은 그녀가 다음에 충성을 바칠 인물뿐일 것이다.

"내 말이 틀렸나! 너희는 무엇에 검을 바쳤나! 무슨 의식을 거쳐 성기사로 인정을 받았나! 이 기사단은 누구를 섬긴다고 생각하나!"

종자 계급이 될 때는 성왕을 배알하고 검을 바치는 의식을 치른다. 마찬가지로 성기사는 성왕이 바뀔 때마다 배알하며 당대 성왕에게 검을 바치고 충성을 맹세한다. 그렇기에 이 성기사단에 속한 모든 이가 성왕녀에게 검을 바쳤다.

"아니면, 뭐냐."

레메디오스의 목소리가 갑자기 바뀌었다. 열기가 단숨에 식고, 얼어붙을 듯한 냉기를 띤 목소리로.

"약한 백성에게 행복을, 아무도 울지 않는 나라를. 그렇게 말씀하신 성왕녀님의 바람이 잘못됐다는 것이냐?"

"잘못되지 않았습니다! 그러나 상황에 따라…… 바뀔 필요는 있습니다."

"누가 말이냐? 누가 바꾸지? 대답해 봐라. 누구 하나 죽는 이가 나오지 않는 것 이상의 정의가 존재하나?!"

구스타보는 입을 다물었다.

네이아는 조금 전의 생각이 착각이었음을 깨달았다.

충성을 바친 성왕녀의 생각에 지배당한 것이 아니다.

레메디오스는 정의를 실행해야 한다고 말하는 것이다. 그것이 얼마나 어려운 길이든, 돌파하기 곤란하든, 옆길로 새나가는 일 없이 그저 나아가라고.

대를 구하기 위해 소를 희생한다는 생각과, 대도 소도 구하고 싶다는 생각. 어느 쪽이 정의라 할 수 있을까.

말할 것도 없다.

후자라고 단언할 수 있다. 그것은 너무나도 이상적이어서, 보통 사람이라면 이내 포기할 것이다. 그 사실을 이해하면서도 레메디오스는 모든 이를 구해야 한다고 호소하는 것이다.

일반인이라면 포기할 이상을 내건다.

그렇기에 그녀는 성기사단의 단장이며, 최고위의 성기사로 있을 수 있는 것이리라.

레메디오스 한 사람만이 고독한 정의를 추구함을 이해하지 못했던 자신이야말로 연민해 마땅한 존재였던 것이다.

같은 생각을 했는지, 성기사 몇 명이 수치심에 고개를 떨구었다.

하나를 버리고 천을 구하는 마도왕의 정의는 왕으로서의

정의이며, 하나도 천도 구하고 싶다는 레메디오스의 정의는 이상의—— 찬란한 정의일 것이다.

양쪽 모두 정의. 틀리지는 않았다. 그래도——

'——힘이 없으면 정의가 될 수 없을까?'

만일 레메디오스에게 좀 더 강대한, 네이아는 상상도 할 수 없는 신과도 같은 힘이 있었다면, 인질이 된 아이도 도시의 백성들도 구했을 것이다. 그렇게 하면 무엇 하나 문제는 일어나지 않았다.

그러나 현실은 그렇지 않다.

누구 하나 죽지 않는 방법이 떠오르지 않기에 여기서 우왕좌왕하는 것이다.

'정의를 집행하려면 힘이 필요해. 아아, 힘이 있었으면……. 그랬으면 얄다바오트에게 이 나라를 유린당하는 일도…….'

"……의견이 대립하는 와중에 미안하지만, 이대로는 결론이 나오지 않겠군."

매우 냉정한 목소리에 그 자리의 열기가 무산됐다.

"마도왕 폐하……."

"커스토디오 단장. 이대로 두면 지난번처럼 상대에게 인질이 효과적임을 알리게 되네. 나는 누구 하나 죽이지 않고 저 도시를 함락하기란 불가능하다고 생각하네만?"

"그렇지 않다. 훨씬 좋은 방법이 있을 것이다. 누구 하나 죽지 않고 슬퍼하지 않을 방법이!"

피가 배어나오는 듯한 목소리에 마도왕은 태연히 대꾸했다.

"없으리라고 보네만…… 시간을 지나치게 허비하는군. 이래서는 지난번의 전철을 밟을 뿐이지."

레메디오스는 입술을 꽉 깨물었다. 입술에 피가 배어나오는 것이 보였다.

"……그러면…… 단장님. 저 아이는 희생시키겠습니다."

"그건――!!"

"흐음. 그건 내가 하지. 시간을 많이 끈 이상, 지금부터 자네들이 결사의 각오로 공격한다 해도 소소한 희생으로는 끝나지 않을 테니."

"그래도 괜찮으시겠습니까?!"

네이아는 자신도 모르게 외치고 있었다.

"폐하의 마력은 얄다바오트와 싸우기 위해 아껴두어야 합니다. 그것을 써서는 얄다바오트와 싸울 때 불리하지 않겠습니까?!"

"그 말이 옳다, 바라하 양. 그러나 많은 백성을 구하기 위해서는 어쩔 수 없지. ……희생을 전혀 치르지 않기란 불가능하나, 제군이 하는 것보다는 희생이 적을 것이다. 어떤가? 내게 맡기겠나?"

"희생은…… 치러야 하는가……."

"유감스럽게도 그렇다네, 커스토디오 단장."

고개를 숙인 레메디오스가 아무 말도 하지 않고 걸어나갔다. 도시 쪽—— 불안스럽게 지켜보는 민병들 쪽으로.

"실례했습니다, 마도왕 폐하. 단장님을 대신해 저 구스타보가 부탁드리겠습니다."

"음. ……시시한 질문이네만, 자네들은 감사를 해 줄까?"

일동은 마도왕의 질문에 의아하다는 표정을 지었으나, 이내 동의했다. 왜 그런 당연한 질문을 할까. 그런 약간의 불안이 드러나는 것을 네이아는 놓치지 않았다.

"그래. 그러면 나 혼자 도시를 제압하겠다. 제군은 도망치는 자들을 발견하면 죽이거나 포로로 삼도록. 개인적으로는 자세한 정보를 듣고 싶으니 포로로 삼아주면 고맙겠다. 그리고 언데드를 사용할 텐데, 너무 흥분하지 말아다오."

그 말만을 하고는 대답도 듣지 않은 채 마도왕은 문으로 걸어나갔다.

"〈상위 마법봉인Greater Magic Seal〉, 〈집단 전종족 포박Mass Hold Species〉."

발을 멈추지 않고 마도왕이 마법을 걸기 시작했다. 두 가지 정도를 외운 후 스윽 손을 휘두르자, 일렁이는 듯한 그림자가 생겨났다.

그 수는 열 마리.

언데드 특유의, 생명 있는 자에게는 받아들이기 힘든 기척을 뿜어내고 있었다. 고통에 일그러진 표정을 지은 반투명한 존재.

사령Wraith이었다. 그 모습은 보는 자의 종족과 같다고 몬스터 강습에서 들은 적이 있다. 그러나 세 사람 정도의 그림자가 뒤섞인 듯 기이한 외견이 강습의 내용과 달랐다.

"상위 사령High Wraith들이여."

걸음을 멈추지 않는 마도왕을 따르는 수많은 이형의 그림자. 그들이 지나가는 곳에서는 풀이 버석버석 말라 비틀어졌다. 겨울이기에 원래 갈색이기는 했지만 급속도로 수분을 잃고 바스러져간다.

"가서 나의 지시를 기다려라."

중력이 느껴지지 않는 움직임으로 언데드의 무리가 일사불란하게 하늘로 올라갔다. 겨우 몇 초 만에 푸른 하늘 속으로 녹아들어, 네이아가 자랑하는 시력으로도 포착할 수 없었다.

소환한 언데드의 무리에게 자세한 설명을 하지 않아도 되나 싶었지만, 그렇게나 완벽한 작전을 세운 마도왕에게 빈틈은 없을 것이다.

"그, 그것이 무엇이었습니까……?"

"상위 사령이다. 실체가 없는 존재이기에 벽 따위를 뚫고 행동할 수 있지. ……물론 무한히 뚫고 지나가는 것은 아니다만…… 그런 것을 묻고 싶은 것이 아니겠지? 뭐, 도시공략을 위한 포석의 하나다. 그러면 바라하 양은 이곳에서——.”

“——수행하겠습니다.”

“흐음…… 그러면 이 아이템을 목에 걸도록.”

“이, 이게 뭡니까?”

마도왕이 품에서 커다란 홍옥수를 중심으로 그 주위를 오망성이 에워싼 목걸이를 꺼냈다.

“공포에 대해 완전한 내성을 주는 아이템이다. 상위 사령은 공포를 뿌리는 힘을 지녔지. ……한 가지만 말해 두겠다만, 엄청난 혼란 속에 뛰어드는 것이다. 공포에 지배당해 덤벼드는 자들은 때로 무시무시한 힘을 발휘하니. 나도 미처 지켜주지 못할 수도 있다만 그래도 따라오겠——.”

“——함께하겠습니다.”

“으, 으음. 그, 그래. 알았다.”

네이아는 목걸이를 목에 걸었다.

“그렇다 쳐도…… 나 원. 그들이 하고 있는 것은 전쟁이거늘. 아무도 죽지 않는 전쟁이 어디 있겠나.”

마도왕의 농담 같은 말에 네이아는 쓴웃음을 지었다.

물론 레메디오스가 하는 말은 그런 것이 아니다. 마도왕이 그녀의 의도를 파악하지 못했을 리 없겠지만, 아마도 마도왕 나름의 조크였을 것이다. 그렇다고는 하나——.

‘마도왕 폐하는 농담 센스가 별로인가 봐.’

마도왕의 유일한 약점인지도 모르겠다고 네이아가 생각하

는 동안 문 근처에 도착했다.

“물러나라, 성기사들이여. 이제부터는 내가 이 도시를 공략하겠다. 제군은 뒤로. ……음, 그래. 저 언저리까지 물러나도록 하라.”

마도왕이 몸짓으로 가장 뒷줄의 성기사를 손가락으로 가리키고, 무인지대를 나아가듯 문을 향해 걸어갔다.

“어서 물러나! 안 그러면 이 꼬마를――.”

이윽고 마도왕과, 아이를 인질로 잡은 바포르크가 얼굴을 마주하게 됐다.

아인의 표정을 판별하기란 매우 어렵지만 아무래도 놀란 듯했다. 인질을 잡은 바포르크의 주위에 있던 아인들도 비슷한 표정이었다. 아니, 네이아도 마도왕이 갑자기 나타나면 놀랄 것이다.

“……어, 언데드?”

그 목소리를 시작으로 아인들 속에서 물결처럼 ‘언데드’라는 단어가 퍼져나갔다.

“그렇다. 어, ‘더 리빙’ 이라고 했던가? 옛날에 딱 한번 들은 것뿐이라 자신은 없지만.”

“뭐, 뭐라고? 왜, 네가? 진짜…… 아니, 인간?”

네이아에게 흘끔 시선이 움직였다.

“너! 언데드를 사역하는 거냐? 끔찍한 놈들!”

나는 네크로맨서가 아니라든가, 마도왕 폐하께 실례라든

가 여러 가지 생각은 들었지만 네이아는 그저 침묵했다.

"혼란에 빠졌는데 미안하다만——."

"——물러나라, 언데드! 이 꼬마를 죽이겠다!"

바포르크가 소년의 목을 꽉 쥐었다. 소년은 살아 있으면서도 죽은 것처럼 얼굴에 생기가 없었다. 퀭한 눈에 언데드인 마도왕이 비치고 있을 텐데, 아무런 반응을 보일 기미가 없었다. 그래도 목을 붙들리자 컥 하는 작은 숨소리가 났다.

"흐하하! 언데드인 나에게 산 자를 인질로 삼느냐?! 이거 이거."

바포르크가 눈을 크게 떴다. 네이아가 '저 표정은 좀 기분 나쁘네.' 하고 침착하게 생각할 여유가 있었던 것은 마도왕이라는 거대한 존재의 비호를 받기 때문이었으리라.

"인간! 이 언데드를 물러나라고 해!"

'내가 사역하는 게 아닌데…….'

"흐음. 그러면 시작할까?"

"뭐? 물러나! 물러나라고!"

무언가를 느꼈는지 바포르크가 인질을 붙잡은 채 뒤로 한 걸음 후퇴했다.

눈여겨보니 그 외에도 인질로 데려왔는지 아이들이 보였다. 그래도 그들은 본보기로 인질을 죽이려 하진 않았다. 그들조차 생물의 적대자인 언데드에게 생명 있는 자가 인질로 효과가 있을지 의문으로 여기기 때문일 것이다.

칠흑의 바람이 불었다. 네이아는 그렇게 느꼈다. 그 순간 바포르크 무리의 움직임이 굳어버렸다. 원래는 마도왕이 출현한 후로 모두의 시선이, 미세한 거동조차 놓치지 않고자 그를 바라보고 있었으나, 극도의 변화가 있었다. 눈도 입도 크게 벌린 채, 얼굴을 추악하게 일그러뜨렸다. 그리고—— 그것은 바포르크들만이 아니었다. 살아가겠다는 의지가 전혀 느껴지지 않았던 아이들에게도 극적인 변화를 가져다주었던 것이다.

아인의 표정은 알아볼 수 없었지만 인간의 표정이라면 네이아도 안다. 아이들이 보여준 것은 공포. 그것도 상상을 초월하는 압도적인 공포.

"히햐아아아악!"

바포르크들이 기괴한 비명을 지르고——

"——흥. 해방. 〈집단 전종족 포박〉."

허공에 뜬 마법진에 더해 모종의 마법이 마도왕에게서 튀어나갔다. 그러자 단숨에 다수의 아인들, 그리고 인질로 잡힌 아이들이 일그러진 표정 그대로 마치 끔찍한 조각상이라도 된 것처럼 움직임을 멈추었다. 하지만 죽은 것은 아닌 듯했다. 미미한 숨소리—— 그것도 매우 거친 것이 들려왔다.

그리고 상공—— 시벽 주위에서도 다수의 비명이 들렸다. 그러다니 일제히 철퍽, 철퍽. 고깃덩어리를 내팽개치는 듯한 소리가 네이아의 뒤에서 들려왔다.

"자, 그럼 갈까."

소리에 한순간 정신을 팔리기는 했지만, 앞을 보니 격자문이――.

"〈상위 도구파괴Greater Break Item〉."

――요란한 소리가 울려 퍼졌다. 그것은 산산이 부서져 가늘게 떨어져 나간 격자문이 비처럼 쏟아지는 소리였다.

"……역시 건조물을 이것으로 파괴하면 마력 소비가 크군. ……저쪽까지는 손을 대지 못했고…… '소'는 '대'를 겸한다는 걸로 수긍할 수밖에 없으려나. '대'로는 '소'를 겸하지 못하니까 말이야."

중얼중얼 혼잣말을 하면서 마도왕은 수북하게 쌓인 격자문의 파편을 넘어, 아무도 가로막지 못하는 문을 넘어섰다.

잇따른 상황변화에 네이아는 혼란에 빠져 움직이지 못했다. 침착함이 되돌아오자, 미미한 웃음까지 머금고 있었다.

그렇게나 고생해서 찌그러뜨렸던 문이, 마도왕의 손에 걸리니 몇 초.

'강자란 치사해.'

마도왕을 따라 후다닥 달려갔다. 그는 굳어버린 바포르크들 앞에서 네이아를 돌아보았다.

"헌데 이자들은……."

마도왕이 굳어버린 아인이며 사로잡혔던 아이들을 손가락으로 가리켰다.

"어디까지나 일시적으로 움직임을 멈춘 것뿐이다. 이곳에 있는 자들을 하나씩 포박해놓도록."

"그러면 성기사를 부르겠습니다."

"그렇게 해 주면 고맙겠다만, 나는 지금 공포를 뿌리는 오라를 뿜고 있다. 범위 내에 들어온 자는 모두 공포에 지배당하지. 그렇기에 대항 수단을 준비해다오. 신관이라면 〈사자심Lion's Heart〉이 있을 텐데 성기사라면…… 〈신의 깃발 아래Under the Divine Flag〉였던가?"

"정말 잘 아시는군요……."

마도왕은 조그만 웃음소리를 남기며, 바포르크 사이를 누비듯 걸어나갔다. 그때——

"그어어어어!"

으르렁거리는 소리와 함께, 위에서 창을 든 그 강자 바포르크가 쿵 떨어졌다. 시벽에서 뛰어내린 것이다.

눈은 시뻘겋게 물들고 입가에서는 거품을 뿜어냈다. 제정신이 아니다. 마치 광기에 빠진 것 같았다.

"아하, 흉전사화…… 아니, 광란인가? 그거라면 분명 공포 같은 정신작용은—— 어이쿠."

상대가 내지른 창을 마도왕은 멋들어진 몸놀림으로 회피했다. 훈련을 받은 자 특유의 군더더기 없는 모습. 하지만 마도왕이 피하는 바람에, 조각상으로 변한 바포르크 한 마리가 자기네 편의 창에 꿰뚫려 붉은 피를 흩뿌리며 쓰러졌다.

광란에 빠진 바포르크에게는 아군이라는 개념조차 없어진 모양이었다.

"나 이거야 원."

바포르크가 창을 쳐들었다. 수평으로 쓸어버리려는 것일까. 그렇게 되면 기껏 마도왕이 구해낸 아이까지 말려들 가능성이 높다. 네이아는 당황해 활을 준비하려 했다. 그러나 화살을 쏠 수는 없었다.

마치 사선을 가로막듯, 마도왕이 앞으로 나가 바포르크에게 접근한 것이다.

분명 창의 길이를 생각하면 간격을 좁히는 것이 정답이다. 그러나 마도왕의 다음 행동은 상식을 벗어났다.

재빠른 동작으로 바포르크의 머리를 좌우에서 붙든 것이다.

마도왕의 완력이 어지간히 강한지, 아무리 날뛰어도 바포르크는 마도왕의 손에서 벗어날 수가 없었다. 체념한 바포르크는 대신 창을 짧게 고쳐 잡고는 마도왕을 찔렀다. 네이아에게는 그렇게 보였다.

하지만 마도왕은 꿈쩍도 하지 않았다. 방어마법으로 막았을까?

"너는 그 트롤과는 다르니."

빠컥, 하는 기분 나쁜 소리와 함께 바포르크의 두 안구가 튀어나왔다.

치명상인 것은 일목요연했다. 아니, 저런 모습이 됐는데도 치명상이 아니라면 그 편이 더 불쌍하다.

마도왕이 손을 떼자 바포르크는 그대로 쓰러졌다. 두 팔다리를 버둥거리지만 여기에서 의지를 느끼기는 어려웠다.

"무, 무엇을 하셨습니까?"

뒤에서 쭈뼛쭈뼛 묻자 두 손을 흔들어 털던 마도왕은 아무렇지도 않다는 듯 대답했다.

"두개골을 부수었다. 광란에 빠지면 치명상을 주어도 쓰러뜨릴 수 없을 때도 있으니까. 그래도 뇌를 파괴해버리면 어쩔 도리가 없는 모양이구나. ……그건 그렇다 쳐도 참으로 약했다. 계란 껍데기보다 조금 단단한 정도—— 아니, 농담이다만?"

네이아는 뻣뻣한 얼굴로 웃었다.

'역시 이분에게는 농담 센스가 없어…….'

"그러면 바라하 양. 성기사들을 불러다오. 그들이 이 장소를 확보하면 내가—— 아니, 우리가 먼저 나아가자꾸나."

"예!"

네이아가 온 힘을 다해 뛰어 성기사들에게 돌아가 보니 바포르크 몇 마리가 성기사들의 발치에 쓰러져 있었다. 문을 빠져나간 것은 아닐 테니 아마 시벽에 있던 바포르크가 공포의 원천인 마도왕에게서 도망치고자 뛰어내린 결과일 것이다.

네이아는 성기사들에게 서둘러 마도왕의 지시를 전했다. 그리고 다시 전력질주로 마도왕에게 돌아갔다.

"그러면 갈까."

마도왕은 도착한 네이아와 함께 시가를 따라 나아갔다.

왜 문을 돌파했는데 바포르크가 새로 나타나지 않는가 하는 의문은 즉시 해소됐다. 네이아의 귀는 수많은 비명을 포착했다. 마치 도시라는 무기물이 비명을 지르는 것처럼 여겨졌다.

"이, 이건……."

"내가 보낸 언데드들에게 공포를 뿌리도록 지시한 결과다. 어쩌면 혼란 속에서 인질이 짓밟히거나 할 가능성은 있다만…… 가슴 아픈 사고라 생각하고, 포기할 수밖에 없겠지."

눈을 돌리자, 필사적인 표정으로 ——아마도—— 이리저리 뛰어다니는 바포르크들의 모습이 보였다. 쫓기는 소동물과도 같이, 연민마저 느껴지는 모습이었다.

정말 엄청난 공포에 사로잡힌 모양이었다. 그렇지 않고서는 그 언데드보다도 강한 존재를 향해 달려올 리가 없다.

"흐음…… 인간의 모습은 없군? 그렇다면—— 〈마법 최강 효과범위 확대화Maximize Widen Magic : 화염구〉."

마도왕의 손에서 터져나간 불꽃의 탄환이 바포르크들 한복판에 꽂혀, 한순간 거대한 불의 폭발을 발생시켰다. 그것이 사라지자 아인들의 시체가 굴러다니고 있었다.

"여기서 기다리는 것이 가장 좋을지도 모르겠다만…… 적의 수괴가 있는 듯하구나. 이 도시의 중앙 부근에 있는 광장에 자리를 잡고 상위 사령의 공포를 견뎌내는 모양이다. 그쪽으로 가고 싶다만…… 어떨까?"

"마도왕 폐하의 생각대로 하심이 좋을 줄로 압니다."

"그렇구나. 그러면 가자."

걸어나가자, 영혼이 얼어붙을 것 같은 비명이 곳곳에서 들려와 마치 학살이 자행되는 것만 같았다. 그 외에도 아인들은 위생 면에는 신경을 쓰지 않는지 곳곳에 음식물 쓰레기며 분뇨투성이라 네이아는 자기도 모르게 얼굴을 찡그렸다.

"……그런데 바라하 양, 저것은 어떻게 할까?"

마도왕이 가리킨 방향을 보니, 그곳에는 알몸이 된 인간의 모습이 있었다.

남자도 여자도 관계없이, 그들의 손은 나무에 못 박혀 있었다. 공포에서 도망치고자 필사적으로 몸을 뒤틀었는지 두 팔이 새빨갛게 물들었다.

아마 인간으로 바리케이드를 만들려 했던 것이리라. 피로 때문에 축 늘어졌으며, 수척하기는 했지만 목숨이 오갈 만한 위험은 없으리라 여겨졌다.

백성을 구하기 위해 이 도시를 침공한 것이다. 마도왕을 따라왔어도 네이아가 할 수 있는 일은 전혀 없었다. 그렇다면 그들을 구하고 안전한 장소까지 피신시키는 것이 옳은 행동일 것 같았다. 하지만 한 가지 불안이 있었다. 만약 피난하는 도중에 아인에게 습격을 당하면 어떻게 해야 할까.

'웃기는구나. 뭘 망설이는 거람. 단장님이라면 주저하지 않고 그들을 구했을 텐데. 그러지 못하는 것은…… 역시, 힘이…….'

"망설이고 있군. 그렇다면 그대로 놓아두면 된다. 이 일대에는 아인의 모습은 없는 듯하니 방치해 두는 편이 안전할 수도 있지. 가자."

"예!"

살짝 미련이 남았지만 마도왕을 따라 네이아는 이 도시의 광장으로 걸어갔다. 어떻게 마도왕은 길을 잃지도 않고 나아갈 수 있을까 의문을 가졌으나, 모종의 마법을 썼으리라고 스스로 수긍했다.

이윽고 길이 교차하는 시장 같은 광장에 접어들었다.

"흐음…… 역시 희생자 없이 끝낼 수는 없었군."

마도왕이 보는 방향으로 시선을 돌리자, 아인의 시체 외에 인간의 시체도 여럿 보였다. 아마 공포에서 오는 혼란이 발생했을 때 짓밟힌 자들일 것이다.

"……어쩔 수 없는 일입니다."

마도왕은 농담으로 말했으나 이 도시를 힘으로 공격하면 합당한 피해가 나올 것이다. 그렇게 생각해 보면 마도왕의 압도적인 힘으로 공략한 덕에 희생자는 최소한도로 억제된

셈이었다.

마도왕은 아무 말 없이 어깨를 슬쩍 으쓱하고는, 턱짓을 해 광장 중앙을 가리켰다.

그곳에는 한층 커다란 아인의 모습이 있었다.

뿔이 뒤틀린 산양 같았으며 체모는 은색이다. 훌륭한 체격은 보기에도 보통이 아니라는 분위기를 풍겼다.

뿔의 끝에는 황금과 보석으로 장식된 케이스 같은 것이 박혀 있었으며, 거북의 등껍질 같은 무늬가 들어간 녹색 브레스트 플레이트를 착용했다. 동물의 모피를 가공한 것으로 보이는 자주색 망토를 걸치고, 왼손에는 굵은 노란색 보석이 한복판에 박힌 라지 실드, 오른손에는 얇은 노란색 검신을 가진 바스타드 소드를 장비했다. 그야말로 위풍당당한 전사의 모습이었다.

아인 중에서도 가장 두려운, 훈련된 아인이다. 그것도 아마 왕처럼 특별한 지위에 있는 존재일 것이다.

네이아 혼자였다면 분명 온 힘을 다해 도망쳐야 할 상대.

"자, 이거 어떤 아이템으로 공포를 억제했는지 흥미진진한걸."

즐거워하는 마도왕의 목소리는 아인이 장비한 아이템에다 양손 열 손가락에 낀 반지며 목에서 가슴까지도 완전히 뒤덮다시피 한 목걸이 등을 가리키는 것이리라. 허리 좌우에 드리워진, 인간 갓난아기의 두개골로 보이는 것을 세 개 묶어놓은 장식도 해당할지 모른다.

녹색 눈으로 마도왕을 관찰하듯 살피던 아인은, 두 사람이 접근하자 네이아를 노려보았다.

"새로운 언데드에…… 뒤에 있는 놈은 네크로맨서냐?"

아인은 라지 실드 뒤에 몸 절반을 숨겨 메두사 같은 몬스터가 가진 응시공격을 경계했다.

"제법이구나. 이 도시를, 내 부족을 이렇게까지 궁지에 몰아넣다니……. 모든 생물의 적을 조종하는 끔찍한 마법사여, 네 이름을 묻겠다."

바포르크가 검을 들이댄 것은 네이아 쪽이었다.

"——아, 아니요, 잠시만 기다리십시오. 아닙니다. 제가 아니에요!"

"……뭐?"

도움을 청하듯 마도왕을 보니 그는 가슴에 손을 대고 네이아 쪽을 보고 있다.

"잘 알았소, 나의 주인이여."

"아, 아뇨! 자, 잠깐만요! 마도왕 폐하?!"

대체 무슨 소리를 하는 거람. 정말 이 사람은 농담 센스가 없어.

당황하며 파닥파닥 손을 내젓던 네이아에게 마도왕이 웃음을 지었다.

"흠. 이제 조금 기분이 풀렸나?"

"네?"

"각설하고—— 시시한 농담을 해서 미안하구나."

그야말로 왕에게 어울리는 움직임으로 망토를 펄럭이더니, 마도왕은 아인을 보았다.

"내가 너희에게 언데드를 보낸 존재. 언데드의 왕, 이곳으로부터 북동쪽의 나라 마도국을 지배하는 아인즈 울 고운 마도왕이다. 너의 이름은 무엇이냐?"

"나의 이름은 버저—— '호왕' 버저다. ……마도왕이여, 그럼 거기 그 여자는 뭐냐?"

"나의 종자다. 그래서, 어떻게 할 텐가? 내 손에 죽고 싶은가? 아니면 무릎을 꿇을 텐가. 좋아하는 쪽을 선택하게 해 주지."

"왕의 이름을 걸고, 무릎을 꿇는 것은 한 번으로 족하다."

버저가 방패를 앞으로, 검을 옆으로 들고 자세를 잡았다. 몸은 천천히 낮추어 머리부터 돌격하는 산양 같은 모습이 됐다.

"흐음…… 그러면 조금 놀아 주마. ——바라하 양은 보고 있도록. 그런데 산양이여, 여러 가지 마법의 아이템을 장비하고 있는 듯하다만 허리에 차고 있는 것에서는 마력이 느껴지지 않는구나. 무언가 특별한 물건인가?"

"흐하하하. 패션이란 것이다, 해골."

"흐음…… 내 부하가 생각나는군."

뒤에서 이야기를 듣던 네이아는 그런 부하도 있나 싶어 가슴이 철렁했다.

"제법 모양이 좋지 않은가? 이 도시에서 엄선한 명품이다."

"……그렇군. 이해했다. 너의 마음은 잘 안다. 패션이란 중요하다더군. 우리 메이드들 덕에 그 사실을 톡톡히 깨닫고 있지……. 각설하고, 그러면 시작할까. 〈상위 도구창조 Create Greater Item〉."

마도왕이 마법을 사용하자 칠흑의 검이 수중에 나타났다.

'왜 마도왕 폐하가 무기를?'

마도왕은 마력계 매직 캐스터일 텐데. 그것도 일류의.

그렇다면 무기 같은 것은 마력이 떨어진 후, 아무 대책도 없을 때만 쓰는 것이 아닐까. 무겁다는 이유로 무기를 전혀 들지 않는 사람도 있는 것이 마력계 매직 캐스터다.

마도왕은 무슨 이유로 검을 들고 싸우려 하는 걸까.

'——여기 올 때까지 마력을 대량으로 소비해서? 그러면 위험한 것 아닐까……. 우리는 얄다바오트와 싸워주었으면 해서 폐하를 모신 건데…….'

〈화염구〉를 여러 차례, 수많은 적의 움직임을 봉하는 마법, 그리고—— 다수의 언데드를 소환하는 마법까지도 썼으니 마력이 상당히 많이 줄어들었다고 해도 수긍이 간다.

'그 언데드를 소환하는 마법이 무척 고위마법인가봐…….'

상위 사령이란 것이 얼마나 강한지는 전혀 모르겠지만 그냥 사령보다는 확실히 강할 것이다. 그렇다면 그만한 존재를 다수 소환하려면 상당히 많은 힘을 썼을 것이다.

보통 신관들이 소환하는 천사는 하나의 마법으로 한 마리가 기본이다. 약한 천사라면 여러 명을 소환할 수 있다. 그 원리로 생각해 보면 매우 고위의—— 어쩌면 제6위계 마법처럼 말도 안 되는 힘을 구사한 것일지도 모른다.

'……제6위계…….'

네이아는 꼴깍 목을 울렸다.

제6위계 마법이란 인간이 도달한 적이 없는 경지다. 소문에 따르면 성왕녀가 쓸 수 있었던 것은 제4위계. 그보다도 두 단계 위다. 상식적으로는 생각할 수 없는 영역이지만, 마도왕이라면 가능하지 않을까.

'만약 제6위계 마법을 사용해 소환했다고 하면, 엄청난 마력을 소비했어도 이해가 가. 하지만 그렇다면 내가 마도왕 폐하를 도와드리는 게 낫지 않을까?'

네이아는 아인과 대치한 마도왕의 등을 바라보았다. 마도왕의 어깨 너머로 보이는 아인은 매우 강할 것 같았으며, 네이아가 몇 명이 덤벼도 도움이 될 것 같지는 않았다. 하지만 마도왕은 왕에 어울리는 당당한 태도를 보였으며, 도저히 승산이 없는 전투에 임하려는 것처럼은 보이지 않았다.

'혹시 마도왕 폐하는 마법검사 같은 마력계 매직 캐스터일까?'

검술의 실력과 마법의 실력을 동시에 단련하는 데에는 장점과 단점이 있다. 장점은 다채로운 전법을 쓸 수 있다는 것이고, 단점은 양쪽 모두 어중간해지기 쉽다는 것이다.

그러면 마도왕은 어떨까.

두 사람은 서로를 살피며 천천히 움직이기 시작했다.

두 사람의 간격은 검을 나누기에 충분한 거리가 됐다. 먼저 움직인 것은 버저 쪽이었다.

"〈방패돌격〉."

방패를 정면에 내민 채 돌진한다. 이를 마도왕은 정면에서 검으로 막아냈다.

거구의 전력돌진을 모두 견뎌내기란 역시 무리였는지, 마도왕의 몸은 뒤로 크게 날아갔다. 아니, 깔끔하게 두 다리로 지면에 착지했으니 알아보기는 힘들었지만 분명 튕겨져 날아갔을 것이다.

바포르크의 두개골을 맨손으로 부수는 마도왕을 날려버린 데에는 놀랐지만, 뼈로 된 몸이니 역시 완전히 막기는 무리가 아니었을까. 네이아가 알기로 〈요새〉의 상위 무투기 중에는 위력을 완전히 없애버리는 것도 있다지만 매우 실력이 뛰어난 전사가 되어야 겨우 쓸 수 있다고 한다.

두 사람은 동시에 발을 내디디며 파고들어 검과 검을 부딪쳤다.

공방이 너무나도 빨라 네이아의 눈으로도 완전히 포착할

수가 없었다. 시인할 수 있었던 것은 검이 마주 부딪치며 한 순간 경직했을 때뿐이었다. 만약 네이아가 이 전투에 참가한다면 단칼에 베였을 것이 분명하다.

강철과 강철이 고속으로 맞부딪치고, 금속음이 시끄러울 정도로 울려 퍼졌다.

두 사람의 완력은 비슷비슷했으며, 양측 모두 검을 맞부딪쳐 공격과 방어를 동시에 행했다.

한손으로 강철검을 휘두르는 버저에게 경악하면 될지, 아니면 매직 캐스터인데도 두 손으로 대검을 휘두르는 마도왕을 존경하면 될지.

이제까지 한 번도 본 적이 없는, 매우 엄청난 수준의 전투에는 자신이 들어갈 틈이 없다고 확신했다.

두 사람의 싸움에 방해가 되지 않도록 네이아는 천천히 움직여 장애물 뒤로 몸을 숨겼다. 인질이 되는 것만은 피해야 한다.

'저렇게 검을 휘두르는데 두 사람 모두 아직까지 상처를 입지 않았어……. 아니 그보다 마도왕 폐하, 너무 대단하잖아…….'

매직 캐스터가 이 정도로 검을 휘둘러 싸울 수 있다는 사실에 머리가 따라가지 못했다.

'무언가 엄청난 마법이라도 쓰는 걸까?'

네이아가 모르는 터무니없는 마법을 썼다고 생각할 수밖

에 없었다.

그건 그렇다 쳐도——

'이대로 가면 마도왕 폐하의 승리는 확실해. 아니, 그걸 노리고 장기전에 들어가시려는 생각일까?'

언데드에게는 피로라는 것이 없다. 게다가 전투에서 동요하는 일도 거의 없을 것이다. 모두 버저가 불리하다.

그것은 버저도 아는 듯, 서서히 표정이 일그러졌다.

'비장의 카드가 있다면 그걸——.'

네이아는 경악했다. 갑자기 마도왕이 대검을 버저에게 집어던진 것이다.

그러자 버저를 중심으로 반구형의 빛이 발생해 날아드는 대검과 맞버텼다. 빛의 장벽은 금세 수그러들었으나, 대검은 버저의 몸에 살짝 상처를 입혔을 뿐이었다.

'어떡하지!'

네이아는 엄폐물 뒤에서 뛰어나가려 했다. 지금 마도왕은 맨손——.

"——어라?"

어느 사이엔가 마도왕의 손에는 시커먼 할버드가 있었다.

버저도 네이아와 같은 마음이었는지 눈을 크게 떴다.

"마법을 외우지 않고 어떻게……. 게다가 네가 던진 대검은 어디로……."

"단순한 무영창화다. 마음에 두지 말거라. ……그보다,

할버드는 부하에게 배우기는 했다만 별로 자신은 없구나. 매우 서툴 테니 미리 사과하겠다."

마도왕이 할버드를 들고 자세를 잡았다. 정체 모를 압력이 솟아났다.

전사는 자신의 주특기 무기를 대충 한 가지 계통으로 통일하는 경우가 많다. 검, 도끼, 철퇴 같은 식이다.

마도왕이 회전력을 이용해 할버드를 휘둘렀다. 자루를 쥔 손을 미끄러뜨려 버저가 방어하기 힘든 하반신을 노리는 공격이다. 자루가 긴 무기이기에 가능한 기술이다.

버저가 검을 내려 이를 막으려 한 순간, 할버드가 튀어올랐다. 페인트였다.

상당한 완력으로 펼친 기술이었지만 버저는 순식간에 검을 들어 이를 막아냈다.

역시 마도왕의 주특기는 검이며 할버드는 그렇게까지 잘 다루지는 못하는 모양이었다. 왜냐하면 말끔하게 무술의 흐름을 따라 펼친 공격이기는 했으나 움직임에 살짝 군더더기가 느껴졌으며, 네이아 같은 사람도 움직임을 눈으로 좇을 수 있었기 때문이다.

회전력이 실린 할버드를 받아내고 버저는 뒤로 뛰어 물러났다.

"〈모래폭풍Sand Storm〉!"

검에서 솟아난 모래가 마치 벽처럼 펼쳐지며 마도왕에게

짓쳐들었다. 마도왕의 시야는 완전히 차단됐을 것이다. 마도왕에게 눈알이 있을지는 의문이지만 시야를 완전히 차단당하면 압도적으로 불리하게 마련이다.

"〈소기곤봉(素氣梱封)〉! 〈강완호격(剛腕豪擊)〉!"

네이아가 모르는 무투기에 이어, 대미지가 증가하는 〈호격(豪擊)〉의 상위 무투기까지 발동해 조금 전의 두 배는 되는 속도로 달려들었다.

버저의 뿔 장식이 기묘한 빛을 띠어 마치 유성처럼 보였다.

"크아아아아!"

"흐읍!"

마도왕은 수직 일격을 할버드로 막아내고――.

"하하!!"

――버저의 비웃음이 울려 퍼졌다.

콰득! 금속이 깎여나가는 소리가 들렸다.

네이아는 눈을 크게 떴다.

"설마! 무기파괴!"

무기에 직접 대미지가 들어가는 기술. 하지만 이 대미지는 재질의 차이나 무기가 가진 대미지의 양에 크게 영향을 받는다. 버저가 사용한 두 개의 무투기는 이를 강화하기 위한 것이었으리라.

네이아는 조바심이 났으나, 다음 순간 버저가 눈을 크게 뜬 것을 알고 몸을 우뚝 멈추었다.

"안 부서졌잖아!"

버저에게서도 경악 어린 목소리가 터져나왔다.

"뭐냐, 그 무기는!"

조금 전과는 완전히 다른 분위기로 후퇴한 버저를 따라가지도 않고 마도왕은 할버드를 빙그르 돌려 허공에 아름다운 호를 그렸다.

"……아니, 내가 마법으로 만들어낸 무기잖나. 그리 쉽게 망가질 리가 없지."

"마법으로 만들어낸 무기는 원래 약하다!"

"호오, 전에도 무기를 만들어내는 상대와 싸워 본 경험이 있는 모양이군. 하지만 고정관념에 사로잡혀선 위험하지. 때로는 네가 파괴할 수 없는 무기를 만들어내는 상대도 있다는 뜻이다."

마도왕이 할버드에서 손을 떼었다. 그러자 할버드는 공기 속으로 녹아드는 것처럼 사라졌다. 조금 전의 대검도 아마 이렇게 됐을 것이다.

그리고 공기 속에서 무언가를 움켜쥐는 듯한 몸짓을 보이자, 이번에는 그 양쪽 손에 각각 한 자루씩 검은색 롱 소드가 생겨났다.

"……자, 다음엔 어떤 것을 보여줄테냐? 설마 지금 그것이 필승의 비책은 아니겠지? 나에게 좀 더 경험을 쌓게 해주겠느냐?"

마도왕이 한 걸음 거리를 좁히며 말을 이었다.

"숨겨놓은 기술이 있다면 일찌감치 쓰는 게 좋을 텐데? 나는 쓸모없는 적을 살려놓을 만큼 관대하지 않으니."

"흐, 흐흐! 무슨 소리를 하나, 언데드! 분명 내 공격을 모두 막아낸 것은 대단했다. 참으로 훌륭하다. 그러나 그것은 방어에 전념했기에 가능했던 것이 아니냐. ……나는 안다. 너는 지치지 않는다. 그렇기에 시간을 들이면 언젠가 나에게 이길 수 있으리라 생각하지."

'간파했어!'

네이아는 당황했다. 자신도 깨달았을 정도니, 원래 전사로서 네이아보다 뛰어난 버저가 깨닫지 못했을 리 없었다.

"과연. 그런 생각도 할 수 있겠군. 하기야 정론이다. 그러나 유감스럽게도 틀렸다."

마도왕이 팔을 벌리고 무방비하게 간격을 좁혔다. 그의 손에 있던 검이 연기처럼 사라졌다.

"위험——."

네이아가 외치기도 전에, 버저가 너무나도 무방비한 그의 모습에 검을 내리치는 것이 한발 빨랐다.

그리고——

"……뭐지?"

버저가 당황하며 잇달아 검을 내리쳤다.

"뭐냐! 뭐야! 이게 뭐냐고!"

내리칠 때마다 고함을 지른다. 공격을 잇달아 받기만 하는 마도왕이 태연한 탓이었다.

"그렇다면——."

버저는 방패를 들고 무투기를 발동시켰다. 마도왕은 방패를 내민 돌진에 부딪쳤지만, 뒤로 비틀거리거나 하지는 않았다. 반대로 버저가 살짝 후퇴해버렸다.

"어……어떻, 게."

아인의 표정이란 인간은 알아보기 힘들다. 하지만 지금은 명백히 알 수 있었다.

저것은 공포와 절망.

"……무투기란 나에게는 미지의 기술이지. 특수기술이 무투기로 변화했는지, 아니면 전사들이 사용하는 마법인지는 알 수 없다만, 그렇기에 언젠가 동격의 상대와 싸우게 됐을 때 무투기를 받아본 경험과 지식이 승패를 가늠할 수도 있겠다는 생각이 들지 않나? 그렇기에 정면에서 너의 공격을 받았던 것이다만…… 너는 모든 것을 다 보여주었겠지?"

마도왕이 너스레를 떨듯 어깨를 으쓱하더니, 손가락에 낀 아홉 개의 반지 중 하나를 뽑았다.

그 외에 무언가를 했던 것은 아니었다. 마도왕이 했던 행동은 그뿐이었다. 그럼에도—— 이상하게 무시무시하고 싸늘한 공기가 주위를 에워쌌다.

네이아는 흠칫 하늘을 올려다보았다. 하늘에 걸린 태양이 얼어붙어 부서져나간 것이 아닐까 생각했던 것이다. 하지만 하늘에는 여전히 태양이 빛났다.

——그러면 이 냉기와 칠흑의 기척은 마도왕이 뿜어낸 것일까? 그리고 일개의 존재가 이런 것을 만들어낼 수 있을까?

'이, 이것이 마도왕. 수만의 군세를 죽였던 매직 캐스터의 모습…….'

"그렇다면—— 이미 너와 싸울 필요는 없겠구나."

쿠웅. 버저를 향해 한 걸음을 내디딘다.

반대로 버저는 떨면서 한 걸음 물러났다. 마도왕에게서 뿜어져 나오는 눈에 보이지 않는 압력에 밀린 것처럼.

그는 네이아가 느낀 기이한 기척을 더욱 강하게 느끼고 있을 것이다. 마도왕은 자신이 대적할 만한 상대가 아니라고 확실하게 인식한 듯했다. 온몸의 털이 곤두선 모습이 이를 증명해 주었다.

"기, 기다려. 아니, 기다려다오. 진짜로, 조금만 기다려 주시오."

버저는 오른손을 들더니, 쥐고 있던 검을 떨어뜨렸다.

"하, 항복, 이다. 항복한다."

"흐음."

"나는 얄다바오트의 군세에 관한 정보를 가지고 있다. 어떠냐? 매우 도움이 될 텐데. 분명히 도움이 될 거다."

"그렇군."

"……그, 그리고 말이다. 얄다바오트와 싸울 생각이지? 나는 인간 따위보다도 훨씬 강해. 나에게 내 부족의 부하들을 붙여준다면 얄다바오트── 얄다바오트 개자식과 싸울 때 선봉에 설 것을 약속하겠다. 이러면 어떠냐?"

"호오."

"…………기, 기다려 주십시오. 그것만이 아닙니다! 만약 원하신다면 제가 모은 보물도 주겠── 바치겠습니다. 제 목숨을 사기에는 충분하다고 생각합니다만?!"

"그 정도냐? 영업은 끝났느냐?"

"끝, 어, 엑."

버저가 바쁘게 주위를 둘러보다, 다시 눈을 마도왕에게 향했다.

"그, 그렇습니다. 아니, 아닙니다. 그 이외에도, 많이, 많이 있습니다. 원하는 것이 있다면 제가 얻을 수도── 아니 아니! 반드시 얻어내고 말겠습니다! 정말입니다, 믿어주세요!"

"흥. 내가 정말로 얻고 싶은 것은 네가 결코 가져다줄 수 없는 것이다."

마도왕의 어조에 짜증이 섞이는 것이 느껴졌다. 그리고 네이아보다도 지금 마도왕과 대치 중인 버저가 더욱 강하게 느꼈을 것이다.

"자, 잠깐. 잠깐만. 정말로 잠깐만. 네? 헤, 헤헤헤."

비굴한 웃음이었다. 광장에서 대치하며 왕을 자청했을 때의 분위기는 이미 어디에도 없었다.

"말을 잘못했던 것도 사과한다. 아니, 사과합니다. 정말로, 요. 내가 잘못했습니다. 정말로."

"흐음……."

"그, 그리고, 어떻, 습니까. 내가, 아니, 제가, 당신에게 도움을 드릴 수 있을 겁니다. 헤헤. 아니, 언데드 임금님을 적으로 돌린 제가 정말로 바보였습니다. 그러니 그 실수를 만회할 기회를 주신다면, 하는데…… 헤헤, 후회시켜드리지 않겠습니다요!"

버저가 두 무릎을 땅에 꿇고 두 손을 맞잡으며 자비를 빌었다.

가엾은 모습이라는 생각은 조금도 들지 않았다. 아니, 그뿐이 아니라 진정한 모습을 드러낸 마도왕을 앞에 둔 적이 취해야 할 행동임을 가슴속 깊이 깨달았다. 그와 동시에, 마도국에서 만났던 나가의 말이 선명하게 떠올랐다.

『즉시 그분의 발밑에 엎드려 자비를 청하는 이야말로 현자라 하더이다.』

그러면 즉시 발밑에 엎드리지 않았던 자의 운명은――.

"그렇군……. 나는 자신의 실수를 깨닫고 바로잡으려 하는 자를 좋아한다."

"그, 그러시다면!"

버저의 얼굴에 희색이 퍼져나갔다. 하지만 그 기쁨은 눈 깜짝할 사이에 빼앗겼다.

"——그러나 너를 부하로 삼으면—— 페스토냐나 니글레도가 싫어할 것 같구나. 게다가 안심하거라. 나는 두개골만을 사용하는 아까운 짓 따위는 하지 않는다. 될 수 있는 한 유용하게 모든 것을 써주마."

죽어라.

그렇게 말하며, 마도왕은 가느다란 뼈 손가락을 들었다.

"히익! 시, 시, 싫어! 나는 아직 죽고 싶지 않아! 기다려! 부탁이야! 부탁이에요! 날 죽이지 마! 나, 나한테는 나름 가치가 있어, 있어요! ——당신을 기쁘게 해드릴 만한 가치가 있다고요! 정말이에요! 믿어 주세요!!"

"산 자는 모두 죽는다. 그것이 빠르거나 이르거나의 차이일 뿐."

"안 돼! 그 눈으로 날 보지 마! 주, 죽이지 마!"

벌떡 일어난 버저가 등을 보이고 달려나갔다.

죽음을 눈앞에 둔 생물의 전력질주는 이렇게까지 빠르구나, 하고 네이아는 천하태평하게 눈을 깜빡였다.

그러나 마도왕의 마법보다는 느렸다.

"시시하군. ——〈죽음Death〉."

아무 일도 일어나지 않았다. 커다란 폭발도, 미쳐 날뛰는 벼락도.

그저 버저가 털썩 쓰러졌다. 그뿐이었다.

“정보는 아깝지만…… 뭐, 이 정도면 되겠지. 혹시 이의가 있나, 바라하 양?”

“어, 아, 아니오. 마도왕 폐하의 판단이 잘못됐을 리가요.”

“그런가? 그러면…… 성기사들을 불러서 이 아인 리더를 물리쳤다고 보고해야겠군. 하지만…… 조금 안 좋게 됐는걸…….”

## 4

도시 탈환과 백성들의 해방은 마도왕의 힘으로 간단히 끝냈다.

공격 측인 성기사와 민병의 피해는 거의 없었으며, 사로잡혔던 백성들 중에는 혼란 속에서 불행히도 목숨을 잃은 자가 있었으나 그 수는 놀랄 정도로 적었다.

이는 그야말로 마도왕이기에 가능했던 결과이리라. 만약 처음부터 모든 것을 맡겼더라면 아무도 죽지 않았을지도 모른다고 여겨질 정도였다.

해방에 기뻐하는 사람들, 한 그릇의 수프에 눈물을 흘리는 사람들. 네이아와 마도왕은 웃음으로 가득한 거리를 걸었다.

마도왕 덕에 해방됐다는 말을 듣기는 했지만 그가 걸어가는 모습을 실제로 본 백성들이 눈에 놀라움과 혼란, 그리고 기피감을 띠는 것은 어쩔 수 없는 일이다.

그렇다고는 하지만 그 사실에 네이아가 수긍할 수 있었느냐 하면 그것은 다른 이야기다. 만일 마도왕이 불쾌하게 여길 것 같으면 무언가 행동을 보여야겠다고 생각했으나, 본인이 신경 쓰는 기색은 없었다. 그렇다면 네이아가 무엇을 하는 편이 실례가 될 것이다.

네이아는 앞에서 걸어가는 마도왕의 등에 말을 걸었다.

"마도왕 폐하, 어디로 가십니까?"

손에 눈을 떨구었던 마도왕이 돌아보지 않고 네이아에게 설명해 주었다.

"음. 이 도시의 중추, 저 커다란 건물이다. 만일 저곳이 적의 거점이라면 조속히 조사해야겠지. 성기사들은 사로잡혔던 백성들의 해방과 식량의 분배, 백성들의 부상 치유, 생포한 아인들의 감금 같은 일을 하느라 바쁠 테니."

네이아는 고개를 갸웃했다.

"저렇게 커다란 건물이니 성기사 분들도 적의 거점이라 판단하고 처음에 조사를 하지 않았을까요?"

도시를 함락시킨 것은 분명 마도왕이지만 그 후의 세세한 일은 성기사와 민병들이 맡았다. 그렇다면 마도왕이 향하는 건물도 당연히 수색을 하고 있지 않을까?

마도왕이 우뚝 걸음을 멈추더니 네이아를 빤히 보았다. 그리고는 어깨를 으쓱하고 다시 걸어나갔다.

"아, 음. 사실은 성기사들이 다가오지 못하도록 내 부하를 입구에 대기하게 해 두었다. 그러니 조사는 하지 못했을 것이다."

"네? 그건 조금 전의 말씀과——."

"——바라하 양. 여러모로 가르침을 주기는 했지만 때로는 스스로 생각해 보도록. 우리가 대표로 조사해야 할 이유를 말이지."

"아, 네! 알겠습니다, 마도왕 폐하!"

마도왕은 다시 손에 시선을 떨구었다. 그곳에 있던 것은 그 아인—— 버저가 장비했던 아이템이었다. 마도왕은 걸으면서 그러한 아이템을 감정하고 마법의 힘을 조사하는 중이었다.

그의 말을 들어보니, 바스타드 소드는 〈모래사수Sand Shooter〉, 방패는 〈란자의 공로Lanza's Merits〉, 뿔에 끼운 케이스가 〈망설임 없는 돌격Charge without Hesitation〉, 반지는 〈제2의 눈Ring of the Second Eye〉과 〈질주의 반지Ring of Run〉, 망토가 〈방호의 망토Manteau of Protection〉라고 한다.

그 외에 목걸이 같은 것도 마법의 아이템이라고 하며, 별다른 마력은 아니라고 하면서도 마도왕은 조금 기뻐하는 눈치였다.

그런 마도왕의 등에서 눈을 떼고 지면을 바라보며, 네이아는 마도왕이 시킨 대로 왜 그 건물을 마도왕이 직접 탐색하는지를 생각해 보았다. 하지만 "이거다!" 싶은 해답은 찾을 수 없었다.

다만 여기서 답을 가르쳐달라고 조르면 어이없어하진 않을까. 존경하는 마도왕에게 무능하다고 여겨지고 버림을 받는 것이 두려웠다. 필사적으로 생각하는 사이에, 그 건물이 보이기 시작했다.

두 마리의 언데드—— 상위 사령이 건물 입구 앞에 서 있었다.

마도왕이 다가가자 그 두 마리는 길을 열어 마도왕과 네이아를 들여보내주었다.

"이곳은…… 이 도시의 영주가 살던 집 같습니다."

도시를 통치하던 귀족이 누구인지까지는 네이아도 모른다. 다만 이 정도 도시라면 남작 이상 백작 이하가 아니었을까.

"그래. 이곳에는 언데드도 들어오지 않았지. 우리가 처음이다. 무력화하지 않은 아인이 있을지도 모르니 주의하거라."

"예?! 마도왕 폐하! 그건——."

말리려고 했다가 망설였다. 마도왕이라면 괜찮지 않겠느냐고, 마음속의 네이아가 중얼거렸기 때문이다.

"이곳은 내가 가야만 한다. 이곳이 적의 본거지, 아인의 보스가 근거지로 삼은 곳일 가능성이 있다. 근거는 단순히 건물이 크다는 것뿐이지만—— 어쩌면 조금 전의 버저에 필적하는 강자가 있을지도 모르지. 도시 해방은 깔끔하게 끝내고 싶구나."

"아!"

조금 전의 질문에 대한 답을 가르쳐 주어 네이아는 수긍하고 자신의 이마를 손으로 짚었다. 동시에 마도왕의 자비로움에 감사했다.

'강자가 있을지도 모르니 성기사를 다가가지 못하게 하셨던 거구나! 조금 전에 말씀하신 내용이 이상했던 건 사람들의 방패가 되어 싸우는 모습을 알리는 것이 부끄럽다거나 해서 내게는 말씀하시기 싫었기 때문에?'

그런 감정을 품는 것이 실례임은 잘 알지만, 어쩐지 마도왕이 귀엽게 여겨졌다.

"……음, 어떠냐. 이해가 됐을까?"

마도왕이 네이아의 얼굴을 보며 물었다. 네이아가 고개를 끄덕이자 마도왕도 기뻐하며 그거 다행이라고 말했다.

'내가 이해한 것이 그렇게 기쁘다니…… 다정하시구나, 이 분은.'

"마도왕 폐하께서 눈에 뜨이고 싶어하시지 않는 마음을 이해했습니다!"

"……응? 어…… 그렇다. 그러니까…… 이해하지? 눈에 뜨이고 싶지 않다는 걸."

"잘 알겠습니다!"

마도왕이 무언가 생각에 잠긴 기색을 보였다. 뭐랄까, 그런 모습도 귀엽게 보였다.

"………………어— 그러면 갈까."

"예!"

마도왕이 선두에 서는 것은 종자로서 매우 좋지 않은 모습이라는 생각도 들었지만, 마도왕이 네이아가 앞으로 나가도록 허락해 주질 않는다. 도량이 큰 그 뒷모습에 네이아는 동경하는 시선을 보냈다. 왕이면서도 선두를 나아가는 모습은 아랫사람이 보기에는 역시 가슴이 뜨거워질 만한 것이었다.

넓은 입구 홀에 들어선 네이아가 물었다.

"어디서부터 조사할까요? 누군가가 있을 만한 기척은 없사오나……."

"흐음. ……바라하 양은 시각과 청각은 뛰어나다고 했는데, 후각은 어떤가?"

"후각까지는 솔직히 자신이 없습니다. 다만 보통 사람보다는 뛰어나다고 생각합니다. 그 외에는 미각도 비슷한 수준인 것 같습니다. 다만 독의 맛을 본 적은 없으므로 검시는 불가능하지 않을지……."

"그렇군. 그러면 이 죽음과 증오의 냄새는 알아차렸나?"

죽음과 증오라는 말을 할 때의 마도왕은 왕으로서의 패기를 띠고 있었다.

"죽음과 증오요?"

"——이쪽이다."

마도왕이 걷기 시작했다. 발놀림에는 망설임이 느껴지지 않았다. 마치 이곳을 잘 아는 듯, 이 너머에 무엇이 있는지를 잘 아는 듯한 발걸음이었다.

'죽음과 증오……. 그런 것에 냄새가 있을 리가. ……설마 언데드인 폐하이기에 알 수 있는 냄새일까? 그렇다면 이 너머에는 그런 것을 발하는 무언가가 기다리고 있다는——!'

네이아는 마도왕에게 빌린 활을 꼭 쥐었다. 경우에 따라서는 마도왕의 방패가 되어 앞으로 나가 활을 쏠 필요도 있으리라. 버저와 싸울 때에도 전혀 한 일이 없지 않았던가. 조금은 도움이 되어야 자신이 이곳에 있는 의미가 있다.

아인의 모습은 눈에 뜨이지 않았다. 그대로 나아가, 이윽고 전방에 이제까지와는 전혀 다른 분위기의 문이 나타났다. 쇠로 만든 것이었으며 매우 두꺼워보였다.

일반적인 귀족풍의 건물 안에 마치 범죄자의 수용시설 같은 문이 출현한 것이다. 너무나 큰 위화감에 네이아는 으스스함을 느꼈다. 형언할 수 없는 불쾌한 장소에 내동댕이쳐진 듯한 기분마저 들었다.

"이것은……."

“이 안이로군. ……따라오지 않아도 좋다.”

네이아에게는 있을 수 없는 선택이었다. 네이아가 고개를 가로젓는 것을 본 마도왕은 어깨를 으쓱하고 문을 밀어 열었다.

마도왕의 완력 덕인지 철문은 매우 쉽게 열렸다. 다만 두께는 상당해서 특별주문품이라는 생각이 들었다.

마도왕이 방으로 들어갔다.

‘아차! 이런 정체 모를 곳에 마도왕 폐하를 먼저 들어가게 하다니! 난 바보야!’

네이아도 황급히 안으로 들어갔다.

두꺼운 문을 보고 예상했던 것이지만, 실내는 기이한 느낌이었다. 그야말로 고문실――소문으로만 들었을 뿐이지만――이란 이런 느낌이 아닐까 싶어지는 방이었다.

우선 창문이 없었다.

벽에 박힌 막대에서는 붉은 빛이 뚝뚝 흘러 떨어졌는데, 이것은 자연의 빛이 아니라 마법에 의한 것이었다.

목제 책상 하나와 목제 의자가 둘 있었다. 그리고 들어온 곳과는 또 다른 문 하나가 보였다. 이 또한 두꺼운 철문이었다.

마도왕은 실내 중앙에 서서는 방 안을 둘러보았다. 그런 가운데 네이아는 책상 위에 무언가가 놓인 것을 알아보았다.

“……마도왕 폐하. 이것은 종이인 것 같은데, 대체 무엇일까요?”

네이아가 집어 든 종이에는 본 적이 없는 문자가 적혀 있었다. 성왕국의 언어가 아님은 보증할 수 있었다.

"흐음…… 악마들이 사용하는 문자와 비슷하구나."

마도왕이 품에서 모노클을 꺼냈다. 네이아의 의아한 시선을 알아차렸는지 설명을 해 주었다.

"이것은 문자를 해독해 주는 매직 아이템이다. 나도 하나밖에 가지고 있지 않지. 왜냐하면 방대한 마력을 소비하거든. ――바라하 양은 혹시 이런 문자를 읽는 힘을 가진 인간에 대해 들어본 적이 있나?"

"문자를 읽는 힘 말씀입니까?"

"그렇지. 이 문자를 알 법한 인물이어도 좋고. 그 외에는…… 탤런트라는 능력으로 문자를 해독하는 힘을 가졌다거나."

"죄송합니다. 저는 거기까지는……."

네이아는 성기사단의 종자일 뿐이다. 그러한 인물에 관한 정보를 접할 기회는 전혀 없었다. 물론 같은 종자 친구에게 주워들은 말은 있었다. 예를 들면 "내 친구 중에 탤런트를 가진 사람이 있는데 물이 지금 몇 도인지 알 수 있대. 하지만 정말로 그 온도인지는 아무도 모른다나 봐."라든가 "친척 뱃사람이 탤런트를 가졌는데, 수면을 다섯 걸음 정도 걸을 수 있대. 그 이상이 되면 가라앉지만." 등등이다. 대체로 그러냐 싶은 애매한 능력이었으며, 마도왕이 알고 싶어하는 그런 능력을 가진 사람의 이야기는 없었다.

"그래? 그거 유감이로군. 그러면 커스토디오 단장이라면 알 수 있을까?"

성기사단의 단장이라는 지위라면 나름 여러 가지 정보를 접했을 것 같았다. 하지만 레메디오스라는 인물에 대한 평가 때문에 네이아는 망설여졌다. 그 단장이 과연 정보에 머리를 할애할까?

"……그것도 조금, 잘 모르겠습니다. 그보다는 부단장님께 물어보시는 편이 좋을 것 같습니다."

"하긴 그렇군. 그쪽이……."

마도왕이 말을 어물거린 이유는 네이아와 같은 감상을 품었기 때문이리라.

"하지만 만약 그런 자가 없을 때는 어쩌실 생각이십니까?"

"응? 아, 딱히 어떻게 하려는 것은 아니다. 얄다바오트 측이 남긴 정보를 해독할 수 있다면 앞으로의 방침도 당연히 바뀌지 않겠나."

조금만 머리를 쓰면 누구나 알 수 있는 당연한 일을 마도왕이 설명해 주어, 생각해 보지도 않고 질문한 네이아는 부끄러워졌다.

"만약 번역할 수 있는 자가 없을 때는 내가 마력을 소비해 읽을 수밖에 없겠지만, 그렇게 되면 얄다바오트를 더욱 경계해야 하니 말이다. 마력을 소모한 상태로 얄다바오트와 조우했을 경우에는 역시 도망칠 수밖에 없겠지. ……그렇다고는 하나 호기심을 자극받는구나. 이것 한 장 정도만 읽어 볼까.”

“괜찮을까요?”

“그래. 마력의 잔량에는 충분히 주의를 기울이마.”

마도왕이 모노클을 끼고 종이를 보았다. 무언가 눈에 보이는 형태로 아이템이 발동한 것은 아니었으나, 힘이 발휘되고 있을 것이다. 마도왕은 해독 중인 것으로 보였다. 그렇다고는 해도 마도왕에게는 눈알이 없으므로 그렇게 생각할 수밖에 없지만.

짧은 시간이 지난 후, 모노클을 벗었다.

“역시 방대한 마력을 쓰는구나.”

네이아는 마력을 대량으로 사용한 신관이 비틀거리는 것을 본 적이 있지만, 마도왕에게는 그런 기미가 없었다. 하기야 그를 일반적인 매직 캐스터와 동등하게 생각하면 실례겠지. 틀림없이 그의 마력도 방대할 것이다.

네이아가 그런 생각을 하는 동안 마도왕은 안쪽 문으로 다가가 슬쩍 열고는 틈을 통해 안을 엿보았다.

네이아의 청각이 여러 명의 미미한 숨소리를 듣고, 후각이 피 냄새를 맡았다. 활을 꽉 쥐며 마도왕과 문 사이를 가로막듯 움직이려 했으나, 그보다도 먼저 마도왕이 네이아에게 손을 내밀었다.

오지 말라는 뜻이었다.

"흐, 음…… 바라하 양. 이곳은 아인이 사용한 것이 아니라 악마들이 사용했던 곳이다. 그것을 어떻게 알았느냐 하면, 이 종이에 적힌 내용이 악마들이 저지른 실험에 관한 것이었기 때문이지."

"……악마의 실험이라고요?"

묻기도 전부터 절대로 좋은 것이 아님을 확인했다.

"그렇다. 팔을 잘라내고 다른 생물의 팔을 붙여본다거나, 배를 갈라 내장을 교환한다거나 하는 실험을 자행한 모양이야. 육친끼리 행한 사례부터 인간과 다른 생물—— 아인만이 아니라 동물 같은 것을 사용하고, 여기에 마법을 걸어 치유했을 때의 변화까지도 관찰한 듯하구나."

"그렇게 끔찍한 실험을! 특히 육친의 몸을 가르다니, 제정신으로 할 짓이 아닙니다!"

"……헌데, 그러한 실험을 했을 경우 당연히 실험 대상은 살아남아 줘야 하겠지. 특히 무엇이 원인이 되어 죽음에 이르는지를 알 정도로는 오래 말이다."

여기까지 말한 마도왕이 돌아서서, 문을 등지더니, 엄지를 들어 어깨 너머로 문을 가리켰다. 네이아는 그 다음 말을 어쩐지 예상할 수 있었다.

"이 안에 그 실험 대상들이 있다. 배가 갈라진 상태로, 살아 있는 채."

예상했다고는 하지만 너무나 끔찍한 사실에 네이아는 한 순간 머릿속이 새하얗게 물들었다. 이어서 생겨난 것은 이처럼 잔인무도한 실험을 행한 악마들에 대한 증오.

"바라하 양! 즉시 신관들을 불러오도록! 그리고 커스토디오 단장도! 서둘러라!"

"예!!"

무엇을 위해 부르는지는 물어볼 필요도 없었다. 네이아는 온 힘을 다해 달렸다.

머릿속 한구석에서 마도왕 폐하를 혼자 남겨두어도 좋을까 하는 목소리가 들렸으나, 신뢰할 수 있는, 총명하면서도 압도적인 힘을 가진 강자의 명령이다. 전혀 걱정할 필요가 없다. 목소리는 순식간에 지워졌다.

*

신관들이 문을 열고 안으로 들어갔다. 그 순간 꿈틀하고 동요한 어깨의 움직임은 방안에 펼쳐진 광경이 얼마나 처참하고 음산한 것인지를 언어 이상으로 충분히 전해 주었다.

눈앞에서는 마도왕이 레메디오스와 구스타보에게 손에 들린 종이를 건네주고 있었다.

"이것을 보게. 안에 있는 인물들의 이름과 무슨 짓을 당했는가가 적혀 있네. 이것 말고도 이만큼 종이가 있네만, 거기에도 같은 내용이 적혀있는지, 아니면 또 다른── 이를테면 얄다바오트의 계획 같은 것이 적혀있는지에 관해서는 알 수 없네. 자네들은 이것을 읽을 수 있나?”

레메디오스는 종이를 흘끔 쳐다보는 얼굴을 찡그리더니 즉시 구스타보에게 넘겨주었다.

구스타보도 고개를 가로저었다.

“전혀 모르겠습니다. 그러나 마도왕 폐하는 이것 한 장을 읽으실 수 있었잖습니까?”

“그래. 매직 아이템의 힘을 빌렸지. 하지만 이 아이템은 상당한 양의 마력을 사용하네. 얄다바오트와 싸우기 위해 남겨두어야만 하는 귀중한 마력을. 그래서 묻고 싶은 것은, 자네들 중 누군가가 이것을 읽을 수 있는 인물을 모르는가? 해독계 능력을 가진 자, 혹은 가능성이 있는 정도여도 상관없네.”

“아니오, 짐작 가는 곳은 없습니다. 남부의 귀족들이 숨겨놓았을 가능성이 없지는 않사오나……. 그럴 가능성도 매우 낮으리라 봅니다.”

“그래……? 그러면 이것은 어떻게 할까? 나로서는 자네들이 열심히 해독해 주었으면 하네만.”

“마도왕 폐하의 아이템을 빌릴 수는 없습니까?”

“거절하겠네. 이것은 우리 나라의 국보일세. 자네가 허리에 찬 성검을 그리 쉽게 남에게 빌려줄 수 없는 것과 마찬가지지. 나와 같은 매직 캐스터에게는 검보다도 이런 아이템이 더 귀중하다네."

레메디오스와 구스타보가 얼굴을 마주 보았다.

"알겠습니다. 그러시다면 저희가 노력해 보겠습니다. 그러면—— 다른 문제가 발생해서, 오크가 포로로 잡혀 있었다고 합니다만, 어떻게 하시겠습니까?"

오크는 성왕국을 침공한 것이 아니라 포로로 얄다바오트에게 끌려왔다고 한다. 이야기를 들어도 도움이 될 만한 정보는 없어, 이제부터 그들을 어떻게 처분할지 곤란해하는 듯했다.

"흐음…… 알았네. 장소를 가르쳐 주겠나? 그들의 대응은 나에게 맡겨 주겠다는 말이지?"

"예. 부탁드립니다."

구스타보가 간단하게 장소를 설명해 주었다. 도시 자체는 그리 크지 않았으므로 길을 잃을 염려는 없을 것 같았다.

머릿속에 대체적인 지도를 다 그렸을 무렵, 문을 열고 지친 표정을 신관 하나가 나타났다.

"오오! 어땠습니까, 안에 있는 백성들은?!"

"일단 살아 있는 자들에게는 치유마법을 걸었습니다. 그런 끔찍한 일을 당한 자들을 회복시키는 것은 저희도 처음 해 보는 일이라, 한동안 이곳에 남아 상태를 지켜봐야겠습니다. 그리고 아무 일도 없다면 그들을 밖으로 데리고 갈까

합니다."

"알았다. 그러면 성기사와 민병을 몇 명 이쪽으로 보낼 테니 함께 옮겨주게."

"알겠습니다. 커스토디오 단장님. 그러면 마도왕 폐하, 이만 실례하겠습니다."

신관이 다시 문을 열고 안으로 돌아갔다.

신관을 지켜본 후, 이곳에서 해야 할 일은 이제 아무것도 없다고 판단한 네 사람은 각각 다음 목적지로 향했다.

마도왕과 네이아는 당연히 두 사람과 헤어져 오크에게 갔다.

"그렇다 쳐도 악마가 있다면, 변신 중인 상대를 간파하는 힘을 가진 자가 있는 편이 좋겠군."

걸으면서 마도왕이 네이아에게 말했다.

이 도시에서 악마의 모습은 확인하지 못했으나, 조금 전의 종이에 적힌 것이 악마의 문자였으므로 악마가 있거나 혹은 존재했을 가능성을 내다본 모양이었다.

"악마는 변신을 합니까?"

"그래, 그런 악마도 있지. 남자나 여자, 때로는 동물로 변하는 악마가."

"그렇군요……. 변신을 간파하는 힘을 가진── 탤런트라. 죄송하지만 그런 능력에 대해서는 들어본 적이 없습니다. 아, 아닙니다. 전설 같은 데에서는 들어본 적이 있습니다. 어떤 책에서 읽었던 기억이. 하지만 지금도 있을지는…….”

“……그런 것도 커스토디오 단장과 이야기해 보는 편이 좋겠군.”

“변신이란 것은 환술과 같은 분야입니까? 환술은 잔재주 마법이라는 이미지가 강한데.”

“우선 변신과 환술은 큰 차이가 있다만, 그러한 부분의 설명은 길어지니 생략하마. 다만 환술을 얕보아서는 위험하다. 술사의 임기응변에 따라서는 매우 무서운 마법이 되니. 그리고 어중간하게 가지 않고 그 방면으로 특화했을 경우에도.”

“특화했을 경우요?”

“그래. 이를테면 〈완전환각Perfect Illusion〉 같은 것은 오감까지도 속이는 환술이니까. 그보다도 상위의, 극한까지 환술을 익힌 자가 며칠에 한 번씩만 쓸 수 있는 기술은 세계 자체에 환술을 건다고 한다.”

세계 자체에 환술을 건다니, 말로 들어도 상상이 가지 않는 수준이었다.

“그, 세계 자체에 환술을 건다는 것이 무슨 뜻입니까?”

“내가 아는 것은, 온갖 계통의 마법을 대체하는 것이었다. 알기 쉽게 말하자면, 그것을 사용해 죽은 자를 살려낼 수가 있다.”

“예?! 환술로 말입니까?”

"그렇다. 세계 자체에 거는 환술—— 환술의 궁극오의지. 세계가 속으면 그것은 사실이 되니 말이다."

흐에~.

그런 소리밖에는 나오지 않았다. 환술을 극한까지 익히면 그런 일까지 가능하다니, 너무 대단해서 어쩐지 실감이 나질 않았다.

"각설하고. 이 나라에서는 탤런트를 누군가가 관리하거나 하느냐?"

"아뇨, 저는 들어본 적이 없지만 마도국에서는 관리하십니까?"

"우리 나라에서도 아직이다. 장래에는 그러고 싶다만, 매우 큰 노력이 필요할 테니…… 10년 이후가 될지도 모르겠구나."

마도왕은 10년이라는 긴 시간 너머를 내다보는 모양이었다. 그런 면이 왕과 평민의 차이겠지.

다시 말해—— 큰 것이다.

*

오크들이 있다는 곳은 창문 바깥쪽에 널빤지를 못으로 박아 놓은 건물이었다. 매우 큰 건물로, 이 도시에서도 두세 번째는 될 것 같았다.

입구에는 성기사들이 여러 명 모여서 안을 경계하는 듯했다.

마도왕이 다가오는 것을 보고는 성기사들이 한쪽 무릎을 꿇으며 경의를 표했다.

"이 건물 안에 오크가 있다고 커스토디오 단장에게 들었다. 들어가도 되겠나?"

"예! 물론입니다, 마도왕 폐하."

"그러면 제군은 이곳을 떠나, 해야 할 일에 종사해 주게."

성기사들이 고개를 들었다.

"하오나 저희는 이곳을 지키도록 단장님께 지시를 받았습니다. 떠날 수는 없습니다."

"……그렇군. 그러면 조금 전의 말은 취소하겠네."

마도왕은 그렇게 말한 후 성기사들의 사이를 지나쳐 문을 열었다. 물론 네이아는 그 뒤를 따랐다.

안에서 풍기는 시큼한 냄새가 네이아의 코를 자극했다. 독이 아니라 옛날 어떤 성기사와 함께 방문했던 감옥을 연상케 하는 쉰 냄새였다. 그 이외에도 온갖 냄새—— 구역질을 유발하는 냄새가 섞여 있었다.

"이건 대체……."

단장에게 들었을 때도 생각했지만 왜 굳이 오크를 끌고 왔을까.

잠시 후면 알 수 있겠지만 네이아는 상상의 날개를 펼쳤다. 만약 이것이 오크들만의 문제가 아니라면, 얄다바오트와 싸우는 데에 큰 구심점이 된다면, 반항하는 아인들도 나오는 것이 아닐까.

그러는 동안에도 마도왕은 계속해서 문을 열며 들어갔다. 이제는 마도왕이 선두에 서는 것이 점점 당연하게 여겨졌다.

방을 빠져나와 통로를 지난다.

걸으면서 이내 깨달은 것이지만, 이 건물은 감옥보다도 더러웠다.

피며 토사물, 오물 같은 온갖 것들이 건물을 더럽힌 것이다. 이곳에서 어떤 일이 벌어졌는지 상상도 가지 않지만 너무나도 열악한 환경이었다.

오크는 인간 정도의 신장을 가졌으며 돼지 같은 얼굴을 가진 아인인데, 깨끗한 것을 선호하는 종족이다. 그런 그들이 원해서 이런 장소에 있을 리가 없다.

네이아는 앞장서서 걷는 마도왕의 긴 로브 자락을 보고, 마도왕의 화려한 옷이 더럽혀지지는 않을까 걱정했지만 밖에서 기다려달라고는 할 수 없었다. 총명한 마도왕의 대역을 누가 맡을 수 있겠는가.

이윽고 네이아의 청각은 전방에서 다수의 생물이 내는 기척과 소리를 포착했다. 아이의 것으로 여겨지는 울음소리며, 이를 달래는 듯한 어머니의 목소리도.

'오크……? 인간이 아니고?'

네이아는 당황했다. 오크도 가족을 형성하고 아이를 양육한다는 것을 이제까지 생각해 보지 못했다. 성왕국에 오는 오크는 침략자였다. 가증스러운 적이었다. 그렇기에 사고를 멈추고 그 너머를 생각하지 않으려 했다.

네이아가 혼란에 빠진 동안 마도왕이 문을 열었다.

끔찍한 냄새는 더욱 강해지고, 수많은 비명이 솟았다.

"언데드!"

"스켈레톤이잖아! 어떻게!"

"인간들이 우리를 언데드에게 팔아넘겼구나! 젠장!"

"언데드를 사역하다니! 지저분한 인간들!"

"엄마—! 살려줘—!"

"아가야—!!!"

입구에서 마도왕은 움직임을 멈추고 있었다. 아무리 마도왕이라 해도 당황한 것일까.

"그—— 어흠! 조용히들 하라!!"

마도왕이 큰 소리로 명령하자 소란스러웠던 실내가 단숨에 조용해졌다. 그러나 그것은 한순간. 이내 조금 전의 두 배는 되는 고함이 울려 퍼졌다. 내용은 조금 전과 다를 바 없었다. 아니, 운명을 탄식하는 목소리나 자신은 어떻게 되어도 좋으니 아이를 살려달라는 목소리가 더 늘어난 것 같았다.

"…………하아."

마도왕이 지친 듯 한숨을 쉬었다. 그리고—— 있는 힘껏 문을 후려쳤다. 뼈로 된 팔인데도 완력은 무시무시해 경첩이 떨어지며 문이 옆으로 날아갔다. 그리고 벽에 부딪쳐 엄청나게 큰 소리를 냈다. 아인들은 찬물을 끼얹은 것처럼 조용해졌다.

"입을 다물어라. 다음에 허락도 없이 말을 하는 자는 각오해라."

공간이 얼어붙은 듯한 정적 속에서 ——그 중에는 아이의 입을 열심히 막는 부모의 모습도 있었다—— 마도왕이 방으로 혼자 들어가자, 아인들은 일제히 뒤로 물러났다.

"나는 너희를 해치고자 이곳에 온 것이 아니다. 그 반대다. 너희를 해방하고자 온 것이다."

네이아는 인간이므로, 오크의 돼지 비슷한 얼굴로는 표정으로부터 감정을 읽기란 어려웠다. 그러나 이번만은 절대적인 자신감을 가지고 말할 수 있었다.

'거짓말~' 이었다.

"너희가 한꺼번에 떠들면 감당이 안 되니. 대표자, 앞으로 나오라."

한 박자를 두고 한 오크가 앞으로 나오려 하자 그 옆에 있던 오크가 말리더니, 잠시 머뭇거리다 자신이 나왔다.

깡마른 오크였지만 원래는 상당히 든든한 체격을 가졌음 직한 자였다.

"……네가 대표자라고 보아도 되겠나?"

오크는 아무 말도 하지 않고 고개를 끄덕였다.

"……뭐지? 왜 말을 하지 않나?"

"저기, 혹시 폐하께서 입을 다물라고 하셔서 그런 것 아닐까요?"

"……허가를 준 것이나 마찬가지라고 생각했는데, 그렇게 받아들이지는 않았군. 앞으로 나온 오크, 발언을 허가하겠다. 우선 너의 이름을 들려다오."

"간 주 부족의 디엘—— 디엘 간 주다."

"디엘이란 말이지. 첫 질문이다. 이 중에 너희가 모르는 자가 섞여 있거나, 완전히 다른 사람인 것처럼 성격이 바뀐 자가 있었나?"

"어, 아니, 그런 자는 없다."

"그럼 다음. 너희가 왜 이곳에 사로잡혔는지를 말해다오."

"……얄다바오트라는 악마를 아나?"

"물론 알다마다. 나의 적이다. 나는 놈을 죽이기 위해—— 성왕국에 온 것이니까."

이번에도 '거짓말~' 하는 표정이었다. 분명 마도왕을 잘 알기 전이라면 네이아도 같은 생각을 했을지 모른다. 하지만 지금의 네이아는 달랐다.

마도왕의 옆에서 나와 네이아가 말했다.

"폐하의 말씀이 맞습니다. 저는 이 나라 사람이에요. 그러니 여러분도 이해할 수 있지 않을까요? 얄다바오트가 여러분의 연합군을 이끌고 성왕국에 쳐들어왔으니까요."

디엘의 표정이 살짝 움직였다.

"잠깐. 인간의—— 아마도, 암컷."

'아마도' 라니 대체 무슨 뜻이냐고 생각했지만 네이아도 오크의 얼굴로 암컷과 수컷을 분간하기는 어렵다. 그들도 그랬으리라.

"우리는 이 나라를 침략한 게 아니다. 오크 부족 중에 얄다바오트를 돕는 자는 없는 것으로 안다. 왜냐하면 반항했기 때문에 우리가 징벌의 의미로 이곳에 끌려왔으니까."

"흐음…… 얄다바오트는 너희를 이곳으로 끌고 와서 무슨 짓을 했지?"

마도왕의 질문은 디엘만이 아니라 오크 전체에게 강한 충격을 준 모양이었다. 어머니로 보이는 오크가 아이를 꽉 끌어안았다. 그 후로도 오열이 이어지고, 토하는 듯한 소리도 들려왔다.

"……진짜, 대체 무슨 짓을 한 거야."

마도왕이 불쑥 혼잣말을 하더니 다시 말을 이었다.

"어— 안 좋은 질문을 해버린 모양이군. 물이라도 필요한가? 아니면 달리 원하는 것이 있나?"

마도왕의 분위기가 돌변했다. 무언가 매우 당황하는 눈치였다. 아마 오크들에게 괴로운 기억을 상기시켰다는 데에

죄책감을 느꼈기 때문이리라. 이런 생각을 하면 실례가 되겠지만 자기 아이가 울려버린 남의 아이를 달래는 부모처럼 보였다.

'이건 아인도 인간도 상관없이 백성을 보는 마도국의 왕이니까 보일 수 있는 행동이겠지…….'

성왕국 백성에게 아인은 적이다. 그렇기에 같은 상황에 처해도 그들이라면 부드러운 말을 걸거나 하진 않을 것이다.

"특별히 원하는 것은 없다. 다만 무슨 일이 있었는지 우리에게 묻지는 마라. 들어서 즐거운 이야기도 아니고, 우리에게는 지옥이었다. 명령한다면 말할 수밖에 없겠지만, 하다못해 아무도 없는 곳에서 해 주길 바란다."

훌쩍훌쩍 우는 암컷 오크의 목소리가 들려, 네이아는 얼마나 끔찍한 일이 벌어졌던 걸까 공포를 느꼈다.

"……난감하군."

마도왕이 불쑥 중얼거렸으나, 너무 많은 일이 있어서 어떤 것을 난감해하는지 네이아는 알 수 없었다.

"아차, 그래. 너희도 얄다바오트와 적대한다면 같은 적을 가진 자로서 힘을 합치지는 않겠느냐고 이야기를 해 보러 온 것이다."

디엘의 시선이 아래로 향했다.

"과거에는 싸우고자 했으나, 이제는 그럴 마음이 없다. 여기서 벌어진 악마의 소행에 마음이 꺾였다. 이제는 용기가 솟질 않는다."

"그러면 만일 내가 너희를 해방해 준다면 어떻게 할 생각인가?"

"가능하다면 고향으로 돌아가, 아직 무사한 자들이 있다면 멀리 피난하고 싶다. 얄다바오트의 손이 미치지 않는 장소까지."

"그러면 내가 지배하는 영지에――."

"――거절한다! 너의 비위를 맞추지 못했을 때의 위험은 잘 안다. 지금 동의해놓고 도망칠 수 있을 만한 곳까지 가서 온 힘을 다해 도망쳐야겠지. 하지만 배신은 최악의 행위다. 그렇다면 차라리 여기서 거절하는 편이 그나마 적은 고통을 받으며 죽을 수 있을 것이다."

"뭐야……."

너무나도 강한 거절에 마도왕은 곤혹스러운 기색을 보였다. 하지만 네이아는 디엘의 마음을 뼈저릴 정도로 이해할 수 있었다. 마도왕과 만나기까지는 네이아도 언데드는 살아있는 모든 존재의 적이라고 생각했기 때문이다.

"……아니, 내 영지는 딱히 무서운 곳이 아니다. 다양한 종족의 아인들이 살고 있기도 하다."

"거짓말! 그건 무조건 거짓말이다! 나는, 우리는 속지 않는다! 네가 말하는 건 아인 언데드겠지!"

반쯤 광란에 빠진 디엘의 모습은 옛날의 자신이었다. 그러니 선배로서, 후배들에게 자신이 보고 온 마도왕의 진정한 모습을 가르쳐 주어야 한다.

"폐하의 말씀이 사실이에요. 이 분이야말로 언데드이면서도 산 자에게도 다정한 마음을 가진 분이시니까요. 아이를 사랑하고, 아인들도 평등하게 통치하며, 부하들에게 존경을 받으시는 분입니다. 그 증거로 부하 분들은 놀라울 정도로 거대한 조각상을 만들어——."

"——바라하 양! 괜찮으니까, 그만, 그쯤 하고……."

"하오나 폐하!"

"부탁이니…… 진짜 부탁이니……."

부탁까지 하는 데야 입을 다물 수밖에 없었다.

"인간, 너는 세뇌당한 거냐?!"

"아니에요. 저는 이 눈으로 마도왕 폐하의 나라를 보고 왔어요. 처음에 만난 아인은 나가였죠."

술렁거리는 아인들이 서로 얼굴을 마주 보았다. "나가가 뭐야?" 하는 목소리도 있었지만 무시했다.

"그 외에도 토끼와 비슷한 얼굴을 가진 아인도 봤어요. 저는 마도국의 주민은 아니니 체류한 기간이 짧았던 건 사실이에요. 그래도 알 수 있습니다. 거기서 살아가는 분들은 조금 전 여러분과 같은 고통과 공포에 질린 표정을 하지 않았으니까요. 물론 지금 여러분처럼 몸에 상처를 입지도 않았고요."

오크들은 수척한 자신의 몸을 내려다보았다. 근육이 사라지고 막대처럼 되어버린 몸을.

"그녀── 바라하 양의 말이 옳다. 그렇다고는 하지만 너희는 신용할 수 없겠지. 다만 나의 지배를 받아들인다면 결코 그러한 모욕을 당할 일은 없을 것이라고, 나의 이름 아인즈 울 고운에 걸고 약속하마. 왜냐하면 내 지배를 받아들인 자는 나의 것일진대, 그런 자들이 상처를 입는다면 그것은 나의 재산이 손실을 입은 것이기 때문이다. 그리고 안심하라. 너희가 지배를 받아들이고 싶지 않다면 억지로 권하지는 않는다. 원하는 대로 살아가거라. 아무튼 너희가 고향까지 돌아갈 수 있도록 준비를 갖추어주마."

"……왜 이렇게까지 친절하게 대해 주는 거냐?"

네이아에게는 처음으로 디엘이 고정관념을 접고 정면으로 마도왕 본인을 본 것처럼 여겨졌다.

"후후…… 나는 얄다바오트를 쓰러뜨리려 한다. 그러려면 놈이 데려온 아인들은 거추장스럽다. 그렇기에 너희를 고향으로 돌려보내는 것은 놈의 힘을 깎아내기 위한 수단 중 하나이기도 하지."

"그게 무슨 말이지?"

"너희가, 나는 얄다바오트와는 달리 친절한 상대라고 선전해 준다면 놈의 군세 내부에서 불화 내지는 배반이 일어나리라 기대할 수 있지 않겠느냐?"

"아, 과연. 그런 거군."

일방적으로 한쪽이 유리해지는 거래를 청하면 도저히 믿을 수 없지만, 서로에게 이익을 얻을 거래라면 신용할 수 있는 것은 아인도 마찬가지다.

"하지만 그건 어려울 것 같은데. 얄다바오트 휘하에 있는 자들 대부분은 피를 원하는 자들이다. 우리가 고향으로 돌아갔다고 소문을 퍼뜨려봤자 효과는 별로 없을 것이다."

"그래도 상관없다. 쓸 수 있는 수단은 모두 쓰고자 하니까. 게다가 얄다바오트가 공포로 지배하고 있다면 배신할 아인도 나올지 모르고. 그래서, 반복한다만 나를 도와 얄다바오트와 싸울 마음은 없느냐?"

"……무리다. 말했잖나. 지금 우리에게는 그럴 의지가 없다고."

"그렇군. 그거 유감이다. 마도국에 올 마음도 역시 없나?"

"너처럼 강대한 존재의 보호를 받는 것은 나쁘지 않다. 하지만 우리끼리 결정할 수는 없는 문제다. 다른 자들과도 대화를 나눠 보고, 그 후에는 신세를 지게 될 수도 있다."

"디엘!"

"돈바스. 네가 무슨 말을 하려는지 안다. 하지만 얄다바오트처럼 우리끼리는 어떻게 할 수 없는 악마가 출현한 이상, 이대로 우리만 가지고 고향을 지킬 수는 없어. 언젠가는 이렇게 될 운명이었던 거다."

돈바스라 불린 오크가 이내 입술을 깨물고 눈을 내리깔았다. 그도 머리로는 이해했던 것이다.

"그렇군. 만일 우리 나라에 오겠다면 나 마도왕이 전면적으로 너희를 지원하겠다. 나의 영지에는 다양한 자들이 있지. 그들과 힘을 합쳐── 우리 나라의 백성으로서 함께 살아가 주었으면 한다."

마도왕의 어조가 부드러워졌다.

성왕국에서는 아인이 적인데, 마도국에서는 아인이 함께 살아가는 존재라니. 이토록 큰 차이는 어디에서 오는 걸까. 그것을 생각한 네이아는 이내 해답을 얻었다.

'역시 마도왕 폐하구나…… 강대한 힘을 가지신 폐하이기에 가능한 거야. 역시…… 힘이 필요한 걸까…….'

"그러면, 너희가 고향으로 돌아갈 때까지 필요한 식량을 제공하지. 그리고 호위할 병사도 있어야겠군. 그 몸으로는 무사히 돌아갈 때까지 상당한 시간과 노력이 필요할 테니."

"그렇게까지 해 준단 말인가?"

"그렇게까지 해 주고말고. 마도국 왕의 관대함에 눈물을 흘리며 대대적으로 선전해다오. 그러면 바라하 양, 자네는 이 방을 잠시 나가 주겠나? 타국 백성에게는 별로 보여주고 싶지 않은 마도국의 비의를 사용해야 해서."

"분부 받들겠습니다."

그렇게 대답하고 방을 나가면서도 네이아는 조금 서운함

을 느꼈다. 마도왕의 말도 당연했지만 알고서도 수긍하지 못하는 부분이 있었다.

방을 나가자, 부서진 문 너머로 들려오는 오크들의 숨소리 같은 것이 점점 줄어들었다. 마치 방 안에서 사라져버린 것 같았으나 실제로도 그럴 것이다.

마도왕은 장소만 기억하면 전이할 수 있다고 여행 중에 말한 적이 있다. 그것을 그들에게도 사용했을 것이다.

이윽고 방 안에서 소리가 완전히 들리지 않고, 잠시 후 뚜벅뚜벅 네이아 쪽으로 다가오는 발소리가 하나밖에 없는가 싶었더니, 문 너머에 있던 것은 마도왕뿐이었다.

"오래 기다렸다."

"아닙니다, 괜찮습니다."

방은 이미 텅 빈 후였다. 네이아 같은 이는 상상할 수도 없는 엄청난 마법으로 오크들을 모두 전이한 것이리라. 아니면 무언가 또 다른 수단—— 마법의 아이템으로 전이시킨 걸까.

"그러면 커스토디오 단장과 합류해 앞으로의 예정을 듣도록 할까."

"예! 알겠습니다!"

*

오크 수용소에서 나온 두 사람은 중간에 만난 성기사에게 커스토디오의 위치를 물었다. 그가 가르쳐 준 건물의 입구에는 그녀의 모습이 없었으나 구스타보가 있었다.

"오, 마도왕 폐하! 지금 모시러 갈까 생각하던 참이었습니다!"

조금 전에 만났을 때와는 분위기가 달랐다. 희망이라는 빛이 내면에서 쏟아져나오는 듯 밝았으며 목소리에도 생기가 돌았다. 가혹한 환경 중 하나를 타파할 만한 무언가가 있었으리라. 같은 의문을 품었는지 마도왕이 질문을 건넸다.

"무슨 일이 있었는가? 낭보라도 얻은 분위기로군."

"예! 폐하께서 꼭 만나 주셨으면 하는 분이 있습니다. 자, 이쪽으로 오십시오."

만나주었으면 하는 자라면 유력 귀족 내지는 왕족과 관계가 있는 인물일 것이다.

마도왕은 ――그리고 어째서인지 네이아도―― 구스타보의 안내를 받아 어떤 방으로 들어갔다.

소박한 나무 의자 몇 개가 놓인 그 방에는 레메디오스와, 한 수척한 남자가 있었다.

두 사람은 마도왕이 방으로 들어서자 자리에서 일어나 환영했다.

구스타보가 처음 보는 사내를 소개해 주었다.

"이 분은 우리 나라 성왕가의 피를 이으신 왕형(王兄) 카스폰도 님이십니다.”

분명 듣고 보니 성왕국 금화에 새겨진 제2대 성왕 폐하의 옆얼굴과 닮은 부분이 없지는 않았다. 그런 인물이 정말 이곳에 사로잡혀 있었는가 해서 네이아는 눈을 크게 떴다.

“카스폰도 님. 이쪽은 우리 나라에 힘을 빌려주고 계시는 아인즈 울 고운 마도국 국왕, 아인즈 울 고운 폐하이십니다.”

“오오! 무어라 감사를 드려야 할지 모르겠습니다, 마도왕 폐하. 처음 뵙겠습니다. 지금 소개한 대로 우수한 여동생에게 추월당한 오라버니입니다.”

무어라 대답해야 좋을지 모를 소리를 하는 왕형을 보며 레메디오스는 지금 비아냥거린 거냐는 씁쓸한 표정을 짓고 있었다. 그래도 성왕녀 버금가는 왕위계승권을 가진 인물에게 평소와 같은 태도를 보일 수는 없는지, 말없이 시선을 아래로 떨구기만 하는 데에서 그쳤다.

“――아, 그런가. 만나서 반갑소, 왕형 전하.”

그리고 두 사람은 서로를 한동안 마주 보았다.

무엇을 하려는가 생각하고 있으려니, 이윽고 마도왕이 손을 내밀고, 카스폰도가 이를 잡았다.

악수라는 것은 원래 손윗사람이 먼저 손을 내미는 것이다.

평범하게 생각하면 왕위계승권을 가진 왕형에 불과한 자와, 작다 해도 한 나라의 왕이 있다고 하면 후자가 위다. 게

다가 지원을 와준 인물이라면 띄워 주는 것은 당연하지만, 즉시 손을 내밀지 않았던 것은 마도왕이 상대에게 경의를 표했기 때문이리라.

'조심스럽고 관대한 분이구나.'

네이아는 감탄했다. 마찬가지로 구스타보 또한 감탄한 듯 고개를 끄덕이는 것이 시야 끄트머리에 들어왔다.

"마도왕 폐하. 이처럼 볼품없는 꼴로 뵈어 송구스럽습니다. 가능하면 격식을 갖춘 차림을 하고 싶었습니다만……."

"부끄러워할 것 없소. 의복 따위로 귀공의 품격이 떨어지는 일은 없소. 오랜 연금생활로 피곤하실 터이니 앉아서 이야기하는 것이 어떻겠소?"

"배려에 감사드립니다. 그러면 호의를 기꺼이 받아들이겠습니다."

두 사람은 손을 떼고, 먼저 마도왕이, 다음으로 카스폰도가 의자에 앉았다.

"그건 그렇고 귀공이 무사하여 참으로 다행이오. 헌데 어떻게 이곳에서 사로잡히게 됐소?"

"그것은 제가 이 근방까지 피신했기 때문입니다. 바구넨 남작에게는 정말 많은 신세를 졌지요. ――그는 어떤가, 커스토디오 단장? 나와 이야기를 마친 후 자네들이 데리고 갔지?"

"예. 바구넨 남작의 부상은 그렇게까지 심하지 않았으므로 생명의 위험은 없습니다. 다만 열악한 환경에서 육체의 피로가 심했으므로 지금은 잠을 자고 있습니다."

"신관들의 마법으로 어떻게 할 수 없나? 그의 지혜도 빌렸으면 하는데."

"신관들은 부상을 입은 자들을 치유하기 위해 남은 마력을 소비해버렸으므로 지금은 휴식에 들어갔습니다. 송구스럽사오나 긴급성이 없을 경우 마력은 아껴두고자 합니다."

"그렇다면야 어쩔 수 없지. 그러나 단장, 남작은 나를 이곳까지 보필하며 필사적으로 지켜준 자이니 가급적—— 무슨 말인지 알겠지?"

레메디오스가 아니라 구스타보가 이해했다고 말하며 깊이 고개를 숙였다.

마도왕이 말을 꺼냈다.

"그러면 본론으로 들어가겠소. 조속히 확인해야 할 사항이 있소만, 변신이나 환술을 간파할 힘을 가진 자가 이곳에 있소?"

"왜 그런 자가 필요합니까, 마도왕 폐하?"

"사로잡혔던 백성들 중에 마법을 사용한 악마가 숨어들어 있지는 않을지 경계하기 위해서요."

카스폰도가 레메디오스를 보았다.

"단장, 폐하의 질문에 답해 주겠나?"

"아, 죄송합니다. 부단장인 제가 대신 대답하겠습니다. 그러한 인물이 있다는 말을 들은 기억은 없습니다."

마도왕이 흐음 생각에 잠겨 있으려니 카스폰도가 거듭 레메디오스에게 물었다.

“마도왕 폐하께서 이렇게나 고민을 하시는 것을 보니 매우 중요한 점이로군. 거듭 묻겠네. 신께 맹세코 모른다고 할 수 있나?”

두 성기사가 고개를 끄덕여 카스폰도의 시선은 네이아에게 향했다. 자신 같은 종자가 어떻게 알겠느냐고 생각은 하면서도 네이아 또한 황급히 고개를 끄덕였다.

“종자 바라하도 모른다고…… 뭔가? 의아하다는 표정이로군. 자네의 이름은 단장에게 들었네. 마도왕 폐하를 곁에서 보필한다지. 감사하네.”

“고맙습니다!”

네이아는 황급히 카스폰도에게 고개를 숙였다.

“그렇소. 그녀는 매우 우수하지. 나도 이런 종자를 두었으면 할 정도요.”

“무, 무슨 말씀을요…….”

네이아의 목소리가 떨렸다. 그것을 본 마도왕과 카스폰도가 즐겁게 웃었다. 그리고 이내 진지한 표정으로 ——마도왕에게는 표정이 전혀 없지만—— 돌아갔다.

“무지를 드러내는 것 같아 부끄럽기 그지없습니다만, 악마는 타인으로 둔갑할 능력이 있습니까?”

“악마는 인간을 타락시키기 위해 인간으로 변신할 수 있소만, 이것은 특정한 누군가로 변신하는 것은 아니오. 인간으로 변신할 뿐 다른 이의 얼굴을 흉내 낼 수는 없소. 그러므로…… 사로잡혔던 이들 중에 아무도 모르는 자가 있다면…… 경계하는 것이 좋소."

"그러면 사로잡혔던 자들을 서로 확인하게 해야겠군요……."

"환술일 경우에는 문제가 조금 성가시오. 환술을 써서 타인으로 위장할 수 있기 때문이지. 음, 어디 보자……."

마도왕이 마법을 사용하자, 해골 얼굴이 카스폰도의 것으로 바뀌었다.

"이것이 환술이오. 다만 하위 마법이라면 지금 보았듯 복장이 바뀌는 것도, 목소리가 바뀌는 것도 아니오. 그리고 당연하지만 기억이나 생각까지 복제할 수도 없소. 그렇기에 친한 자들끼리 대화를 시키면 금세 분간이 갈 거요."

마도왕의 얼굴이 다시 허연 해골로 돌아왔다.

"복장이나 목소리를 속일 방법은 몇 가지 있으나, 역시 대화를 시켜 위화감이 없는지를 알아보는 것이 제일 좋은 방법이오."

조금 전 오크에게 했던 질문도 이를 경계한 것이었음을 깨닫고 네이아는 놀랐다.

'역시 폐하야. 놀랄 정도로 많은 것들을 생각하시는구나…….'

"그렇군요……. 자네들도 들었겠지? 즉시 조사하게."

"잠시만 기다리시오. 본성을 드러낸 악마가 날뛸 가능성도 있지 않소? 커스토디오 단장처럼 강한 자가 근처에 있는 편이 좋다고 여겨지오만."

"그렇군요. 분부 받들겠습니다. 단장님이 입회하셨을 때 시행하겠습니다."

구스타보가 고개를 숙였다.

"왕형 전하, 내가 확인하고 싶은 것은 이상이오. 달리 필요한 것이 있으면 말씀해 주시오."

"그러면—— 마도왕 폐하. 향후의 계획 말씀입니다만, 저는 일단 남부로 가서 합류해 전군을 통틀어 공세를 가하는 편이 좋다고 봅니다. 저와 마찬가지로 사로잡혔던 귀족이 몇 명 있었으니 그 자들에게 자세한 이야기를 듣고 누가 힘을 빌려줄 만한지 작전을 짜고 싶습니다."

"흐음, 이 나라의 귀족에 대해서는 잘 모르니 그대들이 그리 해야 한다고 생각한다면 그것이 좋겠소. ……다른 수용소를 습격해 포로를 해방하진 않을 거요?"

"지금은 그러지 않을 겁니다. 얄다바오트가 지배하는 곳에서 많은 사람을 이끌고 다니면 지나치게 눈에 뜨이고 행군 속도도 더뎌질 테니까요. 구했기 때문에 더 많은 목숨을 잃는 결과로 이어지는 것은 원하지 않습니다."

"……그러시다면 백성들을 남부로 피신시키고 우리끼리

포로 수용소를 습격하는 것은 어떻습니까?"

"커스토디오 단장. 동석을 허락하였으나 자네의 의견을 묻지는 않았네."

카스폰도는 마도왕과 이야기할 때와는 전혀 다른 종류의 목소리로 말했다.

"나도 왕형 전하—— 카스폰도 경의 의견에 찬성이오. 다만 이미 이곳을 포함해 두 곳이나 함락했으니, 다른 수용소에서 본보기로 처벌이 이루어질 가능성이 있소. 이는 어떻게 할 생각이오?"

"아무것도 하지 않습니다."

카스폰도가 어깨를 으쓱하며 말을 이었다.

"아무도 죽지 않고 이 나라를 탈환할 수 있으리라고는 생각하지 않습니다. 그것이 수십 명, 수백 명, 수천 명 늘어나는 정도지요. 그보다도 우선시해야 할 것이 따로 있지 않겠습니까."

백성들을 버리겠다는 발언에 레메디오스와 구스타보도 놀라는 것이 네이아의 눈에 들어왔다. 네이아는 어떤가 하면, 역시 평범한 왕족이란 그 정도인가 하고 싸늘하게 생각했을 뿐이었다.

"카스폰도 경, 변하셨군요. 예전에는 폐하와 마찬가지로 백성을 사랑하는 다정한 분이셨는데."

"뭔가, 커스토디오 단장? 실망이라도 했나? 흥!"

카스폰도의 표정이 크게 일그러졌다. 입술을 틀어올리며 이를 드러냈다. 날카로워진 눈에는 조소의 빛이 어렸다.

“자네도 그 지옥을 맛보면 성격이 바뀌고 말걸. 입에 발린 말은 늘어놓지 않는 성격으로 말이지. 구역질이 나. ……무슨 짓을 당했는지 듣……지는 않은 모양이군. 그러면 아무나 붙잡고 물어보게. 악마 놈들이 얼마나 사악하고 모독적인 존재인지 알 수 있을 테니.”

마치 다른 사람처럼 변했다. 억지로 꾸몄던 감정 밑의 거무죽죽한 것이 넘쳐났다고 말하는 편이 정확할까.

“가능하다면 아인 놈들은 전부 죽여버리고 싶지만…….”

흘끔 마도왕에게 시선을 돌렸다. 마도왕은 어깨를 으쓱하며 대답했다.

“정보를 캐낸 후에는 마음대로 하시오. 오크는 내가 알아서 해방했소만.”

“그건 어쩔 수 없습니다. 매우 유감스럽기는 해도. 뭐, 오크는 같은 괴로움을 맛본 동료이기도 하니……. 혹시 성검과 교환하는 조건이라면 넘겨주시겠습니까?”

“나는 매직 캐스터요. 검을 받아봤자.”

마도왕의 농담 같은 발언에 카스폰도가 가벼운 웃음소리를 냈다. 감정이 빠져나간 듯한 레메디오스의 얼굴, 창백하게 질린 구스타보의 얼굴이 두 사람과는 큰 대조를 보였다.

너무나도 가벼운 농담처럼 들렸지만 카스폰도는 진심이었

으리라.

네이아는 몸을 떨었다. 함께 사로잡혔던 아인에게조차, 국보를 넘겨주면서까지 원한을 품다니. 대체 무슨 일을 당했단 말인가.

“그러면 이 도시를 포기할 생각이오?”

“가능하다면 그렇게 하고 싶습니다. 우선 사로잡혔던 자들을 회복시키고 남부에 사자를 파견한 후가 되겠지요. 빨라도 일주일 정도 이곳에서 기다렸으면 합니다. 이 땅을 탈환한 후에는 커스토디오 단장이 약속드렸던 것에 더해, 폐하의 은혜에 보답할 만한 사례를 드리겠습니다.”

“그거 기대되는구려.”

*

마도왕이 네이아를 데리고 퇴실한 지 1분. 카스폰도가 말을 꺼냈다.

“그러면, 마도왕이 없어졌으니 본론으로 들어가지.”

“예. 이만한 백성을 지키며 이동하기란 매우 어려울 것입니다. 가능하다면 남부에서 다소나마 지원군을 빌리거나, 혹은 마차 같은 이동 수단을 확보할 필요가 있으리라 봅니다.”

구스타보의 제안에 카스폰도가 얼굴에 희미한 웃음을 지

었다.

“무슨 멍청한 소리를 하나. 누가 그런 이야기를 하겠다고 그랬지?”

“본론이란 것이, 남부로 어떻게 이동할지에 대해서 아니었습니까?”

“솔직하게 말하지. 남부로 당장 피하지는 않겠네. 여기서 얄다바오트의 군세와 한 차례 교전할 걸세.”

“무모합니다!”

구스타보의 말에 레메디오스도 한마디 하지 않을 수 없었다.

“시벽이 있다고는 하지만 포위당했다간 식량이 금세 바닥날 겁니다. 원군이 오지 않은 상황에서 농성전은 어리석은 자들이나 하는 짓입니다.”

레메디오스는 생각이 깊은 자가 아니지만, 전쟁에 관해서는 믿을 수 있다. 단장의 자신감 넘치는 말을 듣고 구스타보도 동의하듯 고개를 끄덕였다.

“그래도 여기서 싸울 필요가 있네.”

두 사람의 질문하는 듯한 시선에, 카스폰도는 더욱 냉혹해진 미소를 얼굴에 가져다 붙이더니 설명했다.

“마도왕은 얄다바오트와 싸울 때까지 마력을 아껴두고 있다고 자네들에게 전해 들었네만――.”

구스타보가 고개를 끄덕이는 것을 보고 카스폰도가 말을

이었다.

"——그래서는 곤란하네. 얄다바오트를 쓰러뜨리고 메이드 악마를 손에 넣으면 마도왕은 자기네 나라로 돌아가겠지. 그때까지 이 나라에 파고든 아인의 수를 줄여 주어야만 하네. 그러려면 더욱 몰아붙여야지."

"그러면 마도왕 폐하와의 약속이……."

"마도왕이 마법으로 아인 놈들을 몇 마리 죽이면 성왕국 백성의 희생이 그만큼 줄 것 아닌가? 자네들은 어느 쪽을 선택하려는 건가? 언데드와의 약속인가, 무고한 성왕국 백성의 목숨인가?"

구스타보가 고통스러운 표정을 짓는 가운데, 표정 하나 변하지 않고 레메디오스가 즉시 대답했다.

"당연히 무고한 성왕국 백성입니다."

"그런 걸세, 단장. 그렇기에 마도왕이 싸워 주어야 하네. 하지만 약속을 해버린 이상 이를 어기려면 나름의 이유가 필요하겠지."

"그러기 위해 얄다바오트의 군세와 한 차례 부딪치겠다는 것입니까?"

"그래. 정확하게는—— 남부로 피난하기 위해 준비를 개시하기는 했지만, 시간이 오래 걸려 얄다바오트의 군세에 포위당한다. 그 결과 어쩔 수 없이 마도왕의 힘을 빌리게 된다. 어떤가?"

나쁘지 않다. 레메디오스와 구스타보가 그런 표정을 지었다. 다만——

"한 가지 문제가 있습니다. 마도왕이 마력을 낭비하면 얄다바오트와 싸울 때 불리해지지 않겠습니까?"

"마력 회복에는 그렇게 시간이 많이 걸리지 않는다고 들었네만?"

"동생도 그렇게 말했지."

레메디오스의 동생은 신관이다. 그런 그녀에게 들었다는 이야기를 꺼내면 아무도 반론하지 못한다.

"아인 몇 마리를 고의로 도주시키세. 그렇게 해 얄다바오트의 군세를 이곳으로 유인하는 거지. 식량이 바닥나기 전에."

"……얄다바오트의 군세가 어느 정도 올지."

이미 세 사람 사이에서는 정보가 공유됐다. 얄다바오트의 아인군은 일련의 전쟁을 거치며 줄어든 결과 10만 미만으로 여겨졌다.

군대를 이룬 것은 전부 12개 종족, 군대라 할 만한 규모는 아니지만, 여기에 6종족이 더해져 합계 18종족이다.

12종족이란——

스네이크맨. 뱀의 머리를 가진 아인종족. 리저드맨의 근친종족이라고도 한다.

아마트. 강철 같은 체모를 가졌으며 이족보행을 하는 쥐

같은 종족. 쿠아고아의 근친종족으로 여겨진다.

케이븐. 인간보다도 약간 큼지막한 원숭이와 닮았으며, 눈은 퇴화되어 사라졌다.

제룬. 상반신은 뱀장어에 손이 달린 것 같고, 하반신은 남색 애벌레처럼 생긴 번들번들한 종족. 이형종이 아닐까 했지만 아인에게 효과가 있는 마법에 영향을 받는 것으로 보아 아인으로 여겨진다.

블레이더. 손등 부분에서 검처럼 날카로운 칼날이 튀어나온 손을 가졌으며, 갑옷과도 비슷한 외골격에 싸인 곤충 같은 종족. 이것도 제룬과 마찬가지로 아인에게 효과가 있는 마법에 영향을 받으므로 아인으로 분류된다.

호르너. 말 같은 다리를 가진, 질주에 탁월한 아인. 휴식 없이 달리고 또 달리는 주파력은 놀랄 정도라고 한다.

스파이던. 네 개의 매우 길고 가는 팔과 다리를 가져 거미를 방불케 하는 형상의 아인. 입에서 다채로운 실을 토해내며 그 실로 옷 같은 것을 만든다. 이 실로 만든 옷은 강철 같은 경도를 자랑한다.

스톤이터. 소박한 무기를 들고 있다. 무서운 점은 먹은 돌을 토해내는 힘을 가졌다는 점. 대체로 100미터는 가볍게 날아가는 이 돌은 강철 갑옷을 쉽게 우그러뜨린다. 다만 횟수가 정해져 있으므로 견뎌내면 그렇게 무섭지는 않다.

올트로우스. 켄타우로스의 하반신이 육식짐승이 된 버전.

전투력이 높아진 대신 달리는 능력은 켄타우로스보다 떨어진다.

마기로스. 최대 제4위계까지 도달할 수 있는 타고난 마법 구사능력을 가졌다. 마법의 종류 등이 문신으로 나타난다고 한다. 강한 자는 온몸이 빈틈없이 문신으로 뒤덮였다. 이 종족 내에서는 이따금 매직 캐스터의 능력에 눈을 뜨는 자가 있는데, 그러한 자는 제5위계까지 쓸 수 있다는 소문이 있다. 왕족급 존재일지도 모른다.

프테로보스. 깎아지른 절벽 같은 장소에서 서식하는 종족이며 활공이 특기. 비행이 불가능한 것은 아니지만 상당한 힘이 필요하다고 하며, 하루에 일정 시간밖에 날 수 없다. 게다가 그 후에는 활공조차 불가능해진다. 비행만 하지 않는다면 갑옷으로는 손상을 경감시킬 수 없는, 바람을 이용한 베기 공격이 가능하기 때문에 하늘을 날지 않을 때가 더 강한 종족.

여기에 바포르크가 더해진다.

남은 6종족은 무리를 짓지 않거나, 혹은 단독으로도 나름대로 힘을 가진 자들이다.

오우거.

브리 운. 오우거와 비슷한 종족이지만 흙의 힘을 가져 상위종이라고도 할 수 있는 존재. 흙에 관한 특수능력을 지녔다.

바아 운. 브리 운과 비슷하며 물의 힘을 가진 존재. 물에 관한 특수능력을 지녔다.

나가라자. 뱀에 비늘이 돋아난 몸과 팔이 생겨난 듯한 외견을 가졌다. 비슷한 이름의 나가와는 사실 전혀 다른 종족이며, 사이도 별로 좋지 않다. 태어나면서부터 여러 가지 마법을 가지고 있으며 때로는 갑옷이나 검으로 무장하는 경우도 있다.

스프리건. 소형에서 대형까지 자유로이 크기를 바꿀 수 있는 종족. 기본은 선한 종족이며, 악한 스프리건은 매우 드물다. 다만 선이든 악이든 한번 날뛰기 시작하면 감당할 수 없다.

조오스티아. 수인(獸人)의 상반신과 육식짐승의 하반신을 가졌다. 켄타우로스나 올트로우스와 비슷한 종족. 판금갑옷을 착용하며 타원형 방패를 든다. 특별한 힘은 없으나 짐승과도 같은 흉포함과 완력을 가진 중장갑기병. 개인으로도 매우 강하므로 올트로우스는 이들을 의지하는 경우가 많다. 말하자면 고블린과 홉고블린의 관계와 비슷하다. 특수한 힘을 가지지 않았다는 점에서 〈비행Fly〉 등을 쓸 수 있는 모험자라면 그렇게까지 강적은 아니다. 그러나 정면에서 부딪치면 오리할콘 클래스 모험자 팀이어도 고전을 면치 못한다.

"마도왕의 말을 들어보면, 자네들의 거점은 감시를 받았을 가능성이 있다지? 그렇다면 이쪽의 병력도 다 알고 있을 테니, 그렇게까지 많은 병력을 보내진 않을 걸세. 그렇기에 우리에게 유리해지지. 다만 문제가 있어."

"식량이군요."

"그래. 신관의 마법으로 식량을 만들어낼 수 있다고 들었지만, 모든 마력을 다해 만들어내도 양이 너무 부족하네. 아인처럼 놈들을 잡아먹을 수도 없고."

레메디오스와 구스타보가 낯을 찡그렸다. 하지만 이 세 사람은 인간을 포식하는 아인이 있다는 것을 잘 안다.

그렇기에 쳐들어온 아인들에게 병량 공격을 시도해 봤자 패배한다는 사실을 잘 안다. 모든 수용소는 아인들의 식량 저장고라고도 할 수 있는 것이다.

"식량이 최대 며칠 버틸지 계산을——."

"이미 계산했습니다. 그리고 아인들이 쓰던 장비를 우리가 쓸 수 있도록 가공이 가능한 대장장이가 잡혀 있지는 않았는지도 조사하고 있습니다."

"과연 단장이로군."

세 사람은 한동안 농성전 준비에 관한 논의를 이어나갔다. 그리고 한 시간 이상이 지나, 수긍할 만한 결론이 나왔는지 서로 얼굴을 마주 보며 웃었다.

"좋아. 그러면 농성전을 대비해 준비를 시작해 주게."

그로부터 일주일 후, 식사량이 줄어들고 슬슬 이동을 개시해야만 할 때가 됐을 무렵. 지평선 저편에 아인의 군세가 모습을 드러냈다.

하지만 그것은 예상을 아득히 넘는 대군이었다.

5

아인들의 군대가 대거 몰려들어 다급해진 도시를 바라보며 아인즈는 천천히 허물어졌다.

비유가 아니었다.

언데드이면서도, 마음이 지칠 대로 지친 아인즈는 두 무릎을 땅에 꿇었던 것이다. 그리고 두 손으로 얼굴을 감쌌다.

'어떻게 하냐고……. 앞으로 어떻게 하면 좋으냐고…….'

원래 아인즈는 거의 데미우르고스가 적어준 시나리오대로 행동하고 있었다.

물론 일거수일투족까지 지시를 받은 것은 아니므로 애드리브가 많았지만, 그래도 아인즈 나름대로 데미우르고스가 원한 흐름에 따라 행동하고 있다고 생각은 했다.

애초에 애드리브가 지나치게 많은 것이 문제였다.

까놓고 말해 데미우르고스에게 받은 작전 매뉴얼의 대부분이 『상황에 따라 알아서 잘』이라고 적힌 거나 마찬가지였다.

이것은 너무나도 너무하다. 그것이 매뉴얼을 처음 본 아인즈의 소감이었다.

만약 아인즈가 우수한 인간이라면 이에 따라 완벽한 마도왕을 연기했을 수도 있다. 그러나 유감스럽게도 아인즈는 지극히 일반적인, 어쩌면 그에 조금 못 미치는 정도의 능력밖에 없는 사람이다.

그렇기에 아인즈와 데미우르고스 사이에서는 치열한 실랑이가 발발했다.

요약하자면 "이런 걸로는 모르겠으니 더 자세하게 써 줘."라는 아인즈의 애원과 "총명하신 아인즈 님께 그런 실례되는 짓을 할 수는 없습니다."라는 데미우르고스의 겸손 사이에 펼쳐진 공방이었다. 중간에 알베도까지 말려든 이 전쟁은 처음부터 불리했던 아인즈의 완패로 끝났다.

이리하여 방임으로 이루어진 작전 매뉴얼이 아인즈의 손에 남은 것이다.

데미우르고스가 아인즈를 괴롭히려는 의도였다면 무언가 다른 방법으로 싸웠을 수도 있겠지만, 이것은 부하의 신뢰와 존경에서 온 결과다.

특히 '아인즈 님이시라면 더욱 훌륭한 결과를 내실 수 있을 터이니 감히 우리가 행동과 언동을 속박해서는 안 되겠지.' 하는 생각이 뻔히 보이면 어떻게 할 도리도 없다.

'상식적으로 생각해서 타국의 왕이 혼자 오겠냐고……. 얼마나 억지로 갖다 붙여야 하는데……. 그래도 여기까지

오긴 했어. 중간에 몇 번이나 생떼를 쓰고 실패할 뻔했지만, 여기까지는 왔어…….'

신은 안 믿지만, 신에게 기도하고 싶은 심정이 가득했다.

'데미우르고스도 알베도도 하다못해 내 능력을 고려해 안건을 던져줄 수는 없을까…….'

절대로 완수가 불가능한 할당량을 부여받으면 의욕은 송두리째 사라지는 법이다.

'……좋아. 힘내라 나. 이것만 넘어서면 그 다음은 그나마 편해지니.'

다리에 힘을 주어 아인즈는 일어났다.

계획도 중반의 고비를 맞이하고 있는데, 이것도 최악이다.

데미우르고스에게서는, 이 도시에서 방어선을 구축하게 된다면 85퍼센트에 가까운 사상자가 나올 때까지 공격하겠다는 이야기를 들었다.

여기에 대해 아인즈는 아무 생각이 없었다.

데미우르고스가 그렇게 해야 한다고 생각했다면 아인즈가 생각한 것보다도 올바른 답일 것이다. 그만큼 죽는 것이 나자릭의 이익으로 이어진다면 그렇게 해야 한다. 반대로 더 죽여야 나자릭의 이익이 커지진 않을까 하는 생각도 했다.

문제는 데미우르고스에게, 이곳에서 죽여선 안 될 인간을 가르쳐달라는 말을 들었다는 점이었다.

그것만으로 이야기가 끝났다면 적당한 사람들의 이름을

열거하면 됐겠지만, 주의사항이 한 가지 있었다.

그것은 아인즈에게 심취했거나, 혹은 아인즈 측에 붙을 법한 사람으로 한정하라는 말이었다.

『아인즈 님이시라면 드워프 때처럼 이미 몇 명의 인간을 심취시켰으리라 여겨지므로, 그 인간의 이름을 가르쳐 주십시오. 죽이는 일이 없도록 주의하여 행동하겠습니다.』

그런 연락을 받았을 때는, 이 녀석이 지금 나한테 시비를 거는 걸까 하고 데미우르고스의 생각을 의심했을 정도였다.

"……없다고, 그런 녀석."

아인즈는 자기도 모르게 우는 소리를 했다.

아인즈에게 심취한 사람 따위 하나도 없다.

오히려 성왕국에서는 언데드가 매우 미움을 받는다는 사실을 강하게 피부로 느꼈을 정도였다.

그런 역경에서 어떻게 언데드인 자신에게 심취하는 인간을 만들란 말인가.

하지만 하나도 없다고 데미우르고스에게 말할 수 있을까.

데미우르고스는 진심으로, 아인즈라면 이미 몇 명의 인간을 심취시켰으리라 믿어 의심치 않는 것이다. 그런데 한 명도 못했습니다, 라고 말했다간 데미우르고스는 어떻게 생각할까.

'속이 쓰려…….'

데미우르고스가 말한 드워프란 곤도 파이어비어드를 말

하는 것일 텐데, 그건 어디까지나 운이 좋았을 뿐이다. 마침 마음의 약한 부분에 이쪽의 공격이 크리티컬 히트했을 뿐, 그런 행운이 몇 번이나 일어날 리가 없다.

그리고 곤도 같은 정보원을 얻었기에 드워프 룬 장인을 상대로 효과적인 한 수를 둘 수 있었다. 그러나 성왕국에서는 그만한 사람이 없었다.

단 한 사람, 종자 네이아 바라하와는 우호적인 관계를 쌓을 수 있었다고 여겨지지만 아직 그 정도에서 그쳤을 뿐이다.

일단은 우호도를 높인다는 의미에서도, 또 다른 의미에서도 매직 아이템을 빌려주기는 했으나 효과가 어느 정도인지는 알 수 없다. 언제나 킬러 같은 눈빛으로 자신을 노려보니 기대하지 않는 편이 좋을 것이다.

'딱 한 사람, 이라고 말하면 데미우르고스가 어떻게 생각할까?'

아인즈는 자신에게 질문했다.

데미우르고스가 생각하는 아인즈의 이미지가 산산이 부서지지는 않을까?

그렇게 되면 다음에는 어떻게 될까.

'드워프 나라에서 데미우르고스에게, 나는 그렇게 머리가 좋지 않다고 했는데도 믿어주는 기색이 없었지……. 야단났어. 그놈이 보는 나는 대체 얼마나 거대한 존재인 거야……. 아니, 점점 더 커져가는 것 같은데 내 기분 탓인가?

보통 반대 아니야?'

기대가 아프다. 부담스러운 것이 아니라 아프다.

옛날의 자신은 충성이라는 단어가 이렇게나 부담스럽고 괴로운 것인 줄은 생각도 못했다. 특히 부하들이 아인즈를 크나큰 존재로 보는 것이 더욱 아프다.

'역시 지금은, 이 타이밍에 데미우르고스한테 내가 그렇게 대단한 놈이 아니라는 사실을 깨닫게 해 주는 게 어떨까? 하지만 그 결과 데미우르고스가 오랜 시간에 걸쳐 세운 계획이 실패로 끝나면 어쩌지? 자신이 몇 년 동안 좋은 거래 상대를 만들어 놨는데 상사의 바보 같은 한마디에 전부 파산이 난다고 치면…….'

으아아 신음하며 아인즈는 머리카락이 한 올도 없는 자신의 머리를 긁어댔다.

어떻게 해야 좋지?

어떻게 하면 최적의 해답을 얻을 수 있을까?

아무리 시뮬레이션을 해 보아도 매번, 데미우르고스가 실망한 눈빛으로 바라보는 결과만이 나왔다. 수긍이 가는 결론에 이르지 않는 것이다.

'기대가 너무 크니까―― 너무 위로 올라가는 바람에 낙하했을 때의 대미지가 큰 법이지. 그러니 나는 별거 없다고 늘 말하는데도…….'

심지어 아인즈 자신의 계획은 상당히 많이 실패했다.

아인즈는 공간에 손을 넣어 검 한 자루를 꺼냈다.

룬이 새겨진 평범한 검이다.

그러나 그 힘은 네이아에게 준 활에 필적한다.

물론 이것은 드워프들이 만든 룬 무기가 아니다. 여기에 새겨진 룬에는 아무 힘도 없다. 위그드라실의 기술로 만든 것이기 때문이다.

"하아……."

아인즈는 한숨을 쉬었다. 아인즈는 이런 무기를 몇 자루나 준비해 두었다. 당초 예정에 따르면 이러한 무기를 성왕국 측에 빌려줄 생각이었다.

압도적인 힘을 가진 검에 놀란 성왕국 사람들에게 "이것이 룬 무기의 완성품이다."라고 말해, 마도국이 만든 룬 무구의 평판을 높이려는 생각이었다.

이것이야말로 네이아에게 무기를 빌려준 또 다른 이유.

그것을 본 성왕국 사람들이 앞을 다투어 아인즈에게 무구를 빌리러 오리라 생각했던 것이다.

하지만――

아인즈는 머리를 붙잡았다.

'왜 아무도 빌리러 오지 않지? 외견이 그렇게 화려하니 분명 화제가 될 거라 생각했는데……. 역시 억지로라도 네이아를 전선에 떠밀어서 싸우게 했어야 하나?'

그때 똑똑 문을 두드리는 소리가 들려 아인즈는 흠칫 어깨를 떨었다.

옷자락이 흐트러지지는 않았는지 재빨리 체크했다. 검을 공간으로 다시 집어넣고, 뒷짐을 진 후 지배자의 포즈를 취하며 문을 향해 큰 소리로 말했다.

"누구냐?"

"마도왕 폐하, 입실해도 되겠습니까?"

문 너머였으므로 남자인지 여자인지 분간할 수 없는 목소리가 들렸다. 보통은 이름을 물어야겠지만, 데미우르고스에게서 사람이 올 거라는 말을 미리 들었으므로 아인즈는 망설임 없이 입실을 허가했다.

"그래, 상관없다. 들어오라."

아인즈의 방에 들어온 인물은 문을 닫더니 형상을 바꾸었다.

마치 계란 같은 머리를 가졌으며, 눈과 입 부분에는 도려낸 것 같은 구멍이 뚫려 있다. 손가락은 자벌레처럼 가느다란 것이 세 개 달렸을 뿐.

도플갱어다.

데미우르고스의 부탁으로 빌려주었던 이형의 존재다.

몬스터 도플갱어일 뿐이므로 그렇게 강하지는 않다. 변신해도 40레벨 정도의 능력밖에 흉내 내지 못하며, 변신 전에는 더욱 약하다. 강한 능력이라고 해 봤자, 카르마 수치 같은 여러 가지 조건이 붙은 무구라도 다룰 수 있다는 정도밖에 없다. 그래 봤자 유산급 이상의 아이템은 쓰지 못한다.

뻥 뚫린 것 같은 구멍 눈으로 아인즈를 보더니, 도플갱어는 깊이 고개를 숙였다.

"아인즈 님께 무례를 저질러 황송하기 그지없습니다. 모쪼록 용서하여 주십시오."

"마음에 두지 마라. 너는 너의 일을 확실히 수행했을 뿐이다. 그 사실에 대해 내가 무슨 말을 하겠느냐."

"자비로우신 말씀 황송하옵니다."

아인즈는 문으로 시선을 보냈다.

"너는 지금 매우 바쁘지 않으냐? 여러모로 지휘를 해야만 할 일이 많을 텐데? 게다가 방 밖에는 누군가 있지 않느냐? 그렇다면 목소리를 줄여야 한다."

"그 점은 심려치 마시옵소서. 아인즈 님을 만나기 위해 혼자 가겠다고 하면 불만을 제기할 사람은 아무도 없나이다."

"그랬군."

"예."

도플갱어가 긍정했다. 그래도 주의는 필요할 것이다.

"그러면 아인즈 님, 어떻게 하면 되겠나이까?"

"무엇을 말이냐."

말은 그렇게 했지만, 이 도플갱어가 온 이유는 잘 안다.

아니, 이 도플갱어에게 말하게 되어 있다.

그렇다. 몇 명을 심취시켰느냐 하는 이야기를.

"실례하였습니다. 예의 그, 아인즈 님께 충성을 맹세하게 된—— 살려야만 하는 인간의 이야기였습니다."

"흐음……."

아인즈는 느긋하게 고개를 끄덕이며 천천히 발을 내디뎠다.

물론 방을 나가려는 것은 아니었다. 어디까지나 방 안을 걸을 뿐이었다. 어디를 보는지 알 수 없는 도플갱어의 눈이 자신을 따라오는 것을 아인즈는 확신했다. 아니, 이쪽을 보지 않는다면 그건 그거대로 무섭다.

시간은 별로 없다. 필사적으로 생각했던 아인즈는 우뚝 발을 멈추었다.

——이것이 정답인지는 감도 오지 않는다. 그러나 이 이상 얼버무릴 수 있을 법한 아이디어도 없었다.

만일 인간이라면 심장이 시끄러울 정도로 뛰었겠지만 이 몸에 고동을 치는 기관 따위 없다. 격렬한 감정이 솟아나는 바람에 강제로 억압되면서도, 조그만 파도가 되풀이해 밀려드는 가운데 아인즈는 도플갱어에게 고했다.

"흠, 솔직히 말하마. 구할 필요가 있는 인간은 없다. 적당히 솎아내라."

**OVERLORD**
Characters

# 캐릭터 소개

Character 49

# 네이아 바라하

인간종

neia baraja

## 범죄자 같은 눈

직함 ―― 성왕국 해방군 종자.

주거 ―― 호반스의 중심가. (친가)

클래스 레벨 ― 서번트(Servant) ―― ? lv

아처(Archer) ―― ? lv

생일 ―― 상풍월(上風月) 1일

취미 ―― 방 청소 등 혼자서 짬짬이 할 수 있는 일.

{ personal character }

눈이 범죄자 같은 소녀. 초면부터 기피당하기 쉬운 인상이라 어렸을 때부터 친구는 매우 적었다(거의 없다). 그렇기에 좋은 인간관계를 만드는 것이 서툴며, 혼자서 어떻게든 해내는 것을 좋아하는 성격으로 자랐다. 활 솜씨가 좋아 레인저처럼 자연과 함께 살아가는 데 좋은 적성을 가졌는데도 어째서인지 성기사를 지망한 것이 잘못이었는지도 모른다. 여담이지만 서번트란 조건을 만족했을 때 곧장 다른 클래스로 레벨을 바꿀 수 있는 클래스다.

Character 50

# 레메디오스 커스토디오

인간종

remedios custodio

## 성왕국 최강의 성기사

직함——— 성왕국 해방군 단장.

주거——— 호반스의 중심가. (친가)

클래스 레벨— 팰러딘(지니어스) ——— ? lv

홀리 나이트(Holy Knight) ——— ? lv

이블 슬레이어(Evil Slayer) ——— ? lv

등등

생일——— 중화월(中火月) 24일

취미———단련 전반. (부하의 단련도 포함)

personal character

영웅의 영역까지 이른 성왕국 최강의 성기사. 머리를 잘 쓰지 않고 감정이 시키는 대로 행동하기에 매우 민폐스러운 행동이 많다. 솔직히 단장보다는 돌격대장 같은 역할을 맡는 편이 나았겠지만 너무나도 성기사로서 실력이 뛰어나기에 아무도 그녀를 능가하지 못해 단장에 취임하게 되었다. 어떻게든 해나갈 수 있었던 것은 두 부단장의 위장을 희생하고 있기 때문이다. 참고로 생일이 비슷하다는 것이 성왕녀와 친해진 계기였다고 한다.

Character 51

# 칼카 베사레스

인간종

calca bessarez

## 청렴의 성왕녀

직함 —— 성왕국 성왕.

주거 —— 호반스의 왕성.

클래스 레벨 — 클레릭(Cleric) —— ? lv

하이 프리스티스(High Priestess) —— ? lv

홀리 퀸(Holy Queen) —— ? lv

등등

생일 —— 중화월(中火月) 26일

취미 —— 미용 전반. (취미라고 하기에는 너무나도 진지하지만)

{ personal character }

슬슬 결혼 상대를 고르고 싶다는 마음이 강해, 내심으로는 상당히 조바심을 내고 있다. 조금이라도 외모를 좋게——피부 연령 등을 유지——하기 위해 새로운 신앙계 마법을 만들어서 자신의 미용을 관리하고 있다. 스스로를 실험대로 삼아 노하우를 축적한 덕에 인간 국가 중에서도 가장 뛰어난 미용 기술을 가졌으나, 공언하지 않기 때문에 이를 아는 사람은 아무도 없다. "욕심은 안 부려요. 하나도 꾸미지 않은, 나라는 인간을 사랑해 줄 남편을 원해요!"라고 한다.

# 버저

아인종

buser

## 파괴의 호왕

직함——— 아인종족의 왕.

주거——— 아베리온 구릉.

클래스 레벨— 바포르크 로드(종족) ——— ? lv

웨폰 마스터(Weapon Master) ——— ? lv

테크니컬 마스터(Technical Master) ——— ? lv

등등

생일——— 황금의 뿔 열 개

취미——— 파괴한 무기의 수집.

personal character

무기파괴에 특화한 아인왕. 상대의 발톱이나 이빨, 뿔 같은 것을 노리고 꺾어버리는 정교한 검기를 사용하며, 큰 사냥감을 잡을 때는 선두에 서서 싸운다. 그렇기에 사냥에 참가한 자를 누구 하나 다치게 만들지 않고 돌려보내는 절대적인 왕으로 부족에서 큰 존경을 받는다. 여러 부족을 통합해 구릉지대에 사는 바포르크는 완전히 그에게 지배를 받고 있다. 아내는 넷. 자식은 일곱.

**OVERLORD**
Characters

# 지고의 41인

편

캐릭터 소개

9/41

# 아마노마히토츠

이형종

amanomahitotsu

## 미식가 대장장이

personal character

최초의 9인 중 한 사람이며, 터치 미의 변신 히어로 이야기에 반응해 동행했던 인물이다. 멤버가 적었던 무렵에는 모두가 싸워야만 했으므로 대장장이 일은 나름 소홀해졌으나, 나자릭이라는 거점을 얻은 후로는 캐릭터 빌드를 다시 짜 최종적으로는 생산 특화가 되었다. NPC 수석 대장장이는 그의 도제라는 설정이다. 대장장이 일을 할 때는 운을 따르게 하는 일종의 의식으로 버프 효과가 있는 식사를 하는 모습이 자주 목격되었다.

# 후기

어렸을 때, 부모님께 꾸지람을 들어가며 남은 여름방학 숙제를 하던 시절. 혹은 8월에 들어서서 달력을 넘겼을 때. 8월이 60일까지 있기를 꿈꾸던 사람이 많지 않았을까요?

마루야마는 늘 그렇게 생각합니다. 숙제를 집에 놓고 왔어요, 하고 9월 첫날에 학교에서 손을 들면서.

그것을 이번에, 현실로 만들었죠! 어렸을 때의 꿈을 이루는 그런 어른이 되고 싶다고 생각했던 마루야마는 여기서 현실로 이루어낸 겁니다! 이 얼마나 멋진 일인가요!

여러분의—— 슬슬 이쯤 해 두죠. 쓸데없는 변명 같은 이야기로 시간을 끌어도 어쩔 수 없으니까요.

그런고로 예정보다 약간 늦어졌지만 어떻게든 낼 수 있었습니다. 뭐, 오차 범위 아닐까 생각합니다. 아니, 여러 가지 일이 있었거든요. 정말로. 좋은 일도 나쁜 일도 가득.

그건 그렇다 쳐도 마루야마 또한 입원 중에 전자책을 몇 권 읽었는데요, 전자책이란 정말 좋더라고요! 그렇게 편리할 줄은 생각도 못했습니다. 『오버로드』도 전자책이 있어도 괜찮을지 모르겠다고 진심으로 생각했어요. 그러므로 조만간 『오버로드』도 전자책으로 나오게 됐습니다. 역시 인간은 자신이 써보지 않으면 모르는 게 많네요. 마찬가지로 그 상황에 처해 보지 않으면 모르는 일도 많고요.

참고로 여담입니다만 전자책으로 읽었던 책은 만화였고 대부분 러브코미디였답니다.

그러면 마지막으로 이번에도 많은 분들께 감사를 드립니다. 특히 이 책을 읽어 주시는 여러분께, 그리고 모 병원에도.

그러면 다음 권에서도 만나기를 바랍니다. 고맙습니다.

2017년 9월 마루야마 쿠가네

Postscript by So-bin

이편

에야말로

아인즈

사망.

# 마황 얄다바오트 VS 마도왕 아인즈의 결전에 괄목하라.

불사신의
왕에게
위기가 닥치는

# 제13권

Volume Thirteen

근데 슬슬 예정이 꼬이는 때도 있으니
이 예고편도 없애는 게 좋지 않을까
하는 의견이 마음속에서 샘솟는데요!
그런고로 다음 예고편이 사라지면
작가의 의견이 이겼다고 생각해 주세요!
——마루야마 쿠가네

# 오버로드 13

성왕국의 성기사 | 下

OVERLORD Kugane Maruyama illustration by so-bin

마루야마 쿠가네—— 지음

NEXT WINTER

**오버로드 12** 성왕국의 성기사 上(상)

2025년 10월 20일 제2판 인쇄
2025년 11월 10일 제1쇄 발행

**지음** 마루야마 쿠가네 | **일러스트** so-bin

**옮김** 김완

**제작 · 편집** 노블엔진 편집부

**발행** 데이즈엔터(주)
**등록번호** 제 2023-000035호
**주소** 07551 서울특별시 강서구 양천로 570 NH서울타워 19층
**대표전화** 02-2013-5665

**ISBN** 979-11-380-6267-1
**ISBN** 979-11-380-6265-7 (세트)



구매 시 파손된 도서는 구매처에서 교환하실 수 있습니다.
기타 불편사항, 문의사항이 있으신 독자님께서는 노블엔진 홈페이지
[ http://novelengine.com ] 에서 Q&A 게시판을 이용해 주시기 바랍니다.